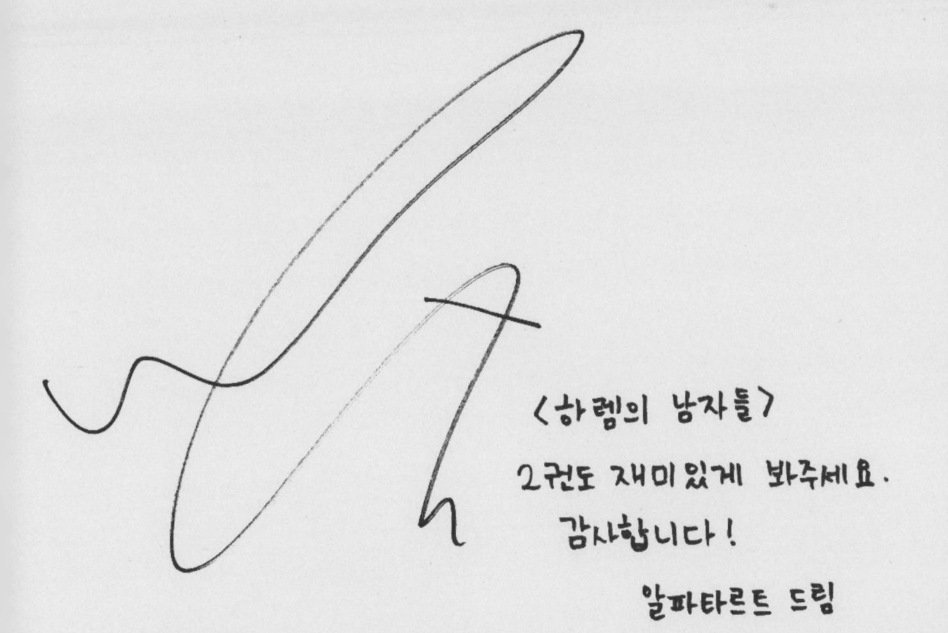
<하렘의 남자들>
2권도 재미있게 봐주세요.
감사합니다!
알파타르트 드림

하렘의 남자들

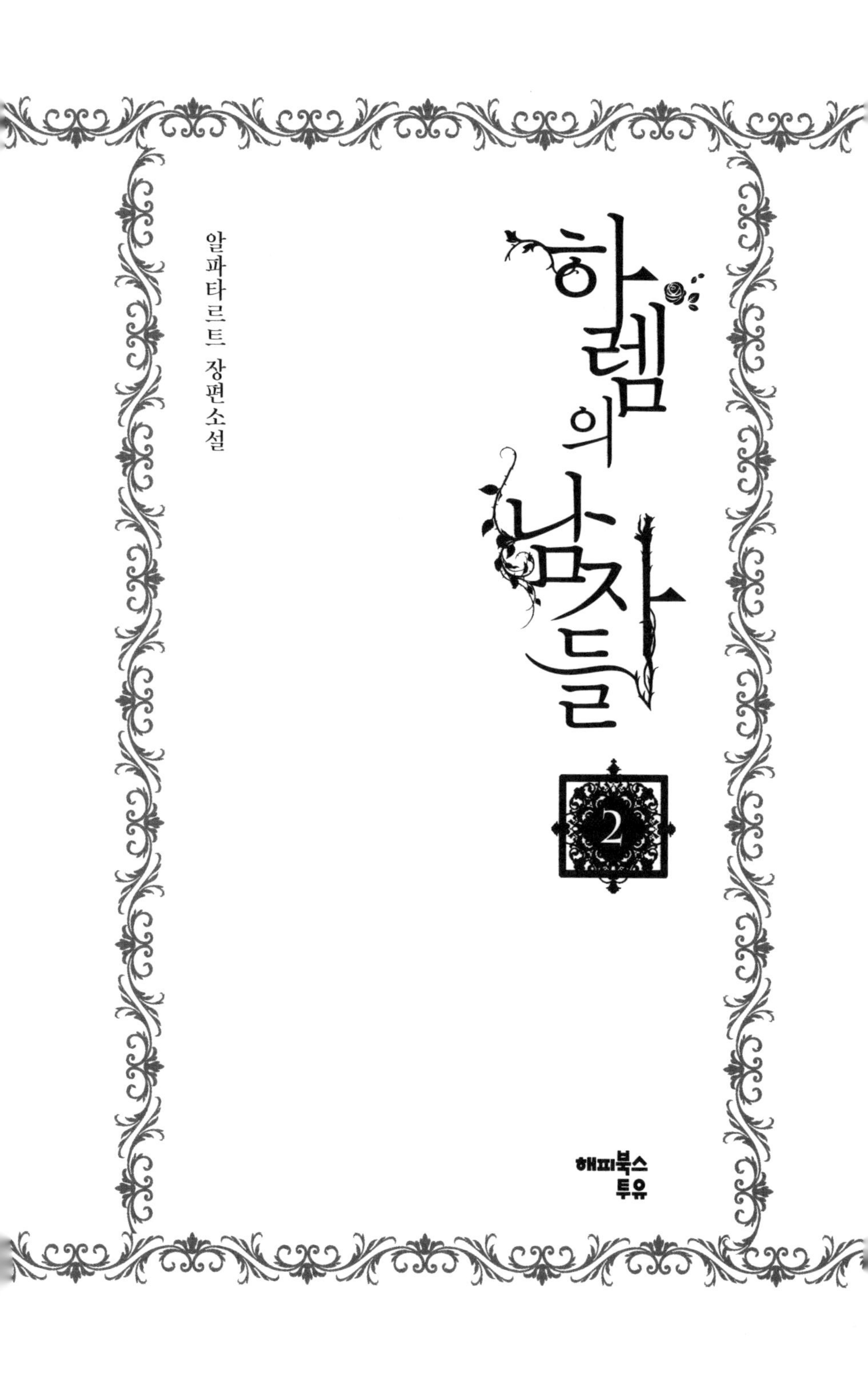
알파타르트 장편소설
하렘의 남자들
2
해피북스
투유

차례

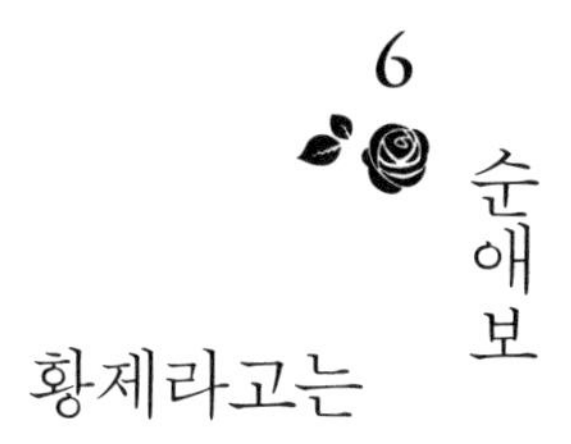

6 순애보 황제라고는 기록 못 하겠네

라틸이 오싹하게 중얼거리자, 습격자들은 이를 악물고서 검을 휘둘렀다. 잡히거나 죽는 것보단 황제를 공격하는 게 낫다고 여긴 모양이다.

'그냥 도망이나 갈 것이지, 멍청하네.'

하지만 라틸의 눈에는 그들의 판단이 한심하게만 여겨졌다.

'느려.'

라틸이 서넛과만 대련하는 건 라틸이 약하기 때문이 아니었다. 그 정도나 되어야 마음껏 상대할 수 있어서일 뿐.

하지만 어째서인지, 라틸이 기사단을 따라다니며 검을 배운 걸 아는 사람들도, 라틸이 '제대로' 검술을 익히진 않았을 거라 여겼다. 그들은 라틸이 검술 형식만 배웠을 뿐 약하다고 확신했다. 그 확신은 라틸이 직접 서닛과 대련하는 모습을 보면 바뀌었지만.

황족 대부분은 검을 배워도 운동 겸 호신용으로 잠시만 배우는데, 바로 친오빠인 레안 황태자는 그보다 더 심해서 아예 운동에 관심이 없다 보니, 라틸도 비슷한 수준이라 여기는 게 분명했다. 하지만 상대의 방심은 조금 짜증 날 뿐, 오히려 실전에선 라틸에게 유리했다.

캉!

철과 철이 부딪치는 소리가 나면서 습격자의 검이 휙 날아가자, 그제야 적들은 무언가 잘못되었단 표정을 지었다.

'늦었어.'

라틸은 히죽 웃고서 그자의 등을 내리치고, 거의 동시에 다른 한 발을 옆으로 돌리며 다른 적의 검을 저 멀리로 차버렸다.

'다 처리한 건가?'

그러나 '난간 위에서 본 사람 숫자대로 처리한 것 같긴 한데……' 라고 생각하는 그 순간. 뒤쪽에서 "죽어라!" 하는 소리가 들려왔다.

'한 명이 더 있나?'

라틸은 확 돌아서며 검을 치켜들었다. 자신이 문제가 아니라, 자신이 습격자를 받는 사이 붕 떠버린 그 로브 입은 사람이 공격당할까 봐 아차 싶었다.

그러나 눈에 들어온 건 습격 장면이 아니었다. 아니, 습격 장면이 맞긴 한데, 라틸이 예상한 습격 장면은 아니었다. 습격을 받는 건 자객 쪽으로, 아까 로브를 입고 있었으리라 추정되는 근육질의 남자가 적의 목을 꺾고 있었다.

'저게 대신관?'

로브를 쓴 사람이 대신관일 거라 생각하고 달려왔던 라틸은 눈을 커다랗게 떴다.

"감히 날 습격하다니."

남자가 낮게 깔린 목소리로 맹수처럼 으르렁거리자 라틸의 눈은 더욱 커다래졌다. 그사이, 근육질의 남자는 이번에는 아예 적을 바닥에 냅다 꽂아버리면서 외쳤다.

"이것은 신의 분노이다!"

'아니, 그건 신의 분노가 아냐! 어딜 봐도 그쪽 분노잖아!'

신 어쩌고 하는 걸 보면 대신관 맞는 것 같긴 한데. 라틸은 입을 뻐끔거리다가, 일단 나서서 남자의 팔을 잡았다. 흉포하게 적을 제압하던 남자는 그제야 적을 놓아주었고, 라틸도 남자의 팔을 놓아주었다. 손안에 잡혔던 팔은 눈으로 보았을 때보다 더욱 굵고 탄탄했다.

'역시 대신관은 아닌 것 같다. 대신관의 호위? 비밀 호위 같은 건가?'

라틸이 혼란스러워하거나 말거나, 남자는 쓰러진 적을 발로 차 옆으로 치우고는 라틸을 향해 공손히 인사했다.

"목숨을 구해주셔서 감사합니다, 황제 폐하. 폐하의 은혜를 입었습니다."

'구하긴 구했지. 네가 방금 죽이려던 자객의 목숨을.'

은혜도 저쪽한테 내린 것 같은데……. 혼자 두어도 사태를 잘 수습하고 빠져나갔을 것 같은 남자를 잠시 멍하게 보다가, 라틸은 퍼뜩 제정신을 차렸다. 이럴 때가 아니었다. 얼른 사람을 불러 이자들을 감옥에 가두어야 했다. 그러나 라틸이 막 입을 열려는 찰나.

“폐하.”

남자가 갑자기 무릎을 꿇으며 라틸을 붙잡았다.

“잠시만 기다려주십시오, 폐하. 이미 짐작하셨겠지만 저는 정체를 들키면 안 됩니다.”

남자의 정체가 전혀 짐작이 가지 않았던 라틸은 황당해서 되물었다.

“네 정체가 뭔데? 격투가?”

겉으로만 보면 칼라인이 아니라 이쪽이 용병왕 같은데…….

그 질문에 남자는 쑥스러운 듯 빙그레 웃었다.

“이렇게까지 배려해주시다니…… 소문보다 더욱 마음이 깊으십니다. 하지만 모른 척하지 않으셔도 됩니다.”

‘아니, 진짜 모르겠어서 물은 건데.’

“대신관입니다, 폐하.”

스스로를 대신관이라 주장한 이가 늠름하게 말하는 순간, 라틸의 머릿속에 있던 천사 같은 대신관의 이미지는 박살이 나버렸다.

‘대신관은 명화에 나오는 천사처럼 생겼을 줄 알았는데. ……신의 사랑을 받아 근육이 저렇게 부푼 건가.’

라틸은 놀란 마음에 자꾸 엉뚱한 방향으로 달려 나가는 머리를 빠르게 젓고서, 황제다운 위엄을 되찾고서 물었다.

“아직 기절하지 않은 적이 하나 있는데. 그렇게 정체를 밝혀도 되느냐. 물론 네 정체를 아니까 습격했겠지만.”

그 말에 대신관은 빙그레 웃으면서 수월하게 대답했다.

"기억을 지우면 됩니다. 괜찮습니다."

'대신관은 기억을 지울 수도 있나?'

라틸은 놀라워하면서 얼른 그러라고 허락했다. 기억을 지우다니. 위험한 능력 같지만 한번 보고 싶기도 했다. 라틸의 허락을 받은 남자는 "예." 하고 대답했다. 라틸은 두근두근해서 대신관이 자신의 팔목을 만지작거리는 걸 지켜보았다.

그 순간.

"합!"

대신관이 주먹을 쥐고서 적의 머리를 퍽 내려쳤고, 눈을 뜨고 있던 적은 주먹질 한 번에 기절해버렸다. 그러고서 대신관이 주먹을 다시 쥐자, 라틸은 당황해서 말렸다.

"잠시!"

"예, 폐하."

"지금 그거, 원, 원리가 뭔가? 기억이 날아가기 전에 목숨이 날아갈 것 같은데?"

"예. 진실을 땅에 묻어버리려는 겁니다."

'그냥 죽여서 함구시킨단 거잖아!'

아니, 저자 진짜로 대신관이 맞긴 맞나? 겉모습이야 그렇다 쳐도 사상이 전혀 대신관이 아닌데? 라틸은 입을 뻐끔거리다가 대신관을 향해 손을 저었다.

"죽이지 마. 널 왜 습격한 건지 알아내야 하니까."

"죽이다니요. 신은 대신관, 사람을 절대로 해치지 않습니다."

"……일단 때리지도 마."

라틸이 단호하게 명령하자, 대신관은 순순히 물러났다.

"부하들을 부를 테니 잠시 숨어 있어라."

어쨌든 정체를 감추고 싶다 하니 라틸은 대신관에게 숨으라 명령하고서, 아까 부르려던 부하들을 다시 불렀다. 달려온 경비병들은 쓰러진 습격자들을 보자 낯빛이 하얗게 질렸다. 전에 무덤이 훼손된 일로 관련자들이 일주일 내내 쓰러지기 직전까지 기합을 받았는데. 쓰러진 습격자들을 보자, 그 전해 들은 이야기가 곧 자기들의 미래가 될 거란 걸 깨달은 것이다.

"폐하, 다치신 곳은 없으십니까?"

"폐하, 몸은 괜찮으십니까?"

"난 괜찮으니, 소란 피우지 마라."

"예."

"그리고 이놈들. 손님들에게 들키지 않도록 끌고 가 감옥에 가둬. 그 감옥에는 '아무도' 들어오지 못하게 막고."

경비병 하나가 아까 대신관이 바닥에 꽂아버린 습격자를 힐긋거리며 물었다.

"저 사람은 귀족 같은데, 괜찮을까요?"

"날 습격하려 한 자다. 봐주지 말고 다 처넣어."

"예, 폐하."

경비병들은 쓰러진 이들의 머리와 다리를 2인 1조로 잡고서 신속하게 손님들이 드나들지 않는 궁 쪽으로 이동했다.

경비병들이 모두 사라지자 라틸은 주위를 둘러보며 아까 그 자칭 대신관을 불렀다.

"대신관."

그러자 커다란 꽃나무 뒤에 몸을 숨겼던 대신관이 얼른 곁으로 다가왔다. 그가 다가오자, 꽃나무의 향이 라틸에게까지 불어왔다. 좀 더 밝은 조명 쪽으로 이동하자 라틸은 대신관의 근육에 가려졌던 외모를 보고 조금 놀랐다. 이미지가 예상 밖이라 미처 깨닫지 못했는데. 그는 얼굴만큼은 정말 상상 속 천사 같았다.

"네가 정말 대신관이 맞느냐."

라틸이 묻자 대신관은 부드럽게 웃더니 라틸을 향해 한 손을 내밀었다. 그러자 놀랍게도 그 손안에서 별 가루를 뿌린 양 반짝거리는 빛이 나타났다.

"그건……?"

놀라워서 보고 있자니, 대신관은 가까이 다가와 라틸의 앞에 무릎을 굽혔다. 뭘 하는 건가 싶어 내려다보자, 그는 라틸이 베란다에서 뛰어내릴 때 나뭇가지에 부딪혀 까진 종아리에 그 빛을 대고 있었다. 피부에 빛이 닿자 상처가 순식간에 아물었다.

"이러면 믿으시겠습니까?"

"……믿지."

라틸이 고개를 끄덕이자 대신관은 천천히 다시 몸을 일으켰다. 그 태도는 달빛을 받아 흔들리는 잔잔한 호수처럼 아름다워서, 라틸은 다시 감탄했다.

하지만 지금은 대신관을 보면서 놀라워할 때가 아니었다.

"내가 무슨 일로 널 찾았는지 아느냐."

"힛라 님이 돌아가셨습니다. 그 일과 관련된 일이겠지요?"

라틸은 자칭 황제 시해범이 나타난 일, 그자가 범인에 대해 말하려다가 갑자기 죽은 일, 죽어가면서 '로드'란 말을 뱉은 일, 다른 신관이 와서 그 시체가 저주에 걸렸다 확인해준 일 등등을 이야기한 후 물었다.

"힛라 노신관이 죽고 너까지 습격받은 걸 보니, 저주를 사용하는 적들은 쉽게 가라앉지 않을 모양이다. 그러려면 적들에게 대항할 방법이 필요해. 너는 그 방법을 아느냐?"

제발 알고 있어라, 제발 알고 있어라. 라틸은 속으로 간절히 중얼거렸으나, 대신관은 고개를 저었다.

"구마 방법은 저 역시 알지 못합니다."

이럴 수가. 라틸은 주먹을 꽉 쥐었다.

"곤란한데."

적은 이미 한 번, 저주에 걸린 사람을 감옥을 통해 들여보냈다. 만약 그자들이 저주에 걸린 사람을 광장 같은 데서 죽이면 어떻게 될까? 거기서 좀비나 식시귀 같은 것들이 발생하면? 상상할 수도 없는 어마어마한 피해가 생겨날 것이다.

"아는 게 전혀 없느냐? 흑마법에 대해서도?"

대신관은 이번에도 고개를 저었다.

"저도 잘 모릅니다. 하지만…… 대현자님이라면 무언가 아는 게 있을지도 모릅니다."

"대현자?"

"예. 그리고 전 구마 방법을 모르오나, 제 존재 자체가 흑마법을 누를 수는 있습니다. 폐하의 말씀이 사실이라면, 어쩌면 저주를 사용하는 적들은 그 때문에 절 미리 죽이려 드는 걸지도 모르겠습니다.”

대신관은 잠시 생각하다가 덧붙였다.

“실은 폐하께서 즉위하신 후, 습격받는 빈도가 부쩍 늘었습니다.”

“정말이냐?”

“예. 그래서 폐하께서 절 찾으신단 이야기에 바로 응한 겁니다.”

그렇다면 역시 아버지의 암살과 지금의 사건들은 모두 이어져 있는 건가. 라틸의 머릿속에 가짜 황제 시해범이 죽기 직전 ‘틀라’라고 말했던 걸 떠올렸다.

‘그 정도로 쓰레기는 아닐 거라 생각했지만…… 혹시 틀라가 아버지를 암살했을 가능성은 없나? 그러면 뭔가 이어지는 것 같은데.’

그때였다.

“폐하.”

라틸이 생각하는 동안 침묵하던 대신관이 갑자기 조용한 목소리로 라틸을 부르더니, 다시 무릎을 굽혔다.

“절 하렘에 받아주십시오.”

라틸은 자꾸 무릎을 굽히는 그를 일으켜 세우려다가 깜짝 놀랐다.

“하렘?”

뜬금없는 청이었다. 갑자기 대신관이 하렘에 들어오겠다니.

‘아. 혹시 하렘에 신전이 있다면 거기서 일하겠단 건가?’

너무 의외인지라 라틸이 이렇게 생각하려는 찰나.

“후궁으로 들어가고 싶습니다.”

대신관이 몸소 라틸의 추측을 부정했다. 놀란 라틸을 올려다보며 그가 슬픈 표정을 지었다.

"아까도 말씀드렸듯 절 노리는 이들이 너무나 많습니다. 하지만 폐하를 뵈니, 폐하라면 절 지켜주실 수 있으리란 생각이 듭니다."

아니 왜. 혼자 잘 지켜나갈 것 같던데. 라틸은 순간 입 밖으로 튀어 나갈 뻔한 말을 눌렀다. 아냐. 머릿수로 밀리면 저렇게 강해도 밀릴 수 있겠지.

"하지만 대신관이 하렘이라니……. 좀 그렇지 않은가?"

"그 때문입니다."

"그 때문?"

"웬만해서는 대신관이 하렘에 들어가 있단 생각은 하지 못하니까요. 제가 평범한 후궁인 척 들어가 있으면, 아무도 절 대신관이라 생각하지 못할 겁니다."

파격적인 말이었으나 꽤 그럴듯한 이야기였다. 아무도 신성한 대신관과 은밀한 하렘을 연결 지어 생각하진 못할 터. 그냥 마음에 드는 남자를 발견해 하렘에 넣었다고만 둘러대도, 다들 '저게 폐하 취향이구나' 하고 말지 '혹시 대신관?'이라 의심하진 못할 것이다. 어차피 이 대신관은 겉으로 볼 땐 전혀 대신관 이미지가 아니기도 하고. 게다가 대신관이 존재하는 것만으로도 흑마법을 막을 수 있다면, 그 존재만으로도 도움이 될 터.

"괜찮네."

'후궁 숫자가 다섯을 넘었으니, 순애보 황제란 기록은 못 하겠지만.'

모든 창문을 다 가려 빛 한 점 들어오지 않는 돌로 된 성안. 온기조차 없이 차가운 그 성의 지하 옥좌에 한 남자가 앉아 있었다.

“습격이 실패했다?”

남자의 질문에 여우 가면을 쓴 사람이 대답했다.

“예. 연결이 끊어졌습니다. 대신관이 머리에 넣어둔 구슬을 눈치채고 부숴버린 것 같습니다.”

남자는 혀를 찼다.

“의외로 골치 아프군. 그러면 대신관은? 황제와 만난 건가?”

“구슬이 부서져서 그 이후의 일은 모르겠습니다.”

여우 가면의 대답은 남자에게 그리 유쾌한 소식이 아니었으나, 남자의 입가에는 즐겁단 미소가 떠올랐다.

그걸 본 여우 가면은 고개를 기웃했다.

“기쁘신 듯합니다?”

“안 기쁠 이유가 있나.”

남자의 미소가 더욱 깊어졌다.

“사랑하는 동생이 똘똘하게 해나가고 있다는데. 쉽게 당하면, 그 녀석한테 잘린 내 머리가 가엾지.”

남자가 자신의 목 부근을 문지르자, 목을 따라 실선처럼 그어진 붉은 선에서 희미하게 피가 새어 나왔다. 그걸 본 여우 가면의 어깨가 작게 들썩였다.

남자는 손수건을 꺼내 피를 닦으며 물었다.

"헤움은? 깨어났느냐?"

"어디 다녀오신 겁니까, 폐하?"

라틸이 연회장에 돌아가자 서넛이 빠른 걸음으로 다가왔다.

"걱정했습니다."

라틸이 혼자 구석에서 과일을 먹다가 사라지더니 한동안 나타나지 않자 많이 놀란 모양이었다.

"잠깐 한 바퀴 돌았습니다."

라틸이 웃으면서 둘러댔지만 서넛은 여전히 표정을 풀지 못했다.

"무슨 일이라도 있는 건……."

"아닙니다. 날씨가 좋더라고요."

라틸은 서넛의 어깨를 두어 번 두드리고서 자신의 전용 의자로 가 앉았다. 라틸의 자리 곁에는 후궁들의 자리가 마련되어 있었는데, 마침 그곳에 있는 건 게스타 하나뿐이었다.

"폐하. 목이 말라 보이시는데…… 이걸 드시겠어요?"

라틸과 단둘이 앉아 있게 되자 게스타는 하인에게서 에메랄드색 예쁜 빛깔의 샴페인을 받아 내밀었다.

"고마워, 게스타."

라틸이 인사를 하며 받아 들자 게스타는 얼굴이 벌게져서 고개를 숙이고 주춤거렸다. 이것만으로도 부끄러워 죽겠다는 듯.

게스타는 잔뜩 귀여운 모습을 보였으나, 라틸은 돌아오기 전 정원에서 대신관과 나눈 이야기를 생각하느라 보지 못했다.

한 시간쯤 전.

"그래, 하렘에 들여보내주마. 그런데 어떻게 들어오려고?"

"저는 속세를 떠난 몸. 그런 부분에 대해서는 잘 알지 못합니다."

"그래? 대신전에 머물진 않는다 들었는데. 지금은 어디에 있는데?"

"카지노 딜러로 있습니다."

'전혀 속세를 떠나지 않았는데? 누구보다 속세에 찌든 거 같은데?'

신분을 숨길 필요가 있다지만 왜 하필 카지노에 있는 거야? 라틸이 황당해서 쳐다보자, 대신관은 쑥스러운 듯 웃으면서 설명했다.

"압니다. 이상하지요. 하지만 그래서입니다. 온갖 종류의 사람들을 만나도 의심받지 않을 수 있거든요."

'하지만 신은 자기 안목을 의심하겠지.'

라틸은 대신관의 설명을 온전히 납득하진 못했으나, 그가 어떻게 곧장 하렘에 몸을 숨기겠단 파격적인 결정을 내렸는지는 깨달았다. 원래 저랬구나.

"그런데 카지노 딜러가 연회에는 어떻게 들어온 거냐?"

"VVIP 고객 중 한 분이 연회에 초대받은 이야기를 자랑하기에, 함께 데려가달라 청했습니다. 초대장을 두고 내기를 했지요."

“그래서. 이겼어?”

“물론입니다.”

씩 웃는 대신관에게, 라틸은 칭찬을 해주어야 할지 말아야 할지 떨떠름해졌다.

어쨌든 확실한 건, 저 카지노 딜러를 하렘 후궁으로 들인다고 해서 그가 대신관이라 의심할 사람은 거의 없으리란 점이었다.

“이렇게 하자. 네가 연회에서 돋보이면, 내가 너한테 반한 척할게.”

“폐하께서 제게요?”

“어. 하렘에 들어오겠냐는 제안을 공개적으로 할 테니까 넌 그냥 받아들이기만 하면 돼. 단, 주의점이 있어.”

“무엇입니까?”

“내가 너한테 반할 수밖에 없다고, 누가 봐도 인정할 만큼 돋보여야 돼. 그래야 자연스러워. 적들도 믿을 만큼. 할 수 있겠어?”

라틸의 질문에 대신관은 잠시 생각하다가 침착하게 고개를 끄덕였다.

“예. 늘 숨어서 살아온 탓에 자신은 없지만…… 꼭 해내겠습니다.”

VVIP를 상대하는 카지노 딜러였으면서 숨어서 살았다고? 그 얼굴과 그 몸을 가지고서? 글쎄…….

"폐하?"

라틸은 상념에 잠겨 있다가 게스타가 옆에서 부르자 얼른 표정을 관리하고서 돌아보았다.

"응? 왜 그러지?"

눈이 마주치자 게스타는 쑥스러운지 시선을 이리저리 굴리다가 물었다.

"저기…… 괜찮으시면 폐하, 저와도 춤을 추시면……."

안 되겠냐고 물으려는 것 같았다. 하지만 게스타가 말을 다 잇기 전. 갑자기 춤추는 구역에서 웅성거리는 소리가 들려왔다. 그 소리가 너무 커서 게스타와 라틸 모두 그쪽으로 고개를 돌렸다.

'어?'

뭔가 싶어서 쳐다본 라틸은 깜짝 놀라 입을 벌렸다. 놀란 마음이 너무 커서 순간 벌떡 일어날 뻔했다.

'저게 뭐야?'

그곳에는 대신관이 있었다. 혼자서 열심히 춤을 추고 있는 대신관이. 파트너 따윈 집어치우고, 은은한 하프 선율에 맞추어 하프를 박살 내버릴 듯 격정적으로 춤추는 그는 라틸이 요구한 대로 아주 돋보였다. 아니, 돋보이다 못해 홀 안에 있는 모든 시선과 관심이 그 한 몸에 집중되고 있었다. 사람들이 수군거리는 소리가 라틸의 귀에 들려왔다.

"굉장해. 박자를 죄다 무시하고 있군!"

"음악과 완벽하게 따로 노네요. 하나도 안 맞다 보니 오히려 신기할 지경입니다. 일부러 언밸런스하게 추는 건가요? 저걸 뭐라 하죠?"

"뭐라 하긴요. 그냥 막 추는 거죠."

그가 움직일 때마다 화려하게 함께 율동하는 커다란 근육을 보며 몇몇 귀족들은 얼굴을 붉혔다.

라틸은 멍하게 있다가 두 손으로 얼굴을 감쌌다. 저 자기주장 강한 댄스도 놀라웠지만, 저걸 보고서 반한 척해야 한단 게 당혹스러웠다.

춤은 저쪽이 추는데 왜 부끄럽긴 이쪽이 부끄러울까. 라틸은 얼굴이 벌게져서 대신관에게 손짓으로 신호했다. 다른 거 없어? 다른 춤 춰봐. 그냥 하프 소리에 맞추어서 몸만 까딱거려도 눈에 띌 텐데, 왜 굳이 저러고 있단 말인가. 저걸 보고 반했다 하면 그날 라틸의 안목은 리듬과 함께 박살날 터였다.

그러나 대신관은 라틸의 신호를 긍정적으로 해석했는지, 춤을 추면서 라틸을 향해 손으로 하트 모양을 만들었다. 근육으로 꽉 찬 팔이 앙증맞은 하트를 만들어 쏘자, 사람들이 다시 웅성거렸다.

"세상에. 저 남자가 폐하께 공개적으로 구애했어요."

"손으로 사랑을 날리다니. 저럴 수가 있나."

"저돌적이로군요. 참 튼튼한 하트입니다."

'아아. 하지 마.'

그걸 본 라틸이 이 상황이 부끄러워 얼굴을 붉히자, 사람들은 더욱 놀라 수군거렸다.

"폐하께서 마음에 드시나 봐요. 얼굴이 빨개지셨습니다."

"저런 걸 좋아하시는 걸까요?"

"하긴. 보통 용기로는 저런 춤은 출 수 없죠……."

그 말에 충격을 받은 게스타가 라틸을 놀란 눈으로 쳐다보았다. '진짜 저런 걸 좋아하신다고?'라고 생각하는 얼굴이었다.

하지만 라틸은 홀로 창피해하느라 게스타의 표정을 보지 못했다. 라틸은 저런 춤을 추는 대신관에게 반한 척해야 한단 생각만으로도 이미 머릿속이 포화 상태였다. 그러나 언제까지나 이러고 있을 수는 없었다. 속세를 떠나기 위해 카지노 딜러가 되었다는 저 대신관이 또 무슨 행동을 할지 모르니, 이쯤 하게 끊고서 얼른 데리고 들어와야 했다.

'후…….'

굳게 결심한 라틸은 빠르고 깊게 숨을 들이쉬고서 벌떡 일어나며 호탕한 척 웃었다.

"세상에. 이럴 수가 있나!"

대신관을 구경하던 모든 사람들이 순식간에 조용해져서 황제를 주시했다. 라틸은 귀에 열기가 화끈 올라왔으나, 애써 태연한 척 두 팔을 벌리고 대신관에게 다가가며 칭찬했다.

"이름 모를 근육아! 그대의 춤은 내가 지금까지 본 어떤 춤보다 박력이 넘치는구나!"

그 말에 대신관이 춤을 멈추고서 부끄럽다는 듯 얼른 무릎을 꿇었다.

"별거 없는 춤 솜씨로 폐하의 눈을 어지럽혔습니다."

"별거 없기는! 그대가 내 마음에 걸린 빗장을 부수고 들어왔다."

라틸이 대신관을 일으켜 세우자 사람들은 깜짝 놀라서 수군거렸다.

"폐하께서 정말 저자가 마음에 드나 봅니다."

"그런데 저 남자가 누구지요? 처음 보는 사람인데."

"누군지 몰라도 참 잘생겼군요. 하긴. 폐하의 하렘 속 남자들은 다들 대단한 미남이지요."

"폐하는 확실하게 얼굴만 딱 보시는군."

귀족들은 자기들이 아는 남자 중에 저 정도로 잘생긴 남자가 없나 떠올려보았다. 황제의 안목을 보니, 일단 잘생기기만 하면 금방 사랑에 빠지는 듯해서. 하지만 다른 사람들과 달리 몇몇은 이 상황을 그저 재밌게 구경할 수만은 없었다.

'저렇게 마음이 가벼울 수가 있나!'

아까까지 황제 며느리를 보겠다며 좋아하던 아트락시 공작.

'지금 폐하는 내가 춤을 못 춘다고 일부러 저러시는 거다.'

라틸에게 춤을 못 춘다고 대놓고 타박을 들었던 라나문.

"……."

조금 전 라틸에게 함께 춤을 추자 제안하려 했던 게스타 등등은 사람들이 자기들을 쳐다보는 걸 알면서도 쉽게 표정을 관리하기 어려웠다.

게스타가 가라앉은 눈으로 대신관을 주시하자, 칼라인에게서 가까스로 빠져나와 자리로 돌아온 타시르가 히죽 웃으면서 게스타를 약 올렸다.

"하렘에 들어오면 저자에게도 접근해 모략을 꾸밀 건가? 그만두는 게 좋을걸, 도련님. 저놈 주먹 봐봐. 도련님 정도는 주먹 한 방에 나가떨어질지도 몰라."

이때다 싶어 타시르가 계속 깐죽대자 게스타의 눈빛은 점점 더 차가워졌으나, 타시르는 게스타가 사람들 앞에서는 절대로 성격을 드러내지 못한단 걸 알기에 혓바닥을 멈추지 않고 나풀거렸다.

"그만하세요, 타시르 님."

"뭐라고? 주위가 시끄러워서 잘 안 들려, 도련님."

"그만하세요……."

"응? 안 들리는데?"

타시르가 히죽히죽 웃는 걸 보며 게스타는 남몰래 주먹을 움켜쥐었다.

타시르는 낄낄 웃으면서 라나문에게도 말을 걸려 했으나, 라나문이 서릿발 같은 시선을 보내자마자 얼른 칼라인 쪽으로 방향을 바꿨다. 그러나 의외로 칼라인 역시 게스타와 비슷한 짓을 하는 중이었다. 아니, 칼라인은 게스타보다 더욱 노골적으로 혼자 춤을 춘 남자를 뚫어져라 쳐다보고 있었다.

"세상에. 용병왕님도 질투를 하나?"

그걸 본 타시르가 이때다 싶어 칼라인도 놀렸으나, 칼라인은 게스타와 달리 아예 타시르의 놀림에 반응하지 않았다. 타시르도 더 깐죽거리지 않고 멈추었다. 칼라인의 표정 때문에.

"어이 용병왕님? 괜찮아?"

게스타와 달리 칼라인은 화난 표정이 아니라, 어딘가 아픈 표정이었다. 안 그래도 창백한 사람이 표정까지 저러자, 타시르는 조금 걱정이 되어서 물었다.

"체했어?"

"몸이 좀 안 좋군."

"정말 체했어?"

칼라인은 구체적으로 어디가 안 좋단 말은 하지 않았으나, 라틸의 시종에게도 몸이 안 좋단 말을 하고서 연회장 밖으로 나가버렸다.

연회가 끝난 새벽. 라틸은 대신관을 습격하려던 이들을 몸소 취조하기 위해 감옥으로 가려다가, 칼라인이 몸이 좋지 않아 일찍 처소에 돌아갔단 이야기를 듣고 방향을 바꾸어 하렘부터 갔다. 만난지 오래된 사이는 아니지만, 라틸이 아는 칼라인은 꾀병을 부릴 사람은 아니었다. 아니, 오히려 그는 고고한 늑대 같아서 아파도 아프지 않은 척 고통을 참으려 들 타입 아닌가? 물론 실제로 늑대가 아파도 아픈 척하지 않는지는 알 수 없지만.

'사람들 앞에서 몸이 안 좋다고 돌아갈 정도면 많이 안 좋은 거야.'

칼라인의 방문 앞에 가자, 웬일로 그가 흑사신단에서 시종으로 데리고 들어왔다는 용병이 문 앞에 서 있는 게 보였다.

"오셨습니까, 폐하."

몇 번 만난 적이 없지만, 칼라인이 데려온 부하는 그만큼이나 눈에 확 띄는 얼굴이라 라틸은 대번에 그를 알아보았다. 이 부하는 칼라인만큼 얼굴이 창백했는데, 늘 불만에 차 있고 항상 기분이 나빠 보여서 사람들 틈에 있어도 눈에 띌 수밖에 없었다.

"칼라인은?"

"안에 계십니다."

칼라인의 부하가 문을 열어주자, 라틸은 안으로 들어가면서 작게 헛기침을 해 칼라인에게 자신이 들어간단 신호를 보냈다.

"칼라인?"

침대에 누워 있을 줄 알았는데, 칼라인은 창가에 앉아 창틀에 머리를 기대고 있었다. 목욕을 했는지 머리카락은 축축했고, 반쯤 벗겨진 목욕 가운 사이로는 아직 물기가 덜 마른 몸이 보였다.

"칼라인. 아프다더니. 그러고 있어도 괜찮으냐?"

라틸이 들어가면서 묻자, 칼라인은 창틀에서 다리를 내리고는 곁으로 다가왔다. 라틸은 그의 표정을 살폈다. 하지만 항상 창백한 남자라, 낯빛만 보아서는 상태가 좋은지 아닌지 구분하기 어려웠다.

"보자. 괜찮나."

라틸이 두 손으로 그의 얼굴을 잡고서 뚫어져라 입술이며 눈매를 쳐다보자, 칼라인은 순순히 얼굴을 맡긴 채 가만히 서 있었다.

"음. 괜찮아 보이는데."

구석구석 칼라인의 얼굴을 뜯어본 라틸은 중얼거리면서 손을 내렸다. 그냥 하는 말이 아니라, 실제로도 원래 창백하던 피부를 제외하면 딱히 아픈 곳은 없어 보였다.

"제가 걱정되어서 오셨습니까."

"갑자기 아프다면서 돌아갔다니까."

칼라인의 입술이 조금 움직였다. 마치 할 말이 있는 것처럼. 하지만 그뿐. 칼라인은 그냥 입을 닫아버렸다.

라틸은 연회장에서 잠깐이지만 자신이 다른 사람의 속마음을 들었던 걸 떠올리며 안타까워졌다. 그거 참 편리했는데. 칼라인처럼 말 없는 사람을 앞에 두면 특히 더 편할 것 같은 능력이었다. 그러나 능력이 그새 사라진 건지, 아니면 잠깐 뭐가 어떻게 되어 나타난 능력이었던 건지, 아무리 쳐다보아도 라틸은 칼라인이 지금 무슨 생각을 하는 건지 알 수 없었다.

"지금은? 안 아파?"

결국 라틸이 대놓고 묻자, 칼라인은 라틸의 목덜미에 코를 묻고 비비적거리며 대답했다.

"아프지 않습니다. 그냥 질투 때문에 이러는 겁니다. 괜찮습니다, 주인."

"네가 질투도 해?"

칼라인의 머리카락이 목덜미를 간지럽히는 바람에, 라틸은 반사적으로 몸을 떨면서 물었다. 칼라인은 라틸의 몸에 더욱 바짝 자신의 몸을 붙이며 속삭였다.

"항상 하고 있습니다. 주인, 그대가 날 생각하지도 않은 순간순간에도."

칼라인이 생각보다는 괜찮아 보이는 걸 확인한 라틸은, 그를 달랜 후 곧장 하렘을 나와 감옥으로 갔다.

"함께 들어가겠습니다."

"아니, 혼자 들어갈 겁니다. 서넛 경은 사블레 후작과 같이 기다립니다."

라틸은 함께 들어가려는 서넛에게 밖에서 기다리라 지시하고서, 붙잡힌 이들을 찾아 홀로 내려갔다.

감옥 안에는 라틸의 지시대로 습격자들만이 꽁꽁 묶여 각자 따로 갇혀 있을 뿐, 주위에 아무도 없었다. 다른 죄수는 물론 간수까지도. 그들은 바닥을 파거나 철창살 사이로 빠져나가려 끙끙거리다, 라틸이 나타나자 행동을 멈추고 노려보았다. 잡혀갈 때는 좀 무서워하는 것 같더라니. 막상 상황이 이렇게 되자 두려운 마음보다 분노가 더 커진 것 같았다.

라틸은 혀를 차고서 다짜고짜 창살을 퍽 발로 걷어찼다. 챙 소리가 나며 창살이 흔들리자, 그 칸에 있던 범인의 눈빛이 그나마 유순해졌다. 하지만 나머지 칸 범인들은 여전히 시선이 흉흉했다. 라틸은 또 한 번 혀를 쯧 차고서 구석에 놓인 접었다 폈다 할 수 있는 작은 의자를 가져다 놓고 앉았다.

"자…… 우선 본격적으로 취조를 시작하기 전에, 먼저 제안을 하나 하겠다. 난 인자한 황제니까."

"……."

"혹시 자백할 사람?"

라틸이 손 드는 시늉을 하자 범인들이 입을 더욱 꾹 다물었다. 어차피 그러리란 생각은 했지만. 그래도 라틸은 쓸쓸하게 혼자 들어 올린 손을 좌우로 몇 번 흔들면서 재차 물었다.

"왜 내 연회 축하 파티에서 그 남자를 습격했는지, 뭐 변명이라도 해볼 사람은 없어?"

"……."

"모두 알겠지만 이 몸은 인자하고 어진 군주거든. 그럴듯한 변명 하나라도 하면 넘어가줄 수도 있어. 자백하면 가산점 붙는다."

이어서 라틸이 착한 미소를 지었지만, 의외로 아무도 넘어오지 않았다.

"잘 안 통하네."

조금 기다려보다가 라틸은 어깨를 으쓱하고서 손을 내렸다. 너무 자주 써먹어서 다들 안 속나? 어쨌든 상관은 없었다. 그냥 수월하게 가고 싶어서 물어봤을 뿐이니.

그런 라틸을, 범인 중 한 명이 잔뜩 쉰 목소리로 끌끌 웃으면서 조롱했다.

"우리 중 그 누구도 입을 열지 않을 거다. 아무리 취조해봤자!"

"응, 아냐. 취조하면 열 명 중 열 명이 다 입 열게 되어 있어."

"!"

"아니라 하고 싶어? 그럼 버텨봐. 만약 버티면……."

버티면? 버틴 사람은 봐준단 이야기라도 하려는 건가? 범인들은 라틸이 어딘가로 걸어가더니, 정체불명의 까만 도구함 뚜껑을 여는 걸 보며 마른침을 삼켰다. 라틸은 그 도구함에서 용도 모를 약병을 꺼내 돌아서며 히죽 웃었다.

"그다음에 갇힌 범인한텐 바꿔서 말해줄게. 열 명 중 아홉 명은 입 연다고."

"!"

라틸이 취조를 끝내고 밖으로 나오자 시종장과 서넛은 초조하게 감옥 입구에 서 있다가 얼른 가까이 다가갔다.

"폐하. 괜찮으십니까?"

"응, 내 피 아니에요, 후작."

"입을 열었습니까?"

"뭐. 만족할 정도는."

"이런 일은 직접 나서지 않으셔도 됐을 텐데요……."

서넛이 중얼거리는 말에 라틸은 속으로 구시렁거렸다. 물론 나도 직접 나서고 싶지 않았습니다.

하지만 그들이 습격하려던 게 대신관이란 건 아직 라틸과 대신관 본인 외엔 아무도 몰랐다. 그러니 직접 나서서 취조할 수밖에. 애초에 남에게 취조를 시키려면, 그냥 현장에서 지시하면 됐을 일이었다. 연회가 끝나기 전까지 입을 열어두라고.

"그보다 엄청난 얘기를 들었습니다."

라틸이 손수건을 꺼내 얼굴에 튄 피를 닦고서 서넛에게 건네자,

서넛은 자연스럽게 그 손수건을 다시 시종장에게 전달했다.

'이놈이 자연스럽게 나한테 쓰레기를……?'

시종장은 황당해서 피에 젖은 손수건을 받아 들었으나, 라틸 앞이라 무어라 말을 하진 못했다. 라틸은 이 상황을 모른 채 다른 수건을 꺼내 남은 피를 닦고는, 궁 쪽으로 걸어가며 작은 목소리로 말했다.

"범인들 말입니다. 배후로 틀라를 불었습니다."

시종장은 피가 뚝뚝 떨어지는 손수건을 두 손가락으로 집은 채 걸어가다가 깜짝 놀라 손수건을 떨어트렸다.

"그게 무슨 말씀이십니까?"

서넛 역시 놀란 표정으로 라틸을 쳐다보았다.

"틀라 황자를 말씀하시는 겁니까?"

"응. 그렇답니다."

시종장은 대번에 반박했다.

"거짓일 겁니다."

서넛 역시 시종장의 말에 바로 동의했다.

"저도 후작님 말씀이 맞다 생각합니다. 틀라 황자의 처형 때 참관한 사람은 하나둘이 아닙니다. 살아 있을 수가 없습니다."

틀라 황자는 황족인 데다 어머니가 달라도 라틸의 오빠였기 때문에, 최소한의 예우를 갖추어 공개 처형을 하진 않았다. 그러나 참관인 숫자는 적지 않았다. 개중 틀라의 사람이 있다 하더라도 처형 자체를 막을 수 없을 만큼. 그런데 죽은 틀라가 라틸 습격을 지시했다니? 당연히 말도 안 됐다.

시종장은 잠시 생각하다가 물었다.

"아. 혹시 틀라 황자님이 생전에 내린 명령……."

"아니요. 최근에 내린 명령이랍니다."

"!"

시종장과 서넛은 서로를 쳐다보았다. 그들 모두 라틸이 적의 헛소리에 넘어간 게 아닌가 우려하는 표정들이었다. 하지만 라틸은 그들이 거짓을 고하지 않았다고 확신했다. 그들의 입 때문이 아니라 그들의 속마음 때문에.

'이유가 뭐지? 이번에도 그자들의 속마음이 들렸어.'

물론 취조를 하자 그들은 라틸의 예고대로 온갖 이야기를 순순히 다 불었다. 틀라가 배후라는 것 외에도, 그 많은 사람들 속에서 대신관을 찾아낸 방법까지.

그들이 말하길, 틀라 황자의 지낭 역할을 하는 '여우님'이란 자가 있는데, 그자가 그들 중 한 명의 머리에 이상한 구슬을 넣으며 '이걸 가지고 있으면 대신관이 누구인지 반응이 올 거다'고 말했다고. 그들은 여우님의 말을 듣고서도 반신반의했으나, 실제로 그 구슬을 가지고 있자 어떤 사람의 곁에서 머리가 몹시 지끈거리는 반응이 왔다 이야기했다.

하지만 이 이야기들은 모두 허무맹랑했다. 라틸 스스로 생각하기에도, 자신이 그들의 속마음까지 같이 듣지 않았더라면 취조한 결과를 다 믿진 못했으리라 여겨질 만큼. 그러나 이상하게도 라틸은 그들의 속마음을 같이 들을 수 있었고, 덕택에 그들이 한 그 믿을 수 없는 이야기들이 '적어도 그들에게는' 진실이란 것도 알아낸 것이다.

"폐하, 전문가들을 시켜서 한 번 더 취조해볼까요?"

"아, 안 될 거예요, 사블레 후작. 내가 말 못 하게 만드는 약을 먹여놔서 더는 취조 못 할 거라."

"예? 왜 그런 일을……?"

"시끄럽기에."

'사실은 대신관 얘길 못 하게 하려던 거지만.'

라틸은 괜찮다 거듭 말하고서 자신의 침실 안 욕실로 들어갔다.

"따뜻하게 준비해둔 물이 조금 식었습니다, 폐하. 조금만 기다려주시면 다시……."

"괜찮으니 다들 나가 있어라."

라틸은 목욕 시중을 들기 위해 대기 중인 시녀들까지 다 물리고서, 홀로 욕조 안에 들어가 머리끝까지 물에 잠기도록 했다.

'틀라가 살아 있다……. 흑마법을 이용해 살아난 건가? 처음부터 흑마법사였나?'

어쨌든 틀라의 생존은 신중하게 접근해야 하는 일이었다. 라틸은 오랫동안 물 안에 얼굴을 담그고 있다가, 숨이 막혀올 때쯤 물 밖으로 확 나오면서 세수했다.

'이런 일일수록 신중하게 조사해야 할 텐데. 내부에 적이 있어. 문제는 난 그 적이 누구인지 모른단 거다.'

틀라에 대한 조사는 흑마법사를 조사하는 일보다 더욱더 조심해야 한다. 하지만 누구에게? 누구에게 이런 일을 맡길 수 있을까?

'젠장. 그 속마음 읽는 능력, 계속 나오게 할 수는 없나?'

그게 가능하다면 누가 충신이고 누가 배신자인지 대번에 알아내서 틀라에 관해 조사해보라 명령할 수 있는데. 어째서인지는 모르겠지만 그 능력은 나왔다 사라지길 계속 반복했다. 죄수들의 속마음은 들을 수 있었지만, 시종장과 서넛, 대신관의 속마음은 들을 수 없던 것처럼.

'일단 내일 오빠한테 사람을 보내서 대현자와 함께 방문해달라고 하자. 대현자가 구마 방법에 대해 알지도 모른다니까.'

다음 날. 라틸이 오빠가 있는 곳으로 사람을 보내 와달라 청하는 그 시각, 대신관은 시종장의 안내를 받아 하렘 건물 안으로 들어갔다. 탄탄한 팔근육을 그대로 드러낸 대신관의 모습은 햇빛 아래에서 전쟁의 신처럼 눈부셨고 늠름했다.

하지만 사람들은 변화를 좋아하지 않는 법이었고, 낯선 이는 쉽게 환영받지 못하는 법이었다. 하렘에서 일하는 궁정인들은 가슴을 쫙 펴고 하렘에 새롭게 들어오는 이방인을 지켜보며 자기들끼리 입을 모으고 속닥거렸다.

"카지노 딜러였대. 그것도 VVIP 상대하는 딜러."

"세상에. 한 번에 신분 상승했네."

"그러니까. 인생이 도박이었는데 대박이 났어."

"일부러 폐하의 눈길을 끌려고 난리 부렸다면서? 엄청 흔들어댔다던데?"

"대놓고 폐하한테 하트를 보내고 쏘고 그랬대. 폐하는 그거 보고 끔뻑 넘어가시고."

"우리 폐하는 그런 거 좋아하시는구나."

궁정인들이 수군거리는 목소리는 제법 커서, 대신관 일행에게까지 다 들릴 정도였다.

'부끄럽다.'

시종인 척 함께 입궁하게 된 대신관의 수행사제는 그 소리를 듣고 목덜미까지 빨개져서 고개를 숙였다. 생각 같아서는 '이분은 당신들이 생각하는 그런 분이 아니다!'고 버럭 외치고 싶었지만, 그 대단한 정체는 기밀이기에 절대로 발설할 수 없었다. 하지만 그 탓에 저 노골적인 수군거림을 죄다 받아들여야 하다 보니 저절로 얼굴이 화끈거렸다. 특히 이 수행사제는 세간 사람들이 생각하는 전형적인 사제의 성품 그 자체이다 보니 이 상황이 더욱 곤혹스러웠다.

'대신관님…… 카지노에서 딜러 하신다 할 때도 생각했지만, 왜 항상 이런 쪽으로…….'

"여기입니다."

그사이. 시종장은 하루 동안 빠르게 준비해둔 새로운 후궁의 방 앞에 멈추어 서며 웃었다.

"앞으로 여기서 늘 좋은 일들만 가득하시길 바랍니다, 자이신 님."

대신관은 고개를 끄덕이고서 방으로 들어갔다.

"괜찮군."

방은 하루 안에 급조한 것치고는 깨끗하고 화사하게 꾸며져 있었다. 아직은 가장 기본적인 가구만 있었으나, 그 가구 모두 고가품인 데다가 번쩍거리는 재질이어서 휑한 느낌도 없었다. 그가 대신관이란 걸 염두에 둔 라틸이 일부러 반 장난삼아 전부 다 하얀색으로 꾸미라 지시했기에 더욱 환해 보이기도 했다.

수행사제는 시종장이 물러나자, 얼른 짐가방 두 개를 챙겨 따라 들어오며 구시렁거렸다.

"전 너무 무섭습니다, 대신관님. 카지노도 무서웠는데 하렘이라니요. 이래도 되는 걸까요?"

"적들을 피하려면 넓은 그늘에 들어가야 한다. 그분의 품은 넓고 검은 강력했지. 게다가 세상에서 가장 큰 권력을 가진 분이시니, 충분히 날 지켜주실 거다."

"그래도 하렘은 좀……."

"정체 모를 적들이 날 노리고 있으니 어쩔 수 없잖아."

그래도 역시 하렘은 아닌 것 같다고 수행사제가 말하려는데, 갑자기 문이 발칵 열렸다. 수행사제는 얼른 주저앉아서 가방 문을 열고 짐 정리를 하는 시늉을 했다.

"이런. 죄송합니다, 자이신 님."

들어온 사람은 아까 안내해준 황제의 시종장이었다.

"괜찮습니다."

대신관이 넉넉하게 웃으면서 대답하자, 시종장은 '생각보단 사람이 진중하군. 춤은 방정맞았지만.' 하고 생각하면서 알려주었다.

"폐하께서 오늘 밤 자이신 님을 찾아오겠다 하셨습니다."

수행사제는 그 말에 정리하던 옷가지를 움켜잡고 눈을 부릅떴다. 오늘? 그리고 시종장이 나가자마자, 수행사제는 겁먹어서 대신관에게 물었다.

"대, 대신관님, 정말로 밤, 밤, 그거까지 하실 건 아니시죠?"

'하렘에 숨어 있겠다 했지만 진짜로 후궁 노릇을 하진 않겠지.'

그날 밤. 라틸은 대신관이 자신이 전한 말을 찰떡같이 알아들었으리라 생각하고서 대신관에게 배정된 방을 찾아갔다. 손에는 작은 책이 들려 있었는데, 사실 책은 위장일 뿐. 이 안에는 대신관에게 의논할 사안 몇 가지를 적은 쪽지가 있었다. 갑자기 사람에게 이상한 능력이 생길 수도 있는지, 대신관은 혹시 은밀하게 부릴 수 있는 믿을 만한 정보원이 있는지, 죽은 사람이 깨어나는 것도 흑마법인지 등등 묻고 싶은 게 많았다.

그런데 방문 두 개를 지나 침실 안으로 들어간 순간.

"으아!"

라틸은 깜짝 놀라 들고 온 책을 떨어트렸다. 퍽 소리가 나며 책이 바닥을 굴렀고 사이에 끼워둔 쪽지가 흩어졌으나, 라틸은 거기에 신경조차 쓸 수 없었다. 대신관이 홀랑 다 벗은 채 침대에 옆으로 누워 라틸을 기다리고 있었다.

"뭐, 오, 옷은 어디 갔어!"

"오십시오, 폐하. 저는 타락할 준비가 되어 있습니다."

"!"

대신관의 벗은 몸은 옷으로 감싸고 있을 때보다 훨씬 자극적이었다. 얼핏 보아도 존재감이 뚜렷했던 근육이 온전히 제 모습을 드러내자, 라틸은 저절로 침이 꿀꺽 넘어갔다. 저 길고 매끈한 손가락과 지방이라곤 일절 없어 보이는 딴딴한 팔뚝이라니. 만약 대신관이 성전을 앞둔 비장한 표정을 짓고 있지 않았더라면 팔랑 넘어갔을지도 몰랐다. 하지만 야시시한 분위기라곤 1그램도 없는 그의 표정 덕에, 라틸은 넘어가기는커녕 티베트여우 같은 얼굴로 대신관을 쳐다보았다.

"타락할 준비는 내가 안 되어 있다."

라틸은 저벅저벅 걸어가 그가 옆으로 밀어둔 이불로 대신관의 몸을 덮었다.

"이런 성스러운 몸을 취할 기회는 자주 오지 않습니다, 폐하. 다시 생각해보시지요."

라틸은 들고 온 책으로 대신관의 이마를 아프지 않게 아주 살짝 콩 두드렸다.

"폐하!"

"옷 입어."

"절 이렇게 대한 분은……."

"나 하나가 아닐 텐데? 그거 안 통해. 옷 입어."

대신관은 무어라 더 반박하려 했으나, 라틸이 떨어트린 쪽지들을 줍기 시작하자 어쩔 수 없이 이불로 몸을 꽁꽁 싸맸다.

라틸은 쪽지를 다 주워서 돌아서다가, 그 모습을 보고서 웃음을 터트렸다. 이불이 새하얀 색이다 보니, 셔벗 위에 대신관의 얼굴 하나만 똑 올라와 있는 거 같아서.

"제 신성한 몸을 취할 생각이 아니라면 왜 오신 겁니까?"

"수식어가 길다?"

"큰마음을 먹었는데 폐하께서 잎으셨으니까요."

"넌 진짜 후궁이 아니잖아. 그런 마음까진 안 먹어도 돼."

라틸이 단호하게 말하자, 대신관은 충격받은 얼굴로 중얼거렸다.

"꼭 대신관 같은 소릴 하시는군요."

'그러니까 이걸 왜 내가 말하고 있냐고! 그쪽이 말해야지!'

라틸은 황당해서 대신관의 입술을 한번 잡아당기고 싶었지만, 어쨌든 대신관 같지 않아도 상대가 대신관이긴 한지라 차마 그러진 못했다. 대신 책을 펼쳐서 미리 준비해 온 질문을 읽었다.

"물어보고 싶은 게 있어서 왔어. 일단 하나. 혹시 은밀하게 부릴 수 있는 부하가 있어?"

"은밀하다면……?"

"뭐. 썩 좋은 일이 아닌 명령이라도 입을 꾹 다물고 수행할 수 있는 부하. 그러다 걸리더라도 추궁받기 전에 알아서 자결할 부하."

라틸의 냉랭한 설명에 대신관은 처음으로 놀란 표정을 지었다. 속세에 파묻혀 살아온 그이지만, 어쨌든 대신관다운 면이 있긴 있는 모양이었다.

"부하라 해도 같은 신을 모시면 다 형제이고 자매인데, 어떻게 그런 명령을 하겠습니까."

"없단 거지?"

"백화랑술이라고, 성기사들로 이루어진 단체가 있습니다."

백화랑술? 라틸은 스치듯 들어본 이름이라고 생각하며 물었다.

"그럼 있단 거야?"

하지만 그게 어떤 단체인지는 바로 떠오르지 않았다. 타리움은 종교가 지배적인 국가가 아니었고, 라틸 자체도 그리 신앙심이 깊진 않았기 때문이다. 물론 종교가 지배적이지 않더라도 대다수 국민이 종교를 가지고 있었고, 라틸 역시 신앙심이 깊지 않아도 신에 대한 본능적인 숭배는 했지만 말이다.

"그들이 제 뜻을 따르긴 하지만, 아마 폐하께서 원하는 타입은 아닐 겁니다. 부하라기보다는 그저 제가 대신관이기 때문에 존중해주고 여러 도움을 주는 집단에 가깝습니다."

"내가 원하는 건 존중이 아냐. 무조건적인 충심이지."

"그럼 아닙니다. 그들이 무조건 숭배하는 대상은 오로지 신뿐입니다."

라틸은 한숨을 내쉬고서 무릎에 팔을 괴었다. 틀라가 살아 있을지도 모른단 정보를 얻었으니, 그에 관련해 조심스럽게 조사하고 싶었는데.

그럼 대신관의 도움을 받긴 어려울 테고. 역시 기존 세력 중에서 골라 명령을 내려야 할까…….

"그걸 물어보러 오신 겁니까?"

"아, 하나 더. 혹시 말이야. 갑자기 이상한 능력이 나타났다가 사라지길 반복하는…… 뭐 그런 현상에 대해 들은 적이 있어?"

"마법이요?"

"말고."

대신관은 곰곰이 고민해보더니 자기는 들은 적이 없다고 대답했다.

"그래."

너 도움이 하나도 안 되는구나. 라틸은 속으로 이 말을 삼켰다.

'하긴. 도움이 아예 안 되는 건 아니지. 얘가 여기 있는 것만으로도 흑마법 관련된 것들은 접근하지 못한다니.'

대신관의 방에서 나온 라틸은 계속해서 자신의 능력이 대체 어떻게 생겼을까, 어떤 상황에서 발휘되는 걸까 고민하며 걸어가다가 하렘 출구 부근에서 멈추어 섰다.

'이렇게 넘어갈 게 아니지. 이론으로 알 수 없으면 직접 하나하나 시험해보고 알아내면 되잖아?'

라틸은 일이 잠시 잘 풀리지 않는다고 해서 실망하고 기죽는 성품이 아니었다. 하이신스에게 배신을 당했을 때도 그 감정을 바로 분노로, 야망으로 승화시킨 것처럼, 라틸은 우울한 감정을 조그만 계기만으로도 바로 추진력으로 삼아 앞으로 달려가는 데 사용하곤 했다.

'최대한 여러 사람들을 만나보자. 날 보고 많은 생각을 할 사람들을. 그러면 힌트가 생길지도 몰라.'

이번에도 라틸은 바로 달려갈 방향을 찾아내고서, 얼른 몸을 돌려 하렘 안으로 도로 들어갔다. 그러고서 제일 처음 찾아간 사람은 게스타였다.

"없다고?"

"예. 책을 읽으러 도서관에 가셨습니다."

하지만 게스타는 자리를 비운 후여서, 라틸은 다음으로는 라나문을 찾아갔다. 다행히 라나문은 얌전히 방 안에 머물러 있었다.

"폐하께서 이 시간에 무슨 일로 오셨습니까."

라나문은 속마음을 읽어내기에 딱 적합한 상대였다. 거의 변동이 없는 얼음 같은 얼굴, 차가운 목소리, 과묵한 입까지 삼박자를 그대로 갖춘 상대.

"우리가 늘 밤에만 만나야 하느냐?"

"!"

라틸은 능청스럽게 말하고서 라나문이 앉아 있는 창가로 다가가 옆에 나란히 앉았다. 라나문은 라틸을 밀어내진 않았다. 하지만 별말을 하지도 않아서, 잠시 두 사람 사이에는 어색한 침묵이 내려앉았다. 그러나 평소라면 먼저 말을 걸어보았을 라틸은, 이번에는 라나문의 속마음을 듣기 위해 껄끄러워도 일부러 계속 조용히 있었다.

그렇게 얼마나 무릎을 맞대고 멍하니 있었을까.

'아무 생각도 안 하는 거야, 생각을 하는데 내가 못 듣는 거야?'

30분쯤 지나자 라틸은 인정했다. 여기 더 있어봐야 라나문의 속마음은 들려오지 않으리란 걸. 결국 다른 후궁에게 가보기로 결심한 라틸은 먼저 창틀에서 일어났다.

"벌써 가십니까."

그러자 내내 얼음조각처럼 있기만 했으면서, 라나문이 아주 조금 아쉬운 내색을 비추며 따라 일어섰다.

"네가 막 방해된다고, 계속 가라 하던데? ……속으로."

"제가 언제요."

"음. 안 그랬구나. 하긴. 조용하더라."

"?"

"아냐, 그냥 말해봤어. 어쨌든 간다."

라틸이 어깨를 두드리자, 라나문의 손이 아주 조금 위로 올라왔다. 라틸이 문을 열고 나갈 즈음, 그의 손이 허공 위로 더 올라왔다. 붙잡고 싶은 듯 그의 손은 괜히 바람만 쓸었다. 허무하게 허공에서 손을 움직인 라나문은 냉정하게도 문이 닫혀버리자 주저하다가 손을 내렸다.

"……."

닫힌 문이 꼭 라틸의 마음 같아서, 라나문은 주먹을 쥐고 우두커니 한참을 서 있었다. 하지만 저 문은 돌리면 바로 열리겠지. 아무리 돌리고 두드려도 소리 없는 님 마음의 문짝과 달리.

라나문과 라틸이 대화를 할 동안 잠시 자리를 피했던 그의 유형제 카르둔은, 그런 라나문을 보자 두 손으로 입가를 막더니, 괜히 자기가 우울해져서 눈이 촉촉해졌다.

"도련님……. 그렇게 서 계시니 정말 처량하기 짝이 없네요. 그 카지노 딜러 때문에 그러시는 거죠?"

"아니."

라나문이 차갑게 대답하고서 다시 창가로 갔지만, 카르둔은 라나문이 저러는 게 황제가 카지노 딜러와 밤을 보냈기 때문이라고 확신하고서 코를 훌쩍였다.

"너무 실망하지 마세요. 폐하 취향이 천사 같은 얼굴에 짐승 같은 근육이었단 걸 도련님이 어찌 아셨겠습니까."

"천사 같은 얼굴? 그자가 나보다 잘생겼단 뜻이냐."

자신의 아름다움에 크나큰 자부심을 가진 라나문이 차갑게 말하자, 카르둔은 황급히 손을 내저었다.

"그럴 리가요. 도련님 얼굴이야 세계에서 따라올 자가 없는걸요! 도련님 얼굴은 신께서 손수 정성 들여 빚은 얼굴인걸요!"

맞았다. 그의 아름다움은 가히 저런 칭송을 들어도 어색하지 않을 만했다. 그런데 왜? 라틸 황제는 왜 그에게 홀리지 않은 걸까?

라나문의 표정이 풀리지 않자, 카르둔은 머뭇거리다가 조심스럽게 제안했다.

"저…… 도련님. 폐하 취향이 부푼 근육인 것 같은데. 도련님도 벌크업을 해보시면 어떨까요?"

"!"

라틸이 다음으로 찾아간 사람은 타시르였다. 타시르는 방 안에 있진 않았으나, 다행히 처소 근처에 있었으므로 먼저 라틸을 발견

하고는 얼른 여유롭게 다가왔다.

"이게 누구야. 우리 폐하 아니십니까."

라틸과 자신이 20년 지기 소꿉친구라도 된 것처럼 능청스럽게 다가온 타시르는 "예쁜 짓 좀 하겠습니다." 하고 중얼거리면서 라틸을 품 안에 폭 안고는 흐뭇하게 웃었다. 그 모습을 본 타시르의 부하 히얼란은 '역시 우리 소단주님은 계산적이고 여우 같은 분이시구나!' 감탄하며 속으로 눈물까지 흘렸다.

라틸은 얼결에 타시르의 가슴에 기대 눈을 끔뻑거리다가 픽 웃고서 쏙 그의 품에서 빠져나왔다.

"이런 데 행동만 빠르지."

"사랑이 고파서요."

거기에 대고 라틸이 웃으면서 한마디를 더하려는 그 순간. 갑자기 타시르가 입고 있던 옷이 툭 끊어지더니, 가슴 한쪽이 훤히 드러났다. 놀란 라틸이 눈을 동그랗게 뜨자, 타시르는 "어이쿠." 하고 탄식하면서 가슴을 가리기는커녕 손으로 이마를 짚었다.

"옷이 낡아서 뜯어졌군요. 폐하 앞에서 이런 부끄러운 모습을 보이다니."

부끄러우면 가리는 게 어떨까. 라틸은 타시르가 손을 위로 올리는 바람에 옷이 좀 더 아래로 흘러내리자 혀를 찼다.

"속이 다 보인다, 다 보여."

"보고 감상까지 말씀해주시니 얼굴이 화끈거립니다. 그래, 어떠십니까?"

"그 속 말고!"

그리고 화끈거리긴, 아주 태연한 얼굴인데! 라틸은 타시르가 옷을 올릴 생각이 전혀 없어 보이자, 결국 직접 허리춤에 걸린 그의 옷자락을 직접 위로 세워주었다. 그러다 손가락이 살에 스치듯 닿자 괜히 자신의 어깨가 들썩였으나, 라틸은 모른 척 정색하고서 경고했다.

"엉뚱한 짓 좀 하지 마."

"옷이 낡아서 그런걸요."

"어느 낡은 옷이 천은 반들반들한데 실밥만 뜯어져?"

"절 너무 자세하게 관찰하시니 두근거립니다, 폐하."

라틸이 가자미눈을 뜨고 쳐다보자, 타시르는 눈웃음을 지으면서 그제야 옷자락을 팔로 감싸 고정했다.

라틸은 한숨을 내쉬면서 고개를 저었다. 하여튼 이상한 놈이야.

하지만 별개로 타시르에게서도 속마음은 들을 수가 없었다.

'쟤는 속마음이고 뭐고 그냥 떠오르는 대로 다 말하는 것 같긴 하지만.'

"폐하? 그런데 정말 무슨 일로 오신 겁니까? 제게 뭐 따로 명령하실 거라도?"

뒤늦게 진지하게 물어보는 타시르에게, 라틸은 손을 저어 보이고서 다시 다음 후궁을 찾아 이동했다.

그러나 다음으로 찾아간 칼라인 역시 자리를 비운 상태라 방에 없었다.

"어디 갔는데?"

라틸이 묻자 칼라인이 흑사신단 용병단에서 데려온 시종은 제 주인과 꼭 닮은 창백한 얼굴로 대답했다.

"간만에 몸을 풀고 싶으시다며 연무장으로 가셨습니다."

"그래."

"폐하께서 오셨다고 전할까요?"

"아니. 됐다. 급한 일은 아니니."

어차피 칼라인은 어제 만나기도 했고. 그때 분명 칼라인에게서도 아무 속마음이 들려오지 않았다. 제발 좀 듣고 싶을 만큼.

결국 라틸은 마지막으로 클라인을 찾아가보았다.

"폐하!"

클라인은 방 안에서 혼자 뭘 하고 있던 건지 목덜미와 이마가 땀으로 젖어 있었는데, 방 옆에서는 클라인이 모국에서 데려온 시종이 바이올린을, 악시안은 북을 매고 있었다.

"뭐 했어?"

셋이서 파티했나? 라틸이 황당해 묻자, 클라인은 얼굴이 벌게져서는 자신이 부하들에게 악기에 대해 알려주었다고 횡설수설했다.

뭘 얼마나 열정적으로 가르쳤기에 너 혼자 그렇게 땀범벅인 건데? 라틸은 진지하게 궁금해졌지만, 그 말을 하는 순간 클라인의 얼굴이 펑 터져 나갈 것처럼 보였으므로 말을 도로 삼켰다.

"그래. 계속…… 연주 가르쳐줘."

어쨌든 클라인의 속마음도 들려오지 않아서, 라틸은 그의 어깨를 두드리고 얼른 자리를 피해주었다.

'결국 성과가 없네.'

그런데 터벅터벅 하렘 출구로 걸어가고 있을 때였다.

"폐하!"

뒤에서 클라인의 목소리가 들려왔다. 갑자기 왜? 라틸이 걸음을 멈추고 돌아보자, 클라인이 목에 수건을 걸고서 황급히 앞으로 달려왔다.

"왜 그러느냐?"

다가온 클라인은 다급히 와놓고서는 막상 아무 말도 하지 않았다. 그저 입을 꾹 다물고 커다란 눈으로 라틸을 계속 보기만 할 뿐.

그때.

같이 가자고 해줘. 같이 산책하자 해줘. 날 보니 좋다고 해줘. 연회 때 나랑 춤추고 싶었다고 해줘. 그냥 가지 마. 나 보러 온 거잖아. 맞다고 해줘.

클라인의 속마음이 들려왔다. 또렷하게.

아까는 아무 소리도 들리지 않았는데? 왜 갑자기 클라인의 속마음이 들려오는 거지? 라틸은 놀라서 입을 벌리고 클라인을 쳐다보았다.

그 놀란 표정을 본 클라인은 덩달아 놀란 표정이 되더니, 곧 오만하게 웃으면서 턱을 세웠다.

"제가 오니까 그렇게 좋으십니까?"

자기가 쫓아온 걸 보고 라틸이 감격했다고 오인한 듯했다. 쫓아온 걸 보고 감격한 건 아니었지만, 어쨌든 라틸은 감격한 건 맞았으므로 고개를 순순히 끄덕였다.

"응."

라틸이 바로 수긍할 줄 몰랐던지, 클라인은 자기가 물어놓고는 자기가 당황해서 괜히 헛기침을 해댔다. 하지만 입꼬리가 주체하지 못하고 올라가는 걸 보니 좋은 모양이었다. 아주 많이.

"네가 와서 좋다."

라틸은 솔직하게 인정했다. 정말이다. 그렇게 몇 군데를 돌아다녀도 들리지 않던 속마음이 갑자기 들리다니. 많이 기뻤다. 물론 클라인의 속마음을 들으면서도 아직 이게 어떻게 된 영문인지는 알 수 없었다. 하지만 이런 식으로 사례가 몇 개 쌓이면, 그것만으로 추측할 수 있게 되지 않을까?

"같이 산책할까?"

그래도 혹시 자신이 들은 속마음이 진짜가 아니라 환청일지도 모른단 걱정에 라틸이 슬며시 물어보자, 클라인은 안색이 금세 환해져서는 빠르게 고개를 끄덕였다.

"손."

난 개가 아닙니다!

"손!"

자기는 개가 아니란 마음속 반항과 손이 동시에 나오자, 클라인은 반사적인 자신의 행동에 충격을 받아 눈이 동그래졌다. 라틸은 입술을 꽉 깨물고서 클라인의 손을 꽉 깍지 껴 잡았다.

'이거 귀엽네.'

폐하는 손이 작네. 커 보였는데 직접 잡으니까 나보다 작아. 손에 굳은살...... 검을 잡아서 그런가. 검 휘두르는 거 보고 싶네. 대련하자 해볼까?

호위기사랑 매일 대련하시던데, 나랑도 하자 할까? 땀 흘린 척 대련하고서 옷을 벗어버릴까? 폐하는 근육을 좋아하시지. 나도 근육 많은데. 젠장, 내 근육을 보셔야지 그 딜러 근육은 그냥 덩치만 큰 풍선이란 걸 아실 텐데. 아. 그런데 폐하 손 진짜 좋다. 단단한데 말랑해. 근데 손이 차갑네. 괜찮아, 내 손은 뜨거우니까. 폐하는 내 손을 잡고 따뜻하다 생각하시려나? 아주 좋으시겠지. 손이 따뜻하면 마음이 따뜻하다던데, 어쩌면 그걸 생각하고 계실지도. 아아 손 진짜 좋다. 더 만져봐도 되나? 너무 쉬운 남자처럼 보이려나? 그럼 뭐 어때, 우린 어차피 부부이고……. 젠장, 부부라니. 아주 좋군!

하지만 이어서 들려오는 클라인의 속마음 폭탄에 라틸은 얼굴이 화끈거려서 고개를 옆으로 돌렸다.

'아니, 하나도 안 귀여워. 속으로 그만 좋알거려! 민망하잖아!

"클라인은……."

라틸이 서류를 보다가 갑자기 멍하니 중얼거리자, 맞은편에서 보고서를 함께 정리하던 시종장이 의아한 얼굴로 쳐다보았다.

"예?"

"아니, 아닙니다. 그냥. 첩자로 온 건 아닌 것 같더라고요."

"예?"

라틸의 말이 영 뜬금없다 여기는 듯했다. 그럴 것이다. 라틸이 보고 있던 건 서쪽 영지의 궁내관과 영주의 서출 자식 간에 일어난 충돌 관련 보고서였다. 그런데 갑자기 클라인 얘기라니. 이상해할 만도 했다. 라틸은 고개를 젓고서 얼른 보고서를 도로 움켜잡았다.

그런데 한참 이와 관련된 얘기를 나누던 도중이었다.

"폐하."

다른 비서 하나가 공개 집무실 안으로 들어오더니 소곤소곤 보고했다.

"대현자님과 레안 황자님께서 오셨습니다."

"오빠가 빨리 와줬구나."

라틸은 레안이 왔단 이야기에 활짝 웃고서 얼른 벌떡 일어났다.

"사블레 후작. 이건 급한 건이 아니니 나중에 봅시다."

"예, 폐하."

대관식 날 오빠와 의견이 달라 조금 충돌하긴 했으나, 라틸은 하나뿐인 동복오빠를 아주 많이 좋아했다. 게다가 어차피 형제자매 간의 싸움은 크게 번지지 않는 한 곧 풀리기 마련. 라틸은 오빠를 볼 생각에 신이 나서 달려갔다.

"라틸!"

대기실에서 라틸을 기다리던 레안도, 동생이 오자 라틸이 즉위하기 이전에 그랬던 것처럼 두 팔을 벌려 동생을 꽉 끌어안았다. 황제 자리에 오른 라틸을 이렇게 대할 수 있는 건 어머니와 오빠가 유일했다. 라틸은 히히 웃으면서 오빠와 서로의 머리카락을 엉망으로 헤집다가, 뒤늦게 대현자 쪽에도 인사를 올렸다.

"오랜만에 뵙습니다, 대현자님."

"두 분은 늘 사이가 좋으십니다."

대현자는 라틸과 친한 사이는 아니었다. 하지만 라틸의 오빠인 레안이 그의 자식 같은 제자인 데다, 라틸 쪽도 어릴 때부터 보아왔기에, 사이좋은 남매의 모습이 보기 좋다 여기며 인자하게 웃었다.

라틸은 몇 마디 더 오빠와 대현자에게 친근하게 말을 걸다가, 두 사람에게 식사 대접부터 풍족하게 한 다음에야 여기에 와달라 부탁한 사연을 이야기했다.

"실은 대현자님. 이번에 대현자님을 뵙고 싶다고 한 건 좀 심각한 일 때문입니다."

"그러리라 생각했습니다. 어떤 일이신지요?"

"대현자님은 혹시 구마 방법에 대해 아십니까?"

라틸의 질문에 대현자가 커피를 마시다 말고 손을 멈칫했다. 이윽고 그는 당혹스러운 듯 라틸에게 되물었다.

"구마 방법이요?"

요즘 세상에 뜬금없이 구마 방법 얘기를 꺼내자 좀 황당해하는 눈치였다. 충분히 그럴 수 있는 상황이기에, 라틸은 차근차근 그간의 일을 꺼냈다. 물론 기밀로 해야 하는 몇 가지는 제외하고.

대현자는 라틸의 이야기가 끝나자, 그제야 고개를 끄덕거렸으나 역시 돌아오는 대답은 그리 신통치 못했다.

"개인적으로는 저도 그 부분에 관심이 많아서 늘 자료를 찾아보고 있습니다. 진짜 옛날에 있던 일인지, 전해지면서 옛날에 일어난 전쟁이나 돌림병 같은 게 그런 형태의 전설로 바뀐 건 아닌지, 그런 식으로 접근하고 있었지요."

"어떻던가요?"

"500년을 주기로 흑마법사들이 부흥한단 걸 알아냈습니다."

힛라 노신관도 500년 주기 이야기를 했다. 하지만 라틸은 아는 척 나서는 대신 처음 듣는 얘기인 것처럼 고개를 끄덕였다.

이후 대현자가 얘기한 건 힛라 노신관이 한 말과 별반 다를 게 없었다. 하지만 몇 가지 더 보태진 이야기도 있었다. 오염된 땅에서 시체가 변한 좀비, 시체를 먹는 식시귀, 산 자의 피를 빨아먹는 뱀파이어, 사람이면서도 이들과 힘을 합치고 이들에게서 힘과 권력을 얻어내는 흑마법사 등이 500년 주기로 부활하는 대표적인 이들이란 것.

좀비는 이성이 없지만 그 수가 많은 데다 감염성이 높아서 위험하고, 식시귀와 뱀파이어는 감염성이 낮고 숫자도 적지만 사람으로 흉내를 낼 수 있단 것. 이 모든 이들의 구심점이 되는 인물이 '로드'란 존재란 것 등이었다.

"로드……."

"예. 그 실체가 무엇인지에 대해선 거의 알지 못하지만, 그자의 존재와 500년 주기의 부활이 관계된 건 확실합니다."

로드 단어를 들은 라틸은 가짜 황제 시해범의 죽음을 떠올리며, 아까 대현자에게 하지 않았던 이야기를 하나 더 꺼냈다.

"아까 제가 말씀드렸던 가짜 황제 시해범이요. 사실 틀라 이야기를 하다가 갑자기 '로드'란 말을 뱉으면서 죽었습니다."

"!"

라틸의 말에 대현자와 레안이 둘 다 놀라서 눈을 커다랗게 떴다.

"정말입니까?"

"틀라를 로드라 불렀다고?"

"어. 그리고 며칠 전에 내 즉위 연회 때. 습격자가 나타난 적이 있는데, 그자들을 추궁하니까 그러더라고. 자기들은 틀라의 명령으로 온 거라고."

레안은 대현자를 힐긋거리며 물었다.

"하지만 틀라는 죽었잖아? 분명 처형당했다고……."

"그러니까."

대현자는 아까보다 훨씬 심각한 표정이 되어 연신 무릎을 손가락으로 두드렸다. 라틸의 말을 더 이상 황당하게 받아들이지 않는 듯했다.

"만약 틀라 황자님이 살아 있고 전설의 '로드'라면, 궁극적으론 틀라 황자님을 죽여야 할 겁니다."

한참을 그런 후에야 대현자는 어렵게 입을 열었다. 마치 자기가 이런 말을 해도 괜찮은지 모르겠단 투로.

확실히. 대현자의 입장으로서는 선황이 총애하던 황자이자 황제의 이복형제를 죽여야 한단 말을 하기가 어려웠을 것이다. 이미 죽은 사람을 무슨 수로 또 죽이는지는 둘째 치고라도.

"그 외엔 방법이 없어요? 틀라를 찾기 전에 좀비가 먼저 떼로 발생하면요?"

"죄송합니다, 폐하."

"미치겠네."

"……좀비는 모르겠지만, 식시귀와 뱀파이어는 햇빛 아래에서 활동하지 못한다고 합니다."

“햇빛?”

라틸은 전설처럼 전해지는 뱀파이어 얘기를 떠올리고서 고개를 끄덕였다. 그냥 무서운 얘기라 여겼는데, 진짜이긴 하구나.

“예.”

“다른 건요?”

“더 알아보겠습니다.”

“…….”

“그리고 틀라 황자님의 위치도 제 정보력을 다 동원해 알아보고, 관련된 이야기를 폐하께 계속 전하겠습니다. 다른 구마 방법이나 약점이 있는지도요.”

라틸은 대현자와 레안에게 며칠 황궁에서 머물면서 쉬다 가라 제안했지만, 두 사람은 찾아야 할 게 너무 많다면서 그날 저녁 바로 돌아가버렸다.

라틸은 대현자의 눈이 반짝거리는 걸 보고서, 자신이 그들에게 의논한 이 새롭고 오싹한 화제가 대현자의 학구열을 제대로 자극했단 걸 깨달았다. 대현자는 이 일을 심각하게 여기면서도 자신의 다음 연구 대상으로 여기는 게 분명했다. 레안은 그래도 동생에 관련된 일이다 보니 좀 더 진지하게 이 일을 고민하는 듯했지만.

어쨌든 그렇게 구마 방법에 대해 알게 된 거라곤 햇빛 외엔 없는 상태로 며칠이 훌쩍 지나갔고, 서서히 사람들도 카지노 딜러가 여섯 번째 후궁으로 들어온 충격에서 벗어나기 시작했다.

그즈음. 라틸은 얼음물을 마시다가 뜻밖의 가설을 떠올렸다.

'내 능력!'

지난 며칠간 평화롭게 지내는 내내 라틸은 다른 사람의 속마음을 듣지 못했다. 혹시나 싶어 클라인에게 연달아 가보았으나, 이번에는 그의 마음이 들려오지 않았다. 혹시 몰라 다른 사람들을 주욱 둘러보아도 마찬가지. 그 때문에 '능력이 그새 사라졌나' 고민하고 있었는데. 갑자기 퍼뜩 좋은 생각이 떠오른 것이다.

'내가 속마음을 읽었을 때, 모두 상대가 놀라거나 마음이 약해져 있거나, 아니면 속으로 강하게 외칠 때였어. 외친다고 하니 좀 이상하지만 하여튼!'

첫 번째 상황에서 라틸을 보기 전, 그 귀족은 대신관을 찾는 데 몰두해 있었다. 그러다 라틸을 만나자 몹시 놀라고 당황해했다.

이후 두 번째 상황. 뒤에서 라틸을 습격한 그 습격자는 라틸을 기습하면서 마음을 다잡는 것처럼 속으로 크게 '죽어!' 하고 외쳤다.

세 번째 상황. 감옥에서 만난 습격자들. 그들은 처음엔 속마음을 드러내지 않았으나, 라틸의 문초를 받아 몸과 마음이 너덜너덜해지자 점차 속마음이 들렸다.

마지막 네 번째 상황에서 클라인. 처음엔 무슨 생각인지 알 수 없었으나, 뒤쫓아 와서 산책을 제안해달라고 간절히 염원했을 때. 그땐 그의 생각이 들렸다.

'이거야. 분명해. 상대 마음이 약해지거나, 반대로 또 엄청나게 강해질 때 나한테 들리는 게 틀림없어.'

라틸은 흥분해서 물컵을 서넛에게 건네며 다급히 지시했다.

"서넛 경! 지금 당장 1경비단을 모아주세요! 기합을 내려야겠습니다!"

난데없는 기합 얘기를 라틸이 활짝 웃으면서 하자, 서넛은 "예?" 하고 되물었다.

"빨리!"

그러나 라틸이 너무 좋아하면서 재촉했으므로, 서넛은 당황해하면서도 얼른 1경비단을 연무장에 집결시켰다. 1경비단은 사자의 궁이 훼손된 일로 이미 한차례 강도 높은 기합을 받았기에, 이번에 또 불려 오자 잔뜩 긴장해서 얼어붙었다.

'하지만 이 정도론 부족해.'

아직 누구의 속마음도 들리지 않는다. 라틸은 자신의 가설이 옳기를 바라면서, 경비단에게 차가운 척 명령을 내렸다.

"사자의 궁이 훼손되도록 아무도 눈치채지 못한 건 너희가 그만큼 방심하고 있어서 그렇다. 한 번 기합을 받았지만, 또 방심할 수도 있으니 한 번 더 받자. 기합."

라틸의 명령에 경비단원들의 얼굴이 해쓱해졌다.

"연무장 50바퀴!"

그러나 황제가 몸소 손가락으로 방향까지 가리키며 지시하자, 경비단원들은 어쩔 수 없이 연무장을 뛰기 시작했다.

라틸은 그 모습을 보며 서서히 미소를 지었다. 43바퀴쯤부터 슬슬 한두 명씩 속마음이 들려오더니, 50바퀴를 다 돌고 나자 속마음이 아주 와글와글 시끄럽게 들려올 지경이 되어서.

'역시 내 예상이 맞았어!'

속으로 쾌재를 부르면서, 라틸은 일부러 더욱 싸늘한 표정을 만들며 말했다.

"사실 너희가 이번에 기합을 받은 건 사자의 궁 때문이 아니다."

그러면 왜 이러시는 건데요! 수많은 속마음들이 라틸을 향해 항의했다. 라틸은 서늘하게 웃으면서 일부러 그들을 떠보았다.

"바로 곁에 첩자가 있는데 이걸 눈치채지 못했기 때문이다."

곧이어 속마음들이 더욱 시끄러워졌다. 대부분은 '그게 누구지?' '애리나 양과 몰래 데이트를 했는데, 혹시 이것 때문에 첩자로 오해받으면 어쩌지?' 등등 긴장하거나 걱정하는 소리였다.

그 가운데서 하나. 라틸을 자극하는 속마음이 튀어나왔다.

거짓말일 거다. 증거는 단 하나도 남기지 않았어.

라틸의 입꼬리가 슬쩍 올라갔다.

'저자구나!'

비교적 평범한 인상. 묻혀 가기 좋은 분위기. 딱히 눈에 띄지 않고 성실해 보인다. 바꿔 말하자면 스파이가 되기 제일 좋은 조건이었다. 라틸은 홀로 수상한 생각을 하는 자를 단단히 기억해두었지만, 굳이 그 자리에서 바로 골라내진 않았다.

'혼자서 그런 행동을 하진 않았을 거다.'

라틸이 원하는 건 피라미가 아니라 그 너머에서 입을 벌리고 기다리고 있을 배후였다. 감히 아버지의 무덤을 훼손하고 이상한 편지를 떨어트리고 간 배후.

'틀라. 네가 아니길 빈다. 그럼 넌 진짜 쓰레기거든.'

"폐하. 괜찮습니까?"

라틸의 표정이 서늘해지자 서넛이 걱정스럽게 물었다. 뜬금없이 경비병들에게 기합을 내리더니, 난데없이 첩자 이야기를 하며 무서운 표정을 짓자 당황스러운 듯했다.

"그럼요. 아주 기분 좋습니다."

"수상한 자를 찾으신 겁니까?"

"그런 거 같습니다."

"누굽니까?"

라틸은 순순히 대답해주는 대신 손가락을 입술 앞에 가져다댔다. 쉿, 하는 제스처로.

"이런 건 비밀로 하는 겁니다. 나중에 말해줄 테니 지금은 참습니다."

"!"

서넛은 라틸이 자신에게도 이야기를 해주지 않자 놀란 표정을 지었다. 라틸과 서넛 사이의 끈끈한 신뢰를 생각하면 충분히 나올 만한 반응이었다. 게다가 라틸이 서넛에게 맡긴 일만 해도 몇 개던가.

"혹시나 싶어서요. 확실해지면 말해주겠습니다."

사실 라틸이 첩자에 대해 서넛에게 알려주지 않은 건, 그에게 '뭘 근거로' 첩자를 알아낸 건지 알려주고 싶지 않아서였다. 다른 사람에겐 대충 둘러댈 수 있지만, 늘 옆에 찰떡처럼 붙어 있는 서넛에겐 대충 둘러대봤자 전혀 통하지 않을 테니까.

물론 솔직하게 말하면 해결될 일이지만…… 그건 싫었다. 라틸은 자신의 능력을 사람들에게 알릴 마음이 없었다. 속마음을 읽는 능력이라니. 수상한 놈이나 미래의 반역자 등을 잡아내기 딱 좋은 능력이지만, 상대를 꺼림칙하게 만드는 능력이지 않은가.

“지금 몹시 섭섭해지고 있습니다. 폐하의 최측근에서 밀려난 기분입니다.”

라틸은 웃으면서 서넛의 등을 두드리고 돌아섰다.

“서넛 경도 전에 오빠랑 나 사이에서 망설였으니 비긴 겁니다.”

라틸이 서넛 대신 이번 일을 도울 사람으로 선택한 건 타시르였다.

“타시르.”

라틸이 불쑥 찾아오자, 타시르는 방 안에서 자기 시종과 이상한 도안을 그리다 말고 얼른 웃으면서 허리를 들었다.

“폐하. 이렇게 또 뵙다니. 아주 기쁩니다.”

“그건 뭐야?”

“디자인 중이었습니다.”

“디자인?”

“폐하의 손짓 한번에 팔랑, 하고 바닥으로 떨어져 내릴 의상 디자인이요.”

그딴 거 만들지 마. 라틸이 눈과 입이 네모꼴이 되어 쳐다보았으나, 타시르는 눈 하나 깜짝하지 않고서 의자를 빼어 라틸에게 앉으라 권했다.

"한번 살펴보시겠습니까? 폐하의 취향도 반영해드리겠습니다. 어느 쪽 노출을 좋아하실지? 힌트를 드리자면 전 어깨가 아주 멋지답니다."

라틸은 쓸데없을 정도로 전문적으로 그려진 도안을 내려다보다가 진심으로 물었다.

"이런 건 하더라도 좀 몰래 하면 안 될까?"

안 될 건 없다면서 타시르가 도안을 접자, 내내 얼굴이 붉어져 있던 타시르의 시종이 황급히 도안을 챙겨 밖으로 달아났다. 뻔뻔한 타시르와 달리 시종 쪽은 황제에게 이 계략을 들킨 게 아주 부끄러운 듯했다. 하지만 시종에게 자기 몫의 수치심까지 넘겨버린 타시르는, 눈웃음을 짓더니 라틸에게 슬쩍 몸을 기대며 물었다.

"차 드시겠습니까? 아니면 커피? 아니면…… 저를?"

"커피."

"바로 대답하시네. 차가우십니다."

"어, 차가운 거 좋아해. 말 나온 김에 아이스커피로."

"아이스 타시르는 안 됩니까?"

"됐어. 아, 크림도 넣어줘."

"아이스 타시르에도 크림 얹어드릴 수 있는데요."

"커피로 부탁합니다."

라틸이 정색하고 말하자, 타시르는 시무룩하게 일어나 방 한쪽에 놓인 간이 테이블로 걸어갔다.

그가 커피 가루를 고르느라 바스락바스락 듣기 좋은 소리를 내는 사이. 라틸은 타시르가 모르도록 소리를 죽여 웃었다. 하지만 타시르가 커피에 얼음을 넣어 왔을 때는 이미 라틸의 입가엔 함박미소가 사라져 있었다.

"고마워."

"마음이 변하면 언제라도 말씀하시길. 아이스 타시르부터 핫 타시르는 물론, 크림, 꿀, 설탕까지 모든 옵션 추가가 가능하니까요."

"커피 맛있네."

"그냥 절 무시하기로 하신 건가요?"

라틸은 픽 웃으면서 "그건 아니야." 하고 대답하고서, 타시르도 커피를 한 모금 마시길 기다렸다가 물었다.

"실은 부탁할 게 있어서 왔어."

"부탁하는 사람의 태도가 아니시던데."

"실은 명령할 게 있어서 왔어."

"……하시지요."

"흑림 애들, 은신술 다 잘하지?"

"전문이죠."

"누구한테 좀 붙여뒀음 하는데."

라틸이 수상하던 경비병의 인상착의며 얼굴 생김새를 세세하게 설명하자, 타시르는 바로 알아듣고서 웃었다.

"1경비단이라면 폴 말씀하시는 거군요."

"이름은 몰라."

손가락으로 짚기만 해도 이름이야 알아낼 수 있었겠지만, 그랬다간 라틸이 그자를 눈여겨본단 걸 모두가 알게 된다. 그자 역시 포함해서. 이를 원치 않았기에 라틸은 그 수상쩍은 사람의 얼굴을 기억해두고, 일부러 이름을 묻지 않은 것이었다.

"폴이 맞을 겁니다."

"그래, 그럼 그 폴한테 사람을 붙여두고 계속 감시하라 그래."

"언제까지 시킬까요? 장기전으로 간다면 두 명이나 세 명쯤 붙여두는 게 낫습니다."

"오래 걸리진 않을 거야. 곧 제 머리한테 찾아갈 테니."

"?"

"지켜보다가 경비병 숙소 밖으로 이동하면 내게 알려줘."

"잡으실 겁니까?"

"아니."

라틸은 단호하게 말하고서 남은 커피를 한 번에 들이켜고서 웃었다.

"직접 추적할 거야."

"!"

무덤을 그 꼴로 만든 건 그 폴이란 경비병 한 명만이 아닐 것이다. 무덤에 접근하는 게 쉬운 위치라 한들, 다른 이들의 시선까지 저절로 피할 수 있는 건 아니었다. 게다가 작은 건물이라지만 건물의 한 면을 완전히 뒤덮고 있던 그 커다란 낙서. 그걸 교대 시간 사이에 혼자서 그린다?

'말도 안 되지.'

하지만 그자 외의 다른 경비병들은 라틸이 슬쩍 흔들어보아도 다들 누가 범인인가 불안해하기만 할 뿐, 아무도 반응하지 않았다. 그렇다면 다른 범인은 경비병이 아니거나 다른 내부인일 가능성도 있을 터. 이 때문에 라틸은 직접 범인을 추적해보려는 것이었다. 이런 상황에선 그냥 직접 나서는 게 더 빠를 것 같아서. 문제는…….

"우리 데이트하는 걸까요?"

"아니."

어쩌다 보니 타시르까지 데리고 나왔단 거지만.

라틸은 옆에서 팔짱을 낀 채 눈을 반짝거리는 타시르를 보지 않기 위해, 일부러 다른 방향을 보며 한숨을 내쉬었다.

타시르는 선황제 무덤에 대한 건도 알았고, 수상쩍은 편지에 대한 건도 알았고, 클라 황자에 대해서도 알았다. 대신관에 대해서는 모르지만, 그래도 손꼽힐 정도로 많은 걸 알고 있는 사람이었다. 게다가 악명 높은 암살 집단의 수장이니 은신술은 기가 막힐 터. 라틸이 타시르를 챙겨 온 건 이런 여러 가지 이유 때문이었다. 도움 좀 되라고.

'진짜 시끄럽네.'

하지만 추적하는 내내 타시르가 옆에서 말을 걸어대니 이쪽까지 집중력이 흩어졌다. 라틸은 타시르를 데려온 걸 조금 후회했다.

"괜찮습니다. 이렇게 대화를 나누면서 이동하는 게 더 수상하지 않거든요. 게다가 딱 달라붙어서 먼저 추적 중인 사람이 있지 않습니까."

타시르가 말하는 '먼저 추적 중인 사람'은 흑림의 암살자로, 라틸이 폴에게 붙여두라 한 그자였다. 혹시 모를 상황을 대비해 그자는 계속 은신해서 추적하고, 라틸과 타시르는 평복 차림으로 행인인 척 추적하고 있던 것이다.

그러나 타시르가 말을 마친 지 5분도 안 되었을 때. 빠른 걸음으로 앞서가던 폴이 갑자기 우뚝 멈춰 서더니 확 뒤를 돌아보았다. 라틸과 타시르는 거의 동시에 몸을 옆으로 피했다. 이후 숨을 고르다가 고개를 내밀어 보니, 폴은 다시 걸어가고 있었다. 하지만 연신 뒤를 힐끔거리는 걸 보니, 누군가 자기를 뒤따르고 있단 짐작을 한 듯했다.

"당장 쫓으면 바로 티가 나겠네요."

그걸 본 타시르는 혀를 차며 중얼거렸다. 라틸도 그 말에 동의했다.

"여기서 시간을 좀 보내다 갈까? 아니면 지름길로 앞서갈까?"

은신술은 타시르가 더 전문가일 거란 생각에 라틸이 묻자, 그는 잠시 생각하는 척하다가 엄지로 어딘가를 가리켰다.

"저쪽에서 시간을 보내는 게 어떨까요? 그 편이 더 자연스러울 겁니다."

라틸은 타시르가 가리키는 방향을 보았다. 거의 3층에 가까운 높이에 앞에는 은색 간판이 번쩍번쩍 박혀 있는 호화로운 건물이었다. 그리고 간판에 써진 이름은…….

"앙제스 상단?"

타시르가 후계자로 있는 상단이었다.

라틸은 황태녀일 때 알현실에서 앙제스 상단주를 몇 번 본 적이 있었다. 타시르가 후궁으로 들어올 때 서약식에서도 보았고, 이후 식사 자리에서도 보았다. 하지만 라틸의 위치가 위치이다 보니 앙제스 상단주는 감히 황제를 자세히 보지 못했는데, 아무래도 이 탓에 그는 모자를 푹 눌러쓴 라틸을 전혀 알아보지 못하는 듯했다.

"아들아!"

타시르를 보자 반갑게 달려온 앙제스 상단주는 라틸 쪽으로는 아예 시선도 주지 않고서 웬일이냐, 말이라도 하고 오지, 근데 그냥 나와도 되는 건 맞냐, 사고 치고 온 건 아니냐 등등 재잘재잘 온갖 질문을 퍼부었다.

그러는 동안 라틸은 모자를 더욱 깊게 눌러쓰고서 상단 안을 이리저리 살폈다.

'번쩍번쩍하네.'

과연 나라에서 제일 잘나간단 상단이라고 할 만한 내부였다. 라틸은 새삼 타시르가 상단 후계자란 걸 떠올렸다, 물론 안 떠올려도 알고 있긴 했는데. 흑림 수장이란 걸 알게 된 후로부터 왠지 타시르 하면 상단 후계자보다는 암살 집단 수장 이미지가 강했던 것이다. 원체 얼굴 자체가 마약상 분위기이기도 하지만.

상단주는 거의 30분가량을 서서 타시르와 이야기한 후에야, 뒤늦게 라틸 쪽을 눈짓하며 아들에게 물었다.

"이 사람은 누구니?"

"폐하께서 제게 붙여주신 시종입니다, 아버지."

"히얼란은 어쩌고?"

"히얼란 혼자서 일을 다 할 순 없죠."

"그건 그렇지."

상단주가 라틸에게 보낸 관심은 그게 전부였다. 이후 상단주는 타시르에게 온 김에 좋아하는 음식들로만 식사를 하고 가라며 커다란 식당 안으로 이끌었는데, 라틸도 데려가주긴 하였으나 눈길조차 주지 않고 다시 타시르에게만 온갖 이야기를 퍼부었다. 그래도 음식까지 주지 않은 건 아니어서, 라틸은 탱탱한 청사과 푸딩과 계란 과자를 먹으며 상단주가 퍼붓는 이야기를 즐겁게 감상했다.

"타시르. 너 폐하와 동침한 적이 한 번도 없다면서."

"아니, 아버지가 그걸 어찌 아세요?"

"히얼란에게 들었다."

"그 입 가벼운……."

"대체 그 얼굴은 어디에 쓰는 거냐. 내가 서약식 때 보니 너만큼 잘생긴 사람은 하나도 없던데."

"그거야 아버지가 제 아버지니까 그러시는 거죠."

"그럴 리가! 네 어머니도 내 말에 동의할 거다."

"그거야 어머니도 제 어머니니까 그러시는 거고요."

"어쨌든 넌 잘생겼어. 게다가 넌 아주 독특하게 잘생겼단 말이다. 이 얼굴을 가지고서 폐하와 한 이불조차 못 덮다니…… 정말 한심해."

라틸은 오독오독 과자를 까먹으면서 타시르가 아버지에게 잔소리 듣는 모습에 소리 죽여 웃었다.

'내 앞에선 맨날 능글대더니. 아버지 앞에선 꼼짝도 못 하네.'

"하지만 전 폐하와 자주 둘만의 데이트를 합니다, 아버지."

'어디서 저런 거짓부렁을.'

"데이트? 정말이냐?"

"그럼요. 아주 최근에도 했는걸요."

타시르가 사과즙을 마시는 척하며 라틸을 향해 한쪽 눈을 찡긋했다. 그 최근의 데이트가 지금 상황을 말하는 게 분명했다. 아버지 말에 꼼짝도 못 한다는 거 취소다. 라틸은 고개를 설레설레 젓고서 다시 과자를 입안에 넣었다.

"그러면 다행이지만. 그래도 아버지는 걱정이다, 타시르."

"염려 마세요. 불같은 사랑은 빨리 꺼지기 마련입니다. 폐하와 저는 차근차근 애정을 쌓아가고 있으니, 곧 승은을 내려주시겠지요."

"온 김에 내가 좋은 물건들을 챙겨주마. 가져가."

"물건이요?"

"피부를 진주처럼 만들어준단 분가루가 있다. 히얼란한테 3일에 한 번씩 발라달라고 그래."

"예."

"벗는 것보다 더 야하게 보일 수 있는 옷도 있다. 몇 벌 챙겨줄 테니, 슬쩍 입고 폐하를 찾아가봐."

"예에."

타시르가 애매한 표정으로 대답하자, 라틸은 손으로 입가를 가리고서 웃음을 참기 위해 입술을 꽉 깨물었다. 아이고 아버님…….

"아, 그렇지! 옷 실밥을 뜯어뒀다가, 적당할 때 흘러내린 척하면 어떨까?"

"글쎄요……."

타시르가 다시 라틸의 눈치를 살피자, 라틸은 결국 더 버티지 못하고서 식당 밖으로 나와 쪼그려 앉았다. 안 웃고 싶은데 어깨가 마구잡이로 떨렸다.

'상단주는 타시르랑 생각하는 게 똑같잖아.'

앙제스 상단주에게는 안된 일이지만, 그가 황제를 유혹하라며 아들에게 챙겨준 물품들은 모두 즉석에서 라틸의 손아귀에 들어왔다. 남장을 한 데다 모자까지 푹 눌러쓴 라틸이 궁정인이라 철석같이 믿은 상단주가, 짐이란 짐을 죄다 라틸에게 맡긴 탓이었다.

"달라고 하면 안 주시겠지요?"

적당히 시간이 되었다 싶을 즈음. 밖으로 나온 타시르는 라틸에게 힘없이 물었고, 라틸은 당연하다면서 상단주가 맡긴 짐을 죄다 꽉 끌어안았다.

"응. 나한테 주셨잖아."

"주신 게 아니라 맡긴 걸 테지만…… 뭐 괜찮습니다. 물건이야

다시 사면 되니까요."

"그래?"

"예. 게다가 욕심쟁이 같은 폐하의 모습도 사랑스럽군요."

"……."

라틸이 힘없이 짐을 내려놓자, 타시르는 그럴 줄 알았단 듯 웃더니 짐을 도로 들고서 다시 상단 안으로 들어갔다. 다시 나올 때는 그의 손이 홀가분하게 비어 있었다.

"짐은?"

"무거우니 나중에 히얼란을 통해 보내라 하였습니다."

사실 일부러 타시르에게 이 짐이 다 내거란 식으로 말했을 뿐. 라틸도 그 짐 덩이들을 주렁주렁 달고서 폴을 추적할 마음은 없었다. 두 손을 홀가분하게 하고 언제든 무기 꺼낼 준비를 해도 모자랄 판에, 그 풍성한 짐을 끌어안고 이동하다니. 절대 안 될 일이었다.

그렇게 잠깐의 휴식을 뒤로하고서 라틸과 타시르는 다시 폴을 추적하기 시작했다. 미리 붙여둔 흑림의 다른 추적자가 위치를 알려주었으므로, 두 사람은 금세 폴의 위치를 파악할 수 있었다. 게다가 일부러 커다란 건물 안으로 들어가 시간을 때우고 온 게 효과가 있었던지, 폴은 아까처럼 뒤를 연신 쳐다보며 이동하지도 않았다.

얼마 지나지 않아 성과가 나타났다. 식당에도 들르고 물건 사는 시늉도 하면서 평범한 척 굴던 폴이, 평범한 사람이라면 일부러 피해서 갈 만한 음침한 골목 안으로 슬그머니 들어선 것이다. 그 뒤를 쫓아가자, 폴이 누군가와 인사를 나누는 게 보였다. 다들 덩치가 크고 팔이 우락부락한 것이, 보통 사람이 아닌 듯했다.

"이제 곧 누가 내 아버지 무덤에 낙서를 했나 알게 되겠네."

하지만 라틸은 그 덩치들을 보면서도 무서워하는 대신 실실 웃으면서 중얼거렸다. 그 표정 어디에도 두려움은 보이지 않았다. 실제로도 두렵지 않았고. 이건 타시르 역시 마찬가지여서, 폴이 험악해 보이는 사람들과 접선하는데도 그는 아무렇지 않게 라틸에게 요청까지 했다.

"범인을 잡으면 범인 얼굴에 흑림 표시를 거꾸로 그려도 될까요? 우리를 사칭했으니 거기 따른 규칙으로 보복하고 싶습니다."

"마음대로 해."

그런데 소곤소곤 대화를 나누면서 폴이 저 험악한 사람들과 어디에 가려나 고민한 그 순간.

'시선이?'

라틸은 이상한 시선을 느끼고서 확 고개를 들었다.

"!"

시선을 보낸 이는 지붕 위에 서 있었다. 라틸은 그 지붕 위 사람을 보자마자 눈을 커다랗게 떴다. 그자가 쓴 여우 가면 때문에.

'여우 가면.'

분명 대신관을 습격하려 한 자들이 여우 가면에 대해 말하지 않았나? '여우님'이라고 불리던 자가 그들 중 한 명의 머리에 이상한 구슬을 넣어주었다는…….

같은 여우인가? 우연? 저자는 뭔가 알고 있나?

"타시르."

여우 가면이 홱 돌아서서 다른 쪽으로 가버리자, 라틸은 조용히 옆에 있는 타시르를 불렀다.
"예, 폐하."
타시르도 시선을 감지하고 있었던지 폴과 지붕 위를 번갈아 살피는 중이었다. 라틸은 눈짓으로 여우 가면이 사라진 지붕 위를 가리켰다.
"저쪽으론 내가 간다. 너는 폴을 쫓아가봐."
"나누어져도 괜찮을까요?"
"어느 쪽이 정보를 가지고 있을지 모르잖아."
"그건 그렇죠."
"그러니 넌 폴을 쫓아가. 넌 은신술이 나보다 뛰어날 테니 여럿을 상대하기 낫겠지. 저 가면은 내가 쫓을게."
타시르는 그래도 될지 망설이는 얼굴이었으나, 라틸의 말에 허점이 없자 알겠다고 고개를 끄덕였다. 라틸은 타시르의 등을 툭 두드리고서 여우 가면을 쫓아 빠르게 지붕 위로 올라갔다. 이후는 미끄러지지도 않고 쭉쭉 앞으로 나아가서, 빠르게 여우 가면을 거의 다 따라잡았다.
여우 가면은 빠른 속도로 훅훅 잘도 달아났는데, 아무래도 라틸이 자신을 따라올 줄은 몰랐던 눈치였다. 한참을 달리다가 슬쩍 돌아보는가 싶더니, 라틸이 자신을 바짝 추격하는 걸 발견하자 좀 당황한 듯 휘청였다.
'잡았다!'
라틸은 그 틈을 놓치지 않고 완전히 가까이 가려 했으나, 한발 앞서 여우 가면이 쏙 더 앞으로 치고 갔다. 여우 가면의 속도가 더욱 빨라지자 라틸은 혀를 내둘렀다.

'보통 솜씨가 아니잖아?'

아까도 달아나는 속도가 어마어마하게 빠르더니. 실제로는 더 빠른 모양이었다. 여우 가면 역시 속으로 '검술은 취미로 배운 황제인 줄 알았는데'라며 속으로 감탄했으나, 이 소리는 이번엔 라틸에겐 들려오지 못했다. 들었다 하더라도 별 차이는 없었겠지만.

그렇게 한참의 추격전 후. 마침내 라틸은 여우 가면을 잡아내는데 성공했다. 손끝에 무언가 잡히는 느낌이 들자마자, 라틸은 그걸 끌어당기면서 자신은 앞으로 나아가 재빨리 상대를 패대기쳤다.

"윽."

효과가 있어서 여우 가면은 짧게 신음하며 나동그라졌다. 곧장 벌떡 일어나긴 했지만.

그 모습을 라틸은 차갑게 바라보았다.

'속마음을 들어보면 배후에 관해 줄줄이 알 수 있을 거야.'

하지만 속마음을 듣기 위해서는 상대의 정신력을 약하게 만들어야 했다. 라틸은 여우 가면을 깔고 앉아 가면을 한 손으로 움켜쥐었다. 그러나 가면을 벗기려던 바로 그 순간. 흉악한 무기를 든 사람들이 동시에 이쪽으로 다가오면서 라틸을 에워싸기 시작했다.

'이건 또 뭐래?'

라틸은 여우 가면을 깔고 앉은 채 주위를 둘러보았다. 얼핏 본 숫자만 해도 10여 명. 다들 검이나 철퇴, 창 같은 커다란 무기를 들었다.

'곤란하네.'

그걸 본 라틸은 속으로 탄식했다.

'내가 다쳐서 나타나면 다음엔 궁에서 몰래 빠져나오기 어려울 텐데.'

보통은 여기서 죽을까 봐 걱정하겠지만, 라틸은 이자들에게서 자신이 무사할 거란 확신이 든 상태이기에 거기까지는 생각하지 않았다.

'어이쿠.'

그때. 가장 정면에 있던 검을 든 사람이 라틸을 향해 검을 휘둘렀다. 누군지 묻는다거나 협박을 한다거나 왜 따라왔냐거나 뭐 그런 것도 일절 없었다.

'뒤쫓아 온 사람은 무작정 죽이라 명령을 한 건가?'

라틸은 허리를 숙여서 검을 피하고는 주먹을 쥐어 상대의 옆구리를 내리쳤다. 합공이 능숙한 건지 그 짧은 찰나 다른 이가 커다란 철퇴를 흔들었으나, 라틸은 몸을 옆으로 움직여 철퇴를 피했다. 그러고는 습격자가 무거운 철퇴를 흔드느라 방어가 약해진 틈에, 그자의 몸 안쪽으로 확 달려가 팔꿈치로 턱을 찍어버렸다.

철저하게 급소 위주의 공격을 하는 것이다. 일반적인 기사 대 기사의 대련이라면 비겁하단 소리를 들을 방식이었으나, 지금은 일 대 다수 아닌가. 라틸은 지금은 자신이 무슨 수를 써도 전혀 비겁하지는 않다고 생각해서, 거리낌 없이 치졸한 방법으로 상대를 잡아내려 노력했다.

'여우 가면 부하일 거야. 미리 상황을 지켜보다가 나왔겠지.'

라틸은 틈을 보아서 자신의 무기를 꺼내 검 휘두르는 사람의 등을 그대로 그어버렸다. 너무 깊지도 얕지도 않게. 그 습격에 검을 휘두르던 습격자는 기세등등해 등장한 사람답지 않게 스르륵 쓰러졌다. 그러나 습격받은 이가 비틀거리다 쿵 쓰러지는 그 순간.

"!"

라틸은 놀라서 눈을 커다랗게 떴다. 습격자1이 쓰러지자, 그에 가려져 잘 보이지 않았던 여우 가면이 습격자2를 기절시키는 모습을 보았기 때문이었다.

'저자가 왜?'

라틸에게 가면이 벗겨질 뻔한 후 달아났던 여우 가면이, 그와 한패일 거라 짐작했던 습격자2를 먼저 공격하는 장면은 지금이 얼마나 급한 상황인지조차 잊을 정도로 황당했다.

'다 한패 아니었어? 여우 부하 아니었나?'

어떻게 돌아가는지 알 수는 없었으나 여우 가면의 부하도 아니었던 모양이다. 그걸 시작으로 여우 가면이 습격자들을 빠르게 제압해나가는 걸 보면.

'뭐야. 나 저 새끼랑 합공해야 돼?'

라틸은 여우 가면의 발에 얻어맞자 방향을 바꿔 이쪽을 향해 검을 휘두르는 상대를, 검집으로 이마를 쳐 기절시키며 툴툴댔다.

'확실하네. 아까는 여우 가면이 기절해 있다 생각해서 공격을 안 한 건가 보네.'

습격자들이 여우 가면에게도 살수를 펼치자, 라틸은 돌아가는 상황을 대충이지만 빠르게 파악했다. 그렇게 난데없이 여우 가면이 습격자들의 적이 되면서 잠깐 동안 더 소란스러웠으나, 라틸과 여우 가면은 결국 습격자들을 거의 다 기절시키는 데 성공했다.

'적의 적은 잠깐은 아군이 되지만 적의 적이란 이유만으로 온전히 내 편이 되는 건 아니다.'

습격자들이 기절하자 라틸은 다시 여우 가면 쪽을 경계하며 무기를 손안에서 빠르게 한 바퀴 돌렸다. 그러나 예상을 뒤엎고, 여우 가면은 라틸을 향해 돌진하지 않았다.

'뭐 하는……?'

오히려 여우가면은 주머니에서 리본을 꺼내더니, 기절한 습격자들을 하나하나 꼼꼼히 묶었다. 거의 포장하는 수준으로.

'대신관을 습격한 자들이 말한 그 여우 가면이랑 다른 여우인가? 틀라랑 관련 있는 놈이 아닌가?'

그걸 본 라틸은 혼란에 빠져서 여우 가면을 불렀다.

"이봐. 너 누구야. 너 누군데 그걸 묶어?"

여우 가면은 대답하지 않았다. 질문을 던지긴 했으나 사실 대답이 돌아오리란 기대를 한 건 아니어서, 라틸은 실망하는 대신 무기를 거꾸로 돌려 잡았다. 여우 가면의 정신을 흐리게 해서 저자가 무슨 꿍꿍이인지, 누구인데 수상쩍게 쳐다보다 갑자기 도와준 건지 속마음을 듣기 위해서였다.

그가 아주 잠깐 한배를 탔다 한들 봐줄 마음은 여전히 없었다. 그러나 라틸이 검을 채 휘두르기도 전. 눈 깜짝할 사이 여우 가면은 기절한 습격자들을 놓고 라틸의 곁으로 다가왔다.

"!"

코앞으로 다가온 여우 가면은 자신의 무기를 꺼내지 않았다. 라틸이 반사적으로 뒤집은 검을 휘둘렀으나, 가면은 오히려 그 공격을 몸으로 그냥 받아내기까지 했다.

'뭐야 이건?'

그 대담한 행동에 더욱 혼란스러워진 라틸에게, 여우 가면이 목소리를 낮추어 속삭였다.

"스스로를 보호하셔야 합니다."

"!"

'충고? 이 와중에? 갑자기?'

"자신을 가장 소중하게 여기십시오. 위험한 일에는 아직 당신이 직접 나설 때가 아닙니다."

"너……."

"로드."

"!"

네가 뭔데 나한테 충고하느냐고 물으려 했으나, 여우 가면은 라틸의 곁에 다가왔을 때처럼 눈 깜빡할 사이 뒤로 물러나 벽과 벽 사이 그늘로 들어갔다. 아까 라틸과 추격적을 벌일 때와는 비교도 되지 않는 속도였다. 라틸이 바로 뒤따라갔지만, 여우 가면은 그사이 이미 사라져 있었다.

'뭐야 그건? 진짜 틀라네 여우랑 다른 여우야?'

어리둥절해 있는 사이, 아까 라틸과 헤어져 폴 쪽을 쫓아갔던 타시르가 양쪽 어깨에 사람을 하나씩 들쳐 메고서 나타났다. 그중 한 명은 폴이었는데 입에 거품을 물고 기절해 있었고, 다른 쪽 사람은 모르는 얼굴이었다.

"괜찮으십니까?"

"난 괜찮은데. 너는? 그자는 뭐냐?"

"누군진 폐하께서 알아보셔야지요. 폴이 만나려던 사람입니다. 최종 배후인진 모르겠으나 일단 들고 와봤습니다."

"!"

엄청난 이야기를 손쉽게 한 타시르는, 자신이 잡아온 두 사람을 바닥에 내려놓다가 잘 포장된 습격자들을 보고는 라틸에게 엄지를 내밀었다.

"저보다 더 많이 잡으셨군요. 과연 영민하십니다."

"영민한 거랑은 상관없어 보이는데. 그리고 이게 무슨 낚시냐……."

"그래도 많이 잡으면 좋지요. 게다가 폐하께서는 포장까지 해두셨지 않습니까. 대단하십니다. 전 포장은 못 했는데요."

"포장은 내가 한 거 아냐."

타시르가 '그럼 누가 했는데요?' 하는 눈으로 라틸을 보았다. 라틸은 여우 가면을 쓴 그 괴상한 자가 자신에게 무척 친한 척 말을 걸더란 말을 해야 할지 말아야 할지 잠시 대답을 머뭇거렸다.

"폐하?"

그러다 타시르가 다시 묻자, 라틸은 우선 습격자들부터 추궁하기로 하고서 말을 돌렸다.

"이자들은 다 감옥에 넣어놔. 내가 절대로 거짓말 따위 못 하게 추궁할 수 있으니까."

'황후 자리에 올랐으나 이는 이름뿐이다.'

카리센의 황후이자 대단한 다가 가문의 적녀. 다가 공작이 가장 총애하는 자식. 공신의 딸이자, 국민들이 사랑하는 황후.

늦은 밤. 아이니는 정원에 놓아둔 어두컴컴한 의자에서 자신에게 따라오는 수식어들을 떠올리다 허망하게 웃었다. 이렇게 많은 칭찬을 들으면 무얼 하나. 남편이란 자는 첫사랑을 잊지 못해 매일 갈증에 허덕이고, 그녀와는 손가락 하나 스치려 들지 않는다.

차라리 그뿐이면 낫다. 정략결혼을 한 부부 중엔 이렇게 남처럼 지내는 이들이 많으니. 하지만 하이신스가 그녀를 내칠 준비를 한단 걸 알면서도 이를 지켜보아야만 하는 건 괴로운 일이었다. 이 자리는 너무나 위태로웠다.

'혜움.'

아이니는 죽어버린 연인을 떠올리고서 눈시울을 붉혔다. 그가 살아 있었더라면. 그가 승리했더라면 이런 일은 벌어지지 않았을 텐데. 그를 떠올릴 때마다 아이니는 하이신스는 물론 아버지인 다가 공작까지도 증오스러웠다. 아버지가 혜움을 배신하지 않았더라면…….

그때였다.

"아이니."

어둠 속에서 낮고 부드러운 목소리가 들려왔다. 아이니는 눈가를 닦다가 흠칫 놀라 눈을 커다랗게 떴다.

'이 목소리……?'

"아이니."

목소리가 아까보다 더욱 가까운 곳에서 들려오자, 아이니는 손을 천천히 아래로 떨구었다.

헤움. 헤움의 목소리였다. 늘 그리워했던 그 목소리.

하지만 그 목소리를 오랜만에 들었으나, 아이니는 반갑기보다는 두려웠다. 이 목소리를 낼 사람, 그녀의 이름을 다정하게 불러주던 사람이 이미 죽어버린 걸 알기에.

그런데 왜? 이 목소리가 왜 여기서 들려오는 거지?

"아이니."

아이니는 다리 위에 손을 올리고서 마른침을 삼켰다. 등골이 오싹해지면서 온몸에 소름이 돋았다. 세 번째 목소리가 들려온 곳. 그곳은 의자 바로 뒤였다. 의자 등받이에 가려 보이지 않는 뒤쪽.

왜 죽은 연인의 목소리가 들려오는 거지? 그것도 바로 뒤에서?

아이니는 의자 손잡이를 꽉 움켜쥐었다. 그 바람에 나무로 만든 의자에서 끼이익 하는 음산한 소리가 났다.

뒤를…… 돌아보아야 하나? 아니면 돌아보지 않고 누구냐고 물어야 할까. 호위? 호위를 불러? 온갖 생각이 동시다발적으로 떠올랐다.

'뒤를 돌아보자.'

더 이상 소리가 들려오지 않자, 아이니는 마침내 결정을 내리고서 느리게 몸을 뒤로 돌렸다. 그러나 높은 의자 등받이 때문에 바로 몸을 뒤로 해도 보이는 건 거의 없었다. 아이니는 마른침을 삼키고서 몸을 약간 기울였다. 이번에도 보이는 건 없었다. 사람도 유령도. 아무도.

"후우……."

그걸 본 아이니가 안심하는 찰나.

"아파, 아이니."

귓가에서 목소리가 들려왔다.

"아악!"

놀란 아이니는 비명을 지르며 눈을 질끈 감았다. 늘 헤움의 목소리를 그리워했으나, 실제로 듣게 된 사자의 음성은 소름 돋기만 했다.

"황후 폐하! 황후 폐하!"

그 순간, 누군가 아이니의 팔에 손을 올리며 외쳤다. 아이니는 눈을 번쩍 뜨면서 숨을 훅 들이마셨다. 심장이 콩닥콩닥 뛰었다.

"황후 폐하, 괜찮으세요?"

아이니는 눈을 부릅뜨다가, 시녀와 호위들이 겁먹은 얼굴로 자신을 보고 있는 걸 발견했다. 팔을 건드린 건 시녀였다.

"폐하, 어디가 안 좋으신 건가요?"

시녀가 재차 묻자, 아이니는 주위를 이리저리 두리번거렸다.

"폐하?"

"헤, 헤움은?"

"예?"

"헤움은?"

헤움은 보이지 않았다. 목소리를 네 번이나 또렷하게 들었는데도. 아이니는 시녀를 보았다. 그러나 질문을 했는데 돌아오는 대답이 없었다.

"헤움은 어디 갔지?"

아이니가 다시 묻자, 옆에 있던 다른 시녀가 작은 목소리로 조심스럽게 말했다.

"폐하. 황궁에는 귀가 많으니, 헤움 황자님의 이름은 꺼내지 않는 게 좋을 듯합니다."

"뭐?"

아이니는 시녀들이 자신의 말을 오해했단 걸 알아차리고서 얼른 고개를 저었다.

"아니, 그런 게 아니다. 방금 헤움의 목소리를 들어서 그래. 못 보았어?"

시녀도 호위도 다들 '황후 폐하가 왜 저러시지?' 하는 얼굴로 고개를 젓기만 했다. 개중엔 아이니가 헤움이 그리워서 이런다 생각하고는 울상인 이들도 있었다.

정말 그런 게 아닌데. 아이니는 입술을 깨물었다. 물론 헤움이 그리운 건 맞았다. 목소리를 듣기 전에도 계속 그리워했고. 하지만 환청이라면…… 굳이 이렇게 무섭게 들릴 리가 없지 않을까?

"이쪽으로 들어온 사람은 아무도 없었습니다, 황후 폐하."

아이니가 속상한 얼굴로 있자 보다 못한 호위가 나서서 보고

했다.

“저쪽은 벽이 높아 쉽게 드나들 수 없고, 드나들더라도 소리가 납니다. 다른 쪽 길은 모두 저희가 철통처럼 지키고 있었습니다. 졸았던 사람도 없고, 사각지대도 없고, 교대를 하느라 틈이 생기지도 않았습니다. 이곳에 온 사람은 정말로 아무도 없습니다, 황후 폐하.”

아이니는 의자 뒤쪽으로 걸어가 아래를 내려다보았다. 촉촉한 잔디가 눌려 있었다. 누군가 그곳에 서 있었던 것처럼.

‘역시. 누군가 여기에 왔어.’

아이니는 호위들에게도 이 자국을 좀 보라고 말하려다가 관두었다. 다들 자기들이 제대로 경비를 섰다 여기는 듯한데. 이 와중에 잔디가 눌린 자국을 보여봤자 믿지 않겠지. 그들은 아이니가 그 자리에 서 있어서 잔디가 눌린 거라 여길 게 분명했다.

“그래. 알았다.”

결국 아이니는 이 얘기를 더 하길 관두었다. 시녀의 말마따나 궁전 안엔 귀가 많으니까. 자신과 아버지가 하이신스에게 사람을 붙여두었듯, 하이신스 역시 이쪽에 사람을 붙여두었을 테고. 그자들은 그녀가 헤움 이야기를 하면 온갖 과대망상을 할 터.

“가자.”

아이니는 차갑게 내뱉고서 돌아섰다.

“저도 심문에 함께 들어갈까요?”

타시르가 물었으나, 라틸은 직접 할 테니 괜찮다 대답하고서 붙잡은 이들을 지하 감옥에 따로따로 넣어두라 지시했다. 이전에는 대신관이 이곳에 있단 걸 들키지 않기 위해서였으나, 이번에는 그런 이유 때문이 아니었다. 그 여우 가면이 중얼거리고 간 꺼림칙한 말. 그 '로드'란 말 때문이었다.

'일부러 그런 식으로 군 거다.'

라틸은 자신이 그 500년에 한 번 나타난다는 로드일 거라 생각하지 않았다. 자신은 어머니가 배 아파 낳아주셨고, 유모가 기저귀 갈고 분유를 먹여 길러주었다. 라틸이 성장하는 모습을 본 사람들 숫자만 수백 명. 당연히 로드일 수가 없었다.

'하지만 그런 말을 들으면 꺼림칙하게 여기는 사람들도 있겠지.'

타시르는 이번 일에 아주 믿음직했으나, 예전에 부황의 명령으로 라틸을 조사하기도 했으며, 황제 시해범으로 의심하기도 했다. 그런데 습격자들이 라틸을 두고 이상한 말을 또 해대면? 그가 충성심을 부황에게 보일지 자신에게 보일지 알 수 없는 일 아니던가.

'그 여우 가면 자식. 틀라 부하가 분명해. 이간질 고자질 다 틀라 그 자식 특기잖아?'

"문을 열어라."

옷을 갈아입고 온 라틸이 지시하자, 감옥 앞에 선 간수 둘이 닫힌 문을 열었다. 라틸은 횃불을 들고서 안으로 들어갔다. 지하로 내려가자, 라틸을 습격하려 했던 적 열두 명, 타시르가 잡아온 범인 두 명이 각각 독방 안에 주르륵 들어가 있는 게 보였다.

"!"

그러나 개중 몇 명은 벽에 머리를 찧어 자결한 상태였다. 입에 재갈을 채워두고 손 역시 뒤로 돌려 묶어두었는데, 그 상태로 머리를 박아 자결한 것이다.

'젠장.'

라틸은 속으로 욕을 뱉고서, 자결하지 않은 습격자가 있는 방으로 들어갔다. 하지만 이 습격자 역시 재갈을 풀자마자 바로 혀를 깨물려고 했다.

"안 되지."

라틸은 얼른 손가락을 집어넣어 그가 혀 깨무는 걸 막고서 음산하게 웃었다.

"시체 치워주려고 데려온 거 아니거든?"

"폐하. 괜찮으십니까?"

라틸이 감옥 밖으로 나오자, 서넛과 타시르가 서 있다가 얼른 다가왔다.

"……."

시종장도 라틸을 기다리고 있긴 했으나, 서넛과 타시르가 라틸이 나오자마자 양옆에 착 붙어버려서 가까이 오지 못하고 인상만 구겼다.

"뭐. 난 괜찮긴 한데……."

타시르가 손수건을 꺼내 라틸의 얼굴에서 핏자국을 꼼꼼하게 닦

아주는 동안, 서넛은 우두커니 서서 그 모습을 바라보기만 했다. 타시르가 없었더라면 그가 나섰겠지만, 후궁인 타시르가 코앞에서 라틸을 챙기고 있는데 나서긴 애매해서.

쌤통이다 이놈아. 그 모습을 본 시종장은 아까 자신이 뒤로 밀린 게 떠올라 속으로 쾌재를 불렀으나, 서넛이 먹먹하게 바닥만 보고 있자 괜히 기분이 이상해서 시선을 다른 곳으로 돌렸다.

하지만 라틸은 아까 감옥에서의 일을 떠올리느라 세 사람 사이의 애매한 분위기를 미처 신경 쓰지 못했다.

'날 습격한 이들은 내가 황제인 줄도 모르고 있었다…….'

붙잡은 적들 중, 라틸과 여우 가면을 습격한 이들은 '미행이 붙었으니 처리하라'는 명령을 받고 온 이들이었다. 그들은 지시를 받으면 그대로 행하는 자들이라 아는 게 정말로 거의 없었다. 그러니 사실상 '뭔가를 아는' 범인은 타시르가 잡아온 둘뿐인데. 안타깝게도 폴이 접선하려던 쪽은 자결해버려서 뭘 알아내고 말고 할 것도 없었다.

그리고 폴은…….

"1경비단에 있던 그 범인 말이다."

내내 침묵하던 라틸이 입을 열자, 타시르는 얼른 손수건을 치웠고 서넛도 고개를 들었다. 시종장도 몇 걸음 더 가까이 붙었다.

"폴 말인가요?"

타시르가 묻자, 라틸은 고개를 끄덕였다.

"그래, 그자. 막판에 이젠 안 되겠다 싶으니까, 눈이 돌아가서 날 비난하던데."

서넛의 표정이 구겨졌다. 타시르는 인상을 쓰는 대신 눈을 빛내며 물었다.

"뭐라 하던가요?"

서넛은 타시르가 라틸의 최측근인 척 끼어든 상황이 마음에 들지 않아 그를 흘겨보았지만, 라틸이 가만히 있다 보니 자기가 나서서 가란 소리를 하지 못했다.

라틸은 자신의 궁전 쪽으로 걸어가며 대답했다.

"자기는 '황좌의 진짜 주인'을 위해 선황을 시해한 나한테 경고를 한 거라던데?"

그 말을 듣자마자 시종장은 기가 막혀서 "허." 하는 소리를 냈고, 서넛 역시 표정이 싸늘하게 굳었다. 타시르는 "예?" 하고 되물었다. 셋 다 이게 무슨 개소린가 하는 반응들이었다.

"이상하지? 근데 본인은 진짜 그렇게 믿고 있더라고. 자기가 정의고 내가 악인 것처럼."

이후 라틸은 침궁에 도착할 때까지 아무런 말도 하지 않다가, 침실 앞에 도착하자 사람들을 물리고서 세 사람을 보며 물었다.

"그자가 말하는 '진짜 주인'이라는 거. ……틀라 얘기하는 거 같지?"

"그럼 무덤 건은 틀라 황자를 지지했던 세력이 꾸민 걸까요?"

"아니, 타시르. 난 살아서 움직이는 틀라를 말하는 거야."

라틸이 정정해주자 타시르는 더욱 놀랐다.

"하지만 틀라 황자님은 죽었잖습니까?"

"그치. 죽었지. 근데 죽었다고 알고 있는 사람 이야기가 자꾸 들려와. 이유가 뭘까."

라틸이 며칠 전 습격자들에 관해 얘기해주자 타시르는 더더욱 어리둥절한 표정이 되었고, 서넛은 이런 중요한 얘기를 타시르까지 알게 되는 게 싫어서 낯빛이 어두워졌다. 비밀 얘기는 서넛과 시종장에게만 하던 라틸이 타시르에게는 제법 이런저런 이야기를 하는 듯하자, 타시르가 자연스럽게 라틸의 최측근이 된 것 같아 기분이 나빴다.

타시르는 라틸과 한 번도 합방하지 않은 유일한 후궁이었으나, 서넛이 보기엔 모든 후궁 중 라틸에게 가장 신뢰받고 있었다. 자기를 향한 구애의 눈빛을 읽긴 어려워도 적대적인 눈빛은 읽기 쉬운 법이다. 타시르는 라틸에게 집중하면서도, 서넛이 자신을 차갑게 보는 걸 느끼고서 히죽 입꼬리를 올렸다.

"뭐야, 타시르. 틀라 살아 있다는데 왜 그렇게 좋아해?"

"아. 그거 때문이 아닙니다."

"입꼬리가 이만큼 올라갔는데 뭐가 아냐."

"폐하께서 이토록 영민하셔서 기쁜 거지요."

타시르가 보란 듯 라틸의 옆에 착 달라붙으며 머리를 비비자, 서넛은 한층 표정이 어두워졌다. 하지만 그는 타시르에게 무어라 하는 대신 라틸에게 진지하게 물었다.

"폐하. 그자가 말한 '황좌의 진짜 주인'이 다른 사람일 수도 있지 않습니까?"

라틸은 귀찮게 구는 타시르를 대충 토닥거려주면서 물었다.

"다른 사람이라니?"

서넛은 라틸의 말에 대놓고 이름을 말하진 않았다. 그저 무거운 눈으로 라틸을 보기만 할 뿐. 그러나 그 눈빛만으로도 라틸은 서넛이 무슨 말을 하는지 이해하고는 황당해서 입을 벌렸다. 서넛이 말하는 '다른 사람'은 라틸의 동복오빠인 레안이었다.

"서넛 경. 오빠는 나랑 싸워서 물러난 게 아닙니다. 가만히 있으면 편하게 황위에 오를 걸, 자기가 싫다고 물러난 거라고요. 오빠 지지자들도 다 그걸 알고."

레안과 사이가 좋다 보니 라틸의 목소리는 자연스레 날카로워졌다.

"실언하였습니다."

서넛은 순순히 사과했지만, 라틸은 굳은 표정으로 타시르까지 떼놓으면서 손을 휘저었다.

"됐습니다. 다들 피곤할 텐데 가서 쉬어요. 타시르, 그대도."

세 사람을 물리고 방 안에 홀로 들어온 라틸은 옷을 벗고 욕조 안으로 들어갔다. 따뜻한 물 안에 잠겨 있자 범인들을 심문하며 쌓인 긴장이 조금이지만 풀리는 듯했다.

그러나 라틸의 표정은 풀리지 않았다. 라틸은 오빠를 아주 좋아했으나, 서넛의 말은 일리가 있었다. 레안이 뒤늦게 마음이 바뀌었을 수도 있고, 레안의 마음은 변치 않았지만 지지자 중에 라틸을 못마땅하게 여기는 이도 있을 수 있다.

'가능성은 낮지만, 방심하고 있다 당하는 것보다는 미리미리 경계하고 대비하는 게 낫지.'

라틸은 욕조 안을 둥둥 떠다니는 말린 꽃잎들을 손가락으로 밀어내다가, 그중 하나를 꽉 움켜잡았다.

'일이 해결되기 전까진 그 누구도 믿지 말아야겠어.'

'아무도 믿지 말아야지' 다짐은 했으나 정말로 모든 일을 혼자 할 수는 없었다. 미스터리한 일을 해결하는 것도 중요하지만, 나라를 잘 다스리는 것 역시 라틸의 일이었고, 국무는 하루 종일 머리를 싸매고 고민해도 모자랄 정도로 많았다. 게다가 황녀일 때처럼 자유롭게 사방을 오갈 수도 없는 위치이기에, 라틸은 신뢰할 수 있는 사람과 없는 사람을 골라 속마음을 들어보고 그들에게 일을 맡기기로 결심했다.

그 첫 번째 대상은, 라틸과 제일 많이 붙어 다니는 근위기사단장이자 어릴 때부터 신뢰했던 사이이고, 라틸이 이미 여러 기밀을 맡기기도 한 서넛이었다.

'잘 알아봐야 돼. 서넛은 믿을 수 있지만, 오빠와도 우정이 깊으니.'

그렇다고 서넛을 범죄자들처럼 다뤄서 정신력을 약하게 만들 수는 없는 일이라, 라틸은 술을 이용하기로 결심했다.

'술을 마시면 정신력이 약해져서 속마음이 술술 나오겠지.'

마음을 먹은 그날 밤. 라틸은 술을 몇 병이나 가져다두고 서넛을 방으로 불렀다.

"부르셨습니까, 폐하."

무슨 일인가 싶어 얼른 들어온 서넛은 테이블 위를 빼곡히 채운 술병을 보고 놀라서 라틸을 쳐다보았다.

"폐하? 왜 갑자기 술을……."

"지금 좀 마음이 힘들어서. 술 상대 좀 해주겠습니까, 서넛 경?"

라틸이 그중 하나를 들고 슬쩍 흔들자, 서넛은 잠시 망설이다가 맞은편으로 와 앉았다.

7 그대가 왜 여기에

라틸은 되도록 서넛이 술을 많이 마시도록 유도했으나, 눈치껏 자신도 마시긴 해야 했다. 아니면 너무 의도가 빤히 보일 테니까.

"폐하."

"어엉? 왜 부릅니까?"

"……그만 마시는 게 좋을 듯합니다."

"누구 망대로?"

"발음이 꼬이고 있습니다. 취하셨습니다."

그러나 연거푸 술을 마셔도 서넛은 눈 하나 깜짝하지 않았다. 서넛이 마시는 걸 보면서 눈치껏 마신 라틸이 오히려 혀가 꼬였을 뿐.

"써넛 경, 내 발음이 어쨌다고오?"

"아까 꼬였고 지금은 강해졌습니다. ……좀 늘어지기도 하고."

"내에 발음이이?"

완전히 술에 취한 라틸이 몸을 모로 돌린 채 눈만 부리부리하게 뜨고서 되묻자, 서넛은 픽 웃고서 손을 내밀어 라틸이 똑바로 앉게 어깨를 슬쩍 밀어주었다. 그러나 라틸은 10시 방향 각도에서 2시 방향 각도로 바꾸어 몸을 기울일 뿐, 영 똑바로 앉질 못했다.

"피넛 경. 나 이렇게 앉을까? 이러면 어떻습니까?"

"피넛은 누굽니까."

"윌리엄, 삐뚤어졌네. 똑바로 앉아."

"……이젠 완전히 관련 없는 이름이 됐습니다. 제 이름이 흔적도 안 남았어요."

서넛이 웃으면서 알려주었지만, 라틸은 이미 제정신이 아니었다. 서넛의 속마음을 들으리란 계획은 사라져 있었고, 이성은 알코올의 수영장에서 열심히 허우적허우적하느라 바빴다. 결국 라틸이 완전히 술에 취해서 테이블에 이마를 쿵 박고 그대로 잠들자, 서넛은 웃으면서 고개를 저었다.

"절 취하게 하려던 거 아니셨습니까."

그제야 라틸을 놀려보지만 상대는 이미 잠들어서 대답을 할 상황이 아니었다. 서넛은 턱을 괸 채 쌕쌕 알코올 냄새를 뿜어내는 라틸을 구경했다. 이마를 찌푸릴 때마다 떨리는 속눈썹과 멋대로 구겨졌다 펴지길 반복하는 이마, 혼자서 무어라 중얼거리는 입술이 그의 시선을 사로잡았다.

서넛은 라틸의 표정 하나하나를 넋을 놓고 바라보았다. 이런 때가 많지 않단 걸 알기에, 그저 이 순간이 너무 소중해서 차마 눈도 깜빡일 수가 없었다. 한참 동안 라틸을 바라보다가 서넛은 비어 있는 라틸의 술잔에 자신의 술잔 속 술을 따랐다. 붉은 술이 투명한 잔 안으로 들어가며 찰랑이자, 그걸 보는 서넛의 마음도 함께 찰랑였다.

"내 마음도 이렇게 전할 수 있다면……."

그 순간. 멀지 않은 곳에서 들려온 소리에 서넛은 벌떡 일어났다. 그 바람에 의자가 뒤로 밀려나며 끽 소리를 냈으나, 라틸은 여전히 일어나지 않았다.

"아이기네스 백작 부인."

소리를 낸 사람은 라틸의 유모였다. 라틸이 "내가 술에 취해 그냥 자고 있으면 유모가 좀 챙겨줘"라고 말했기에, 방 안에서 아무 소리가 들리지 않자 들어왔다가 이 광경을 보게 된 것이다. 유모가 우두커니 서서 쳐다보자 서넛은 시선을 내리며 조용한 목소리로 부탁했다.

"방금 보신 건 모른 척해주셨으면 합니다."

유모는 대답하는 대신 서넛과 라틸을 번갈아 보다가, 조용히 서넛에게 따라오란 신호를 보냈다.

"잠시 자리를 비켜줘요."

서넛을 응접실로 데려간 유모는, 그곳에 있는 시녀들을 모두 내보낸 뒤. 서넛을 방 가운데 세워놓고서 딱딱한 목소리로 이야기를 시작했다.

"서넛 경. 난 사람에게 필요한 건 연인만이 아니라 생각합니다."

"……."

"폐하께선 경을 남매이자 친구로 여기고 계세요. 그런데 서닛 경이 폐하께 그런 마음을 품고 있다면, 폐하는 부담스러워지실 겁니다. 서닛 경의 마음을 받든 받지 않든 이전처럼 대할 수 없을 테니까요."

그녀의 말은 모두 옳았기에 서닛은 반박할 수가 없었다.

"폐하께 필요한 건 등을 맡길 수 있는 근위기사이지, 힘이 되어주지 못할 국서나 많고 많은 후궁 중 한 사람이 아닙니다. 그러니…… 그 마음을 숨기세요."

"!"

"폐하께 절대로 그 마음을 들키지 않아주었으면 합니다."

"……."

"오늘 같은 일도 자제해주었으면 좋겠군요."

서닛은 레안의 친구였기에, 유모 역시 그가 어릴 때부터 보아왔다. 당연히 이런 말을 하는 게 마음이 편치 않았다. 하지만 그녀는 서닛의 유모가 아니라 라틸의 유모였다. 라틸을 최우선으로 여길 수밖에 없었다.

"이런 말을 해서 미안해요."

"아닙니다. 조심하겠습니다."

서닛이 덤덤하게 대답하자, 유모는 일부러 돌아서서 부탁했다.

"전 폐하의 옷을 갈아입히고 재워드려야 하니, 그만 나가주셨으면 합니다. 폐하께서 일어나시면, 서닛 경이 술 취한 폐하를 예의 바르게 보살피고 있었다 전해드리겠어요."

"예."

유모는 침실로, 서넛은 응접실 밖으로 나갔다. 복도로 나온 서넛은 문을 힘없이 닫으면서 침통한 표정을 감추지 못했다. 하지만 그는 미적거리지 않고, 뒤를 돌아보지도 않고 복도를 걸어가 라틸의 방에서 빠른 속도로 멀어졌다.

'왜 서넛 경은 늘 슬픈 얼굴일까?'

그 뒷모습을, 기둥 뒤에 몸을 숨긴 채 한 시녀가 유심히 바라보며 생각했다. 그녀는 일전에 서넛이 라틸의 방에서 피에 젖은 몸을 급히 씻었을 때, 피 묻은 옷을 받아 들고 나갔던 시녀였다.

"뭐 그렇게 쳐다봐?"

옆에 있던 시녀가 그 모습을 보고는 의아해 물었다.

"너 서넛 경 좋아해?"

그녀는 질문에 잠시 멍하니 생각해보더니 고개를 끄덕였다.

"그런 거 같아. 서넛 경이 지나가면 저절로 막 눈이 따라가. 말도 걸어보고 싶고. 근데 서넛 경은 늘 폐하하고만 말해서 기회를 못 잡겠어."

시녀가 의외로 순순히 수긍하자, 건성으로 물어봤을 뿐이던 다른 시녀가 깜짝 놀라서 그녀의 어깨를 흔들었다.

"그러면 빨리 가문에 알리고 혼담을 넣어달라 해. 서넛 경은 원래도 가문이 좋은데, 폐하 최측근까지 되면서 지금 사윗감으로 인기가 엄청 많아졌단 말이야. 노리는 집안이 많을걸? 꾸물거리면 늦어!"

"아…… 목이 칼칼해."

다음 날. 잠에서 깨어난 라틸이 숙취에 시달리며 고통을 호소하자, 유모는 따뜻한 꿀물을 가져다주며 혀를 찼다.

"그러게 웬 술을 그렇게 많이 마시세요? 별로 잘 마시지도 못하면서."

"마시고 싶어서 마신 게 아니라!"

서넛을 취하게 하려던 건데! 하지만 이 말을 하면 유모가 이상하게 생각할까 봐, 라틸은 어물어물 입을 다물고 꿀물만 마셨다.

"서넛 경은? 어제 잘 들어갔어?"

"네. 술 취한 폐하를 잘 보살피고 있더라고요."

달고 따끈한 물이 위로 들어가자 쓰린 속이 그제야 좀 가라앉았다. 라틸은 빈 그릇을 유모에게 다시 건네면서 속으로 서넛을 타박했다.

'에이, 술꾼 같으니라고. 뭔 술을 그렇게 잘 마셔?'

어쨌든 1차 시도는 실패했다. 그러면 2차 시도를 해야 할 텐데. 당장 또 불러서 술을 마시게 했다가는 자신의 수상쩍은 의도가 들통날 것 같았다.

'또 마시게 해봐야 취할 것 같지도 않고. 어쩔 수 없지. 서넛은 다른 방법을 찾아야겠어.'

결국 라틸은 순서를 바꾸어서, 이번에는 제일 난도가 낮아 보이는 게스타를 노려보기로 했다. 물론 게스타에겐 따로 일을 지시한 적도 없고 지시할 일도 없을 것 같지만, 그래도 후궁 아닌가. 궁전의 심장부에 함께 거주하는 사람이니만큼 후궁들은 배신하고자 마음먹었을 때 모두 치명적일 수 있는 이들. 시험해봐서 나쁠 건 없었다. 마음먹은 라틸은 오늘 업무를 다 끝낸 뒤, 저녁에 게스타를 직접 찾아가 술을 마시게 상황을 이끌었다.

"폐하께서는 술을 좋아하시나요……?"

"아니, 그건 아닌데. 필요할 때 가끔 마시면 좋잖아. 분위기도 오르고."

"네에……."

"솔직한 대화도 나눠볼 겸 같이 마셔보고 싶었어."

라틸은 수더분한 미소를 띠고서 내내 게스타의 잔에 술을 채워주었다. 게스타는 얼굴이 벌게졌지만 라틸이 주는 대로 술을 홀짝홀짝 남기지 않고 받아 마셨다.

하지만…….

'와. 대단하네.'

술을 한 모금만 마셔도 취할 것처럼 생긴 게스타도 술이 제법 셌다. 서넛처럼 아예 반응이 없는 건 아니었으나, 내내 쑥스러워하는 미소를 띤 얼굴이 그대로 쭉 갔다. 심지어 게스타는 처음부터 얼굴이 붉은 상태여서, 나중에는 술 때문에 붉어진 건지 라틸을 보고 붉어진 건지 구별이 가지 않을 지경이었다.

"술…… 잘 마시네?"

'물렁한 인상인데.'

나중엔 보다 못한 라틸이 놀라서 중얼거리자, 게스타는 갑자기 라틸 쪽으로 몸을 슬쩍 기대며 중얼거렸다.

"많이 마시긴 했나 봅니다. 좀 어지럽고…… 그래요."

"그래?"

"네. 사실 전 술이 약해서…… 하지만 폐하께서 주시니 계속 마셨습니다."

"그래? 정말로?"

"그럼요."

게스타가 라틸을 보며 맹하게 웃었지만, 라틸은 속지 않았다. 술에 취했다면서, 게스타에게서는 속마음이 조금도 들려오지 않았으니까.

다음 날 저녁. 연달아 두 번이나 계획이 실패하자, 라틸은 이번엔 클라인을 찾아갔다. 클라인은 한 번 혼자 흥분해 라틸에게 속내를 들키기도 했고, 같이 술을 마셔본 적도 있어서였다.

잘 기억나진 않지만 클라인은 라틸과 같이 술에 취해 정원에서 잠든 전적도 있으니, 서넛과 게스타만큼 술에 강하진 않을 터. 이번에야말로 반드시 성공하리라 생각한 라틸은, 클라인과 마주앉게 되자 연달아 그의 잔에 술을 따라주며 웃었다.

예상대로 클라인은 점점 눈이 풀리더니 술에 완전히 취해 꾸벅꾸벅 졸기 시작했다. 누가 봐도 술에 취한 모습. 그때쯤 라틸은 옳다구나 싶어서 슬쩍 질문을 꺼내보았다.

"클라인. 내 말 들려?"

폐하 목소리…….

'된다!'

꾸벅꾸벅 조는 클라인에게서 드디어 대답이 들려오자, 라틸은 속으로 만세를 불렀다.

'의외로 클라인 난도 제일 낮구나.'

어쨌든 기회가 주어졌으니 이 순간을 알차게 이용해야 했다. 라틸은 클라인이 혹시라도 정신을 차릴까 봐 술을 한 잔 더 따라 건네면서 준비했던 질문을 중 하나를 해보았다.

"나에 대해 어떻게 생각해?"

폐하는 내게 푹 빠졌어.

"내가? 진짜?"

그럼. 폐하는 날 사랑해. 날 연모해. 이걸 표현해준다면 더 좋을 텐데. 꼭 내가 짝사랑하는 거 같잖아.

'뭐라는 거야?'

라틸은 클라인의 자신만만한 속마음을 듣고 웃다가 또 물었다.

"선황제가 돌아가신 일에 대해 어떻게 생각해?"

이번에는 좀 더 진지하고 무거운, 그리고 이런 계획을 세우면서까지 후궁들에게 물어보고 싶던 화제였다. 그러나 클라인은 이번에는 바로 대답하지 않았다.

'그새 깼나?'

라틸은 술에 취해 축 늘어진 클라인의 얼굴을 슬쩍슬쩍 눌러보면서 그가 그사이에 깼는지 안 깼는지 확인했다. 다행히 깬 게 아닌지, 그 상태로 속마음이 들려왔다.

나도 아버지가 돌아가셔서 폐하가 얼마나 슬픈지 알아.

"!"

형님은 아버지가 죽었을 때 너무 급한 상황이어서 제대로 슬퍼할 겨를이 없었어. 내가 괜찮냐고 위로하려 하면, 황제에겐 이런 위로가 필요 없다면서 거절했지. 개자식. 제가 그렇게 잘났나?

'하이신스랑 안 친한가?'

……폐하도 그럴까 봐 위로할 수가 없어.

"!"

슬플 때 그걸 드러낼 수조차 없으면 힘들 텐데.

라틸은 착잡한 눈으로 클라인을 내려다보았다. 클라인은 그새 또 잠에 취했는지, 생각을 멈추고 숨만 색색 쉬다가 아예 탁자에 얼굴을 박았다. 탁자에 눌린 그의 한쪽 뺨이 찹쌀떡처럼 납작해진 걸 보다가, 라틸은 한숨을 내쉬고서 그의 어깨를 두드렸다.

이전에는 생각해보지 못했는데. 방금 클라인의 말을 듣고 알게 되었다. 하이신스가 가장 힘들었던 순간, 자신은 그의 곁에 있어주지 못했단 걸. 배신자로만 여겼던 하이신스에게도 매일 밤 울면서 힘들어했을 순간이 있었단 걸.

그리고 클라인. 하이신스가 보낸 첩자는 아닌가 의심했지만, 클라인은 라틸을 누구보다 진지하게 진심으로 대하는 듯했다.

'일단 넌 범인이 확실하게 아니야. 그렇지?'

이렇게 이상한 일이 있을까. 뒤통수를 친 전 남친의 동생이 제일 믿을 만한 사람이라니.

라틸은 클라인의 어깨를 토닥거리다가 자리에서 일어났다. 클라인의 시종에게 주인을 챙기라 하고서, 라틸은 자신의 침실로 돌아갈 생각이었다.

"폐하."

그러나 클라인이 잠긴 목소리로 라틸을 부르고는 가지 말라면서 손을 뻗자, 라틸은 그걸 두고 가버릴 수가 없었다. 붙잡은 손엔 힘이 없었지만 라틸은 꿈쩍도 하지 못했다.

"이상한 또라이."

라틸은 어쩔 수 없이 그를 품에 안고 등을 다독거렸다.

"넌 진짜 이상한 사람이야. 알아?"

'일단 클라인은 무덤이나 편지 건이랑은 확실하게 관련이 없어. 날 위로하고 싶다거나 그런 생각 외엔 안 하니까.'

다음 날. 라틸은 유일하게 자신에게 속마음을 보여준 클라인이 예뻐서, 대신관을 시험하기 위해 찾아갔을 때 그에게 부탁했다.

"혹시 부적 같은 거 만들 수 있어?"

"물론입니다."

"하나만 만들어줄래? 클라인이라고, 후궁 중에 그쪽 부적을 엄청 소중히 아끼던 애가 있거든. 근데 여기 와서 잃어버려서."

대신관은 그러겠다고 흔쾌히 말하더니, 단숨에 부적을 두 개 만들어서 내밀었다.

“하나면 되는데.”

라틸이 그걸 받고 중얼거리자, 대신관은 하나는 목걸이처럼 만들어 라틸의 목에 직접 걸어주었다.

“폐하께서도 가지고 계십시오. 제법 효과가 좋다 하니까요.”

“고마워.”

라틸이 부적 부분을 옷 안에 넣으면서 인사하자, 대신관은 흐뭇하게 웃으며 손을 저었다.

“어렵지도 않은걸요. 그보다 술은 왜 가지고 오신 겁니까?”

“어? 아, 같이 마시자고.”

“신관은 금주입니다.”

“무슨 소리야. 너 홀딱 벗고 나랑 잠자리도 하려 했잖아? 카지노에서 딜러도 했잖아?”

“율법에 폐하와 잠자리를 하면 안 된단 말은 없습니다. 카지노에서 딜러 하면 안 된단 율법도 없습니다. 하지만 술은 마시면 안 된다고 나와 있습니다.”

라틸은 그런 게 어디 있냐고 생각했으나 대신관은 의외로 이 문제에 있어서는 단호했다.

“폐하께서 마시는 동안 구경은 해드릴 수 있습니다.”

“내가 광대냐…….”

“아. 폐하께서 술에 취해 절 취하려 하신다면 어쩌지요? 폐하의 뜻으로 알고 받아들여야 할까요, 술의 뜻으로 알고 기절시켜드려야 할까요?”

어찌 하냐고 물으면서도 대신관은 일단 자기 단추를 풀었다. 라틸은 그의 두둑한 팔근육을 보자, 그가 습격자를 내리쳐 기절시키던 모습이 떠올라 벌떡 일어났다.

"너랑 안 마셔."

이후 라틸은 그 길로 곧장 칼라인을 찾아갔다.

"칼라인. 같이 술 마셔도 돼?"

"주인. 당연히."

칼라인은 거절하지 않았다. 오히려 그는 희미하게 웃더니, 가까이 다가와 라틸의 목덜미에 얼굴을 묻으며 기쁜 듯 속삭였다.

"후궁들을 돌고 있단 말씀을 듣고 언제쯤 제게 오시려나 생각했습니다."

그 말에 라틸이 등을 토닥여주려는 순간이었다.

"칼라인?"

멀쩡하던 칼라인이 갑자기 쓰러졌다.

"칼라인!"

게다가 쓰러진 칼라인은 안 그래도 창백한 낯빛이 더욱 창백해져 있었다. 금방이라도 숨이 넘어갈 것처럼. 이 모든 게 눈 깜빡할 사이에 벌어졌다. 라틸은 놀라서 칼라인을 안아 들고는 문을 향해 외쳤다.

"궁의를 데려와라! 빨리!"

"주인."

그러나 라틸이 궁의를 부르자마자, 칼라인이 눈을 뜨고서 라틸을 붙잡았다.

"안 됩니다."

"안 되기는!"

라틸은 버럭 외쳤다. 얼굴이 완전히 새하얀데 궁의를 부르지 말라니. 미친 건가 싶었다.

"아기도 아니고 의사가 무서워?"

라틸은 일부러 놀리듯 말하고서 칼라인을 침대에 눕혔다. 사랑해서 들인 이는 아니지만 그래도 후궁이라서인가. 입술에 핏기가 하나도 없는 걸 보자 안쓰러웠다.

"주사 안 놔."

'아마도.'

"그러니 진료 좀 받아봐. 얼굴이 말이 아냐. 생기가 하나도 없어."

"……."

라틸이 칼라인의 머리카락을 부드럽게 쓸어주고 있자니, 문 밖에서 칼라인의 시종이 궁의가 왔다고 알렸다.

"들어오라 해라."

궁의는 커다란 진찰 가방을 가지고 와서 공손히 라틸에게 인사했다.

"부르셨습니까, 폐하."

"칼라인이 갑자기 쓰러졌다. 얼굴도 창백하고. 괜찮은지 살펴보아라."

라틸이 옆으로 비켜서자, 궁의는 다시 한번 인사하고서 칼라인이 누운 침대의 머리맡으로 갔다. 칼라인은 반쯤 눈을 떴으나 궁의 쪽을 쳐다보지도 않았다.

'괜찮아야 할 텐데.'

궁의가 진찰 가방에서 청진기를 꺼내 칼라인을 살피는 동안, 라틸은 걱정스럽게 그 모든 광경을 지켜보았다.

"……."

궁의는 한참 동안 말없이 칼라인을 진찰한 후에야 청진기를 벗었다. 하지만 그 표정이 너무 착잡하고 낯빛이 어두워서, 라틸은 몹시 불안해졌다.

"왜 그러지? 많이 안 좋으냐?"

라틸이 다급하게 묻자, 궁의는 라틸과 눈을 맞추지도 못하고 보고했다.

"심장이 느리게 뛰고, 뛰는 힘도 약합니다. 몸이 약하신 것 같습니다."

"뭐? 몸이 약하다고? 용병왕인데?"

대신관이 적의 목을 '우득' 꺾어버리고 땅에 처박는 모습을 보았을 때와 비슷한 충격이다. 라틸은 황당해서 칼라인을 쳐다보았다. 혈색이 없는 얼굴이긴 하지만 그래도 몸은 여지저기 다 탄탄해 보이는데…….

"그럼 용병 일을 너무 험하게 하셔서 후천적으로 몸이 약해지셨나 봅니다."

그러나 궁의는 칼라인이 용병왕이란 걸 수긍하면서도, 그가 몸이 약하단 주장만은 굽히지 않았다. 라틸은 칼라인이 이불을 두 손으로 꽉 움켜쥔 채 묘한 표정으로 허공을 응시하는 걸 곁눈질하며 물었다.

"그럼 약이나 주사나 뭐 처방 같은 건?"

"심장에 도움이 되는 약을 처방해드리겠습니다."

"그래."

"하지만 몸이 약하시니, 절대로 무리하시면 안 됩니다."

"알았다."

"……."

"왜? 더 할 말이 있느냐?"

"그게……."

"말해. 괜찮으니."

"침대에서도요."

"!"

뭐야 그 말은. 평소엔 내가 무리시켰단 말이야? 라틸이 눈을 부릅뜨고 쳐다보자, 궁의는 깜짝 놀라 고개를 푹 숙이고는 허겁지겁 변명했다.

"절대 건드리면 안 된단 뜻이 아니라, 그래도 너무 무리시키지 않으셨으면…… 하는 뜻입니다. 물론 칼라인 님은 폐하의 후궁이시니 폐하께서 마음대로 하실 수 있으시지만, 그래도 건강을 위해서 조금만 자제해주시는 게 나을 거고…… 그런…… 그런 의도로…….”

‘저놈이? 내가 뭐 아픈 사람 건드리는 호색한인 줄 아나?’

라틸은 기가 막혀서 입을 벌렸으나, 궁의는 라틸이 화난 표정을 지을수록 ‘칼라인을 취할 수 없게 된 황제가 심통을 부린다’로 해석하는 듯 점점 더 사색이 되어갔다.

“나가.”

결국 부정도 긍정도 하지 못하게 된 라틸이 정색하고 명령하자, 궁의는 꾸벅꾸벅 인사하고서 허겁지겁 도망쳤다. 문 닫히는 소리가 나고 이어서 발소리가 빠르게 멀어지자, 내내 묘한 표정을 짓고 있던 칼라인이 작게 웃음을 터트리고서 라틸을 놀렸다.

“절대 무리하면 안 된다니 신경을 꼭 써주십시오.”

“어, 조금도 무리시키지 않을 테니 누워서 쉬기나 해.”

“조금은 무리해도 됩니다.”

“안 돼. 또 쓰러지면 궁의가 날 파렴치하게 볼 거 아냐.”

칼라인은 다시 웃음을 터트렸지만, 이번에는 라틸을 놀리지 않았다. 라틸은 이불을 끌어다 칼라인의 턱 아래까지 덮어주고서 가슴 위를 토닥토닥해주었다.

“쉬어라. 네 시종에게 말해둘 테니, 깨어나면 약 먹고.”

“갈 겁니까, 주인?”

“가야지.”

여기서 뭐 하겠냐고 말하려는데, 칼라인이 이불 밖으로 손을 빼내더니 라틸의 손을 꼭 붙잡았다.

"아픈데. 함께 있어주십시오."

원래 라틸은 칼라인과 술을 마실 수 없게 됐으니, 이번에는 라나문이나 타시르를 찾아가 술을 마시게 한 후 속마음을 들어보려 했다. 하지만 아픈 칼라인이 라틸을 빤히 바라보며 매달리자, 차마 뿌리치고 갈 수가 없었다.

"알았어."

라틸은 칼라인의 손을 한번 꽉 쥐었다 놓은 뒤, 거추장스러운 겉옷을 의자에 걸어두고서 칼라인의 옆자리로 들어가 누웠다.

"이러고 자자. 됐지?"

라틸이 옆에서 칼라인의 배와 가슴 사이를 토닥토닥해주며 묻자, 칼라인은 자기도 라틸 쪽으로 돌아눕더니 고개를 끄덕이고서 눈을 감았다.

시간이 얼마나 지났을까. 칼라인을 토닥거려주면서 자신도 꾸벅꾸벅 졸다가, 라틸은 한 번 크게 머리를 휘청하고서 눈을 부릅떴다.

'아. 같이 졸아버렸네.'

라틸은 칼라인의 가슴에서 손을 떼고 눈을 비볐다. 그사이 칼라인은 완전히 잠들어 있었다.

'얘는 눈을 감고 있어도 섹시하네.'

라틸은 칼라인의 섬세하고 화려한 이목구비를 구경하다가, 편하게 정면 쪽으로 돌아누웠다.

'얘한텐 술 먹이면 안 되겠지? 몸이 안 좋으니까.'

그 순간이었다.

도미스…….

칼라인의 목소리가 들려왔다. 라틸은 눈을 동그랗게 뜨고 확 고개를 돌렸다. 그러나 칼라인은 여전히 잠들어 있었다.

'방금 그거. 칼라인의 속마음이었나? 잠결에 정신력이 약해져서 속마음이 들린 거?'

한 번 더 들으면 확실할 텐데. 더 들려오는 소리가 없었다. 괜히 애가 탄 라틸은 칼라인의 머리카락을 조금 잡아당겼다. 그때 라틸의 앞에 생전 처음 보는 광경이 펼쳐졌다.

그 시각. 아이니는 침대에 누운 채 이불을 끌어안았다 놓길 반복하고 있었다. 오늘 낮, 그녀는 아버지에게 헤움이 자신을 찾아왔었단 이야기를 했으나 아버지는 전혀 믿지 않았다.

— 네가 힘들어서 헛것을 본 모양이다.

아버지는 아이니의 어깨를 두드리며 위로해주고는, 잠시 슬픈 눈으로 그녀를 바라보다가 이윽고 꼭 끌어안으며 다짐했다.

— 네가 힘든 만큼 나중엔 하이신스 그놈도 아파할 거다. 지금 이 순간만 잘 견디면, 넌 모든 것을 가지게 될 거야.

헛것을 본 게 아니라고, 잔디에 누군가 서 있던 자국이 있었다고 설명했지만 아버지는 그저 슬픈 눈으로 딸을 바라보기만 했다. 가장 친한 친구이자 시녀인 레들러에게 이 이야기를 했을 때도 마찬가지였다.

— 하지만 폐하, 제가 계속 폐하의 곁에 있었는걸요? 정말로 온 사람이 없었어요.

아이니는 갑갑했으나 사람들은 그런 그녀를 더욱 이상하게 볼 뿐이었다. 결국 아이니는 밤이 되자 완전히 지쳐서 침대에 누웠다.

— 폐하께서 잠들 때까지 제가 곁에 있어드릴게요.

헤움에 대한 이야기를 믿진 않았지만 아이니가 걱정이 되긴 했는지, 레들러는 이렇게 말하고서 그녀가 잠들 때까지 옆에서 손을 잡아주었다. 덕택에 아이니는 헤움에 대한 일을 잠시 잊고 잠들 수 있었다.

그런데 얼마나 시간이 지났을까. 어디선가 낯익은 노랫소리가 들려와 잠에서 깨고 말았다. 레들러는 아이니가 잠든 후 침실에서 나갔기에 방 안엔 아무도 없었다. 아이니는 레들러를 부르지도 못하고서, 이불을 움켜쥐고서 떨었다.

'헤움의 목소리야.'

이 노래는 헤움이 아이니에게 불러주던 노래였다. 죽은 사람이 부르는 노래. 다행이라 해야 할지, 방 안에서 들려오진 않는다. 계속 이불만 만지작거리기를 한참. 아이니는 결국 조심스럽게 몸을 일으키고서 복도로 나가보았다. 방문 앞에는 호위 두 명이 철통같이 서 있다가, 아이니가 나오자 얼른 예의 바르게 물었다.

"산책 가십니까, 황후 폐하?"

"함께 가겠습니다."

아이니는 대답 대신 노래가 들려오는 쪽을 쳐다보며 물었다.

"이 소리가 들리는가?"

호위들은 "예?" 하고 어리둥절해서 되물었다.

"노랫소리. 멀리서 들려오는 노랫소리."

아이니가 작은 목소리로 속삭이자, 호위들은 더욱 의아한 표정으로 변했다. 둘 다 아무 소리도 듣지 못하는 듯했다. 아니, 그들은 아이니가 복도 너머를 바라보며 두려운 표정을 짓자, 오히려 그 모습을 보고 오싹해져서 서로서로 눈짓을 주고받았다.

'나에게만 들리는구나.'

라틸은 그들에게 노랫소리에 대해 말하는 대신, 그냥 산책을 갈 테니 호위 한 명만 따라오라 지시했다. 저들이 못 듣더라도 자신이 들을 수 있으니, 소리가 나는 쪽으로 가볼 생각이었다.

"제가 따라가겠습니다."

아이니의 부탁에 호위 중 한 명이 앞으로 나섰다. 그러나 몇 걸음 가지 않아 노랫소리는 바로 끊어져버렸다. 제자리에 서서 좀 더 기다려보았지만 노랫소리는 더 들려오지 않았다.

"혼자 걷고 싶네."

아이니는 혹시나 싶어서 호위를 돌려보내고 자신 혼자 이동해보았다. 그러자 노랫소리는 다시 이어졌다.

'나 혼자 오란 건가.'

아이니는 더욱 두려워졌으나, 애써 마음을 다잡았다.

'이게 헤움의 짓이라면 그가 나한테 위협이 되진 않을 거야. 내게 해로운 일을 할 리 없어.'

늘 그녀에게 다정하던 헤움을 떠올리고서, 아이니는 용기를 내어 소리가 나는 쪽으로 걸어가보았다. 그곳은 아무도 사용하지 않는 빈방이었는데, 문이 조금 열려 있었다. 마치 이 안으로 들어오라는 듯. 아이니는 심호흡을 하고서 문에 손을 올려 밀었다.

검은 하늘이 움직이고 있었다. 사방에서 들려오는 날갯짓 소리…… 바람 소리…… 하늘은 계속해서 여러 방향으로 꿀렁꿀렁 움직였다.

'까마귀.'

라틸은 그 검은 하늘이 까마귀 떼란 걸 알아차렸다. 까마귀가 온 하늘을 뒤덮어서 사방이 까맣게 보이는 것이었다.

'대체 이게 무슨……?'

초록색 들풀로 파릇해야 할 들판에는 시체들이 바닥을 뒹굴고 있었다. 하지만 하나같이 이상한 시체들로, 그 시체들은 막 죽은 시체처럼 보이지 않았다. 그 주위를 하얀 제복 차림의 사람 수백 명이 겹겹이 둘러싸고 있었다.

'처음 보는 제복인데.'

라틸은 그들을 경계했지만, 그 사람들은 라틸 쪽으론 시선도 주지 않았다. 갑자기 사람이 나타나면 당연히 시선이 집중될 텐데, 마치 라틸이 없는 것처럼.

'환상인가? 혹시…… 칼라인의 꿈?'

마지막으로 들었던 게 칼라인이 속마음이었으니 가능한 이야기지 않나, 생각하자마자 라틸의 눈에 한 쌍의 남녀가 들어왔다.

'칼라인!'

라틸은 그중 남자의 얼굴을 알아보고 놀랐다. 남자는 칼라인이었다. 지금과 머리 길이가 조금 다른 칼라인. 얼굴은 그대로인데 머리카락이 더 길었다.

'그럼 최근인가?'

울면서 칼라인을 끌어안고 있는 여자는 처음 보는 여자였다. 머리카락은 붉고 눈은 초록색인, 굉장히 아름다운 여자. 너무 아름다워서 오히려 사람처럼 보이지 않는 그런 여자. 그런 여자와 칼라인이 붙어 있으니 두 사람은 한 쌍의 그림처럼 보였다.

"너는 살아야 한다."

하지만 상황은 그리 좋지 않은 듯, 여자는 칼라인의 얼굴을 어루만지며 슬프게 말했고, 칼라인은 고개를 저으며 여자를 마주 안았다.

"절 데려가셔야 합니다. 저는 죽음까지도 당신과 함께할 겁니다. 데려가주십시오."

'칼라인이 울기도 하는구나…….'

거의 표정 변화가 없던 그가 온 얼굴이 젖도록 우는 걸 보자 라틸은 이상하게 심장이 욱신거렸다. 저 붉은 머리 여자가 누구인진 모르겠지만 칼라인의 부탁을 들어주었으면 싶었다. 그러나 여자는 고개를 저었다.

"너는 살아라. 살아서 나를 찾아. 난 '다음에도' 널 기다리고 있을 테니까."

"그때 당신의 곁엔 다른 기사가 있을 겁니다. 당신은 절 기억하지도 못할 겁니다."

"내겐 너뿐이야."

여자가 칼라인과 입을 맞추자, 칼라인은 울면서 고개를 마구 저었다. 하지만 여자의 힘이 엄청난지 칼라인이 꽤 거세게 고개를 젓는데도 두 사람은 떨어지지 않았다. 심지어 여자의 입맞춤에 묘한 힘이 깃든 듯, 칼라인은 여자를 붙잡기 위해 두 손을 허우적거렸지만 그 손에는 점점 힘이 빠져갔다. 강제로 잠드는 것처럼 보였다.

칼라인이 완전히 잠이 들자, 여자는 그를 내려놓고 이마에 입을 맞추더니 천천히 몸을 일으켰다. 일어난 여자의 표정엔 아까 같은 슬픔도 참담함도 없었다. 그러자 그녀의 작별을 잠시 기다려주었던 듯, 제복 차림 기사 중 혼자만 옷 무늬가 약간 다른 여자 기사 한 명이 허리춤에서 검을 뽑았다. 그걸 신호로 수백 명의 기사들이 그녀를 뒤따라 동시에 검을 뺐다. 스르릉 소리가 사방에서 소름 끼치게 들려왔다.

그 순간 라틸의 눈에 보인 건 기사들과 붉은 머리 여자의 싸움이 아니라, 칼라인의 눈물이었다.

'역시 네 꿈이었구나.'

정신력이 강한 칼라인이 몸이 아픈 데다 잠들어 악몽까지 꾸자,

라틸이 그 악몽을 잠시 엿본 모양이었다. 라틸은 천천히 손을 뻗어서 그의 눈가를 쓸었다. 이상하게 기분이 먹먹했다.

'좋아하던 여자가 죽은 건가. ……어차피 좋아하는 사람은 죽었으니까, 속세에서 도망치듯이 하렘으로 들어온 거야?'

문을 벌컥 연 아이니는 피아노 뒤에 누군가 앉아 있단 걸 알아차렸다. 밖도 방도 어두워 얼굴은 보이지 않았으나, 누군가의 까만 실루엣이 보였다.

"……누구야?"

노랫소리는 멈추었고 얼굴은 보이지 않는다. 아이니는 가까스로 입을 열어 물었다. 너무 긴장한 탓에 그녀의 목소리는 자다 일어난 사람처럼 잠겨 있었다.

"누구냐 물었어."

아이니는 돌아오는 대답이 없기를 바랐다. 하지만 그게 헤움의 목소리이길 원했고, 헤움이 아니길 원했다. 자신이 뭘 원하는지 스스로도 알 수 없었다.

"아이니. 나야."

그러나 돌아온 목소리는 헤움의 목소리였다. 다리에 힘이 쭉 빠져서 아이니는 벽을 짚었다. 그녀는 입술을 꽉 깨물었다.

"아이니."

그리운 목소리가 다시 그녀를 불렀다. 옛날 그대로의 목소리로.

아이니는 고개를 빠르게 저었다.

"넌 죽었잖아."

아무리 그리웠던 목소리라지만 그는 분명 죽었다. 한두 사람이 본 게 아니었다. 그런데 죽은 사람이 어떻게……?

"네가 그리워서 '좀 더 일찍' 왔어."

"네가 너란 증거가 있어?"

"네가 열 살 때 신전에서 널 데려가려 했는데 내가 막아줬잖아. 내 열세 번째 생일날에 네가 유리로 만든 검날을 앞으로 해서 줬다가 네 아버지한테 혼이 났고."

그건 아주 극소수의 사람만이 아는 이야기였다. 눈시울이 뜨거워진다 싶더니 눈물이 왈칵 나와서 아이니는 입술을 파르르 떨었다.

"넌 죽었잖아."

두려운데. 아주 두려운데 발걸음은 헤움이 있는 곳으로 나아갔다. 그러나 헤움이 피아노 건반을 쾅 누르는 바람에, 아이니는 놀라서 제자리에 멈춰 섰다. 이어 어둠 속에서 고통스러워하는 목소리가 들려왔다.

"가까이 오지 말아줘. 널 놀라게 하고 싶지 않아."

"이미 놀랐어."

"아직은 널 가까이에서 볼 수 없어. 너무 일찍 와버려서."

"무슨 소리야……?"

눈물 때문에 앞이 잘 보이지 않아서, 아이니는 질문을 던져놓고 얼른 두 손으로 얼굴을 닦았다. 그러나 고개를 들었을 때. 이미 까만 그림자는 사라져 있었고, 방 안에는 불이 들어와 있었다. 피아노 앞에는 아무도 앉아 있지 않았다.

"혜움?"

아이니가 이름을 불러보았지만 혜움은 보이지 않았다. 다리에 힘이 들어가지 않아서 아이니는 벽에 기대어 섰다. 그러나 그 몸조차 곧 주르륵 바닥으로 미끄러졌다.

"혜움……."

아이니는 벽에 기대어 쪼그려 앉은 채 다리를 감싸 안고 눈물을 펑펑 쏟았다. 역시 그가 살아 있었다. 그가 살아서 돌아온 것이다.

하지만 어떻게? 죽은 사람이 대체 무슨 수로?

'칼라인이 부르던 이름. 도미스인가 하는 그 이름이 그 붉은 머리 여자인가?'

다음 날 아침. 아직 잠에서 깨어나지 못한 칼라인을 두고 자신의 방으로 돌아온 라틸은, 환상 속에서 본 붉은 머리 여자와 칼라인을 계속해서 떠올렸다. 펑펑 울던 둘의 모습이 뾰족한 돌멩이처럼 심장에 콕 박히더니, 안으로 쏙 들어가 찾을 수도 없게 숨어버린 느낌이었다. 까끌까끌하게 계속 떠올라 거슬렸다.

'어쩐지. 너무 능숙하게 돌진해온다 싶었어. 아주 절절한 천년의 사랑을 하셨구만.'

그 여자와 함께 죽겠다고 울던 칼라인을 떠올리다가, 라틸은 '에잉 에잉' 소리를 내면서 세숫대야에 담긴 물을 괜히 철벅거렸다.

하지만 업무를 보면서도 내내 그 일이 떠올라서, 라틸은 결국 공식 일정을 전부 다 앞당겨서 해버리고, 오늘의 개인 업무는 내일로 미뤄둔 다음 이른 저녁에 라나문을 찾아갔다. 열렬하게 다른 여자를 사랑하는 후궁은 얼른 잊어버리고, 라나문과 술을 마시면서 그의 속마음이나 들어볼 생각이었다.

"후궁들을 하나하나 돌아다니시면서 술을 먹이신다고, 궁정인들이 계속 수군대고 있습니다."

다행이라 해야 할지 다행이 아니라 해야 할지, 라나문은 라틸을 보자마자 차갑게 쏘아붙였고, 라틸은 변명을 하느라 칼라인에 대한 일을 잊을 수 있었다.

"한 사람만 챙기면 그렇잖아. 다 챙겨야지."

"타고난 바람둥이시군요."

"그럼 도로 갈까? 여섯 명 챙기는 바람둥이보다는 다섯 명 챙기는 바람둥이가 낫지?"

라틸이 지지 않고 따박따박 말을 이어가자, 라나문은 라틸을 차갑게 흘기면서도 앞서 걸어가 문을 닫아버렸다.

"여섯 명 챙기는 바람둥이가 낫단 뜻이구나? 그대는 나쁜 여자를 좋아하나 봐?"

그걸 본 라틸이 헤실헤실 웃으면서 놀려대자, 라나문은 표정이 더욱 차가워졌다. 곁으로 가면 냉기가 느껴지는 게 아닐까 싶을 정도로.

"술 마시자. 화내지 말고."

라틸은 단단히 골이 난 그의 팔을 잡아당겨 의자에 앉혀놓고서,

직접 그의 잔에 술을 콸콸 따라 코앞까지 대령해주었다. 이렇게 안 하면 안 먹을 것 같아서.

"……."

하지만 라나문은 의심이 많은 성품인지, 라틸이 대놓고 술을 권하자 찝찝해하며 마시지 않았다.

"왜 후궁들에게 다 술을 마시게 하십니까?"

오히려 술잔을 쥐고서 이렇게 묻기까지 했다.

'역시 연달아 다섯 명에게 술 먹이는 건 좀 이상한가.'

라나문이 이 정도로 의심한다면 다음 차례인 타시르는 얼마나 의심할까. 라틸은 속으로 혀를 찼지만, 아무렇지 않은 척 웃으며 변명했다.

"술 마시면 친해지기 쉽다잖아. 속내도 더 잘 털어놓고. 내가 아직 즉위 초라 바빠서 자주 못 오니까. 이렇게라도 친해지고 싶어서."

친해지려고 먹이는 건 아니지만 속내를 털어놓으라 먹이는 건 맞으니, 반은 사실인 변명이었다. 라나문도 라틸이 그럴듯하게 둘러대자 결국 미적거리다가 술을 한 모금 찔끔 마셨다.

'이게 무슨 병아리 오줌인가.'

너무 찔끔 마셔서 라틸은 황당하게 여겼지만, 억지로 많이 마시게 할 수도 없는 노릇이라 그냥 안주를 집어 라나문의 입에 넣어주었다.

"자, 안주도 먹고."

라나문은 라틸이 내민 과자가 입술에 닿자 멈칫했지만, 곧 천천히 입술을 벌렸다. 라틸은 아무 생각 없이 안주를 내밀었다가, 라나문이 라틸과 눈을 마주한 채 입술을 열어 긴 과자를 받아먹자 괜히 어색해져서 팔을 삐걱거리며 내렸다.

라나문은 그런 라틸의 반응을 유심히 살피면서 오독오독 과자를 천천히 씹다가, 라틸의 귓가가 좀 붉은 걸 보자 그제야 만족해서 웃었다.

'하여튼 얼굴 하나는…….'

라틸은 라나문의 입가에 떠오른 미소가 이슬 어린 장미꽃 같다고 생각하다가, 얼른 술을 또 마시라고 권했다.

"그러고 보니 라나문. 넌 어릴 때 잠깐 신전에서 살았다 했지?"

그냥 술만 내밀면 그가 이상하게 생각할까 봐, 일부러 라나문의 후궁 지원서에 쓰여 있던 짧은 특이 사항까지 떠올리며 물었다.

"네."

하지만 라나문은 그걸 화제로 긴 대화를 나눌 생각은 없는지 짧게 대답했고, 대화는 더 이어지지 않았다.

"너랑 진짜 안 어울려. 네가 신관으로 있으면 사람들이 안식을 찾으러 왔다가 열 받아서 나갈걸?"

이에 발끈한 라틸이 시비를 걸었지만, 라나문은 코웃음을 치면서 술만 받아 마셨다. 그러고는 무어라 입을 열려는 순간.

"!"

그가 도로 입을 닫더니, 갑자기 벌떡 일어나 침대로 걸어갔다.

"라나문? 어디 가?"

갑자기 술을 마시다 말고 걸어가는 게 이상해서 불러보았지만, 라나문은 돌아보지도 않고 침대로 가 그 위에 반듯하게 누웠다.

"라나문?"

여전히 라틸은 그가 뭘 하는지 몰랐으나, 라나문은 대답 대신 이불까지 덮고 눈을 감았다. 그리고…….

'잠들었어?'

1초도 안 됐는데 잠들어버렸다.

"라나문? 라나무운?"

라틸이 황당해서 불러보았지만 고개조차 까딱하지 않았다. 라나문은 차갑긴 해도 모든 후궁 중 예의범절은 가장 완벽했다. 라틸의 말을 일부러 무시할 사람은 절대 아니었다.

'진짜 잠든 거야?'

라틸은 가까이 다가가 곤히 눈을 감고 있는 라나문의 얼굴을 내려다보고는 기가 막혀서 헛웃음을 뱉었다.

'와. 얘는 또 왜 이렇게 술이 약해? 정신력이 약해지고 뭐고 할 틈도 없잖아?'

"하늘이 밝고 햇빛은 따스하고 몸에선 힘이 솟는구나! 이게 다 신의 은혜 덕분이다!"

운동을 마친 대신관이 하늘을 올려다보며 밝게 외치자, 지나가던 궁인들이 그를 쳐다보며 수군거렸다. 시종으로 위장해 들어온 수행사제는 부끄러워서 얼굴을 가렸다.

"그런 건 작게 말해주세요, 자이신 님."

그러나 대신관은 함박웃음을 지으며 꿋꿋하게 두 팔의 근육을 드러냈다.

"신은 드러내는 걸 좋아하신단다, 구벨! 근육! 근육!"

'아니에요…….'

"근육을 보이며 우렁차게 외쳐야 소리를 들으시지!"

"신이 가는귀를 먹진 않으셨을 것 같은데요……. 게다가 근육은 왜 드러냅니까."

"수많은 사람들이 신에게 기도하면 소리가 섞이지 않느냐! 그러니 크게 크게 외쳐야 가장 크게 들리는 법이지! 이렇게!"

두 팔을 벌린 대신관이 하늘을 향해 "신이여! 야호오오오!" 하고 외치자, 수행사제의 얼굴은 익은 딸기처럼 변했다.

'그건 어디서 나온 논립니까…….'

이걸 본 궁인들이 자기들끼리 소곤대면서 키득키득 비웃어서, 수행사제는 어깨까지 시무룩하게 떨어트렸다. 우리 대신관님이 좀 어설퍼 보이는 건 맞지만, 그래도 저런 어설픈 모습을 신이 가장 사랑하니까 된 거 아니냐고, 부글부글 하고 싶은 말이 마구 끓어오르는데. 이 말을 다 삼켜야만 하니 너무 답답했다.

"구벨!"

"네, 자이신 님."

"가서 아이스크림을 가져오너라. 햇볕을 받으며 먹어야겠다."

"네에……."

"구벨!"

"네?"

"두 개! 두 개 가져와라!"

구벨은 알겠다 웅얼거리고서 조리실로 뛰어갔다.

그사이, 대신관은 아까의 흥분을 좀 가라앉히고서 햇살처럼 웃으면서 하늘을 올려다보았다. 놀랍게도 입을 다물자마자 그의 모습은 정말 반짝거리는 바닷물처럼 아름다워서, 내내 그를 훔쳐보며 놀리던 궁인들은 저도 모르게 입을 벌렸다. 하지만 곧 그들은 자신들이 멍청해 보이는 저 막내 후궁에게 감동받았다는 게 자존심이 상해서 얼른 그 자리를 벗어났다. 그 바람에 얼마 지나지 않아, 이 부근에 서 있는 건 대신관 하나밖에 없었다. 그래도 대신관은 홀로 맑은 공기를 느끼며 즐거워했다.

그때였다.

'음?'

순간, 뒤쪽에 오싹한 감각이 느껴졌다. 몹시 위험하면서도 소름 돋는 느낌이었다. 대신관이 빠르게 고개를 돌리려는 순간, 누군가 그의 등을 엄청난 힘으로 떠밀었다.

"!"

라나문에게 술을 먹인 다음 날 타시르를 시험해보았지만, 그쪽도 알코올을 자체적으로 분해하는 간을 가지고 있는 듯 아무리 마셔도 절대 취하지 않았다. 결국 라틸은 후궁들의 정신력을 약하게 할 다른 계략을 찾기 위해 그날 하루 머릿속이 분주해졌다. 그러나

오후가 되자 라틸의 머릿속은 더욱 바빠졌다. 라틸이 복도를 걸어가고 있는데, 5경비단장이 헐레벌떡 뛰어와 라틸의 앞에 무릎을 꿇고 외친 탓이었다.

"폐하, 폐하, 지금 자이신 님이, 자이신 님이!"

얼마나 급하게 왔는지 그는 제대로 말도 못 하고 헐떡이다가 마저 외쳤다.

"자이신 님이 계단에서 떨어져 크게 다치셨습니다!"

5경비단은 하렘의 경비를 맡은 경비단이었다. 라틸은 그의 보고에 정말로 깜짝 놀랐다.

"자이신이?"

라틸이 본 자이신은 맨손으로 적의 목을 꺾고, 적을 흙바닥에 메다꽂아버리고, 머리를 쳐 대번에 사람을 기절시킬 정도로 강인했다. 계단에서 실수로 굴러도 계단이 부러질 사람 같은데, 크게 다쳤다고? 잠깐 발이 삐끗한 거라도 바로 균형을 잡을 사람 같았는데?

'자이신이 대신관이란 걸 안 자의 소행인가?'

라틸은 황급히 하렘으로 달려가며 물었다.

"자기가 실수한 거냐, 누가 민 거냐?"

"모르겠습니다. 자이신 님의 시종은 자이신 님의 명령으로 아이스크림을 가지러 조리실로 갔을 때였고, 주위엔 아무도 없었다고 합니다."

"근방에 경비는?"

"멀지 않은 곳에 경비가 있었지만 수상한 사람은 아무도 드나들지 않았다 했습니다."

"자이신은? 자이신은 뭐라던데?"

"아직 깨어나지 못하셨습니다……."

5경비단장이 기어들어가는 목소리로 보고하자, 라틸은 우뚝 멈춰 서서 무서운 눈으로 그를 노려보았다.

"뭐야?"

5경비단장은 울 것 같은 얼굴로 다시 무릎을 꿇었다. 라틸은 손가락으로 그를 가리키고서 입을 뻐끔거리다가, 일단 자이신이 먼저란 생각에 호통치는 대신 뛰어가는 속도를 높였다.

라틸은 황급히 문을 열고 안으로 들어갔다. 그곳엔 이미 궁의가 먼저 도착해 자이신의 몸에 붕대를 감아주고 있었다. 사안이 사안인지라 다른 후궁들 모두 방 안에 모여 자이신의 침대를 둘러싸고 있었다.

"자이신!"

라틸이 얼른 달려가 그의 손을 꼭 붙잡자마자 놀랍게도 내내 정신을 차리지 않던 자이신이 번쩍 눈을 떴다.

"자이신! 괜찮으냐?"

놀란 라틸이 그의 얼굴을 쥐고서 묻자, 자이신이 아프다고 인상을 찌푸렸다. 아차 싶어서 라틸이 손을 놓아주자, 자이신은 끙끙거리면서 몸을 뒤척였다.

"자이신 님이 폐하를 정말 많이 사모하시나 봅니다. 시종이 울고불고해도 전혀 정신을 못 차리시더니."

그걸 본 궁의는 감탄하듯 말했지만, 라틸은 웃을 수 없었다. 라틸은 말없이 자이신이 진정하길 기다렸다가, 그가 갈비뼈랑 다리

뼈가 죄다 부러진 것 같다고 하소연을 하자 물었다.

"어떻게 된 거냐? 갑자기 계단에서 떨어지다니?"

자이신은 라틸의 손을 잡고 훌쩍이면서 말했다.

"제가 햇볕에 취해 발을 헛디뎠습니다."

라틸은 고개를 기울이고서 미간을 찌푸렸다. 발을 헛디뎠다고? 믿기 어려운 말이었다. 원숭이도 나무에서 떨어지는데, 대신관이라고 해서 절대로 계단에서 발을 헛디딜 일이 없단 뜻이 아니다. 그러나 대신관처럼 수련에 수련을 거듭한 사람이 발을 헛디뎌서 이렇게 크게 다쳤단 건 믿기 힘들었다. 2층이나 3층 높이 창문에서 준비 후 뛰어내리면 크게 다치지 않지만, 누군가에게 떠밀려 떨어지면 높이가 낮아도 크게 다칠 수 있지 않던가. 그 이치였다. 라틸은 대신관이 계단에서 굴러 이 정도로 다쳤단 건 분명 누군가가 밀쳐서일 거라 확신했다. 그러나 본인이 저렇게 말하는데, 그럴 리가 없다고 다그칠 수는 없었다.

"확실한가."

한 번 슬쩍 더 물어볼 뿐.

"예."

그래도 대신관이 말을 바꾸지 않자, 라틸은 어쩔 수 없이 고개를 끄덕였다.

"그래. 앞으론 좀 조심하거라. 많이 놀랐다."

물론 그의 말을 정말로 믿는 건 아니었다.

대신관의 말을 믿지 않는 건 라틸만이 아니었다. 대신관이 깨어나는 걸 확인하고서 돌아가는 길. 타시르는 일부러 게스타의 뒤쪽으로 슬금슬금 다가가 물었다.

“순둥이 도련님. 혹시 도련님 짓이야?”

게스타가 미간을 찌푸리고서 쳐다보자 타시르는 손가락으로 막 내 후궁의 방을 가리켰다. 게스타에게 대놓고 자이신을 민 건가 질문하는 것이다.

“그럴 리가요.”

시비라면 시비라고도 할 수 있는 질문이었으나, 게스타는 조금도 휩쓸리지 않고 차분하게 대답했다.

“하지만 다음에 타시르 님을 누가 떠밀거든, 그땐 제가 민 거라 생각하세요.”

그러나 뒤따라온 말에는 솔직한 짜증이 스며 있어서, 타시르는 히죽 웃으면서 게스타의 어깨에 팔을 걸쳤다.

“순둥이 도련님은 그렇게 까칠하게 안 굴어도 충분히 귀여워.”

대놓고 게스타를 짜증 나게 하려고 작정이라도 한 모양새였다.

“누가 귀여워해달랬습니까?”

그게 기가 막혀서 게스타가 되묻자, 타시르는 눈웃음까지 쳤다.

“너무 순하기만 하면 매력 없을까 봐 이러는 거 아냐?”

턱도 없는 말에 게스타가 무어라 말하려는 순간. 가까운 곳에서 인기척이 들려와 그는 입을 다물었다. 모습을 드러낸 건 클라인이었다.

"둘이 잘 어울리네."

타시르는 클라인과 게스타가 한바탕 싸움을 하려나 싶어서 눈을 빛내며 기대했으나, 거만하게 말한 클라인은 피식 웃을 뿐이었다. 그러고는 게스타가 무어라 반박하기도 전에 상냥한 목소리로 진심 어린 악담을 퍼부었다.

"둘이 손잡고 하렘을 떠나면 되겠어. 다음에 떠밀려서 목이 부러지는 건 너희 둘이 될지도 모르니까."

하지만 클라인은 곧 타시르 쪽을 쳐다보면서 인상을 구겼다. 타시르의 부하가 낸 소문 덕에, 그가 라틸에게 클라인을 두둔하는 말을 했더란 게 이제야 떠올라서. 결국 그는 머뭇거리다가 더욱 턱을 치켜들면서 말을 바꾸었다.

"이리 와, 타시르. 그러면 목이 안 부러져. 나랑 가자."

애초에 타시르가 멋대로 게스타를 따라가며 종알거렸을 뿐, 두 사람은 일행이 아니었다. 그러나 클라인이 꼭 편먹기를 하는 것처럼 말하자 게스타는 괜히 기분이 나빠져 인상을 구겼다. 타시르가 저쪽으로 가버리면 왠지 자기가 가만히 있다 뒤통수를 맞는 느낌이라. 이에 게스타는 타시르를 쳐다보면서 토끼처럼 눈을 뜨고 중얼거렸다.

"타시르 님, 저와 얘기하고 계시던 게 아니었어요……?"

이런 상황은 타시르에게는 그저 우습기만 할 뿐이어서, 그는 히죽히죽 웃으면서 게스타와 클라인을 번갈아 보다가 제안했다.

"그럼 셋이서 놀까요?"

그러고는 한쪽 팔은 클라인에게 한쪽 팔은 게스타에게 끼자, 두 사람의 표정이 거의 동시에 썩어 들어갔다. 게스타는 그나마 재빨리 표정 관리를 했지만, 클라인의 표정은 화난 페르시안 고양이와 구분이 가지 않을 지경이었다. 하지만 뒤에서는 표정이 보이지 않는지라, 뒤늦게 대신관의 방에서 나온 라틸은 이 모습을 보고 감탄했다.

"서넛 경, 의외로 저렇게 셋이 친한가 봅니다."

과연? 서넛은 고개를 기웃했으나, 사실 셋이 싸우건 친하건 별 관심이 없었으므로 적당히 라틸의 말에 호응했다.

"클라인 님과 게스타 님은 내내 싸워대시더니. 싸우다가 정이 들었나 봅니다."

"그러게 말입니다."

잠시 생각하던 서넛은 라틸이 그들과 다른 방향으로 가도록 슬쩍 몸을 옆으로 틀어주면서 제안했다.

"셋이 이제 막 친해지려는데 괜히 끼어들지 않는 게 좋을 것 같습니다. 우리는 이쪽으로 가지요, 폐하."

늦은 밤. 라틸은 미뤄두었던 업무를 끝낸 뒤 대신관의 상태를 확인하기 위해 조용히 하렘을 찾아갔다.

"폐하."

대신관의 방 앞에 세워둔 호위는 라틸이 말없이 찾아오자 놀라서 안쪽에 라틸의 방문을 알리려 했다.

"되었다."

하지만 라틸은 대신관이 자고 있을 거라 생각하고서 고개를 저어 호위를 말렸다. 그리고 조용히 문을 열어 안으로 들어가자, 풀벌레 소리와 새소리만 들려오는 방 안에 조용히 문 여는 소리와 발소리가 울렸다. 침실과 복도 사이의 중간 복도에 앉아 꾸벅꾸벅 졸고 있던 대신관의 수행사제는, 라틸이 들어오자 놀라서 눈을 동그랗게 뜨고 벌떡 일어났다.

"폐, 폐하!"

"자이신은?"

"아마 지금쯤 주무시고 계실 텐데……."

"몸은 어떠하냐?"

"아, 많이 괜찮아지셨을 겁니다."

"그래."

자고 있다니 깨우지 말자, 생각한 라틸이 다시 몸을 돌려 나가려 할 때였다.

"깨어 있습니다, 폐하."

안쪽에서 대신관의 목소리가 들려왔다.

"들어오셔도 됩니다."

수행사제의 말처럼 대신관의 목소리는 낮에 들었을 때보다 한결 괜찮게 들렸다. 게다가 목소리가 잠겨 있지 않은 걸 보니 방금 막

깬 것도 아닌 듯해서, 라틸은 침실 안으로 들어가보았다.

"이봐!"

그러나 막상 들어가 보니, 대신관은 많이 괜찮아진 정도가 아니었다. 대신관은 근력 운동 중이었다.

"뭐 하는 거야!"

당황한 라틸이 달려가자, 한 팔로 물구나무를 선 채 팔굽혀펴기를 하던 대신관은 가뿐하게 땅을 딛고 서더니 천진하게 설명했다.

"운동하였습니다."

"누가 그걸 몰라서 물어? 계단에서 떨어져 여기저기 박살 난 사람이 그러고 있으니 물은 거지?"

라틸이 황당해하며 대신관의 팔다리를 감싼 근육을 보자, 그는 활짝 웃으면서 자랑했다.

"벌써 다 나았습니다!"

"뭐?"

그게 가능해? 라틸이 떨떠름하게 쳐다보자, 대신관은 일전에 자신이 대신관이란 걸 증명하기 위해 라틸에게 보여주었던 빛을 다시 손 위에 띄워 보여주었다.

"즉사만 아니면 회복은 혼자 할 수 있어서요."

"아아. 그걸로 부러진 뼈도 치료할 수 있어?"

"네."

"그럼 진작 좀 하지!"

"계단에서 구르자마자 사람들이 몰려들어서요. 이후로는 다들 제 곁에서 떠나질 않으니, 치료할 틈이 없었습니다. 그 후엔 바로 궁의가 왔고……."

하긴. 그것도 그렇겠다. 라틸이 고개를 끄덕여 수긍하자 대신관은 팔을 굽혀 단단한 근육을 보이며 자랑했다.

"그래도 바로 나으면 사람들이 이상하게 여길 테니, 얼마간은 다친 척할 예정입니다."

"그래."

황당하긴 한데. 그래도 팔다리가 부러져서 끙끙 앓고 있는 것보단 낫기에, 라틸은 고개를 설레설레 젓고서 침대를 가리켰다.

"그래도 무리해서 운동하지 말고 좀 누워 있어."

하지만 이어진 건 공중 부양이었다.

"이봐!"

자신이 다 나았단 걸 증명하기 위해 대신관이 라틸을 번쩍 들어 올리더니 허공에서 빙빙 돌려준 것이다.

"하지 마!"

— *우리 황녀는 새보다 높이 나는구나!*

고함을 치는 라틸의 기억 너머로, 아주 어릴 적 부황이 라틸을 높이 들어 올리고서 외치던 목소리가 떠올랐다.

— *휘이이잉! 라틸이 날아갑니다!*

하지만 다 큰 후로 자신을 이렇게 들어 올린 사람은 처음이었기에 라틸은 허우적거리며 "내려놔!" 하고 외쳤다. 다행스럽게도 대신관은 순순히 라틸을 침대 위에 포근히 내려주며 자랑했다.

"다 나았지요?"

라틸은 그의 자랑을 받아주는 대신 툴툴거리면서 타박했다.

"넌! 진짜! 낭만적인 분위기라고는 진짜 조금도 없어? 내가 이 나이에 새다! 라틸은 새다! 이거 해야겠냐고!"

두 손으로 감싸 안는 것도 아니고 심지어 업어주는 것도 아니고, 세상에 어느 누가 연인을 뭐 장작 패는 도끼 들듯 들어 올린단 말인가. 물론 가짜 연인이긴 하지만. 그러나 낭만 없단 평가가 싫은지, 라틸의 타박을 듣자마자 대신관은 얼른 상의를 북 뜯으며 외쳤다.

"제 낭만은 이 안에 있습니다!"

눈 깜짝할 사이 눈앞에 나타난 조각 같은 가슴근육에 라틸은 머리를 한 손으로 감쌌다.

"그 낭만 도로 넣어."

"멋있지 않습니까?"

라틸이 대답 대신 손가락으로 옷장을 가리키자, 대신관은 어깨를 늘어뜨리고서 옷장으로 걸어갔다.

그가 상의를 갈아입는 걸 보며 라틸은 한숨을 내쉬었다.

대신관은 참 특이한 사람이었다. 성직자이면서도 VVIP를 상대하는 카지노 딜러일 만큼 속세에 찌들긴 했는데, 동시에 어느 면에서는 세속과 뚝 떨어져 산 사람의 순수함이 보이긴 했다. 게스타처럼 쑥스러움과 부끄러움이 많은 게 아니라, 세속에 익숙하지 않아서 드러나는 그런 순수함이.

"다 입었습니다."

그사이. 대신관은 옷을 다 입고서 라틸의 옆에 나란히 앉았다.

"저건 안 치워?"

라틸이 눈으로 그가 찢어둔 상의를 가리키며 묻자 대신관은 태연히 대답했다.

"나중에 구벨이 치울 겁니다."

구벨이 중간 복도에서 졸고 있던 그 수행사제인가? 라틸은 고개를 끄덕이다가, 여기에 오기 전 궁금했던 질문을 다시 했다.

"맞아. 낮에 말이야. 혼자 넘어졌다 했잖느냐. 사실이냐?"

"못 믿으시겠습니까?"

"어. 아무리 생각해도 아닌 것 같거든."

라틸이 대신관의 튼튼하다 못해 터질 듯한 팔근육을 쳐다보자 대신관은 히죽 웃더니, 아까와 다른 말을 했다.

"사실은 누가 절 민 게 맞습니다."

"그렇지?"

"예."

라틸은 대신관이 솔직하게 고백하자 그럴 줄 알았다며 혀를 찼다.

역시. 저 정도로 몸이 날래고 튼튼한데, 혼자 발을 헛디뎠다고 저렇게 다칠 리가 있나. 계단이 어마어마하게 길고 가파른 것도 아닌데.

"누가 절 밀었어요."

"그런데 아깐 왜 거짓말했어?"

"누가 밀었는지 제대로 보지 못해서요."

라틸은 대신관이 한 의외의 대답에 입을 벌렸다.

"누가 범인인지도 모른 채 이런 이야기를 하면, 괜한 사람이 의심을 받을 수도 있지 않습니까. 그러면 안 되죠. 억울할 테니까요."

라틸은 입술을 삐끔거렸다. 뭐야 저 너무하다 싶을 정도로 착한 발언은?

"너…… 진짜 대신관이구나?"

"그새 또 안 믿고 계셨습니까?"

"아니, 믿고는 있었는데. 새삼 놀랍네."

대신관이 가볍게 웃었다. 라틸은 청량하기까지 한 그 미소를 신기해서 쳐다보다가 따라 웃었다. 오만하고 거만하고 재수 없는데 솔직하고 귀여운 클라인과는 또 다른 의미로 특이한 남자였다.

그러나 대신관의 표정이 갑자기 촛불을 끈 양 훅 어두워지자, 라틸은 덩달아 표정을 굳혔다.

"왜? 갑자기 아파?"

"아니, 그게 아니라. 절 밀친 사람 말입니다."

"누군지 알 것 같아?"

"아니요. 하지만 보통 사람이 아니었습니다."

"그렇겠지. 널 밀칠 정도면 아주 세겠지."

아마 보통 사람이 대신관을 떠민다면 그가 밀리는 게 아니라, 민 사람이 오히려 튕겨 나갈 테니 말이다. 그러나 대신관은 고개를 저었다.

"그런 의미가 아닙니다."

"그럼?"

"절 민 사람……. 순간이지만 굉장히 사악한 기운을 뿜었습니다."

"사악?"

"네. 게다가 그 기운. 사람이라 하기엔 너무 어두웠습니다."

라틸의 표정이 심각해졌다.

'내부에 적들이 숨어 있을 거란 생각은 했는데. 그 적이 사람이 아닐 수도 있단 건가? 아니면 흑마법사?'

대신관과 라틸은 그 사악한 기운을 뿜은 자가 누구든, 일단 식시귀나 뱀파이어는 아닐 것이란 결론을 내렸다. 좀비는 태양 아래에 활동할 수 있지만 외양에서부터 사람이 아닌 티가 났고, 식시귀와 뱀파이어는 사람처럼 보이지만 태양 아래에서 활동할 수 없기 때문이다. 그러나 궁궐에서 지내는 사람 중에는 밤에만 일하는 사람이 없었다. 대신관 역시 태양이 쨍쨍하게 내리쬘 때 습격을 받았고.

"만약 사악한 자라면 흑마법사일 가능성이 높습니다."

이런 결론을 낸 후 다음 날. 라틸은 대신관을 휠체어에 태워 직접 밀어주면서 하렘 정원을 샅샅이 돌아다녔다. 그를 떠민 사람이 뿜었다는 그 사악한 느낌, 정확히 그 느낌이 아니라도 그 비슷한 느낌을 뿜는 사람이라도 찾기 위해서.

"새소리가 참 듣기 좋지 않습니까, 폐하? 이러고 있으니 우리가 진짜 부부 같습니다."

"수상한 사람부터 찾아."

그런데 얼마나 그러고 다녔을까.

"어?"

갑자기 대신관이 어딘가를 쳐다보더니 손가락으로 가리키며 외쳤다.

"폐하, 저 사람!"

범인인가? 라틸은 놀라서 대신관이 가리킨 방향을 보았다가 더욱 놀랐다. 그 방향에 있는 건…… 라나문이었다.

"라나문한테서 사악한 기운이 느껴진다고?"

대신관이 가리킨 사람이 타시르나 칼라인이었다면 이렇게 놀라지 않았을 것이다. 하지만 라나문이라니?

라나문은 아트락시 공작가의 장남이라 신분이 확실한 데다 성장 과정 역시 투명했다. 그가 사교계에 잘 드나들지 않은 건 맞지만, 공작가를 드나드는 수많은 사람들이 얼핏얼핏 라나문이 커가는 모습을 다 지켜보았다.

그런데 사악한 기운? 그런 걸 누구보다 혐오하면 혐오했지, 절대로 타락할 사람 같지는 않은데?

"확실하냐?"

라틸이 깜짝 놀라 작게 되묻자, 대신관은 고개를 저었다.

"아니요. 기운은 맑고 깨끗합니다. 하지만 저 눈빛. 절 얼려 죽일 것 같습니다."

"……."

라틸은 순간 대신관의 이마를 꽁 때릴 뻔했다.

"잰 나한테도 그래."

"그렇습니까?"

"그리고 헷갈리게 좀 하지 마. 놀랐잖아."

"폐하께서는 저 청년을 많이 믿으시나 보군요."

"믿을 수밖에 없는 신분이니까."

라틸의 단호한 대답에 대신관의 눈매가 재밌다는 듯 휘어졌다.

"사람들은 자신이 가지지 못할 걸 탐하기도 하지만, 더욱 많이 가지기 위해 탐하기도 합니다."

어딘가 뉘앙스가 묘한 말이었다. 이에 라틸이 무슨 뜻이냐고 되물으려는 찰나. 이쪽에서 소란을 피워대자 라틸을 발견한 라나문이 다가와 인사를 했다.

"오셨습니까, 폐하."

이어서 라나문은 대신관 쪽도 쳐다는 보았으나 알은척은 하지 않았다. 하지만 다른 사람들이라면 적당히 같이 무시하고 넘어갈 것을.

"아름다운 얼굴에 햇볕이 내려앉으니 참으로 반짝반짝해 보입니다, 라나문. 신께서 오늘 당신의 하루에 축복을 내려주시길 바랍니다."

속세에 찌든 대신관도 대신관은 대신관인지, 그는 자신을 무시하는 라나문에게 밝게 웃으면서 인사를 건넸다. 대놓고 진짜 대신관처럼.

"……."

그런 대신관을 라나문은 내리깔듯 내려다보다가 대답 대신 몸을 돌려 다른 방향으로 가버렸다. 두 번이나 무시당해도 대신관은 머쓱하게 웃으면서 "까칠한 분이네요." 하고 중얼거릴 뿐이었으나,

라틸은 라나문이 멀어지자마자 대신관을 꾸짖었다.

"제발 좀 신관 티를 안 내면 안 될까?"

"신관 티가 무엇입니까?"

"누가 널 무시하는데 거기에 대놓고 웃으면서 신이 어쩌고 축복이 어쩌고 하는 거."

라틸이 단호하게 말하고 팔짱을 끼자 대신관은 '그런가?' 하는 표정으로 곰곰이 생각에 잠겼다. 라틸은 한숨을 내쉬고서 휠체어 손잡이를 다시 잡았다.

"이동할게."

그때. 저만치 가는가 싶던 라나문이 다시 이쪽으로 돌아왔다. 자이신과 오래 마주하기 싫어서 가버리려 했으나, 혼자 걸어가고 있자니 문득 '내가 왜 피하지?' 하는 반발심에 불쾌해져서 돌아온 것이다. 게다가 걸어오면서 보니 라틸과 자이신이 사이가 꽤 좋아 보여서 더욱 기분이 나빠졌고, 다쳤단 핑계로 라틸과 단둘이 산책 중인 자이신이 아주 멀쩡해 보이기까지 하자 의심까지 들었다.

"진짜 아픈 게 맞나?"

결국 가까이로 온 라나문은 대놓고 대신관에게 질문을 던졌다.

'넌 또 그거 시비 걸려 돌아왔냐…….'

라틸은 노골적인 라나문의 냉대에 한숨을 내쉬고서 대신관이 또 대신관 같은 말을 하기 전에 자신이 나서려 했다. 그러나 라틸이 막 입을 열려는 찰나. 라틸에게 '신관 티를 내지 마'란 말을 들은 대신관이 갑자기 푸하하하 웃음을 터트렸다.

난데없는 우렁찬 웃음소리에 라틸은 움찔해서 대신관을 쳐다보았다. 라나문 역시 상대가 '꾀병 아니냐'는 질문에 난데없이 웃어대자 눈살을 찌푸렸다. 그러거나 말거나 대신관은 신관 티를 내지 않기 위해, 그가 상대한 카지노 손님들이 장난삼아 상상해 들려주던, '사이 나쁜 후궁끼리 할 법한 대사'를 했다.

"폐하는 내 거다. 반경 3미터 내로 들어오지 마라. 폐하를 노리면 내가 죽인다."

라틸은 '얘 진짜 아파, 라나문.' 하고 말하려다가 당황해서 확 대신관을 쳐다보았다. 뭐라고?

"나는 독점욕의 화신이다. 감히 그 반짝거리는 얼굴로 폐하를 홀리려 하지 마라. 폐하는 너처럼 작은 근육엔 관심이 없으니까!"

'아니, 아무리 대신관처럼 말하지 말랬다지만 이건 또 너무 나갔잖아!'

라틸은 대신관의 입을 막아버렸으나, 라나문은 이미 기분이 몹시 상한 것처럼 보였다.

"아니. 괜찮습니다, 폐하. 저 카지노 딜러가 뭐라 말하는지 들어보고 싶으니까요."

라틸이 한숨을 내쉬면서 손을 내리자, 라나문은 한 발자국 오히려 더 대신관 앞으로 다가오더니 차갑게 그를 내려다보며 빈정거렸다.

"아까는 신의 축복을 빌어주겠다더니. 10분도 안 되어 말이 바뀌는군, 자이신."

"신의 축복은 신의 곁에 가야 받을 수 있는 법……. 지름길로 보내주겠다."

이어 대신관이 고요하게 중얼거리며 휠체어에서 천천히 몸을 일으키자, 라틸은 기겁해서 그의 어깨를 팍 내리쳤다.

"앉아!"

"아."

자신이 환자 행세 중이란 걸 상기한 대신관은 얼른 도로 앉았으나, 이미 라나문은 아주 하찮아 죽겠다는 듯 대신관을 보고 있었다.

"폐하께선 백치미를 좋아하시나 봅니다."

라나문이 그 상태로 중얼거리자, 라틸은 라나문을 달래기 위해서 미소를 띠고서 라나문의 등을 두드렸다.

"술 못 마시는 남자도 좋아해."

그 말에 라나문의 표정이 조금 풀리려는 찰나. 대신관이 눈치 없이 또 끼어들며 웃었다.

"그거 딱 저로군요, 폐하."

'가만히 좀 있어 자식아! 넌 진짜 후궁도 아니잖아!'

라틸이 황당해서 째려보았으나 대신관은 기쁜 얼굴로 좋아 외쳤다.

"제가 딱 폐하의 이상형인 모양입니다."

라나문의 표정에서 약간 남아 있던 온기마저 빠져나갔다. 자이신을 연적이랍시고 상대하는 자체가 한심하게 여겨진 듯했다. 이어서 라틸을 보는 라나문의 시선은 '저런 놈이 취향이시라니'에 가까웠다. 결국 라나문이 더 말 섞기도 싫은지 또 라틸에게만 작별인사를 건네고 가버리자, 대신관이 웃으면서 라틸을 달랬다.

"저자에게선 사악한 기운은 느껴지지 않습니다, 폐하."

라틸은 그 말에 대답하지 않았다. 대신 라나문이 완전히 멀어지기를, 그리고 주위에 사람이 없어지기를 기다렸다가 목소리를 낮추어 대신관에게 다그쳤다.

"내가 대신관처럼 말하지 말랬지, 어디 뒷골목 깡패 두목처럼 말하랬어?"

"전 폐하에 대한 독점욕을 드러낸 겁니다, 폐하."

"그러지 마. 사람들이 널 이상하게 보잖아!"

"전 괜찮습니다."

"내가 안 괜찮아! 너한테 반한 척해야 하는 내가 안 괜찮다고!"

라틸이 대신관의 부담스러운 독점욕을 두고서 잔소리를 퍼붓는 사이. 카리센의 황후인 아이니는 충격적인 소식을 듣고 있었다.

"레들러가 자살했다니?"

그녀의 친구이자 가장 소중한 시녀 레들러가 집에 쉬러 가고 싶다며 궁전을 나섰는데, 자살했단 소식이 들려온 것이다. 아이니는 충격을 받아 소파에 털썩 주저앉았다. 너무 난데없어서.

"왜 갑자기? 잘 지냈잖아? 고민도 없었고?"

"고민을 말하지 않고 밝게 지내는 사람도 있으니까요."

다른 사람들도 아이니만큼 충격을 받았으나 장례 절차는 빠르게 진행되어서, 다음 날에는 어느새 장례식을 진행하게 되었다. 장례식이라지만 정식 절차는 며칠 뒤이고, 3일 동안은 시신을 관 안에 넣어두고서 누구라도 꽃을 둘 수 있게 하는 기간이었다.

"레들러한테 마지막 선물을 주고 싶다."

아이니는 너무 슬픈 데다 배신감까지 들어서 장례식에 가고 싶지 않았으나, 친구의 마지막 길을 배웅해야 한단 각오를 다지고서 레들러가 평소 좋아했던 자신의 거울을 선물하기 위해 시신이 누워 있는 관 쪽으로 갔다. 관 주위에는 이미 사람들이 놓고 간 수많은 꽃들이 있었다.

"레들러……."

아이니는 그 모습을 슬픈 눈으로 보다가, 퉁퉁 부은 눈으로 관을 지키고 선 레들러의 호위에게 부탁했다.

"관을 열어다오. 레들러가 이걸 가지고 가도록 함께 넣어주고 싶으니."

아이니가 가져온 거울은 주위를 값비싼 보석으로 장식해서 몹시 고가인 귀한 물품이었다.

"예, 황후 폐하."

호위는 고개를 끄덕이고서 뚜껑 위 꽃을 치우고 관을 열어주었다. 그러나 관을 열자마자 아이니와 호위 모두 작게 비명을 질렀다.

"레들러!"

"아가씨!"

관 안이 텅 비어 있었던 것이다. 이후로 사람들은 누군가 시신을 훔쳐 갔다며 난리를 부렸으나, 관을 넣어둔 차가운 홀 주위는 수많은 병사들이 지키고 있어서, 커다란 성인의 시체를 훔쳐 갈 만한 틈도 시간도 없었다.

"황후 폐하. 괜찮으신가요?"

몇 시간 뒤 아이니가 충격을 받아 자신의 방으로 돌아가자, 다른 시녀는 울먹이면서 얼른 따뜻한 차를 가져다주었다. 아이니는 쿠션을 안고서 차를 마시며 고개를 저었다.

"아니. 모르겠어."

헤움이 돌아온 것, 갑자기 레들러가 자살한 것, 시체가 사라진 것. 모두 다 감당하기 어렵고 속상했다. 아이니는 레들러에게 주려던 거울을 꽉 쥐고 어깨를 떨었다.

그때. 차를 가져다준 시녀가 아이니의 눈치를 살피다가 조심스럽게 입을 열었다.

"저…… 사실 황후 폐하. 폐하께서 자책하실까 봐 말하지 않은 게 있습니다."

아이니는 레들러가 자주 앉곤 하던 소파를 멍하니 보다가 눈동자를 확 돌리며 물었다.

"말하지 않은 거라니? 뭐지? 빨리 말해!"

"레들러 양이요. 요즘 황후 폐하께서 많이 힘들어하신다고, 며칠 동안 떨어져 있으면 더 걱정이 될 것 같다고, 부모님 얼굴만 뵌 다음 바로 돌아올 거라 했습니다."

"뭐? 그걸 왜 이제 말해!"

"도중에 사고라도 당한 거라면 혹시 폐하께서 마음 상하실까 봐……."

시녀가 말끝을 흐리자 아이니는 더욱 눈물을 펑펑 흘렸다. 헤움의 목소리를 들은 후, 레들러는 아이니가 잠들기 전까지 내내 손을 꼭 쥐어주었다. 레들러라면 충분히 저런 걱정을 할 만했다.

"그럼 어쨌든 자살일 리가 없잖아?"

"하지만 목격자가 한두 사람이 아니었는걸요."

아이니는 입술을 깨물었다. 시녀의 말이 맞았다. 난데없는 자살인 데다 유서가 없는데도 바로 자살로 처리되고 장례식이 진행된 건 레들러가 자살하는 장면을 본 사람이 많았기 때문이었다. 하지만 자살하려는 사람이 과연 저런 말을 남길까?

"황후 폐하, 어디 가십니까?"

"후작 부부한테!"

의구심을 떨치지 못한 아이니는 곧장 성을 나가 마차에 올라타고 수도 변방에 있는 레들러의 저택까지 찾아갔다. 이상한 게 있다면 바로 해결해야 했다. 그러나 후작 부부는 딸의 시체가 사라진 일로 궁전에 가 있었기에 그곳엔 아무도 없었다. 저택의 하인과 하녀들만이 정신없는 와중에 갑자기 황후가 나타나자 더욱 황망해하며 허둥거릴 뿐.

결국 아이니는 별다른 소득을 보지 못하고 다시 마차에 올라탔다. 그러나 마차가 출발하기 전.

"저…… 황후 폐하."

한 하녀가 헐레벌떡 달려오더니 창문 너머로 작은 봉투를 내밀었다.

"무엇이냐."

아이니가 힘없이 묻자 하녀는 봉투를 열더니 안에서 작은 부적을 꺼냈다.

"마님의 친척 중에 신관이 있으신데, 그 신관께서 일전에 대신관에게 부적을 받은 적이 있습니다."

"그런데?"

"원래는 아가씨 방 서랍에 넣어두셨는데, 이번에 찾아오셨을 때 이걸 황후 폐하께 드릴 거라면서, 부적을 넣어둘 만한 목걸이 메달을 고르셨어요."

그럼 저걸 가지려고 갑자기 집에 돌아가겠다 한 건가. 역시 자살은 아니지 않을까. 아이니는 슬픈 눈으로 목걸이를 보았다. 그러고는 받기 위해 손을 뻗었으나, 곧 마음을 바꾸고서 고개를 저었다.

"난 됐으니 후작 부인께 드리거라. 나보다 더 괴로우실 테니까."

황후 최측근 시녀의 갑작스러운 죽음과 사라진 시체 때문에 카리센은 난리가 났으나, 상대적으로 타리움은 대신관의 부상 이후 조용했다. 대신관은 자신을 떠민 이가 누구인지 찾기 위해 눈에 불을 켜고 돌아다녔으나, 범인은 그사이에 꽁꽁 숨어버려서 찾아낼 수 없었다.

다른 사람들은 대신관이 발을 헛디뎌 넘어진 거라 여겼기에, 그가 계단을 구른 일을 처음부터 심각하게 여기지도 않았다. 덕택에 아슬아슬하고 조용한 평화가 지속되던 어느 날. 타리움에도 작은 사건이 터졌다.

"백화랑술? 날 찾아와?"

성기사 집단인 백화랑술에서 정식으로 라틸을 찾아온 것이다. 라틸은 대신관을 후궁으로 받아들인 그날, 그에게 백화랑술이란 집단에 대해 들은 바가 있기에, 소식을 전한 비서에게 놀라서 되물었다.

"그자들이 나를 왜?"

"모르겠습니다. 하지만 아주 중요한 일이라며, 폐하를 꼭 뵙고 싶다 청합니다."

'흑마법 때문인가? 힛라 노신관이 죽은 일 때문?'

의아했지만 굳이 거절할 일은 아닌지라 라틸은 그들의 알현 요청을 받아들이고서 홀로 나갔다. 그곳에는 새하얀 망토를 두르고 그 아래로 하얀 제복을 세트로 갖추어 입은 성기사들이 대열을 맞추어 서 있었고, 그 주위로 다른 관리와 귀족 몇이 그들을 구경하고 있었다.

"그래. 무슨 일로 날 보고자 하였나."

속으로는 그들이 찾아왔을 이유 몇 가지를 빠르게 짚어보면서도, 라틸은 겉으로는 무심하게 옥좌로 걸어가며 물었다. 그런데 돌아온 대답은 생각 이상으로 엄청났다. 하얀 제복 차림 기사들이 동시에 한쪽 무릎을 꿇고 앉은 것이다. 몇 년이나 연습한 것처럼 절도 있는 행동에 주위에 선 관리들이 왜 저러는 거냐, 나도 모른다 하면서 자기들끼리 수군거렸다. 라틸도 옥좌에 앉으면서 의아해 재차 요구했다.

"말을 하라."

그러자 가장 앞자리 중앙에 있던 기사 한 명이 앞으로 나서며 큰 소리로 외쳤다.

“폐하, 저희가 대신관님을 보호할 수 있게 허락해주십시오!”

그러자 다른 기사들이 동시에 입을 모아 똑같이 되풀이했다.

“허락해주십시오!”

라틸은 의미 없이 웃고 있다가 순간 정색했다. 대신관? 자이신? 여기 대신관이 있는 걸 알고 찾아온 건가? 흿라 노신관이나 흑마법 때문에 온 게 아니야?

“대신관이라니?”

그래도 일단 모른 척 묻자, 앞으로 나선 기사가 일어서며 대답했다.

“대신관님이 폐하를 연모하게 된 건 인력으로 어쩔 수 없지만, 후궁들의 암투에 휩쓸려 그분께 해가 가선 안 됩니다. 그러니 저희가 그분을 보호할 수 있도록 해주십시오.”

“!”

라틸은 라틸대로 놀랐고 주위 관리들은 주위 관리들대로 놀라 수군거렸다.

“대신관이 폐하한테 반했다고?”

“폐하가 대신관을 하렘에 넣으려 하시나 봐.”

“그게 가능한 거요?”

이어서 그들의 머릿속에 한 가지 그림이 떠올랐다.

‘폐하께서 종교를 폐하의 권력 아래에 넣으려 하시는 건가!’

이 상황을 어떻게 해야 하지?

라틸은 잠시 싸한 눈으로 백화랑술을 바라보았다. 이것들이 장난하나 싶었다. 기껏 대신관을 하렘에 감춰두었는데. 대번에 위치가 들통나게 생기자 화가 났다. 하지만 국교가 없다 해서, 성기사들을 무작정 핍박할 수는 없는 일.

'일단 대신관이 이미 내 후궁이 됐단 건 모르는 눈치인데…… 아니. 어쩌면 알면서도 모르는 척하는 걸 수도 있다.'

라틸의 귀에도 사람들이 '폐하께서 종교를 권력 아래에 두시려나 보다' 수군거리는 소리가 다 들려왔다. 라틸은 분노를 누르며 팽팽히 머리를 굴렸다.

1번. 꺼져. 내보낸다.

'안 돼. 다들 뭐가 있으니 급히 내보낸 거라 생각할 거야.'

2번. 좋아. 환영한다.

'절대 안 되고.'

3번. 무슨 일인지 들어나 보자며 은근히 모른 척?

'좋아. 이걸로 하자.'

라틸은 결정을 내리자 웃으면서 알현실 뒤로 난 문을 가리켰다.

"일단 무슨 얘긴가 한번 들어보지. 따라오게."

라틸이 나가고 백화랑술도 그 뒤를 두 줄로 서서 따라 나가자, 숨죽이고 있던 귀족과 관리들은 다들 놀란 얼굴로 서로 쳐다보며 수군거렸다.

"들으셨습니까? 대신관이요? 분명 대신관이라 했지요?"

"세상에. 결혼으로 대신관을 품으려 하시다니. 폐하께선 몇 수까지 계산하고 움직이시는 걸까요."

"국혼 정책을 펼치시려나 봅니다."

"우리한텐 나쁠 게 없죠. 신앙심이 깊은 사람들은 아주 깊으니까요."

"지금 남은 권력자들은 다 다른 사람을 지지하다가 폐하께 간 이들 아닙니까. 어쩌면 이런 점 때문에 폐하만의 세력을 만들려 하시는지도 모르겠습니다."

맞는 말이었다. 지금 대신들은 사실 선황의 사람들이었고, 레안 황태자의 지지자들이었고, 내색하진 않았으나 틀라를 마음으로 지지했던 이들이었다. 라틸은 황태녀로 있던 기간이 짧은 데다 암살 전까지 선황이 젊고 정정하다 보니, 자신만의 세력을 만들 시간이 없던 탓에 그런 이들을 모아 대신으로 두고 있는 것이다. 각자의 능력과 경험을 고려해 만든 인선이지만, 어쩌면 황제는 이런 구도가 못마땅했을지도 모른다. 사람들은 이 때문에 황제가 신전과 대신관을 이용해 자기만의 세력을 구축하려는 건지도 모른다고, 꿈보다 해몽이 더 대단한 해석을 내어놓았다.

"성기사들은 식당으로 보내라. 먼 길을 오느라 배고플 테니 식사부터 하라 해."

라틸은 사람들이 이 일을 두고 뭐라 떠드는지 모른 채 우선 방으로 바쁘게 걸어가며 지시했다.

"예, 폐하."

"함께 식사하면 좋긴 한데. 내가 있으면 불편할 것 같으니, 나와는 식사 후에 얘기를 나누자 말하고."

"예."

"나랑 면담할 사람을 한 명에서 세 명 정도 골라두라 하고."

"예."

지시를 받은 비서가 뒤로 빠져서 성기사들에게 달려가자, 라틸은 더욱 걸음을 빠르게 했다. 변복하고 하렘으로 가서 자이신을 만날 생각이었다. 이 와중에 자이신을 직접 부르면 사람들이 '자이신 님이 대신관이었나 봐!'라고 생각할지도 모르니까. 이 상황을 어떻게 처리할지 결정하기 전엔 아직 자이신이 대신관이란 이야기는 하지 않을 생각이었다.

그러나 라틸의 방문 앞. 그곳에는 이미 자이신이 도착해 라틸을 기다리고 있었다.

"자이신? 네가 어떻게 여길?"

"잠시 폐하와 얘기를 나눌 수 있겠습니까?"

라틸이 자이신을 데리고 안으로 들어가 문을 닫자, 자이신은 자신이 여기에 와 있던 이유를 설명했다.

"백화랑술이 왔단 소리를 듣자마자 달려왔습니다. 폐하께서 절 찾으실까 봐요."

'의외로 눈치가 좋구나.'

라틸은 자이신이 순간적으로 내린 판단에 감탄하며 물었다.

"그자들은 어떻게 네가 후궁이 됐단 이야기를 알고 온 거야?"

"제가 '후궁으로 들어갈 거다'고 말했거든요."

"뭐? 진짜야?"

'어떤 놈이 기밀을 유출했나 했는데, 그게 본인이었다고?'

"죄송합니다, 폐하. 하지만 백화랑술은 제 신변 보호를 해주기에, 제가 어디에 있다는 것 정도는 알려야 해서요. 보통은 그냥 알려도 멀리서 쳐다보기만 하는데……. 이번엔 많이 놀랐나 봅니다."

"……."

라틸이 대답하지 않자, 자이신이 눈치를 보다가 물었다.

"제가 돌려보낼까요?"

라틸이 이 일을 백화랑술에게 전한 것 때문에 화가 났다 여기는 눈치였다. 화가 난 건 아니지만 일이 꼬인 건 탐탁지 않았기에, 라틸은 한숨을 내쉬면서 물었다.

"돌려보내면? 어쩔 건데? 사람들은 이미 그자들이 대신관 얘길 하며 여기 온 걸 다 봐버렸는데."

질문이라지만 타박하는 목소리였다.

"그렇군요."

자이신은 시무룩해서 인정하다가, 조심스럽게 물었다.

"하면 폐하. 차라리 밝힐까요?"

그 질문은 라틸도 사실 자이신을 찾아가서 제안하고 싶던 것이었다. 하지만…….

"괜찮겠어? 널 노리는 이들이 많아서 여기 숨은 거잖아."

이런 이유 때문에 자이신에게 어떻게 말해야 하나 고민했던 제안이기도 했다. 다행히 자이신은 흔쾌히 고개를 끄덕였다.

"사악한 기운이 이미 하렘 내에서 절 노렸지 않습니까. 이번 백화랑술 건도 그렇고, 위치가 들통나는 건 어차피 시간문제일 겁니다. 그럴 바엔 차라리 그들의 호위를 받는 게 나을 것 같아요."

라틸은 자이신과 대화가 끝나자 이번에는 비서를 보내, 백화랑술에서 자신과 대화를 나눌 몇 명을 개인 집무실로 불러오라 지시했다. 그리고 집무실에 먼저 도착해 기다리고 있자, 얼마 지나지 않아 문이 열리고 백화랑술의 하얀 제복을 입은 성기사 한 명이 안으로 들어왔다. 알현실에서 라틸에게 대신관을 지키게 해달라면서 앞에 나서서 외쳤던 그 사람이었다.

"자네들 주장에 대해 깊게 생각해보았네. 대신관과도 이야기를 나눴고."

"대신관님께서 이미 도착하셨습니까?"

"이미 후궁이 되어 있지."

"!"

"호위로 들어와도 좋다. 기타 자세한 얘기는 자이신과 직접 하고……."

"예."

"사실 자이신 건과 별개로 그대들에게도 물어볼 게 있는데."

"예."

"너 이름이?"

"진짜 이름은 아니오나, 다른 이들은 저를 '백화'라 부릅니다."

'진짜 이름은 알려주기 싫단 건가?'

라틸은 백화가 이름을 묻는데 엉뚱한 대답을 하자 인상을 찌푸렸지만, 원래 신관들은 성직자가 될 때 기존의 이름을 버린다고 들었기에 그냥 넘어가고서 다시 질문을 던졌다.

"그래, 백화. 내가 물어볼 건 말이야. 혹시 그대, 흑마법에 대해 아는 게 있나?"

백화는 '무엇이든 말씀하세요'라는 표정으로 눈을 똘망하게 뜨고 있다가, 정색하고서 대답했다.

"황제 폐하께서 관심 가지실 주제가 아닙니다. 흑마법은 얼핏 유용하고 강력해 보이지만, 그 후유증이 크고 사람들에게 해롭습니다."

"배우겠단 게 아닌데."

"하면……?"

"흑마법의 흔적을 보아서."

"어디서 보셨습니까? 그런 게 있다면 전부 다 잡아 없애야 합니다."

덤덤하게 대답하는데, 아까와 달리 말을 할수록 눈이 위험하게 번뜩거렸다. 라틸은 그걸 보면서 '잘됐다'고 말하려다가, 문득 떠오른 생각에 인상을 찡그렸다.

"제가 무례한 말씀을 드렸다면 죄송합니다, 폐하."

그 표정을 눈치챈 백화가 흥분을 가라앉히고 얼른 사과했으나, 라틸은 고개를 저었다.

"아니, 그게 아니라 그쪽."

"예?"

"나랑 만난 적이 있던가?"

백화가 어리둥절해서 쳐다보자, 라틸은 손가락을 몇 번 까딱이다가 방긋 웃었다.

"아니. 아니네."

사실 아닌 게 아니라, 방금 뭔가가 떠오를 듯 말 듯 느낌이 묘했다. 하지만 크게 중요한 건 아닌 것 같아서, 라틸은 그 부분은 그냥 넘어가기로 했다. 중요한 건 백화가 흑마법 이야기에 보여준 저 반응이었으니까.

라틸은 그가 흑마법 소리가 나오자마자 보여준 그 적대감, 그 반응이 마음에 들었다. 만약 틀라가 정말 '로드' 어쩌고가 되어서 사람이 아닌 걸로 부활했다면? 그가 흑마법사들을 이용해 황위를 되찾으려 하는 거라면?

'나는 성기사들을 이용할 수 있지 않을까?'

분명 그럴 것이다. 계산을 마친 라틸은, 자신의 특기인 선한 미소를 지으면서 "그거 아는가?" 하고 말문을 열었다.

"난 신앙심이 아주 깊다네."

그러고서 한 번 더 웃어주자, 백화가 놀라 되물었다.

"정말이십니까?"

"그럼. 내게 있어 신앙심이란 말이네, 그 뭐야. 그…… 그거지. 뭐야. 그거. 있잖아. 좋은 거."

사실 라틸은 신앙심이 거의 말라붙은 인간이었기에 대충 얼버무렸으나, 백화는 감동받은 얼굴로 라틸을 바라보았다.

흑마법이 강건할 때는 백화랑술의 힘도 비슷하게 세지고 사람들 역시 신앙심이 깊었다. 하지만 흑마법사와 어둠에 속한 이들을 다 처리하고 나자, 아이러니하게도 백화랑술 역시 힘이 쇠하고 사람들의 신앙심도 줄어들었다. 자연스럽게 신전의 영향력도 약해졌고, 요즘은 신전을 자기 힘 아래 두려 하는 왕족과 황족들도 많아졌다.

하여튼 여러모로 여기저기 치이고 있어 화가 나는데, 강대국의 황제인 라틸이 이렇게 먼저 나서서 말해주자 어쩐지 감동이었다. 이래서 '대신관님이 황제에게 반했구나' 싶을 만큼.

그리고 라틸은 그런 백화의 표정을 보고서 안심했다. 일단 어떻게든 넘어간 모양이네. 아깐 신앙심을 뭔가 아주 좋은 데 비유하고 싶었는데. 뭐에 비유해야 할지 생각이 나지 않아 갑갑했던 것이다.

"사실 폐하. 아까 알현실에서 처음 폐하를 뵈었을 때부터 좀 놀라긴 했습니다."

"응? 뭐가 말인가?"

"폐하에게서는 무척이나 반짝거리고 맑은 느낌이 났거든요."

"나한테?"

"예. 몇 년 전엔가. 사실 신탁이 내려와 딱 폐하 나이대의…… 아차."

'내 나이대의 뭐?'

"하하, 이런 일은 관심 없으시겠지요. 게다가 지난 일이니까요."

"말하다 끊으니까 관심이 갑자기 생기는데."

"하하 별거 아닙니다. 어쨌든 폐하께선 정말 맑은 분 같습니다. 대신관님이 사모하실 만도 합니다."

라틸은 백화가 하려던 말이 궁금했으나, 그가 더 설명할 기미가 없기에 결국 호기심을 누르고 넘어갔다. 게다가 백화의 말을 듣고 있자니, 여우 가면을 만난 후 조금 찝찝했던 부분이 시원하게 씻겨 내려갔다. 바로 여우 가면이 라틸에게 '로드'라고 불렀던 그 부분 말이다. 아직도 그자가 왜 그런 말을 했는지는 모르겠으나, 이걸로 그자는 헛소리를 했을 가능성이 더 높아졌다.

대신관은 물론 신만 따른다는 성기사들도 라틸에게 수상한 기운은커녕 오히려 '맑은 느낌'을 받았다지 않는가. 여우 가면이 그런 말을 한 건 역시 라틸을 혼란스럽게 만들기 위해서일 가능성이 높았다.

라트라실 황제가 여섯 번째 후궁으로 받아들인 카지노 딜러가 사실은 대신관이었다!

이 소문이 퍼지자 사람들은 다들 라트라실 황제가 하렘을 만든 게 굉장한 정치적 전략이라 여기기 시작했다. 영향력 있는 사람들과의 많은 국혼을 통해서 힘을 기르려는 노림수라고, 거의 확정적으로 라틸의 의도를 분석했다.

"흠. 어쩐지. 그런 근육밖에 없는 몸치한테 왜 관심을 가지시나 했더니, 그런 이유가 있었군."

소문을 들은 아트락시 공작도, 연회장에서 라틸이 라나문을 버려두고 집었던 카지노 딜러가 실은 대신관이었단 이야기를 듣자 가까스로 분노를 좀 가라앉혔다. 하지만 이 소문에 가장 큰 영향을 받는 건, '황제를 유혹해 후궁이 된 평민 출신 카지노 딜러'라며 무시받았던 대신관 본인이었다.

"저게, 아니, 저분이 대신관님이라고?"

"어쩐지. 처음 봤을 때부터 고귀한 인상이다 싶었어."

"나도. 근데 너희가 하도 욕을 해대니까 그냥 입 다물고 있던 거라니까?"

매일같이 자이신을 무시하던 하렘 궁인들이 태도를 바로 싹 바꿔버리자, 수행사제는 자이신의 휠체어를 밀어주다 말고 혀를 끌끌 찼다.

"사람들이란 참 간사하네요."

"어쩔 수 없지. 사람 속은 알기 어려우니, 다들 겉을 보고 판단할 수밖에. 이걸 탓해 어쩌겠느냐."

"그래도 너무 확 바뀌잖아요. 얄밉습니다."

"그만큼 외부의 변화에 민감한 입장이란 거겠지. 너무 사람을 미워하지 말거라."

"전 수행이 부족해서……."

그게 잘 안 된다고 말하려는 순간. 수행사제는 클라인 일행과 마주쳤다. 수행사제는 전에 클라인이 대신관을 벌레 보듯 쳐다보았던 게 떠올라서 이제는 당당하게 가슴을 펼쳤다. 저 사람도 입장을 바꿔서 대신관님에게 깍듯하게 대하겠지 싶어서.

"너 대신관이라며? 대신관이 여기 왜 와? 꺼져."

그러나 클라인은 이번에도 딱 잘라 내뱉고 가버렸고, 수행사제는 기가 막혀서 입을 뻐끔거렸다.

"그러네요. 일관적으로 재수 없는 사람보단 간사한 사람이 좀 더 낫네요."

하지만 클라인은 수행사제가 뒤에서 자신을 욕하거나 말거나, 지금 머리를 굴리느라 아주 바빴다.

"그 딜러가 꾀병을 부려서 폐하에게 종일 간호를 받았지……."

"딜러가 아니라 대신관님이요, 황자님. 그리고 꾀병도 아니었는데요."

"그거나 그거나."

"전혀 다르죠……."

시종이 중얼거리는 소리를 흘려 넘기면서, 클라인은 자기 방에 돌아와 주위를 두리번거리다가, 갑자기 바닥에 드러눕더니 시종의 등을 두드리며 재촉했다.

"그만 칭얼거리고. 넌 빨리 폐하께 가서 내가 아프단 얘기나 전해."

"예? 편찮으십니까?"

"아니. 근데 아프다고 전해. 빨리!"

꾀병을 부리려 저러시나? 시종이 놀라서 보자, 클라인은 손을 휘휘 저으며 재차 재촉했다.

"얼른 안 가?"

"뭐, 뭐 때문에 아프다 하면 될까요?"

"머리가 아파 쓰러졌다고 해. 빨리!"

라틸은 백화랑술을 어떻게 이용할 수 있을까 혼자 곰곰이 생각하다가, 클라인이 보낸 시종 바닐에게 그가 아프단 얘기를 전해 듣고 놀라서 하렘으로 달려갔다.

'혹시 그 사악한 기운을 가졌단 놈이 또 내 후궁을 건드린 건가?'

"클라인!"

대신관이 떠밀린 게 며칠 안 된 일이기에 덩달아 걱정이 된 것이다. 그러나 황급히 그의 방으로 가 문을 열고 안으로 들어가는데…… 클라인은 바닥에 상의를 풀어헤친 채 누워 있을 뿐이었다. 전혀 아픈 사람 같지 않은 모습으로.

"클라인, 너!"

"폐하. 몸이 뜨겁습니다. 열이 나는 듯한데…… 확인해주세요."

"얼른 옷 입어." 하고 말하려는데, 목소리가 기도 어디에서 콱 막

혔다.

'잘생기긴 진짜 잘생겼네.'

라틸은 클라인의 매끄러워 보이는 피부를 물끄러미 내려다보다가 촉감이 궁금해졌다. 만져보면 손이 살을 타고 주르륵 내려갈 것 같은데. 아니, 저렇게 대놓고 확인해보라니 확인해도 될 것 같긴 한데. 만지는 순간 뭔가 '황권을 안정시킬 때까진 절대로 동침하지 않는다'는 선이 깨질 것 같아서 손을 댈 수가 없었다.

"폐하."

하지만 클라인은 아예 작정을 하고서 부른 건지, 몸을 야하게 뒤척이다가 상체를 일으키면서 라틸의 이름까지 축축하게 불렀다.

'이런 건 대체 어디서 배운 거야.'

끈적이면서도 뇌쇄적인 미소에 라틸은 눈을 감고 한숨을 뱉으며 명령했다.

"옷 입어, 클라인."

그러나 클라인은 이 명령이 마음에 들지 않은 모양이었다. 아니, 사실은 마음 하나 얻어보자고 바닥에 이 꼴로 누울 때부터 그는 이미 자존심이 많이 상한 상태였다. 그런데 라틸이 한심하다는 듯 눈까지 감고서 지시하자, 클라인은 가슴 어딘가가 왈칵 구겨지는 느낌을 받았다. 실제로 라틸은 그의 유혹을 이겨내기 위해 눈을 감은 것이지만, 클라인은 거기까진 알아채지 못했다. 결국 그는 냉랭한 표정을 하고서 얼른 바닥에서 일어났다.

'뭐야?'

누워서 꿈틀대던 클라인이, 일어나라곤 했지만 정말로 1초 컷으로 벌떡 일어나자 오히려 라틸도 눈살을 찌푸렸다. 게다가 아까는 한껏 풀어져 있던 클라인의 표정이 그사이에 라나문처럼 얼어붙어 있었다. 심지어 평소와 달리 아무 수다도 떨지 않고 조용히 단추만 착착착 채운다. 그러고는 라틸을 힐긋 보다가 말없이 밖으로 나가 버리자, 라틸은 순식간에 남의 방에 혼자 남게 되었다.

'왜 저래?'

홀로 남겨진 라틸은 어이가 없어서 닫힌 방문을 보았으나, 이미 클라인은 사라져버린 뒤였다.

카지노 딜러의 정체가 대신관으로 밝혀지고, 성기사단 백화랑술이 하렘으로 들어와 대신관의 호위를 서게 되고, 꾀병을 부려 라틸을 유혹하는 데 실패한 클라인은 삐져서 라틸을 피하게 되었지만, 이후로는 며칠 내내 아무 사건 사고도 일어나지 않았다.

대신과 귀족들이 라틸의 국혼 정책을 두고 좀 대단하신 분이라 오해를 하긴 했으나, 굳이 풀 필요 없는 오해라 여겨 라틸은 그들의 착각을 방치했다. 다행히 흑마법사들에 관련된 일도 더 터지진 않아서, 라틸은 국무에만 충실할 수 있었다.

"대신관님. 원래 폐하께선 이렇게 하렘에 잘 안 오십니까?"

"뭔가 계책을 세워서 폐하를 모셔 와야 하는 게 아닐까요?"

치열한 속세의 전투를 각오하고 온 성기사들에게는 몹시 당황스러운 상황이었다.

"폐하는 때가 되면 오시겠지. 우리가 해야 할 일은, 폐하께서 언제 오셔도 부푼 근육으로 맞이할 수 있도록 운동하는 것이다. 자, 여러분, 운동하자."

하지만 대신관은 대신관다운 자애로운 모습으로 성기사들을 다독여 하렘 내부 정원을 아침저녁으로 50바퀴씩 뛰어다녔다.

그러기를 보름가량. 클라인이 아직까지도 라틸을 피해 다니자, 클라인을 싫어하는 시종장조차 라틸이 황자를 좀 달래주어야 하는 게 아닌가 걱정될 즈음. 예상하지 못한 방향에서 대신관을 후궁으로 받아들인 부작용이 나타났다.

"월랑에서 사절단을?"

"예, 폐하. 폐하께서 대신관을 맞았단 이야기를 들은 모양입니다."

라틸이 대신관을 맞이했단 소문을 듣자마자 옆 나라 월랑에서 사절단을 보내온 것이다.

"곤란한데."

월랑은 대대로 우호적인 국가였으나, 철저하게 '강자에게 약하고 약자에게 강한' 나라였다. 즉, 월랑이 우호적인 국가일 수 있던 건 타리움이 강력하기 때문이었다. 월랑은 타리움과 몇 세대를 친하게 지내면서도 늘 뒤통수를 칠 틈을 엿보았기에, 라틸은 이 시기에 월랑에서 사절단을 보내오자 좀 신경이 쓰였다.

"폐하께서는 무사히 즉위해 좋은 치세를 보여주고 계시고, 국민들 역시 폐하의 통치를 마음에 들어합니다. 타리움은 강력하고요. 두려울 게 무엇입니까."

서넛은 태평하게 말했으나, 라틸은 이에 동의하지 않았다.

"내가 대신관을 후궁으로 둔 일 때문에, 다른 나라들이 다 같이 우리를 적대할까 봐 그러는 겁니다, 서넛 경."

"다 같이 적대한다 해도 이길 수 있습니다."

"그렇죠. 틀라가 어디선가 몸을 웅크리고 있지 않다면."

"!"

라틸은 잠시 생각해보다가, 사흘 전에 들었던 보고를 떠올리고서 시종장에게 물었다.

"아. 카리센에서도 사절단이 오고 있다 했죠?"

"예, 폐하."

"그러면 두 나라 사절단이 비슷하게 도착하도록 조금 손을 써봐요."

"예?"

"두 나라 사절단을 알현실에서 함께 맞이해야겠습니다. 거기에 클라인을 데리고 나가면, 카리센과 우리나라가 사이가 좋아 보일 테고. 윌랑에선 주위 다른 나라들을 흔들어봤자 소용없단 생각을 하게 되겠죠. 그쪽은 틀라 관련된 일에 대해 모를 테니."

"좋은 생각이십니다!"

라틸의 말에 시종장은 감탄하면서 라틸의 지시를 수행하기 위해 얼른 밖으로 나갔다.

라틸은 다른 비서에게도 지시했다.

"넌 클라인 황자를 찾아가서, 카리센의 사절단이 올 테니 잘 차려입고 이쪽으로 오라 전해라."

"예, 폐하."

그러나 잠시 후. 비서는 침울한 얼굴을 하고서 홀로 돌아와 보고했다.

"폐하. 황자님께서 몸이 안 좋아 알현에 함께할 수 없다 하십니다."

라틸은 다른 사람을 보내는 대신, 사절단들이 언제쯤 도착할지 확인을 한 다음 자신이 직접 하렘으로 찾아갔다.

"클라인은?"

"방 안에 계십니다."

라틸이 방 안에 나타나자, 호위가 깜짝 놀라 안쪽에 대고 작게 소리쳤다.

"황자님. 폐하께서 오셨습니다."

그러나 안에서 아무 소리도 들려오지 않자, 호위는 얼굴이 파래져서 라틸의 눈치를 살폈다.

"황자님."

호위가 거듭 방문에 대고 외치자, 라틸은 손을 들어 올려서 그를 말렸다.

"됐다."

그러고는 호위가 무어라 할 틈도 없이 그냥 문을 잡고 열어버린 다음, 중간 복도를 지나 침실까지 한 번에 들어갔다. 아치문에 달린 커튼을 확 열어젖히고서 팔짱을 끼고 쳐다보자, 클라인이 창가에 앉아 있는 게 보였다.

"함부로 방 안에 불쑥불쑥. 그러시는 거 아닙니다."

클라인은 창틀에 이마를 대고 있었는데, 라틸이 들어오자 벌떡 일어나며 항의했다. 라틸은 클라인의 이마에 빨갛게 자국이 난 걸 보고 눈살을 찌푸렸다.

'얼마나 오래 저러고 있던 거야?'

말은 라틸을 전혀 신경 쓰지 않은 것처럼 하는데. 사실은 방 안에서 계속 창밖을 보고 있던 듯했다. 그렇다면 라틸이 오는 것도 다 지켜보고 있었을 터. 클라인도 라틸이 자기 이마를 쳐다보자 들켰단 생각에 고개를 돌리며 괜히 이마를 문질렀다.

"클라인."

보름 내내 라틸을 피해 다닌 것치고는 클라인이 화가 많이 난 것 같지 않자, 라틸은 한숨을 내쉬고서 그에게 다가가 팔을 잡았다.

"왜 이렇게 치졸해?"

"치졸…… 와. 지금 제게 치졸하다 하셨습니까?"

"너네 나라 사절단이 와서 인사 좀 하라는데 그게 싫어?"

"제가 왜 싫다 하는지는 아실 텐데요."

"모르겠어. 난 치졸했던 적이 없어서, 소인배의 마음은 짐작이 안 가."

"소인배……!"

클라인이 입을 벌리고 쳐다보자, 라틸은 턱을 눌러 그의 입을 닫아주며 일부로 또 살살 자존심을 긁었다.

"며칠 전에 네가 바닥에 누워 있을 때. 내가 그냥 가버려서 그래?"

"!"

"어쩔 수 없었어. 아프단 소리에 걱정돼서 달려왔는데, 아프기는 커녕 그러고 있었잖아. 화가 날 수밖에 없지. 얼마나 걱정했는데."

"오죽하면 제가 그러고 있었겠습니까!"

"뭐가 오죽했는데?"

"그야……!"

라틸이 '난 아무것도 몰라' 하는 주특기 표정으로 바라보자, 클라인은 입을 삐끔거렸다. 클라인은 라틸이 자신을 연모한다고 철석같이 믿고 있었다. 카지노 딜러가 나타나면서 좀 기가 죽었지만, 알고 보니 그자는 대신관이라서 라틸이 챙겨준 거였지 않나. 그래서 다시 자신감이 좀 붙었는데, 그날 라틸이 매혹적으로 누워 있던 자신을 보고 쌩 가버리자 자존심이 아주 조각조각 박살이 났다. 하지만 라틸에게 이런 걸 따지자니, 자신이 라틸을 더 좋아하는 것처럼 보일까 봐 자존심이 상했다.

"말을 해, 클라인. 말을 안 하면 난 못 알아들어."

라틸이 다시 한 번 더 '난 아무것도 몰라' 하는 표정으로 웃자, 클라인은 어물어물거리다가 결국 입을 꾹 다물고 라틸의 어깨에 자기 이마를 기댔다.

어, 이제 다 풀렸나 보네.

하지만 라틸은 그런 클라인의 어깨를 두드리면서 계산적으로 생각하고는 친절한 목소리로 제안했다.

"자, 더 긴 얘기는 나중에 둘이서 여유롭게 하고. 일단 좀 꾸미자. 번쩍번쩍하게."

"꾸며서 뭐 하실 건데요."

"카리센에서 사절단이 온대. 네가 잘 지내고 있단 걸 보여줘야 할 거 아냐. 고향 사람들인데 안 보고 싶어?"

어찌어찌 클라인을 달랜 라틸은 그를 반듯하게 꾸며서 알현실에 데리고 가는 데 성공했다. 클라인은 라틸이 자신을 챙겨주자 그새 또 기분이 풀려서 좋아하고, 라틸과 손을 잡고서 어깨를 당당하게 폈다.

그걸 본 라틸은 덩달아 웃으면서 생각했다.

'얘는 몸은 황궁에 두고 정신은 저기 깊은 산골에서 맑은 물만 보며 자랐나…….'

하지만 솔직한 모습이 귀엽긴 해서, 라틸은 몇 번이나 다짐했다가 까먹은 내용을 이번에도 한 번 더 다짐했다.

'순수한 구석이 있는 애니까 잘 대해줘야지. 후궁 중에선 제일 믿을 만하잖아.'

어쨌든 라틸의 계획은 완벽하게 맞아떨어졌다. 알현실에서 카리센의 사절단과 함께 대기하고 있던 월랑의 사절단은, 라틸이 클라인을 데리고 나타나고, 카리센의 사절단은 그 모습을 보고 반가워하자 표정들이 다 떨떠름해진 것이다.

'그러게 왜들 머리를 굴리고 그래?'

그걸 본 라틸은 속으로 낄낄 웃으면서 괜히 더 클라인을 잘 챙기는 척했다.

그러나 라틸의 입장에서 일이 잘 풀려갈 즈음.

"국혼을 이용한 정책은 당장 폐하의 대에선 편리하지만, 그 아래대로 내려가면 부작용이 많이 일어나지 않습니까?"

월랑의 사절단 하나가 돌연 입을 열었다.

"카리센의 황자며 대신관, 공신의 아들까지. 괜찮은 이들을 죄다 데려가셨다가 나중에 감당하실 수 있겠습니까?"

그 목소리는 심지어 조금 조롱조여서, 그가 말을 마치자마자 순식간에 알현실 안의 분위기가 싸해질 정도였다.

"그렇군. 월랑에서도 그 비슷한 일로 트러블이 난 적이 있었지. 걱정해주어서 고맙군. 월랑에서의 일을 반면교사로 삼도록 하지."

하지만 그 말에 라틸이 웃으면서 공격을 돌려주자, 이번에는 월랑의 사절단 쪽이 분위기가 싸늘해졌다. 그러나 이쯤해서 넘어가면 좋을 것을. 라틸에게 도발적인 질문을 던졌던 그 사신은 더욱 아슬아슬한 질문을 던졌다.

"혼인을 이용해 정치를 펼칠 분이라면, 그냥 직접 어디 다른 나라의 황후 자리나 왕비 자리로 가셨으면 가장 좋았을 것을요. 그러면 직접 폐하의 손으로 형제를 죽이지 않으셔도 됐을 텐데, 아쉽습니다."

그 말에는 월랑에서 온 사신들도 다들 깜짝 놀라 어깨를 흠칫 떨었다. 미리 준비된 도발이 아닌 게 분명했다. 하지만 그러면서도 다들 그 사신을 말리지 못하는 게 구도가 좀 이상했다.

'사절단 책임자라고 나선 백작보다, 저 말 재수 없게 하는 사신이 실제로는 더 지위가 높은가 본데?'

어쨌든 저 거만하기 짝이 없는 사절단에게 사절단으로 숨어들어 왔으면 실제 지위가 어떻든 공손히 굴라고 돌려 말하려는 순간. 지금까지 내내 뒤쪽에서 조용히 있던 카리센의 사신 하나가 푹 웃음을 터트렸다. 큰 웃음소리는 아니었으나, 원체 주위가 싸늘하고 조용하다 보니 모두가 들을 수 있는 크기였다. 덕택에 재수 없는 말을 한 월랑의 사신도 그 소리를 들었는지, 눈살을 구기고서 고개를 뒤로 돌렸다. 사람들의 시선이 자신에게 몰리자, 내내 조용히 있던 카리센의 사신은 나직한 목소리로 중얼거렸다.

"아아, 실례했습니다. 그대의 모습이 꼭 신 포도를 두고 악담을 퍼붓는 망아지 같아서."

그 말에 월랑의 사신이 표정을 굳혔으나, 카리센의 사신은 거기서 말을 멈추지 않았다.

"하렘에 재능 있는 청년들을 모아두는 국혼도 나라에 힘이 있어야 가능한 거지요. 월랑은 하렘에 사람 하나 보내는 것조차 받아달라 사정사정해야 하는 나라이니. 감히 라트라실 폐하의 뜻을 이해하지 못하는 게 당연한지도."

그 노골적인 조롱에 카리센의 사신들까지 히죽히죽 웃어대자, 월랑의 사신들은 모욕감에 얼굴을 붉혔다. 아무리 카리센의 황자가 후궁으로 가 있다지만 후궁 출신 황자일 뿐이니, 카리센에서 대놓고 타리움을 두둔할 거란 생각은 하지 못한 눈치였다.

얼굴을 가린 말단 사신의 말에, 타리움의 대신들도 같이 피식피식 웃으면서 월랑의 사신들을 아래위로 쳐다보았다.

그러나 라틸은 다른 이들처럼 웃을 수 없었다. 아니, 라틸의 표정은 오히려 월랑의 사절단과 비슷했다. 그럴 수밖에.

'저 목소리…….'

라틸은 마른침을 삼키고서 망토에 달린 모자를 깊게 눌러써 하관만 드러낸 카리센의 말단 사신을 흔들리는 눈으로 쳐다보았다. 저 사신.

'하이신스다.'

하이신스가 분명했다.

"얘기 좀 하지."

알현이 끝나고 대기실로 가자마자, 라틸은 자연스럽게 자신을 따라온 그 사신의 팔을 움켜잡았다.

"박력 넘치시는군요."

얼굴을 가린 하이신스가 놀라는 척하며 자신이 아닌 것처럼 말했으나 라틸은 넘어가지 않았다.

"순순히 따라오지, 카리센에서 온 사신 8."

"왜 8번입니까?"

"제일 뒤에 서 있었잖아."

라틸이 턱으로 사람들이 없는 곳을 가리키자, 하이신스는 순순히 따라왔다. 하긴. 황제이면서 사절단 틈에 끼어서 여기까지 온 놈이니 따라오겠지. 카리센 사신 놈들. 오는 길에 아주 고생 좀 했겠는데? 소수 일행 사이에 황제가 끼어 있으니 뭘 슬렁슬렁하지도 못했겠어.

가장 뒷줄에 선 막내 사신이 알현이 끝나자마자 따라올 수 있던 것도, 카리센 사신들이 이 모자 눌러쓴 사신의 정체를 알기 때문이겠지.

"폐하."

서넛이 뒤따라오려 하는 것도 말리고서, 라틸은 아무도 없는 복도로 그를 데려가 모자를 벗겼다.

"역시 너네."

모자를 벗자마자 갈색 머리카락이 가을날 밀처럼 흘러내렸다. 신비로운 회색 눈동자와 함께 눈가에 고인 미소도 같이 드러났다.

"하이신스."

라틸은 숨을 멈추고서 하이신스를 쳐다보다가 입술을 꽉 깨물었다. 참 징글징글하지. 어떻게 이 와중에 보고 싶었단 생각이 들 수 있을까. 안 보고 살 때는 다 잊어버린 줄 알았는데. 어쩌면 이대로 몇 년이 더 지나면 정말 잊었을 수도 있었는데.

하이신스의 눈을 보자마자 라틸은 알 수 있었다. 몇 년간 그를 잊으려던 노력이 또 헛것이 되어버렸단 걸. 아니, 오히려 시간은 안 좋았던 일은 희석시키고 좋았던 일만 머리에 남겨주었나 보다. 라틸은 급격하게 무거워진 호흡을 되찾기 위해 주먹을 꽉 쥐고 손톱으로 손바닥을 눌렀다.

"여긴 왜 온 거야."

그나마 다행인 건 입 밖으로 나온 목소리가 제법 침착하게 들린다는 것 정도. 그러나 이쪽의 마음엔 풍파를 일으켜놓고서. 하이신스는 태연하게 대답했다.

"네가 보고 싶어서."

라틸은 그의 목소리가 잘게 떨리는 걸 통쾌하게 받아들여야 할지 안 좋게 받아들여야 할지조차 구분할 수 없었다. 자신을 버리고 딴 여자와 결혼한 전 애인이란, 과거를 잊고 그 여자와 잘 살면 잘 사는 대로, 과거를 잊지 못해 미련을 뚝뚝 보내오면 보내오는 대로 화가 날 수밖에 없으니까.

"너 진짜 뻔뻔하구나. 양심 어디 갔어? 원래 없던 거야, 있었는데 팔아치운 거야?"

라틸은 분노를 누르며 하이신스의 멱살을 잡고 속삭였다.

"결혼했으면 네 신부나 챙겨. 난 내 후궁들 챙길 테니."

말을 마친 라틸은 하이신스를 밀치듯 놓고서 확 돌아섰다. 그러나 카리센에서 했던 것처럼 성큼성큼 자리를 박차고 떠날 수는 없었다. 하이신스가 직접 여기까지 올 정도면, 무언가 다른 일도 있을 거란 생각이 들어서.

"보고 싶어서 왔단 헛소린 집어치우고. 정말 무슨 일로 온 거야? 그 편지 건 때문에 그래?"

하이신스가 대답하기 전. 누군가 이쪽으로 다가오는 소리가 가까워졌다. 라틸은 두 걸음 더 하이신스에게서 물러났다. 모습을 드러낸 건 월랑의 사절단이었다.

"폐하."

그들 역시 황제가 여기에 있을 줄은 몰랐다는 듯 라틸을 보자 얼른 인사를 올렸다.

'아. 하이신스.'

하이신스가 아직 모자를 안 쓰고 있는데.

라틸은 뒤늦게 아차 싶어서 옆을 보았으나, 그사이 하이신스는 알아서 얼굴을 잘 가리고 있었다.

다행이긴 한데 얄밉네. 라틸은 속으로만 괜히 툴툴거리고서 월랑의 사절단을 향해 인사는 그만해도 좋단 손짓을 보냈다.

"여기까지 왔으니 머무는 동안 편히 보내길 바라지. 물러들 가시오."

"예, 폐하."

알현실에서와 달리 모두들 순순히 대답했다. 단 한 명. 알현실에서 유독 라틸을 날카롭게 도발하던 그 사신 한 명을 제외하고. 게다가 그 사신은 일행을 따라 다시 가던 길을 가면서도 라틸을 계속 돌아보기까지 했다.

"너한테 반한 모양인데?"

하이신스까지 눈치채고서 놀릴 정도로 노골적이게.

네가 지금 나랑 농담 따먹기 할 때야, 자식아? 라틸이 어이가 없어 노려보았으나, 하이신스는 천연덕스럽게 웃으며 당부했다.

"표정 풀어, 라틸. 월랑 사신이 돌아보잖아. 사이좋은 흉내 내야지?"

"난 네 이런 점이 싫어."

"그리고 사랑하지."

"!"

"아닌가?"

월랑 사절단이 완전히 보이지 않게 되자, 라틸은 하이신스의 멱살을 움켜잡고서 눈을 부릅떴다.

"사랑'했'던 거지. 현재형으로 말하지 마."

하이신스를 밀치듯 놓아버린 라틸은 그를 최대한 무시하듯 노려보고서 확 몸을 돌려 다른 곳으로 가버렸다. 그렇지 않으면 아직까지도 혼란스러운 이 마음이 티가 날 것 같아서. 눈치 좋은 하이신스가 이 짧은 틈을 눈치채버릴 것 같아서.

"폐하."

라틸이 떠나고서도 거의 15분가량이 지난 뒤에야 하이신스의 근위대장이 나타났다.

"네가 없던 15분 사이에 적이 왔으면 난 죽었겠다."

하이신스가 작게 질책하자 근위대장은 시무룩해져서 변명했다.

"타리움의 관리에게 걸려서 짐을 나르고 있었습니다."

"아. 타리움 관리."

하이신스는 픽 웃고서 근위대장의 어깨를 두드렸다.

"그런 거라면 할 수 없지."

카리센의 사절단이야 자기와 함께 온 게 황제란 것도, 사절단 호위 중 황제의 근위대장이 있단 것도 알고 있지만 타리움 관리들은 이를 알 리가 없으니 어쩔 수 없었다. 그러나 하이신스가 넓은 이해심을 발휘해도 근위대장의 표정은 풀리지 않았다.

“폐하. 저는 아직 염려됩니다. 다가 공작이 어떻게 나올지 모르는데, 이렇게 먼 곳까지 자리를 비우셔도 될지…….”

“어떻게든 나오라고 비워준 거다.”

“예?”

“움츠리고서 움직일 생각을 않으니, 움직여보라고 비켜준 거라고.”

“!”

망토에 달린 까만 모자 아래로 하이신스의 입술 양 끝이 부드럽게 올라갔다.

“게다가 한번 꼭 와보고 싶었거든.”

“라트라실 황제 때문입니까.”

하이신스는 대답 대신 복도 밖으로 나가 어딘가로 쭉쭉 걸어가기 시작했다. 근위대장은 의아하게 여기면서도 하이신스를 열심히 따라갔으나, 황제가 향하는 곳이 영 찝찝해 결국 참지 못하고 재차 물었다.

“폐하? 어디 가십니까?”

이번에는 대답이 돌아왔다.

“하렘에.”

“폐, 폐하!”

"이래도 괜찮을까요……?"

하렘 정원을 걸어가면서 근위대장이 조심스럽게 물었다. 근위대장은 라트라실 황제에 대해 잘 알진 못했으나, 그녀가 즉위하면서 자신의 이복오빠를 처형하고 아버지가 총애하던 후궁은 탑에 가두어버렸단 이야기는 들어서 알았다. 그렇다면 좀 무서운 사람일 텐데. 전 애인이 현재 애인들을 만나려 하면 싫어하지 않을까?

그러나 하이신스는 다른 나라 귀족들까지 입을 모아 떠들어대는 라틸의 하렘 속 후궁들을 꼭 제 눈으로 확인하고 싶었다.

"폐하아……."

근위대장이 작은 목소리로 하이신스를 재차 조르는 그때. 말없이 걸어가던 하이신스가 우뚝 멈추어 서서 어딘가를 빤히 쳐다보았다. 시선이 닿는 곳에 있는 건 천사 같은 얼굴과 호랑이 같은 근육을 가진 남자였는데, 분위기가 범상치 않았다.

"저자가 대신관인가 보군."

하이신스는 그 천사의 얼굴을 가진 호랑이 근육을 보자마자 바로 정체를 꿰뚫어 보고서 중얼거렸다.

"저자가요?"

"특징이 일치해."

말을 마친 하이신스는 바로 그쪽으로 걸어가며 근위대장에게 당부했다.

"따라오지 마라."

근위대장은 하이신스 쪽을 향해 손을 뻗었으나, 곧 얼른 손을 내리고서 걱정스럽게 뒷모습을 쳐다보았다.

그사이. 어느새 하이신스는 대신관의 곁에 거의 도착했다.

대체 뭘 하시려고. 근위대장은 초조해져서 눈도 깜빡이지 못했다. 물론 하이신스 황제는 클라인 황자와 달리 침착하고 계산적이니, 큰 사고를 치진 않을 터였다. 게다가 클라인 황자가 여기에 와 있으니, 누군가 그들을 보더라도 '카리센 사신들이 클라인 황자를 만나러 왔나 보다' 생각하긴 할 것이다.

그래도 남의 나라 한복판에 들어와 있다 보니, 하이신스의 안전을 책임지는 입장에선 자꾸 초조해졌다. 결국 근위대장은 조금 더 앞쪽으로 다가가, 만약의 사태가 벌어진다면 언제라도 끼어들 수 있도록 미리 준비를 했다.

"실례합니다."

그러는 동안 대신관의 곁으로 간 하이신스는 아예 대놓고 그를 불렀다.

"네."

대신관은 떨어진 꽃잎을 줍고 있었는데, 하이신스가 자신을 부르자 조금도 거만해하는 기색 없이 대답해주었다.

"무슨 일이십니까?"

그래. 과연 무슨 일로 왔다고 그럴까. 근위대장은 마른침을 삼키고서 하이신스의 핑계를 기다렸다.

"머리가 좀 어지러워서 걷기가 힘든데."

의외로 하이신스가 꺼낸 건 무난한 변명이었다.

"괜찮다면……."

그리고 뒤에 무어라 덧붙이려는 것 같았다. 적어도 근위대장이 보기엔 그랬다. 하지만 뒷말은 나오지 못했다. 하이신스의 말이 끝나기도 전에, 대신관이 "아 그래요?" 하고 되묻더니, 하이신스의 다리를 한 손으로 덥석 쥐어버린 것이다.

'으헉. 폐하!'

난데없는 상황에 근위대장은 자기도 모르게 하이신스를 향해 손을 뻗을 뻔했다. 하이신스 역시 대신관이 커다란 손으로 자기 다리를 잡자 당황한 눈치였다.

"내가 아픈 건 머리인데."

그러나 대신관은 소신껏 다리를 주무르면서 "음. 다리는 괜찮고." 하고 중얼거리더니, 쪼그렸던 몸을 일으켜 이번에는 하이신스를 번쩍 들어 올렸다.

"!"

근위대장의 눈이 커다래졌다.

"이봐."

하이신스 역시 아까보다 한결 낮아진 목소리로 대신관을 불렀으나, 대신관은 친절하게 묻기만 했다.

"어디로 갑니까? 내가 데려다 드리지요."

착하지만 정말 눈치 없는 사람이었다. 그렇다고 대신관이 하이신스를 데려가게 둘 수도 없어서, 근위대장이 결국 직접 나서려는 찰나.

"오? 로즈타 경 아냐?"

또 다른 눈치 없는 누군가 나타났다. 근위대장은 기척도 없이 다가와 뒤에서 자신을 부르는 익숙한 목소리에, 재빨리 몸을 돌렸다.

"로즈타 경 맞지?"

역시. 클라인 황자였다. 하필 이 와중에.

"여긴 무슨 일이야? 설마. 사절단 틈에 섞여 따라왔어?"

따라왔죠. 폐하와 함께.

클라인 황자는 퍽 반가운 듯 웃으면서 말을 걸었으나, 근위대장은 무어라 대답하기가 어려웠다. 하이신스가 자신의 방문을 클라인 황자에게 알릴지 말지, 그는 아직 주군의 뜻을 모르기에.

그렇게 대답이 조금 늦어진 사이. 클라인 황자는 "아차." 하고 근위대장의 팔을 잡으며 작게 속삭였다.

"카리센 황제의 근위대장인 자네가 여기 왔단 건 비밀이어야 하지?"

눈치 없는 놈이 눈치 있는 척 굴면 일이 더욱 꼬이는 법. 지금도 그랬다. 근위대장이 무어라 할 틈도 없이 클라인 황자가 그를 끌어당긴 것이다.

"전하, 저는……."

당황한 근위대장은 쩔쩔매다가 빠르게 황제 쪽을 눈으로 살폈다. 이를 어쩌지요, 하는 시선을 담아.

"!"

그러나 없었다. 하이신스는 이미 대신관이 어디로 안고 간 건지 보이지도 않았다.

'폐하!'

하이신스가 왔지만, 아니, 하이신스가 왔기 때문에 라틸은 더욱 더 빠릿빠릿하고 적극적으로 하루 일과를 마쳤다. 자신이 하이신스 따위에게 휘둘리지 않는다는 걸 보여주고 싶어서.

이런 걸 보여주고 싶어 한다는 것부터가 휘둘린단 것이지만, 어쨌든 아무것도 하지 못하고 '왜 온 거야 하이신스!' 하고 분노만 토해내는 것보단 나았다. 적어도 라틸은 그렇게 생각했다.

그리고 오늘 분량으로 정해둔 할 일을 모두 마친 후.

"카리센에서 온 사절단은 어디에서 머뭅니까?"

라틸은 책상에서 일어나며 서넛에게 차갑게 물었다. 이제 일을 모두 마쳤으니, 하이신스 그놈을 방 안에 꽁꽁 가둬놓고서 왜 갑자기 나타난 건지 따져야 했다.

"이쪽입니다."

그러나 카리센의 사절단이 머무는 숙소에 하이신스는 없었다. 방 안을 하나하나 다 확인했는데도.

문제는 그뿐만이 아니었다.

"너희 황제는?"

"예?"

"같이 온 걸 아니 거짓말할 필요 없다."

하이신스를 찾지 못한 라틸이 결국 대놓고 묻자, 사신이 쩔쩔매며 거짓말을 했다.

"저…… 폐하께서는 이미 주무십니다."

그리고 대답하는 사신의 거짓말 너머로, 더욱 기막힌 속마음이 들려왔다.

어쩌지? 대신관이 폐하를 데려갔는데 이후 안 돌아오고 계신다고는……. 사실대로 말씀드리고 도움을 받아야 하나?

라틸의 표정이 일그러졌다. 이게 무슨 소리야. 하이신스가 어디가 있어? 누가 누구를 데려가?

8 독에는 독 수프에는 수프

'하이신스 이 미친놈.'

아니, 하이신스가 미친 거야 대신관이 미친 거야? 대신관은 왜 또 하이신스를 데려간 거고?

속이 부글부글 끓는다. 라틸은 빠른 걸음으로 하렘을 향해 걸어갔다. 데려간 사람이 클라인이면 형제끼리 오랜만에 만나는구나, 다른 후궁이라면 다른 후궁대로 대충 무슨 일인지 짐작이나 해볼 텐데. 하필 또 상대가 대신관이다 보니 둘이서 뭘 하는 건지 짐작도 가지 않았다.

"어? 폐하!"

하렘 안에 들어가자 마침 마주친 게스타가 웃으면서 다가왔지만, 라틸은 나중에 이야기하잔 말만 남기고 곁을 빠르게 지나갔다.

"폐하……."

게스타가 뒤에서 멍하니 라틸을 불렀지만, 라틸은 하이신스 그 놈이 대신관과 둘이서 뭘 하는지 신경이 쓰여서 게스타를 신경 쓸 여유가 없었다.

"도련님. 폐하께서 그, 바쁘신 일이 있나 봐요. 너무 신경 쓰지 마세요."

게스타의 멍한 표정을 본 시종이 걱정스럽게 달랬지만, 게스타는 표정을 풀지 못했다.

'이를 어쩌나.'

그걸 본 시종은 자기가 민망해서 차마 고개도 들지 못하고 머리를 푹 숙였다. 다행한 일이었다. 그가 지금 게스타를 보았다면 서늘한 눈동자를 보고서 깜짝 놀랐을 테니.

게스타는 손을 들어 눈가를 가린 채 시종을 불렀다.

"트리."

"네, 도련님! 아, 도련님. 울지 마세요……."

"저기. 폐하께서 저렇게 바쁘게 누굴 찾아가시는 건지 좀 따라가서 확인해줄래?"

"네, 그러겠습니다!"

게스타가 울고 있다 오해한 트리는 황급히 라틸이 가버린 방향으로 뛰어갔다. 홀로 남게 되자 게스타는 천천히 눈가에서 손을 내리고 심호흡을 했다.

'누구에게 가셨든…… 그 사람은 반드시 제 손으로 없애버릴 겁니다, 폐하. 다른 남자에게 보내려 구해드린 목숨이 아닙니다.'

자신이 길거리 돌멩이처럼 스쳐 지나온 게스타가 질투심에 어떤 생각을 하는지도 모른 채, 라틸은 대신관의 방으로 곧장 향했다. 빨리 하이신스를 찾아내서 카리센까지 뻥 던져버려야 한단 생각 외엔 아무것도 떠오르지 않았다.

'이랬는데 대신관 방에 없으면…….'

아냐, 그래도 대신관은 찾아가야 한다. 마지막 행적이 대신관과 함께 사라진 거니까.

"응? 폐하 아니십니까!"

다행히 하이신스는 대신관과 함께 있었다. 그것도 아주 사이좋은 모습으로…… 나란히 운동 중이었다.

"뭐 하는 거야?"

씩씩거리며 달려온 라틸이 문을 열자마자 발견한 의외의 광경에 황당해서 묻자, 대신관은 얼른 몸을 일으키면서 호탕하게 웃었다.

"여기 이 친구가 카리센 사람인데, 근골이 아주 좋더라고요. 게다가 검술에도 재능이 있지 뭡니까. 오랜만에 호적수를 만난 듯해 이런저런 얘기를 하다가……."

그만! 라틸은 머리가 다 지끈거려서 대신관의 입을 턱 틀어막아 버렸다. 눈치가 없어도 정도가 있어야지, 이 대신관은 진짜…….

라틸은 대신관의 입을 틀어막은 채 하이신스를 째려보았다. 얘야 몰라서 이랬다 쳐도 너는 이러고 있으면 안 되지 않아?

하지만 이미 하이신스는 소파에 느긋하게 앉아 웃는 얼굴로 이쪽을 보고 있었다. 우습겠지. 우스울 거다. 전 여자친구의 애인이 아무것도 모르고 자신 앞에서 재롱을 떨어댔는데 우습지 않을 리가.

"폐하?"

라틸의 표정이 험악해지자, 대신관이 뒤늦게 뭔가 이상한 걸 알아채고는 자신의 입을 막은 라틸의 손을 두 손으로 감싸며 불렀다.

"왜 그러십니까? 안색이 안 좋습니다."

원래 라틸은 하이신스를 대신관의 방에서 발견하면 당장 끌고 나오려 했다. 인적 드문 곳에 가서 정강이라도 한 대 뻥 찬 다음, 장난하냐고 윽박지르고 다그치려 했다.

하지만 하이신스가 '네 애인 귀엽네?' 하는 표정으로 웃으면서 자신을 보자, 라틸의 자존심이 와그작 일그러졌다. 분노와 상한 자존심이 마구잡이로 뒤섞여서 어떤 게 분노이고 어떤 게 상한 자존심인지조차 구분이 되지 않을 정도였다. 전 애인, 그것도 자신을 버리고 간 애인 앞에서는 가장 완벽하고 멋진 모습이어야 하지 않는가.

웃음으로 물든 회색 눈동자와 마주치는 순간. 라틸은 분노를 펑 날려 보내고서 대신관의 멱살을 끌어당겼다.

"폐하."

끌려온 건 대신관의 입술이었다.

"!"

말랑한 감촉을 입안에 가둔 채 대신관의 머리카락을 거칠게 움켜쥐고서, 라틸은 그에게 분노로 점철된 키스를 퍼부었다. 하지만 시선은 하이신스에게 고정되었다. 이건 하이신스에게 알려주기 위한 키스였다. 네가 내 후궁을 가지고 장난질을 치든 무시를 하든 속여먹든, 어쨌든 지금 내 후궁은 얘야. 네가 아니라.

만약 하이신스가 정말로 자신을 보고 싶단 마음만으로 여기에 왔다면…… 이번엔 그가 자존심이 상하겠지.

"폐하."

태어나 처음 하는 입맞춤에 대신관이 숨을 헐떡거렸다. 제대로 숨 쉬는 법조차 모르는지 가슴이 빠르게 들썩였다. 그러면서도 대신관은 생전 처음 맛보는 감각에 뒤에 누군가 있단 것도 잊어버리고 라틸을 감싸 안았다. 라틸은 대신관의 머리카락을 한 손으로 쓸고, 단 한 사람도 탐하지 못했을 그의 뺨 위에 자신의 잇자국을 남기며 하이신스를 노려보았다.

효과가 아주 좋았다. 웃음으로 가득하던 그의 눈동자가 무겁게 가라앉아 있었으니. 그걸 보자 새카맣게 차올랐던 분노가 서서히 옅어졌다. 꼭 하이신스의 눈동자 같은 회색으로 변해갔다. 그제야 라틸의 눈이 반달 모양으로 휘어졌다.

"대신관님, 또 귀족들이 대신관님께 선물 보따리를……."

라틸이 하이신스를 데리고 나간 뒤. 수행사제는 대신관에게 온 선물을 정리해 끙끙거리며 방 안으로 들어왔다가, 퉁퉁 부은 대신관의 입술을 보고는 "흐억!" 소리를 내면서 선물 꾸러미를 죄다 떨어트렸다. 그것도 모자라 엉덩방아를 찧은 수행사제는 입술을 달

달 떨면서 손가락으로 대신관의 얼굴을 가리켰다.

"대, 대신관님, 대신관님 입술이……!"

대신관은 방 한가운데에 멍하니 서 있다가 수행사제의 말을 듣자 자기 입술에 손을 가져갔다.

"어, 어떤 자식이 우리 대신관님 입술을!"

그 모습을 본 수행사제는 거의 울 뻔했다. 정체를 숨기기 위해 여기저기 떠돌며 다닐 때에도 대신관으로서 몸과 마음에 조금의 세속도 묻히지 않으려 그렇게 애썼는데. 감히 어떤 자식이 대신관님의 입술을 저렇게 망가뜨렸단 말인가!

"누굽니까! 누가 대신관님을!"

"폐하가."

울면서 외쳤던 수행사제는 대신관이 부끄러워하며 속삭이자, 입을 꾹 다물었다. 대신관은 지금 후궁 신분이고 후궁의 주인은 라트라실 황제였다. 황제가 자기 애인을 찾아와 입을 맞추었다는데 뭘 어떻게 할 수 있을 리가 없었다. 게다가 대신관 본인이 저렇게 넋 나간 얼굴이지 않은가.

"키, 키스하시면서 영혼이라도 빼앗기셨습니까? 왜 그런 표정이십니까, 대신관님. 대신관님답지 않습니다!"

그래도 그냥 넘어가긴 뭔가 서러워서 수행사제는 괜히 목소리를 떨었다. 따지고 보면 그가 서러울 게 없긴 한데, 그래도 그냥 좀 서러웠다. 늘 '운동!' '근육!'만 외치던 대신관이 저렇게 색정적으로 변한 입술에 손을 올리고 멍하니 있자 뭔가 이상하게 여겨졌다. 하지만 대신관은 무어라 말하는 대신 그냥 조용히 웃고서 침대로 다가가 몸을 돌돌 말아 웅크렸다.

"그렇게 좋으십니까?"

그걸 보자 수행사제는 더욱 기가 막히고 화가 나 물었지만, 대신관은 사람 속도 모르고 고개를 끄덕이더니 활짝 웃었다.

"아주 좋더라. 사람들이 왜 주둥이를 비벼대나 이해가 안 갔는데. 생각보다 더 좋더라."

의도치 않게 수행사제에게 충격을 준 라틸은 자신이 발끈해서 저지른 짓을 후회하며 복도를 빠르게 걸어가고 있었다. 다른 후궁들이야 평생 데리고 있을 이들이지만, 대신관은 위험이 사라지면 언젠가 보내야 할지도 모를 이인데. 충동적으로 키스를 해버리다니…….

물론 그 자리에 있던 사람이 대신관이 아닌 다른 후궁이었어도 키스는 했겠지만, 어쨌든 대신관에게 키스를 하고 나자 건드려서는 안 될 성역에 입술 자국을 남기고 온 배덕감이 들었다. 그러면서도 하이신스의 꽉 다물린 입술을 생각하면 통쾌한 마음이 드니, 대체 사람의 마음은 어떻게 되어먹은 걸까.

얼마나 그렇게 걸어갔을까. 밤의 적막 사이에서 들려오는 건 새소리와 두 사람의 발소리뿐이었는데. 그 사이로 하이신스의 목소리가 끼어들었다.

"난 너 말고 누구와도 입 맞춘 적 없어."

라틸은 회랑을 빠르게 걸어가다가 우뚝 멈춰 서서 확 돌아섰다. 비스듬하게 뒤쪽에서 따라오던 하이신스 역시 덩달아 멈춰 서서 라틸 쪽으로 몸을 돌렸다.

라틸은 하이신스의 표정이 아까는 분노뿐이었다면, 이번에는 슬픔으로 얼룩져 있단 걸 발견했다. 어쩌면 질투도 한 움큼 정도. '보고 싶어서 왔다'는 게 진실인진 모르겠으나, 보고 싶었단 마음은 진실인 듯했다. 하지만 그게 다였다. 라틸은 빙그레 웃으면서 거만하게 말했다.

"그래? 난 많은데. 후궁이 여섯 명이나 되거든."

"!"

하이신스의 눈동자가 흔들렸다. 그걸 본 라틸은 더욱 통쾌해져서 삐딱하게 웃으면서 덧붙였다.

"왜 충격받은 척이야. 너도 후궁 많잖아. 즐겁게 살아. 너 그런다고 나 안 돌아가. 너 혼자서 순정 지킨다고 남는 거 하나도 없다? 넌 결혼도 했잖아."

말을 하고 나니 '내가 구질구질하게 이런 말은 왜 한 걸까' 잠시 후회가 되었지만, 라틸은 잠시 머뭇거리다가 그냥 앞으로 빠르게 걸어갔다. 어쨌든 오늘 하이신스에게 왜 여기에 온 건지 묻는 건 글렀다. 이런 상태로는 하이신스도 자신도 서로 침착하게 말을 나눌 수가 없었다.

"다른 놈들은 상관없어. 하지만 하나만 묻자."

그러나 뒤에서 들려온 하이신스의 목소리가 라틸의 발목을 붙잡았다. 그 목소리가 너무 애처롭게 들려서.

그리고 이 목소리…….

— *헤움 황자님께서 반란을 일으켰습니다. 돌아가셔야 합니다, 전하.*

— *부황께서는? 아버님은 어쩌고?*

하이신스가 유학 와 있던 시절, 헤움의 반란을 알리는 급사가 왔을 때. 그에게 선황의 부고를 묻던 하이신스의 목소리가 꼭 이래서.

라틸은 천천히 고개를 돌렸다. 하이신스가 몇 걸음 떨어진 곳에 선 채 눈물 고인 눈으로 라틸을 보고 있었다.

"내 동생하고도…… 했어?"

"!"

"내 동생하고도…… 입 맞췄어?"

"소단주님. 그러다 들키십니다."

나무 꼭대기에 매달린 채 어딘가를 빤히 쳐다보는 타시르를 보다 히얼란은 한숨을 내쉬었다.

"뭘 그렇게 넋 놓고 보십니까?"

그러나 타시르는 대답 대신 '조용히' 하란 신호를 보내고서 어딘가를 뚫어져라 계속 보기만 했다.

얼마나 그러고 있었을까. 마침내 타시르는 나무에서 내려와서는 "어이쿠." 하는 탄식을 뱉으며 고개를 저었다.

"아주 어마어마한 광경을 봤다, 내가."

"뭘 보셨든 제가 본 것만 못할걸요."

"네가 뭘 봤는데?"

"나무 위에 걸린 소단주 엉덩이요!"

히얼란이 이를 갈며 말하자 타시르는 낄낄 웃으면서 수하의 등을 두드렸다.

"농담 아니고. 내가 뭘 봤는지 들으면 너 진짜 놀랄걸?"

"뭔데요. 폐하께서 일곱 번째 후궁이라도 들이신답니까."

"하이신스 황제."

히얼란은 툴툴거리면서 제발 좀 체통 좀 지켜달라 잔소리를 퍼붓다가 화들짝 놀라 되물었다.

"누구요?"

"하이신스 황제. 거리가 멀어서 대화는 안 들렸지만, 분위기가 딱 그래."

히얼란은 주위를 휙휙 둘러보고는 목소리를 한껏 죽여 되물었다.

"정말입니까? 비공식적으로 온 건가요?"

"전에 하이신스 황제랑 우리 폐하가 사귀었잖아."

"확실한 건 아니지만, 소단주는 그렇게 추측하셨죠."

"헤어진 줄 알았는데 아직도 좀 감정이 질척질척한가 봐."

히얼란은 놀란 표정으로 토끼눈을 떴다.

"아니, 그러면 큰일 아닙니까?"

"큰일일 게 뭐가 있어. 지금 두 사람 감정이 어떻든, 하이신스 황제는 이미 결혼해서 황후까지 봤는데. 그러면 끝난 거지."

히얼란은 다시 주위를 휙휙 둘러보더니, 아까보다 목소리를 더욱 낮추어서 속삭였다.

"그게 꼭 그렇지가 않습니다, 소단주님. 요즘 카리센 쪽으로 이상한 소문이 많이 돌고 있대요."

"이상한 소문? 아. 하이신스 황제가 이혼할 거라는 그 소문?"

타시르는 그 소문은 자신도 들었지만 별거 아니란 투로 어깨를 으쓱했다.

"아직 진행된 건 없잖아. 아이니 황후나 그 집안이 뭐 이렇다 할 잘못을 저지르지도 않았고. 뒤에선 뭔 짓을 하는지 모르겠지만, 일단 앞으로는."

"아니요, 그 오래된 소식 말고, 방금 막 들어온 뜨끈뜨끈한 소식입니다."

히얼란은 앙제스 상단 내에서도 손꼽히는 정보통이어서, 상단의 정보원들 중에서도 유독 정보를 습득하는 속도가 빠른 편이었다.

이따금은 흑림보다 더 정보가 빠를 때도 있는 부하이다 보니, 타시르는 무시하는 대신 얼른 귀를 기울이며 물었다.

"무슨 소식인데?"

"아이니 황후요. 미쳤단 얘기가 있던데요?"

"뭐? 무슨 소리야? 멀쩡한 사람이 왜?"

"유령이 보인다, 귀신이 보인다, 죽은 황자가 친구를 잡아먹었다, 뭐 그런 얘길 하면서 지금 난리를 부리고 있답니다. 아마 그것도 며칠 전이겠지만."

아무 생각이나 최대한 가벼운 거. 진짜로 가벼운 거. 뭐든 좋으니까.

라틸은 창틀에 쪼그리고 앉은 채 까만 하늘을 바라보며 스스로를 세뇌하듯 같은 말을 반복했다.

가벼운 생각 아무거나 없어? 키스 말고. 아니, 키스 관련한 거라도 괜찮아. 그래. 키스 실력으로 따지면 하이신스가 제일 좋았다. 그렇겠지. 가장 많이 해봤을 테니. 그다음이 적극적인 클라인. 하지만 얘는 얘대로 바다사탕 맛이 나서 좋았어. 순서로 치면 대신관이 가장 마지막이지만, 키스를 못 하는 대신관은 못 하는 대로 또 귀여운 맛이 있었지.

"……아냐. 이건 아냐."

라틸은 창문에 머리를 댔다. 밤공기를 받아 더욱 차가워진 유리가 열기를 식혀주었다. 그 냉기를 갈구하며 창문에 머리를 비비다가, 라틸은 한숨을 내쉬고서 일어섰다.

'이 얘기는 평생 아무에게도 하지 말자.'

몇 시간 전. 하이신스가 '내 동생하고도 키스해봤어?'라고 묻는 순간. 라틸은 차마 대답할 수가 없었다. 물론 하이신스가 짜증 나긴 한데, 그 충격 가득한 눈동자에 대고 차마 '사탕 물고 해봤어'라고 말할 수가 없었다.

'생각하니 어마어마하긴 하네. 형제와 모두 키스해보다니.'

또다시 얼굴에 화끈 열이 올라와서, 라틸은 두 손으로 뺨을 감싸고서 침대로 달려가 베개에 얼굴을 묻고서 수영하듯 허공을 찼다. 갑자기 클라인 얼굴을 못 볼 것 같았다. 그냥 기분상.

그때. 응접실과 연결된 방울이 침대 옆에서 딸랑딸랑 울렸다. 누군가 찾아왔단 소리였다.

'설마 클라인인가?'

이 와중에 클라인은 아니었으면 좋겠는데. 하지만 이렇게 불쑥불쑥 찾아오는 건 대부분 클라인이다. 모른 척 그냥 잠들고 싶은 마음이 강해졌으나, 라틸은 가까스로 침대에서 내려가 가운을 걸치며 물었다.

"누구야?"

시녀가 밖에서 바로 대답했다.

"폐하. 타시르 님께서 폐하를 뵙고 싶어 하십니다."

다행히 클라인은 아니었다.

"들어오라 해."

그런데 타시르는 갑자기 왜?

"아이니 황후가 미쳤다고?"

예상과 달리 타시르는 진지한 이야기를 꺼냈다. 게다가 옆 나라 이야기였다. 하이신스의 아내인 아이니 황후 이야기.

"틀라 황자와 헤움 황자는 별 관계가 없어 보이긴 하지만, 그래도 둘 다 죽은 사람이니까요. 죽은 사람이 살아났단 이야기가 거의 동시에 나오다니 이상하지 않습니까?"

타시르가 찻잔에 대고 후후 뜨거운 차를 식히는 동안 라틸은 팔짱을 끼고서 눈살을 찌푸렸다.

"그렇지."

"우연일 수도 있긴 한데. 혹시 모르니 폐하께 알려드려야겠다 싶었습니다."

"잘했어."

"여전히 칭찬은 말로만 해주시는군요."

"뭐로 받고 싶은데?"

"다 아시면서……."

타시르가 말로는 부끄러운 척 굴면서 손은 노골적으로 단추 푸는 시늉을 하자, 라틸은 어이가 없어서 헛웃음을 터트렸다.

이런 귀한 정보를 물어와놓고서는 왜 이렇게 가볍게 구는 거야?

"일일이 단추 푸는 걸 보니 아직 한 방에 벗겨진단 옷은 개발 중인가 봐?"

라틸이 놀려댔으나 타시르는 꿋꿋했다.

"한번 대보시면 압니다. 여기."

그가 단추 안쪽을 가리키자 라틸은 반사적으로 눈살을 찌푸렸다. 개발이 끝난 건가? 한번 툭 건드려보고 싶긴 하다. 툭 건드리면 진짜 옷이 한 번에 벗겨지나?

그러다 라틸은 타시르와 눈이 마주쳤다. 언제부터였나. 단추 푸는 시늉을 하던 그는, 한 팔로 턱을 괴고서 라틸을 귀엽다는 듯이 보고 있었다.

"아 귀여워요. 눈 굴리는 거 봐."

"황제를 보는 시선이 아닌데?"

그걸 본 라틸이 눈살을 찌푸리며 타박하자 타시르는 입꼬리가 더욱 말려 올라갔다.

"그럼 전 벌을 받아야겠군요."

재가 말하는 벌이 일반 사람들이 생각하는 그 벌이 아닌 것처럼 들리는 건…… 착각인가.

라틸은 입을 삐끔거리다가 "맞아." 하고 대답했다. 그러고서 손가락으로 방문을 가리키자, 타시르는 재미없는지 어깨를 떨구고서 순순히 나갔다.

'아이니 황후. 별로 좋은 상황에서 만난 건 아니었지만. 그래도 되게 다부진 사람 같았는데.'

라틸은 아이니가 머리를 다치지 않고서야 난데없이 미치진 않으리라 생각했다. 하이신스는 아이니와 그녀의 가문이 그의 숨통을 조르듯 주위를 물샐틈없이 싸고 있다 했다. 지금은 그 정도는 아니겠지만, 어쨌든 잠시라도 황제를 그렇게 옭아매는 게 어딘가. 사감을 떠나서, 황제인 하이신스를 그 정도로 압박할 정도면 정신력이 대단할 거 아닌가?

'타시르 말이 맞아. 아이니 상황과 내 상황이 어쩌면 비슷할지도 몰라.'

카리센에서 죽은 황자도 되살아났고, 타리움에서 죽은 황자도 되살아났다. 물론 두 쪽 다 눈으로 확인한 건 아니지만, 조사해볼 가치는 있었다.

문제는…….

'원래 연락하던 사이도 아닌데. 내가 뜬금없이 아이니한테 내 이복오빠도 죽었는데 살아난 것 같다 말하면…… 안 믿을 거 같은데.'

원래 친한 사이도 아니고, 아니, 친한 게 더 이상한 사이다. 게다가 '네 전 남자친구가 살아났어? 내 이복오빠도 살아났어!'라고 말하려면 꼭 아이니 황후에 대해 계속 알아본 것 같고. 상대가 기분 나쁘지 않을까?

그렇다고 이런 걸 무릅쓰고서라도 말을 해보자니, 틀라 황자가 살아 있단 얘기가 그쪽에서 새어 나갈까 봐 걱정이었다.

'일단 이 부분은 좀 더 생각해보자.'

다음 날. 하이신스의 존재를 애써 무시한 채 평소처럼 황제로서의 일정을 소화한 후. 라틸은 혼자 조용히 식사하기 위해 테라스에 테이블을 놓으라 지시했다. 그곳에서 정원이나 구경하면서 머리를 비우고 배를 채울 생각이었다.

"폐하. 오늘도 새로운 소식을 들고 왔습니다."

하지만 어제에 이어 오늘도 타시르가 먼저 찾아왔다.

"새로운 소식?"

"폐하께서 즐거워하실 소식이지요."

무슨 일인지는 모르겠으나 타시르는 아무 일 없이 놀러 오는 타입은 아니었다. 얼굴을 마주하면 말의 반은 말장난이지만, 그것도 다 볼일이 있어서 온 김에 떠들어대는 거지 말장난 자체가 목적인 적은 없었다.

"타시르가 먹을 식사도 준비해 오너라."

이 때문에 라틸은 타시르에게 맞은편에 앉으라 말한 뒤 하인에게 지시했다. 잠시 뒤. 하인이 1인분의 식사를 더 가져와 타시르 앞에 놓아주고 물러나자, 라틸은 타시르에게 식사를 권하며 물었다.

"먹으면서 말해. 내가 즐거워할 소식이 뭔데?"

"제 옷은 이제 폐하의 눈길 한번에도 훌렁 내려갈……."

"가."

"농담입니다. 의외로 퍽퍽하시네요."

라틸이 가자미눈을 하자 타시르는 괜히 포크와 나이프를 집고 시선을 내렸다. 그러고는 마침 접시 위에 올라온 구운 가자미를 보면서 "여기 폐하가?" 하고 중얼거렸다.

"너 진짜 가."

그걸 본 라틸이 정색하고서 재차 말하자, 타시르는 웃음을 터트렸다.

"정말로 농담입니다. 그런데 진짜 퍽퍽하시네요."

"여봐라! 손님 가신다!"

"폐하께서 제게 맡기신 일 말입니다."

"!"

진짜로 중요한 일이라 라틸은 놀라서 타시르를 쳐다보았다. 정확한 상황을 모르는 시종이 라틸이 부르는 소리를 듣고 테라스로 나오자, 라틸은 "아니, 됐다. 나가도록." 하고 손을 내저어 돌아가라 지시했다. 시종이 나가자 라틸은 다시 타시르를 재촉했다.

"알아냈어? 정말 틀라가 선제 폐하 암살과 관련이 있더냐?"

"선제 폐하의 무덤을 훼손한 범인이 틀라 황자님이 살아 있다 말했다 하셨잖습니까."

"그랬지. 한데 그게 왜?"

"그래서 그쪽도 같이 조사하고 있었는데, 도중에 이상한 걸 발견했습니다."

"이상한 거?"

"실종된 사람들이 물건을 구입하려 했던 것 같습니다."

"실종된 사람들?"

"아, 폐하께서 생포한 자들 말입니다. 왜, 추적을 눈치채고서 우르르."

"아아."

라틸은 1경비단 소속 폴을 미행하던 중 여우 가면과 자신에게 몰려들던 이들을 떠올리고서 고개를 끄덕였다. 처음에는 여우 가면과 한패라 여겼는데 아니었지. 비밀리에 벌인 일이다 보니 사람들은 그자들이 실종되었다 여기는구나.

"이걸 보십시오."

라틸은 타시르가 건넨 종이를 받아 들었다. 그건 암호로 된 종이였는데, 아래쪽에 작은 글씨로 해석본이 적혀 있었다.

"해석은 제가 적은 겁니다."

"세크리 경매장…… 열두 번째로 출품되는 물건."

라틸은 종이를 다시 타시르에게 건넸다.

"세크리 경매장이 뭐지? 처음 듣는데?"

"불법 경매장입니다."

불법 소리에 라틸의 한쪽 눈썹이 삐죽 위로 올라갔다.

"불법?"

"이러려고 말씀드린 건 아니었는데요."

타시르가 중얼거리는 소리를 들으며 라틸은 얼굴의 반을 가린 복면을 두 손가락으로 집어 코 위쪽으로 쭈욱 올렸다.

"거짓말."

"진짭니다. 폐하께서 설마 불법 경매장에 친히 납실 줄이야, 제가 어찌 짐작이나 했겠습니까?"

타시르에게 불법 경매장에 관한 이야기를 들은 후. 라틸은 세크리 경매장이 오늘 자정에 열린단 걸 확인하자마자 일부러 그 장소로 직접 찾아갔다. '내부의 적'이 누구인지 잘 모르는 상황이니, 단시간에 일을 맡길 사람을 고르는 것도 번거로워 직접 여기로 온 것이다.

물론 믿을 수 있는 사람이 하나 있긴 있었다. 대신관. 그가 단순히 대신관이기 때문이 아니었다. 아낙차 후궁의 저주, 그동안 벌어진 사건, 입궁 시기 등을 고려할 때 대신관은 내부의 적일 확률이 거의 없어서였다. 그러나 그는 성격 자체가 공 같았다. 워낙 어디로 튈지 모르는 사람이라 이런 일을 맡기기엔 조심스러웠다. 지위 자체가 적이 많기도 하고.

그래서 직접 온 것이긴 한데…….

"난 이런 데가 있는 줄도 몰랐어."

"황족들이 오갈 만한 곳이 아니니까요."

"그러네."

라틸은 눈 밑이 퀭한 사람이 걸어와 타시르에게 마약을 사고 싶다며 매달리는 걸 보다 혀를 찼다. 타시르가 다른 사람 눈에도 마약상으로 보이는 걸 보고 웃어야 할지, 수도에서 멀지 않은 곳에 이런 암시장이 열리는 데에 화내야 할지.

"근데 난 경매해본 적 없는데."

"별거 없습니다. 저기 저 건물에서 경매가 진행되는데, 입장할 때 번호가 써진 판 같은 걸 주거든요? 순서대로 진행자가 가격을 부르면, 마음에 드는 물건이 나오길 기다렸다가 가격을 듣고 미리 받아둔 번호판을 들어 올리면 됩니다."

"잘 아네?"

"네. 정 안 되면 제가 나설 테니까 염려 마시지요."

어차피 그럴 생각이라 염려까진 하지 않았는데. 굳이 이걸 또 지적할 필요는 없겠지.

이후 두 사람은 시간을 기다려 경매장 안으로 들어갔다. 그곳엔 이미 많은 사람들이 도착해 있었는데, 대부분이 라틸처럼 얼굴을 가리고 있었다. 그러고서도 30여 분 뒤에야 경매가 시작되었는데, 라틸이 예상한 바와 달리 모든 절차는 조용한 분위기 속에서 진행되었다.

"치열할 줄 알았는데."

"왜 그런 생각을 하신 겁니까?"

"불법 경매장이잖아."

그러고 있자니 순식간에 순서가 지나가 마침내 쪽지에 적혀 있던 '열두 번째 물건'이 나왔다.

뭘까. 그 수상한 자들은 대체 뭘 사려고 했던 거지? 라틸은 열 번쯤 순서 때부터는 하품하고 있다가, 자신이 노리는 물건 순서가 오자 자세를 바로 하고 무대를 쳐다보았다.

"자, 이번 순서는 사라진 나라의 도시, 아도마르에서 발굴된 고지도입니다."

'지도? 게다가 오래된 지도?'

라틸은 고개를 기웃했다. 그 험악한 무리들이 날짜까지 써놓고 구입하려던 게 지도라고? 너무 어울리지 않는데?

"그럼 500만 바르트부터 시작하겠습니다!"

어쨌든 열두 번째 물품은 지도였고, 진행자의 말이 끝나자마자 타시르가 옆에서 "여기서부터 들어 올리면 됩니다." 하고 알려주었다. 그러나 라틸은 판을 들지 않고, 이마를 찡그린 채 진행자 옆 전시대에 올라온 지도를 뚫어져라 쳐다보기만 했다.

혹시 알려드린 방법을 까먹으셨나? 다른 이들이 몇 번이나 판을 들어도 라틸이 가만히 있자, 결국 타시르는 보다 못해 자기가 들려

했다.

"아니, 됐어."

하지만 라틸은 타시르조차 손을 들지 못하게 했고, 타시르는 의아하지만 일단 라틸이 하자는 대로 순순히 따랐다.

그리고 경매가 끝난 후.

"물건을 왜 안 사신 겁니까?"

타시르가 의아해서 물으려는데, 라틸이 성큼성큼 어딘가로 걸어갔다. 타시르는 그 방향을 보고서 감탄했다.

"눈에 띄면 곤란하니까 그냥 직거래를 하시려는 거군요?"

라틸이 향하는 방향에는 그 '열두 번째 물건'을 구입한 이들이 있었다. 게다가 직거래를 통해 얻을 수 있는 이점은 경매장에 기록을 넘기지 않고 조용히 물건을 얻을 수 있단 것뿐만이 아니었다.

"과연. 이렇게 하면 혹시 저자들이 그자들과 한패인지도 확인할 수 있겠군요. 영민하십니다."

라틸이 잡아넣은 이들 중엔 머리 역할을 하는 이가 없었다. 그러니 '열두 번째 물건'이 아주 중요한 것이라면, 아마 그들의 주인은 다른 부하를 보내서라도 물건을 구입하려 할 터. 라틸은 그걸 노린 게 분명했다.

타시르는 경매장 구경만 하는 줄 알았던 라틸이 어느새 머리를 쓴 걸 보고 진심으로 감탄했다. 라틸처럼 타고나길 권력이 대단한 사람, 게다가 이후에 더 큰 권력을 가지게 된 귀족들은 뭐든지 권력으로 다 해결하려 드는 나쁜 습관이 있는데. 라틸은 권력보다 머리를 쓰니 신기했다.

그사이. 라틸은 물건 산 사람의 마차 옆에 도착하더니, 창문 너머로 마차에 탄 사람에게 바로 요구했다.

"너희가 아까 경매장에서 산 물건을 우리가 사고 싶은데."

마차에 탄 사람은 얼굴의 반을 가리고 있었는데, 정면을 쳐다보다가 라틸이 말을 걸자 힐긋 눈동자만 돌렸다. 그러나 대답은 하지 않고 다시 정면으로 눈을 돌려 말없이 라틸을 무시했다.

황제는 거래에 직접 나서는 사람은 아니기에, 타시르는 이 모습을 보다가 자신이 나서야 할지 좀 더 라틸을 지켜보아야 할지 고민했다. 여기서 라틸이 무엄하다고 화를 냈다간 모든 게 말짱 헛고생이 되어버리니까. 그러나 라틸은 범죄자일지도 모를 사람이 자기를 무시하는데도 전혀 개의치 않고 다시 말했다.

"안 팔면 손해일걸? 진짜 비싸게 주고 살 거거든."

그 말에 마차 안에 탄 사람이 시선은 여전히 정면에 둔 채 차갑게 비웃었다.

"얼마를 주든 안 판다. 가라."

그 순간. 대체 언제 들고 있던 건지 라틸이 작은 단도를 그자의 관자놀이에 가져다 대며 웃었다.

"그게 네 목숨 값인데도?"

"!"

상황을 지켜보던 타시르는 뜨악해서 자기도 모르게 따졌다.

"직거래하신다면서요!"

"직거래잖아."

'직거래는 무슨!'

"그건 강도질이라 하는 겁니다!"

"무슨 상관이야. 어차피 여기는 불법 경매장인데."

"!"

"내 양심은 합법적인 이들에게만 발휘된다."

라틸이 권력 대신 머리를 쓴다고 감탄했던 타시르는 아까의 감탄을 도로 물렸다. 이건 머리를 쓰는 게 아니었다. 검을 쓰는 거지.

그러나 웬일인지, 라틸의 협박을 듣자 내내 냉랭하게 굳어 있던 마차에 탄 사람의 가면 아래 입꼬리가 처음으로 올라갔다.

"재미있군."

마차에 탄 사람은 라틸 쪽으로 고개를 돌리더니, 흥미로운 물건을 보듯 라틸을 쳐다보았다. 하지만 그 시선은 사람을 보는 시선이 아니어서, 타시르는 만약의 경우 자신이 언제라도 난입할 수 있도록 경계했다. 상단을 운영하면서 저런 자들은 많이 보아왔기에 알 수 있었다. 저런 자들. 저런 눈으로 남을 보는 자들은 아주 위험하단 걸.

얼마나 그러고 있었을까? 관자놀이에 칼이 닿았는데도 웃고 있던 가면 남자가 손가락으로 라틸을 가리키더니 물었다.

"내 목숨 값이 이 지도라면 네 목숨 값은 얼마지?"

타시르는 라틸이 화를 낼 거라 여겼으나, 라틸은 필요 없는 데는 화를 내지도 않는지 덤덤하게 다시 요구할 뿐이었다.

"지도 내놔."

남자 역시 마찬가지였다. 그는 오히려 더욱 짙게 웃더니, 자기 입술을 엄지로 쓸며 중얼거렸다.

"오만하게 날뛰는 짐승은 잡아서 길들이는 재미가 있지."

그러나 가면을 쓴 남자가 헛소리를 뱉는 순간. 라틸이 손에 쥔 단도를 휙 돌려 잡더니 눈 깜짝할 사이 단도 끝으로 남자의 머리를 가볍게 내리쳤다. 머리에서 딱 소리가 나자, 거만하게 웃고 있던 남자의 입매가 굳었다. 방금 뭐가 지나갔지, 하는 얼굴로.

타시르는 기겁해서 라틸에게 작게 소리쳤다.

"왜 말보다 손이 자꾸 먼저 나갑니까!"

불법 경매장에서는 멋대로 날뛰어도 된다 생각하는 사람도 있겠지만, 절대로 아니었다. 이렇게 큰 규모의 불법 경매장일수록 그 경매장을 지배하는 조직의 세력이 강해서, 누군가 자기 관할에서 멋대로 구는 걸 절대로 그냥 두고 보지 않았다. 그런데 라틸이 대놓고 폭력을 써대니, 이 경매장의 주인이 나타날까 봐 겁이 났다. 무서워서는 아니다. 하지만 라틸은 감추어야 할 게 많지 않은가.

"어쩔 수 없어. 내 인내심은 합법적인 이들에게만 발휘되니까."

타시르는 '그 양심이랑 인내심이 실존하긴 하는 거냐'고 묻고 싶었으나, 상황이 상황인지라 우선 입을 다물었다.

그사이. 라틸은 한 번 더 남자의 머리를 쳐버렸다. 그래도 남자가 기절하지 않고 일어서려 하자, 라틸은 이번엔 더 큰 힘을 실어 남자의 머리를 빡 쳐버렸다. 손에 쥔 단도는 조금 거들었을 뿐, 사실상 주먹 뼈로 내려친 거나 다름없었다. 현직 황제 전직 황녀라 여유롭게 성장했을 텐데. 지독할 정도의 집념이었다.

그리고 마침내 가면 쓴 남자가 기절하자, 남자의 지시 때문인지 근처에 조금 거리를 둔 채 상황을 지켜보던 부하들이 험악한 표정으로 이쪽으로 다가왔다. 대체 무슨 명령을 들었기에 제 주인이 몇 대나 맞을 동안 보고만 있었는지는 모르겠지만.

“다 쫓아내.”

그러나 라틸은 간단하고 깔끔하게 타시르에게 지시하더니, 남자의 재킷 안으로 손을 넣어 지도를 찾기 시작했다. 몇이 달려들든 눈 하나 깜짝하지 않는 태도. 하지만 그 안에는 타시르에 대한 신뢰감이 가득했다. 저렇게 나오면 뜻을 따를 수밖에. 결국 타시르는 한숨을 내쉬고서 최대한 빠른 속도로 부하들을 처리해나갔다.

이자들이 문제가 아닌데. 진짜 문제는 이 소란을 듣고 올 경매장 관리들인데. 어쩔 수 없었다. 저 마차 안 남자와 라틸이 둘이서 티격태격하는 거야 적당히 넘어가준다지만, 이 정도로 싸워대면 분명 관리들이 올 텐데. 이 와중에 안 싸우고 있을 수도 없지 않는가.

“멀었습니까?”

그래도 좀 조급한 마음이 들긴 해서, 검을 들고 휘둘러 오는 상대의 손목을 걷어차며 물었는데. 돌아오는 대답이 없었다.

“여보?”

이 와중에 폐하라 부를 순 없으니 은근슬쩍 남편이 아내 부르듯 황제를 불러본 타시르는, 은근슬쩍 여보라 부르고는 자기가 좋아서 히죽 웃다가, 돌아오는 대답이 없자 돌려차기로 다른 적을 눕히며 확 마차 쪽을 돌아보았다.

"!"

폐하가 왜 거기 들어가 계십니까! 그러나 몸을 돌리자마자 입 밖으로 폐하 소리가 절로 나올 뻔했다. 창문 너머로 손만 넣어서 가면 남자의 옷을 뒤적거리던 라틸이, 어느새 다리를 버둥거리며 창문을 넘어가고 있어서. 심지어 깔끔하게 넘어가지도 못하고 창문에 걸려서 발이 붕 떠 있었다.

"밀어줘!"

이쪽의 놀란 속도 모른 채 라틸이 요구하자, 타시르는 일단 등으로 라틸의 다리를 밀어주었다. 하지만 여전히 눈은 핑핑 돌았다.

이게 뭐지? 왜 폐하가 저 안에 타는 거지?

"흐아압!"

창을 든 적에게서 창을 빼앗아, 그 창의 손잡이 부분으로 적의 폐를 찌른 다음 다시 창을 빼앗아 건너편의 적을 내려친 타시르는, 잠시 주위가 빈 틈에 재빨리 마차 창문을 붙잡고 라틸을 살폈다.

대체 왜 저 안까지 들어간 건진 모르겠지만…….

"여보! 가야 합니다!"

라틸은 아까는 여보 소리를 못 들었는지, 이제야 '여보' 소리에 확 고개를 들며 부리부리하게 타시르를 쳐다보았다. 하지만 비명을 지른 건 라틸이 아니라 타시르였다.

"으악! 뭐 합니까!"

"바지 벗기고 있어!"

"그걸 왜 벗겨요!"

"상의에 없어! 바지 안에 숨긴 거 같아!"

"아니, 왜 벗겨도 좋단 제 바지는 안 벗기시고 외간 남자 바지를 벗깁니까!"

"네 바지 안엔 내가 찾는 게 없잖아!"

"아직 안 보셨는데 왜 단정하십니까!"

"네 거기에 보물 지도라도 있단 거야?"

"지도는 없지만 보물은, 아니, 젠장!"

뒤에서 내려치려는 적의 복부를 팔꿈치로 내려친 타시르는 한 번 더 짧게 욕설을 뱉었다.

"마약아! 나한테 욕했느냐?"

"여보한테 한 게 아니라 저쪽에…… 제기랄!"

"나한테 한 거 같은데?"

"경매장 관리들이 옵니다!"

타시르는 동시에 달려드는 적 두 명을 빠르게 처리하고서, 얼른 마부석으로 뛰어들어 고삐를 잡았다.

"이랴!"

고삐를 찰싹 내려치자, 멍하게 서 있던 말들이 놀라 달리기 시작했다. 라틸은 가면 쓴 남자의 바지에서 고지도를 찾다가, 갑자기 마차가 앞으로 움직이자 몸이 한쪽으로 쏠리며 칸막이에 머리를 박았다.

"타시르!"

"경매장 관리들이 옵니다. 걸리면 좋지 않으니 우선 자리를 피하겠습니다."

경매장 관리가 온다고? 라틸은 창문 밖으로 머리를 내밀었다가,

말을 탄 한 무리의 사람들이 쫓아오는 걸 발견했다. 그중 누군가가 활을 쏘았는지 날카로운 게 뺨을 스치고 지나갔다.

"이크."

얼른 창문 안으로 머리를 쏙 집어넣은 라틸은 좀 더 속도를 내어서 가면 쓴 남자의 옷을 여기저기 다시 뒤졌다.

"젠장. 어디다 숨겨둔 거야?"

그 순간. 기절해 있는 줄 알았던 남자가 라틸의 손목을 콱 움켜쥐었다. 놀라 고개를 들자, 그가 라틸을 '이건 뭐지?' 하는 눈으로 쳐다보고 있었다. 당황스러워하는 게 익숙하지 않은 사람이 어색하게 당황스러워하는 눈빛으로. 그의 눈동자가 천천히 라틸이 들고 있는 그의 바지로 향했다.

"!"

"그래. 폐하께서 급하게 달려간 상대가 대신관이었다고."

게스타가 힘없이 중얼거리자, 그의 시종 겸 호위인 트리는 자기가 다 울적해졌다.

"너무 심려치 마세요, 도련님."

하지만 게스타의 표정에서 울적한 기미는 가시지 않았다. 트리는 괜히 자기가 다 마음이 아파와서 발을 동동 구르다가, 힘없이 나무 앞에 쪼그려 앉아 시든 풀잎 꽁다리를 손톱으로 뜯었다.

"폐하도 너무하세요. 다른 후궁들은 다 권력이나 부나 가문 때문에 온 거라고요. 순수하게 폐하를 사랑해서 온 건 우리 도련님밖에 없는데. 어떻게 도련님을 이렇게 방치하실 수가 있죠?"

"바쁘시잖아."

"바쁘시긴요! 오늘도 타시르 님이랑 둘이서 놀러 나가셨다던데요!"

저도 모르게 버럭 외친 트리는 게스타의 표정을 확인하고서 고개를 푹 숙였다.

"죄송해요. 도련님이야말로 제일 속상하실 텐데."

이윽고 트리는 표정이 험악해져서 씩씩거렸다.

"타시르 그놈은 간사하고 교활한 여우처럼 생겼는데, 대체 어디가 그리 이쁘다고 끼고 다니시는지 모르겠어요."

그러다가 트리는 게스타가 계속 손안에서 굴리는 약병을 보고 어리둥절해서 물었다.

"그게 뭐예요, 도련님?"

"어?"

게스타는 트리의 질문에 어깨를 움찔하더니 얼굴이 벌게져서 "아버지가……." 하고 중얼거렸다.

"재상님이 왜요?"

트리가 재차 묻자, 게스타는 괜히 입술을 혼자 잘근잘근 씹었다.

"도련님? 혹시 어제 재상님이 보내주신 물품 중에 있던 거예요?"

어제, 재상과 아트락시 공작은 서로 경쟁이라도 하듯 나란히 거대한 상자 다섯 개를 꽉꽉 채워서 물품들을 들여왔다. 게스타가 천천히 정리하자고 해서 아직 그중 두 개밖에 정리하지 못했는데. 혹시 거기 어디에 있던 걸까? 게스타는 시선을 내리깔고서 머뭇거리다가 기어들어가는 목소리로 대답했다.

"남자를 불능으로 만드는 약이래."

트리는 멀뚱히 대답을 기다리다가 화들짝 놀라서 손을 허공에 대고 휘저었다.

"으악, 그런 위험한 걸 왜 손에 꽁꽁 쥐고 계세요! 저기 치워두세요!"

"병 안에 있잖아."

"그래도요! 위험해요!"

황급히 게스타의 손에서 약병을 뺏어 간 트리는 그걸 저만치 놓아두더니, 얼른 손수건을 꺼내 게스타의 손을 박박 닦아주었다. 하지만 놀란 마음이 진정되고 나자, 저 무시무시한 물건에 대해 호기심이 슬며시 올라왔다.

"영구적인 거예요, 아니면 일시적인 거예요?"

"일시적. 한 1년 정도 효과가 간다고 들었어."

"씨를 말리는 건가요? 아니면 아예……."

"아예 기능을 못 한대."

짧게 설명을 마친 게스타는 겁먹은 듯 두 손으로 뺨을 감쌌다.

"왜 이런 걸 보내신 건지 모르겠어. 하지만 어떻게 버려야 할지도 모르겠고. 잘못 버렸다가 괜한 사람이 먹으면 어쩌지?"

트리는 속으로 로르드 재상이 너무 무심한 행동을 저질렀다고 탓했다. 궁중 암투를 위해 보낸 물품 같은데. 저런 걸 저 순둥이 도련님한테 보내면 어떡한단 말인가. 차라리 자신에게 주었더라면 적당히 들고 다니다가 쓸모를 찾을 수 있을 텐데…….

'그래, 그러면 되겠네!'

생각을 하자마자 트리는 얼른 저만치 놓아둔 그 약병을 손수건으로 돌돌 싸 들고 게스타에게 물었다.

"도련님. 이거 저 주실래요?"

"네가 그걸 왜?"

게스타가 놀라 묻자 트리는 아무 일도 아니란 듯이 웃으면서 손을 저었다.

"도련님 말씀처럼 이런 건 함부로 버리면 안 되잖아요. 제가 잘 가지고 다니다가 적당한 곳에 '버릴'게요."

예를 들어 대신관의 입속이라거나 클라인 황자의 배 속이라거나.

트리는 뒷말은 굳이 내뱉지 않았다. 마음 여린 그의 도련님은 이런 이야기를 꺼내기만 해도 기겁해서 말릴 테니. 다행히 게스타는 트리가 무슨 생각을 하는지 모르는 듯 환하게 웃으면서 안도했다.

"그러면 되겠다. 계속 걱정했거든. 누가 먹으면 안 되니까."

"그럼요."

트리는 덩달아 웃고서 돌돌 싼 약을 얼른 옷 안 주머니에 넣었다.

그 시각. 성기사단 백화랑술의 단장 백화는 교통편이 좋지 않은 어느 작은 마을에 흑마법사로 추정되는 이가 잡혔단 이야기를 듣고 생각에 잠겨 하렘 안을 서성거렸다. 라트라실 황제는 궁전에 흑

마법사 무리가 들어왔다고 생각하는 눈치던데. 이 이야기를 전해야 할지 자기 선에서 해결해야 할지 아직 판단이 서지 않아서였다.

그러던 중 백화는 누군가를 발견하고서 우뚝 멈춰 섰다.

'저 사람?'

그곳에 있는 건 화려하게 아름다운 남자였다. 복장을 보니 후궁 같은. 하지만 백화가 멈춰 선 건 남자의 아름다운 외모 때문이 아니었다.

'예전에 분명 신전에서……?'

진짜인지 아닌지 진위 여부조차 불분명해졌으나, 500년 주기로 어둠의 세력들을 끌고 부활하는 로드를 막기 위해 같은 시기에 태어나는 대적자가 있다고 했다. 그리고 그 대적자가 태어나는 날과 시간이 예언으로 남아 있어서, 신전에서 그 시각에 태어난 여아와 남아를 모두 다 신전에 보내라 한 적이 한 번 있었다.

그러나 막상 아이들을 불러 모으고 나니 문제가 생겼다. 데려오긴 했는데, 대체 누가 대적자인 건지 알 방도가 없었던 것이다. 그래도 신전의 힘이 강했더라면 어찌어찌 알 방법을 찾을 때까지 아이들을 데리고 있을 수 있었을 텐데. 안타깝게도 그 예언이 생겨날 때와 지금은 신전의 위상이 전혀 달랐기에, 신전에서는 그 아이들의 대다수를 3개월 이상 붙잡아두지 못하고 모두 돌려보내야만 했다.

저 남자는 그때 신전에 왔던 그 아이들 중 하나였다. 그리고 남들은 3개월을 채우고 나갔던 신전을 혼자만 한 달 있다가 나갔던 소년이기도 했다.

'성격이 진짜 재수 없었지.'

시간이 많이 지났지만 저 얼굴을 잊을 수 있을 리가 없다.

그때. 마치 자기 얘기인 걸 듣기라도 한 듯 그 아름다운 후궁이 힐긋 이쪽으로 고개를 돌렸다.

'이름도 꼭 자기 같았…… 아아. 그래.'

백화는 저 후궁의 이름을 떠올렸다. 라나문. 아트락시 가문의 장남 라나문. 분명 그런 이름이었다.

가면 남자는 입을 몇 번 뻥긋거리다가 손가락을 라틸을 향해 뻗었다.

"왜, 왜, 왜 내 바지를……!"

이 거만한 남자는 도대체 이게 어떻게 된 영문인지 도저히 이해할 수가 없었다. 갑자기 나타나 시비를 건 저 건방진 여자에게 본때를 보여줄 생각이었는데. 갑자기 머리를 얻어맞았고, 얻어맞았고, 기절했다. 그런데 일어나보니…… 그가 입을 뻐끔거리자 라틸은 손을 휘저었다.

"진정해. 가면은 안 벗겼잖아."

"바지를 벗겼잖아!"

그야 바지 위를 더듬거릴 수는 없으니까. 이 가면 남자는 다리에 착 달라붙는 바지를 입고 있었다. 그러니 바지를 뒤지려면 다리까지 더듬거리게 될 텐데. 별로 그러고 싶진 않았다.

"일단 진정하고 5분만 심호흡해."

"미친, 지금 내가 진정하게 생겼냐? 내 바지 내놔!"

아무리 큰 소리로 외쳐도 라틸이 무시하고 바지만 뒤지자, 가면 남자가 내리깐 목소리로 으박질렀다.

"너. 내가 누군지 알고서 이런 짓을 하는 건가. 이런 짓을 하고도 넘어갈 수 있다고 생각해?"

라틸은 바지를 아래에서부터 위로 쭉쭉 털어내면서 건성으로 물었다.

"네가 누군데?"

"황제 폐하의 최측근이다."

"!"

하지만 남자가 자신만만하게 뱉은 말에 라틸은 자기도 모르게 사레가 들렸다. 라틸은 콜록콜록 기침하다가 황당해서 가면 남자를 보았다.

"누구의 최측근이라고?"

"폐하의……."

라틸은 손을 뻗어서 남자의 가면을 벗겼다. 혹시 진짜 내 최측근? 최측근이라고 할 만한 사람이라 해봐야…… 시종장이랑 서넛 뿐이지만.

'아닌데.'

모르는 사람이다. 처음 보는 얼굴이다. 잘생기긴 했지만, 완전히 초면이다. 최측근 중에 이런 사람은 없었다.

그렇다면 이자. 뭐야. 지금 내 이름을 팔아 사칭하고 있는 건가?

라틸은 어이가 없어서 남자에게서 벗겨낸 가면으로 '팅' 놈의 이마를 때려버렸다. 그러고는 바지를 마저 뒤지면서 일부러 빈정거렸다.

"얼굴 반반한데. 혹시 황제의 최측근이 아니라 후궁 아냐?"

"……맞다!"

진짜 어이없는 놈이네. 부정할 줄 알았던 놈이 아예 수궁까지 하자, 라틸은 기가 막혀서 턱으로 마부석을 가리켰다.

"어디서 거짓부렁이야? 게다가 황제의 후궁이라 우기려면 저 정도는 돼야지!"

그러나 남자는 한 번 정한 거짓말을 끝까지 밀고 나갔다.

"폐하는 저런 음침한 얼굴은 좋아하지 않으신다."

그 말에 타시르가 마부석에서 고삐를 더욱 꽉 잡았으나, 이를 알 길 없는 남자는 다시 또 황제의 이름을 팔아먹었다.

"폐하의 안목이 바닥으로 보이나?"

이 새끼 이거 내가 누군지 알고서 먹이는 거 아냐? 알고서 일부러 이러는 거 아니지?

순식간에 안목이 바닥이 된 라틸은, 기분이 나빠져서 또 남자의 머리를 가면으로 내리쳤다.

"왜 또 때립니까!"

"한 대 더 맞아라!"

그로도 모자라 라틸이 한 대를 더 때리자, 남자는 분노해서 이를 갈았다.

"날 건드리면 폐하께서 진노하실 겁니다."

"데려와. 데려와. 데려와봐. 진노 한번 받아보자!"

이 범죄자일지 모를 놈이 계속 자신의 이름을 팔아먹자, 마침내 라틸은 폭발해버렸다. 이렇게 손쉽게 황제의 이름을 팔아먹는 놈이니, 이번이 처음일 리 없을 터. 상습적으로 제 이름을 팔아먹는 놈일 거란 생각이 든 까닭이었다. 라틸이 가면으로 남자를 요기조기 두드리자, 결국 이를 갈던 남자는 몸을 웅크리고서 쪼그라들었다.

"여보, 가야 합니다!"

타시르가 마부석에서 부른 후에야 라틸은 남자를 두드리던 걸 멈추고 얼른 바지를 마저 뒤졌다. 그러다 손에 구깃한 무언가가 잡히는 순간. 라틸은 미소를 지었다.

'여기 있었군.'

역시. 남자는 바지에 지도를 숨겨두었다. 라틸이 힘주어 바지 안감을 뜯자, 최대한 쫙 펼쳐서 안감 사이에 넣어둔 빳빳한 종이가 보였다.

'이렇게까지 해둔 걸 보니 굉장히 귀한 건가 본데?'

보통은 뭐 상자 같은 데 둘둘 말아서 가져가지 않나? 어쨌든 이 고생을 한 보람이 있어서 다행이었다.

"여보!"

그사이 타시르가 다시 밖에서 외치자, 라틸은 품 안에 지도를 넣으며 남자를 쳐다보았다. 그는 아직도 벽에 딱 달라붙어서 라틸을 경계하듯 보고 있었다.

"누구냐. 누군데 날 방해하는 거지?"

라틸은 빙긋 웃으면서 남자에게 가면을 돌려주다가 장난삼아 진짜 정체를 알려주었다.

"황제다."

물론 그래 봐야 상대가 믿을 리 없단 걸 알기에 한 것이지만.

"무슨 헛소리냐. 누구냐. 자오 쪽이냐."

역시나. 남자는 믿지 않았다. 자신이 황제 이름을 팔아먹은 걸 라틸이 비꼰다 여기기만 할 뿐.

'그보다 자오? 자오란 사람은 누구지? 이 사람의 적대 세력인가? 아니면 같은 세력이지만 사이가 나쁜 사람?'

"여보!"

그러고 있자니 다시 타시르가 라틸을 불렀다. 몹시 다급한 목소리. 아직 알아내고 싶은 게 한가득했으나, 라틸은 어쩔 수 없이 창문 밖으로 나갔다.

'괜찮아. 얼굴을 기억했어. 이후 조사할 수 있다.'

라틸이 나오자 타시르가 발을 굴렀다.

"빨리 가야 합니다!"

라틸은 밖으로 나와서야 타시르가 왜 자신을 계속 불렀는지 알아차렸다. 저만치서 빠른 속도로 말을 탄 무리가 달려오고 있었다.

"경매장 관리의 부하들일 겁니다!"

"가자."

그런데 막 달려가려는 순간.

젠장. 저 지도가 있어야 그 물건을 찾을 수 있는데.

마차 안에서 남자의 목소리가 들려와 라틸은 움찔했다.

'물건?'

이 와중에 혼잣말을 하진 않을 테니, 아무래도 저건 남자의 속마음 소리 같았다. 하지만 이를 알 리 없는 타시르는, 가까워지는 관리들을 살피며 다시 외쳤다.

"얼른요!"

그래도 라틸이 꾸물대자 그가 라틸의 손을 잡았다.

"얼른요!"

그러나 라틸은 쉬이 가지 못하고 마차 쪽을 쳐다보며 타시르에게 다급히 외쳤다.

"30초만!"

30초만 있으면 저 남자가 결정적인 말을 할 것 같았다.

"안 됩니다!"

황자님을 어떤 낯으로 뵐지.

황자! 도망가는 것과 30초라도 저자의 말을 들어보는 것. 두 가지 사이에서 결정을 내리지 못하던 라틸은, 황자 소리를 듣자마자 확 몸을 돌렸다.

저거. 저건 들어야 돼! 놀란 라틸은 타시르를 뿌리치고 마차로 달려갔다.

그 순간. 갑자기 어깨에 묵직한 무언가가 닿더니 몸이 바닥을 굴렀다. 어깨며 다리에 뭔가가 찌르고 눌리는 느낌이 연달아 나면서 몹시 따끔거렸다.

그렇게 몇 바퀴 세상이 구른 뒤. 라틸은 코앞에 타시르가 있는 걸 보았다. 등 뒤는 딱딱한 바닥이다. 타시르가 자신을 안고 바닥을 구르다가, 자신을 뒤덮은 채 멈춘 것이다. 그걸 인식하는 것과 거의 동시에 쾅 소리가 나면서 마차가 터졌다.

"!"

붉은 불꽃이 풍성한 구름처럼 펑 커졌다가 가라앉더니 무언가 휙 소리를 내며 날아왔다.

"읏."

그게 뭔지 알아챌 틈도 없이, 타시르가 짧게 신음을 토하더니 라틸의 위로 축 늘어졌다. 라틸은 눈을 커다랗게 떴다. 아직까지 무슨 일이 일어난 건지 알 수가 없었다.

"타, 타시르? 타시르?'

라틸은 타시르를 부르다가 일단 그를 옆으로 치우고 일어났다. 가장 먼저 눈에 들어온 건 타시르의 등이었다. 아까의 폭발로 그의 등이 벌건 피로 가득했다. 옷은 이미 다 찢어발겨져 흔적도 없었고, 등 여기저기는 심지어 까맸다.

"아. 타시르. 안 돼. 타시르!"

화상을 입은 것이다. 라틸은 타시르의 어깨를 잡고 입을 뻐끔거리다 마차를 보았다. 멀리서 폭발을 당해낸 타시르가 이 꼴이니, 마차는 더 말할 것도 없었다. 멀쩡하고 튼튼하던 마차는 이미 산산조각이 나 있었다. 그 남자 역시.

아까 가면을 쓰고 있던 남자가 마차 잔해와 함께 굴러가는 걸 보며 라틸은 입을 뻐끔거렸다.

우르르 말 달려오는 소리가 더욱 빨라지는데 머리까지 그에 맞춰 혼란스러워졌다. 이게…… 이게 무슨 일이지? 누가 마차를? 내 적? 저 남자의 적? 아니면 저 남자의 아군? 라틸은 타시르를 안고서 주위를 둘러보았다. 누구야? 누가 이런 짓을 한 거냐? 누구냐고!

"대신관."

밤이 깊어 홀로 밤공기를 맡으며 운동 중이던 대신관은 속삭이는 목소리에 눈을 번쩍 떴다. 창밖을 보자 라틸이 난간에 서 있었다.

"폐하? 아니, 왜 문 놔두시고 거기로 오십니까?"

"잠시 산책 좀 가자."

"지금이요?"

"빨리."

대신관은 어리둥절했지만 일단 땀을 빨리 닦은 다음 가벼운 겉옷을 입고 나갔다. 그러나 산책을 가자던 라틸은 대신관을 마차에 태웠다.

"산책을 마차 타고 갑니까?"

돌아온 대답은 섬뜩했다.

"타시르가 많이 다쳤다."

"타시르라면 마약……."

"그래, 걔."

대신관은 자세를 좀 더 자세히 고치면서 물었다.

"어쩌다가요?"

라틸은 마차 창문에 달린 커튼을 슬쩍 들춰서 밖을 살피고는, 아무도 없는 걸 확인한 뒤에야 설명했다.

"아바마마의 무덤을 훼손한 범인들이 어떤 지도를 찾고 있단 걸 알게 됐거든. 그게 불법 경매장에 나온단 얘기를 듣고 타시르랑 같이 찾으러 갔어."

그사이에도 마차는 덜컹덜컹 소리를 내며 계속 나아갔다. 라틸은 한숨을 내쉬고서 한 손으로 자기 머리카락을 쥐어뜯듯 잡았다.

"어떤 사람이 지도를 경매장에서 낙찰받았고, 그걸 뺏었어. 근데…… 마차가 폭발했어. 타시르는 날 감싸다가 등에 화상을 심하게 입었고. 게다가 마차 파편이 등에 박혔어."

"누가 그런 겁니까? 혹시 적들이 지도를 뺏기 위해서 그자, 그러니까 경매장에서 지도를 산 사람을 죽인 겁니까?"

"그건 아냐. 경매장에서 지도를 낙찰받은 사람도 수상쩍은 게 많았거든."

"수상쩍다니요?"

"내가 지도를 뺏으니까 '자오 쪽이냐'고 물었어."

"자오?"

"찾아봐야지. 문제는 그게 아니라 다른 거야."

"더 문제가 있습니까?"

라틸은 더 설명을 하려다가 마차가 멈추자 대신관의 어깨를 두드리고서 말을 일단 끊었다.

"나중에 타시르랑 같이 얘기해줄게."

라틸이 모자를 눌러쓰고 마차 밖으로 나가자 대신관도 얼른 따라 나갔다. 마차가 멈춘 곳은 평범해 보이는 여관 건물이었는데, 라틸은 그곳 2층 가장 구석방으로 대신관을 데려갔다. 방 안에 들어가자마자 라틸이 문을 닫고 창문 커튼을 친 다음 모자를 벗는 사이, 대신관은 침대에 엎드려 있는 타시르에게 다가갔다.

"이런."

이미 듣긴 했지만, 척 보기에도 타시르는 부상이 아주 심했다.

"치료 좀 부탁해."

"예. 염려 마십시오."

대신관이 신성력을 이용해 타시르를 치료하는 동안 라틸은 자신의 머리를 감싸고 있었다. 일단 타시르를 살려야 하니까 눈이 돌아가 어떻게 여기까지 업고 오긴 했는데. 라틸도 사실 많이 놀란 터였다.

"다 됐습니다."

"벌써?"

"전 능력 있는 대신관이니까요."

대신관이 얼마 지나지 않아 치료가 끝났다고 하자, 라틸은 얼른 침대 가로 다가갔다. 정말로 엉망이 되었던 타시르의 등은 멀쩡하고 매끈해져 있었다. 라틸은 그걸 보고서야 긴장이 풀려 대신관의 어깨에 머리를 기대고서 중얼거렸다.

"죽을까 봐 무서웠어. ……살아서 다행이야."

대답은 침대에 누운 타시르가 했다.

"그런 감동적인 대사는 절 끌어안고 해주셔야지요. 왜 뜬금없이 거기서 그러고 계십니까."

평소와 다를 바 없는 능글맞은 말에 라틸은 타박하는 대신 얼른 고개를 들었다.

"타시르? 정신이 들어?"

타시르는 끙 소리를 내며 상체를 일으켰다. 하지만 치료가 되어도 한 번에 이전 상태로 돌아오는 건 아닌지 팔에 힘이 빠졌다. 라틸이 얼른 부축해주자, 타시르는 자연스럽게 라틸의 볼에 가볍게 입술을 맞추고서 웃었다.

"제가 옆에 있는 게 낫지요?"

"너 진짜 멀쩡해졌구나."

라틸은 반사적으로 타시르의 다리를 찰싹 두드리려다가 한숨을 내쉬고서 고개를 끄덕였다. 타시르는 히죽 웃더니 옆으로 궁둥이를 옮겼다.

"나란히 앉을까요?"

"됐다. 누워 있어."

라틸은 타시르의 가슴을 눌러서 그가 편하게 눕도록 한 뒤 타시르에게 사과했다.

"아까 빨리 도망가자는데 마차 쪽으로 가서 미안하다, 타시르. 이상한 소리를 들어서."

타시르는 그럴 줄 알았단 듯이 웃었다.

"위험한 상황인데도 굳이 그쪽으로 가시기에 뭔가를 발견하셨을 거란 생각은 했습니다."

"그러면서 말렸다고?"

"뭘 발견하셨든 제게 가장 소중한 건 폐하의 생명이니까요."

"……."

"근데 뭘 발견하셨던 겁니까?"

내내 조용히 대화를 듣던 대신관도, 이 부분이 가장 궁금한지 귀를 좀 더 쫑긋 기울였다. 라틸은 주위를 둘러보고, 혹시 주위에 다른 누가 없는지 조용히 기척도 살핀 후에야 조심스럽게 입을 열었다.

"범인이 혼잣말로 중얼거리더라고. 이러면 황자님을 뵐 낯이 없다고."

라틸의 말이 끝나자 대신관이 어리둥절해서 되물었다.

"황자님이요? 어느 황자님이요?"

라틸이 당장 떠올린 황자는 둘이었다.

"헤움 황자. 아니면 틀라 황자. 둘 중 하나겠지."

"예?"

더욱 놀라는 대신관에게, 라틸은 타시르가 얘기해주었던 아이니 황후와 헤움 황자 이야기를 들려주었다. 틀라 황자가 살아 있을 가능성이 있듯 그쪽도 가능성이 있다고.

"그래도 틀라일 가능성이 크겠지. 헤움에 대한 건 아이니 쪽에서 벌어지는 일이니까."

어마어마한 이야기에 누구도 입을 열지 못해서 잠시 방 안이 조용해졌다. 한참을 그렇게 있은 후. 마침내 라틸은 품 안에서 지도를 꺼내며 꽉 쥐었다.

"사람을 죽여서까지 유출을 막으려던 지도야. 아까 얼핏 보니까 뭔가를 숨겨둔 지도 같았어. 분명 뭔가 그자들에게 중요한 게 표시되어 있겠지. ……내가 찾아와야겠다."

대신관은 놀라서 나섰다.

"직접 가면 위험합니다. 백화랑술에 맡기는 건 어떨까요?"

"안 돼. 자리를 비우는 게 걱정되긴 한데. 이건 내가 직접 찾아봐야 돼. 내부에 누가 적인지 모르니까."

라틸은 대신관과 타시르를 번갈아 살피며 가라앉은 목소리로 말했다.

"내가 적이 아닐 거라 확신하는 건 너랑 타시르, 클라인 셋 정도야."

그러나 대신관은 여전히 걱정스러운 얼굴이었다.

"하지만 폐하께서 자리를 비우시면 국정은……."

"오래 비우진 않을 거고, 당연히 공식적인 외교 업무를 같이 보고 올 거야. 중요한 업무는 일단 오빠한테 부탁할 거고."

"레안 황자님 말씀하십니까? 허나 폐하. 레안 황자님도 '황자님' 아닙니까. 혹시……."

대신관은 그래도 걱정하였지만 라틸은 이번에는 딱 잘랐다.

"다른 사람은 몰라도 오빠는 절대로 날 배신하지 않아. 오빠 최측근이 날 싫어해서 음모를 세울 수는 있겠지. 그것도 가능성은 적지만. 하지만 오빠가 나서서 날 배신할 일은 없어."

타시르가 다 나은 걸 본 뒤. 라틸은 그에게 천천히 돌아오라 말하고서 자신은 대신관만 데리고 궁전으로 돌아왔다. 애초에 라틸이 다친 타시르를 궁전에 바로 데려가지 않은 것도 내부에 있을 적

들을 의식해서였다. 그자들이 타시르가 화상 입은 걸 보게 된다면 경매장 마차 사건과 관련이 있다고 눈치챌까 봐. 그러니 마지막까지 신중에 신중을 기해야 했다.

오빠가 날 좀 도와줬으면 좋겠어. 일주일에서 2주일 정도 궁전에 머물면서 사블레 후작을 도와줘.

이후 라틸은 오빠에게 편지를 쓴 다음, 다음 날 아침 사람을 시켜 편지를 전하게 하고 자신은 고지도를 해석하는 작업에 들어갔다.

이 고지도가 발견되었다는 아도마르는, 과거에 부흥했으나 지금은 쇠퇴해 사라진 나라의 도시였다. 특이한 건 몇 개의 나라가 건국되고 멸망하길 반복하는 와중에도 아도마르가 누구의 지배도 받지 않고 있단 점이었다. 쇠퇴했으나 부지가 넓고 도시의 건축물은 여전히 화려하고 튼튼한데도. 이는 아도마르를 차지한 나라들이 연달아 내분으로 망하자, 도시 자체에 저주가 걸려 있단 소문이 돌면서 이를 불길하게 여긴 나라들이 아도마르를 점령하길 꺼린 탓이었다. 결국 아도마르는 어느 나라에도 속하지 않고 사라진 나라의 도시로만 남게 되었으나, 이 때문인지 계속 온갖 유적과 던전들이 발견되어서, 현재는 고고학자들이 가장 숭배하는 땅이기도 했다.

이런 곳에서 나온 고지도라면 분명 뭐가 있긴 있을 터. 라틸은 업무 시간이 아닐 때마다 도서관을 찾아가 고고학 서적을 책상 한쪽에 쌓아놓고 지도를 해석하기 위해 끙끙거렸다.

그리고 이 과정에서 뜬금없이 이득을 본 사람이 하나 있었다.

"폐하. 오늘도 오셨습니까."

도서관에서 살다시피 하는 게스타였다.

“어. 너도 오늘 여기 왔느냐?”

라틸이 도서관 안으로 들어서며 묻자, 게스타가 시집을 꼭 끌어안으면서 중얼거렸다.

“네. 어제 보던 걸 마저 보려고요…….”

“넌 진짜 성실하다. 여기 안 오는 날이 있긴 해?”

“별로 친한 후궁들도 없고…… 하렘 안에선 할 일도 없고…….”

“근데 넌 하렘 오기 전에도 여기 자주 왔잖아?”

게스타가 우물거리다가 쑥스럽단 듯이 웃자, 라틸은 아차 싶어서 덩달아 웃었다. 내가 너무 재를 민망하게 만들었구나. 그냥 이런 건 말하지 말걸.

라틸은 지금이라도 뭐라 더 말할까 말까 고민하다가, 결국 그냥 게스타의 어깨를 두드리고서 고고학 서가로 걸어갔다. 그런데 웬일인지, 어제는 약간 멀찍이 떨어진 채 창가에서 책을 읽었을 게스타가 오늘은 주춤주춤 라틸을 따라왔다. 라틸이 책꽂이에서 책을 빼다가 “왜?” 하고 묻자, 게스타는 자신 없이 물었다.

“보니까 폐하께서 계속 고고학 관련한 책을 보시던데요. 맞나요?”

“어.”

라틸은 품 안에 잘 감춰둔 고지도를 떠올리고서 모른 척 웃었다.

“요즘 이쪽에 관심이 많아서. 궁 안에서 안 좋은 일도 계속 일어나고 하니까.”

고지도를 어디에서도 꺼내놓지 않기 위해, 라틸은 알아내고 싶은 글자 몇 개만 따로 종이에 적어서 왔다. 그렇다 보니 게스타가 묻는데도 모른 척한 것이다.

“저…….”

그런데 무슨 말을 하고 싶은 건지 게스타는 계속 라틸 주변에서 우물거렸다.

“왜?”

그게 갑갑해 라틸이 재차 캐묻자, 게스타는 쭈뼛거리면서 라틸의 앞으로 빠르게 다가오더니 손가락으로 고고학 책 중 한 권의 표지를 가리키며 빠르게 말했다.

“마천루.”

마천루가 왜? 라틸은 왜 멀쩡한 책표지를 마천루라 부르지, 싶어서 인상을 찡그리다가 곧 게스타의 말을 이해하고 큰 소리로 물었다.

“너 고대어를 읽을 수 있어?”

“네. 예전에 잠시 푹 빠졌던 시기가 있어서요.”

게스타가 시선을 자기 발에 댄 채 웅얼거리자, 라틸은 잘됐다 싶어서 활짝 웃었다. 안 그래도 하나하나 글자 찾기 번거로웠는데. 여기에 자동으로 글자 말해주는 애가 있었구나. 이러면 속도가 훨씬 더 붙을 것 같았다.

“그럼 나 좀 도와줄래?”

그로부터 며칠간, 라틸은 게스타를 만나 고문자를 배웠다. 물론

지도를 그대로 보여줄 수 없기에, 일부러 그 글자가 들어간 다른 책 페이지를 펼쳐서 그 바닥을 게스타가 다 읽게 하는 식으로 글자를 해석했다. 하지만 이것만으로도 속도가 빠르게 붙어서 큰 도움이 되었고, 마침내 예상보다 고지도를 더 빨리 해석하게 된 날. 라틸은 너무 기뻐서 게스타에게 물었다.

"게스타. 뭐 갖고 싶은 거 없어?"

"가지고 싶은 거요?"

"어. 네 덕에 시간을 확 줄여서. 선물하고 싶은데. 뭐 가지고 싶어? 보석? 목걸이? 옷? 귀한 서책?"

실제로 게스타가 뭘 요구하든 다 들어줄 생각이었다. 그러나 게스타는 쉬이 대답하지 못하고 우물거렸다. 그러면서도 라틸을 몇 번이나 쳐다보는 게, 뭔가 생각나는 게 있긴 한데 쉽게 말을 못 하는 눈치였다.

"괜찮아. 뭐든 말해, 뭐든."

이에 라틸이 웃으면서 분위기를 편하게 해주자, 게스타는 그제야 용기를 내어 부탁했다.

"제 생일에 폐하와 둘이서만 시간을 보내고 싶습니다. 어디든 상관없으니, 그냥 둘이서만……."

"생일?"

걔 생일이 언젠데 저러지? 라틸은 잠시 당황하지만 곧 눈치껏 대답했다.

"그래. 그러자."

저렇게 말하는 걸 보니 조만간이겠지. 설마 10개월 남았는데 벌써 저 얘기를 꺼내진 않을 테니.

"네 생일 얼마 안 남았잖아."

"제 생일을 기억하십니까……?"

"당연하지! 조만간이잖아."

"폐하……."

게스타가 감동받아서 라틸을 바라보자, 그 순수한 눈동자를 본 라틸은 양심이 몹시 찔려서 일부러 책으로 시선을 내렸다.

"사블레 후작. 게스타 생일이 언젭니까?"

이후 업무를 처리하기 위해 집무실에 오자마자 라틸은 시종장에게 물었다.

"게스타 님이요?"

시종장은 '그건 왜 물으시지?' 생각하는 듯 고개를 기웃하면서도 곰곰이 생각해보다가 대답했다.

"아마 5월 17일일 겁니다."

"얼마 안 남았네요?"

라틸은 깜짝 놀랐다. 진짜로 얼마 안 남았다. 얼마 안 남았을 거라 여겼지만 정말로 얼마 안 남은 날짜였다.

"2주일 정도밖에 안 남았잖아요?"

"그렇지요."

라틸은 혀를 차다가 괜히 시종장을 탓했다.

"그럼 미리 좀 알려주지 그랬어요."

"제가 생각이 짧았군요. 죄송합니다, 폐하."

"아니, 진짜로 시종장을 탓한 건 아닙니다."

라틸은 손을 휘휘 젓고서, 이따가 고지도에 나온 곳과 자신이 그곳에 다녀오는 시간 등을 잘 계산해보아야겠다고 생각했다. 가까운 곳이면 게스타의 생일 전에 다녀올 수 있지만, 아니라면 생일 후에 다녀오는 게 자연스러울 테니까.

그러고 있자니, 시종장이 나중에 다른 말이 나올까 봐 대비하듯 미리 다른 후궁들의 생일까지 줄줄이 읊어주었다.

"게스타 님 다음 생일은 클라인 님이십니다. 6월 1일이지요."

"걔도 얼마 안 남았네요."

"네. 그리고 다음이……."

그런데 말을 하던 시종장이 갑자기 눈을 동그랗게 떴다.

"왜요?"

그게 이상하게 여겨져 라틸이 묻자, 시종장은 너털웃음을 지었다.

"아아, 별건 아닙니다. 그러고 보니 라나문 님의 생일은 폐하의 생일과 날짜가 같아서요."

"8월 26일?"

"네. 이 날짜가 아주 좋은 날짜인가 봅니다."

이어서 시종장은 라나문을 지지하는 이답게 슬쩍 자기 의견도 끼워 넣었다.

"라나문 님이 국서가 되신다면 황제 폐하 부부가 같은 날에 태어난 것이니, 사람들이 다들 대단한 인연이라면서 좋아하겠습니다."

"좋아하는 건 사블레 후작이겠죠."

"……."

시종장은 정곡을 찔리자 큼큼 헛기침을 했다. 하지만 굳이 부정하진 않았는데, 그게 꼭 라나문과 라틸을 운명처럼 엮는 것 같아 불쾌해진 서넛은 일부러 자신도 슬쩍 말을 보탰다.

"카리센의 아이니 황후도 이날이 생일인 걸로 알고 있습니다."

라나문과 라틸이 인연이라면 아이니와 라틸도 인연이란 뜻이었다. 이에 시종장이 슬쩍 째려보았으나, 서넛은 덤덤하게 무표정을 고수했다.

"뭐? 진짜야?"

라틸이 신기해하며 묻자 서넛이 고개를 끄덕였다.

"예."

여기서 끝낼 만도 하건만. 시종장은 그래도 포기하지 못하고서 또 박수를 치면서 슬쩍 라틸과 라나문을 운명으로 엮으려 시도했다.

"이 날짜가 아주 운이 좋은 날짜인가 봅니다, 폐하. 두 개 제국 황제 폐하와 황후 폐하의 생일이 다 같은 날짜라니. 여기에……."

그러나 시종장이 '라나문 님이 국서가 된다면 더욱 좋겠네요'라고 뒷말을 마치려는 순간. 서넛이 또 초를 치려 했으나, 이번에는 라틸이 그보다 먼저 손을 휘저으며 치를 떨었다.

"의미 부여할 거 없습니다. 틀라 생일도 그날이니까요. 으."

시종장은 어색하게 웃었다. 사실 이건 알고 있었으나 굳이 말하지 않던 내용이어서.

라틸과 틀라가 황녀와 황자이던 시절. 레안이 황태자 자리에서 굳건하게 버티던 시절. 안 그래도 이 부분 때문에 황후와 아낙차 후궁은 물론 그들의 지지자들, 그리고 결국 자식인 라틸과 틀라까지도 이 문제로 몇 번 속앓이를 했으니까.

시종장을 불편하게 만들려고 꺼낸 말은 아니었기에, 라틸은 시종장의 안색이 어두워지자 억지로 밝게 물었다.

"그래, 그래서. 칼라인, 대신관, 타시르는 생일이 언젠데요?"

그 시각. 트리는 팔짱을 낀 채 여기저기 돌아다니며 머리를 팽팽 굴리고 있었다.

'이걸 어쩌지.'

그의 품 안에는 작은 약병이 들어 있었다. 며칠 전 게스타가 로르드 재상에게 받아서 그에게 넘겨준 그 약병이었다. 먹게 된다면 1년 동안 불능이 되어버린다는 무시무시한 약병.

'이걸 누구한테 먹이지.'

트리는 머릿속으로 게스타와 시비가 붙은 이들을 차례로 정리해보았다. 사실 게스타가 지금 제일 신경 쓰는 인물은 대신관인데……. 솔직히 말하자면 트리는 대신관에겐 약을 먹이고 싶지 않았다. 천벌 받을까 봐. 물론 그는 착실한 신자는 아니었다. 하지만 대부분의 대륙인들이 그렇듯 트리 역시도 신전과 신, 대신관에 대해서는 형체 없는 존중심과 두려움을 가지고 있었다.

'클라인. 역시 그 미친개한테 먹여야지.'

후보 중 대신관을 지우자마자 대번에 떠오르는 건 클라인이었다. 트리는 고개를 끄덕이면서 역시 이런 걸 먹일 상대는 클라인밖에 없다고 확신했다. 다른 후궁들과는 아직 이렇다 할 충돌이 없으나, 클라인 그 미친개는 노골적으로 게스타를 괴롭혔다. 볼 때마다 무말랭이라 모욕하는 건 물론이고 늘 시비를 걸지 않던가.

'우리 도련님이 속은 무말랭이가 맞지만 겉으론 얼마나 탄탄하신데! 겉은 무라고! 무말랭이가 아니야!'

트리는 게스타의 넓은 어깨와 탄탄한 팔다리를 떠올리고서 콧김을 흥흥 뿜었다. 어쨌든 결정을 했으니 행동을 개시해야 하는 법. 트리는 클라인에게 약을 먹일 방도를 찾아 일부러 식당 주위를 두리번거렸다. 그러다 저녁 식사 시간 즈음이 되자, 하인들이 하나씩 웨건을 끌고 조리실에서 나오기 시작했다.

'미친개한테 가는 음식은…… 저거다!'

하이에나처럼 그곳을 맴돌던 트리는, 클라인의 방 주변에서 몇 번 보았던 하인을 알아보자마자 그쪽으로 슬며시 다가갔다.

어린 시절에 로르드 재상이 재능만을 보고 데려온 기재답게 트리는 몸을 쓰는 데 있어 천부적으로 뛰어났다. 게다가 재상이 아들을 위해 트리에게 온갖 몸에 좋은 것들을 다 먹이고 최고의 검술 스승을 붙여두었기에, 비록 이름을 드날리진 못해도 그는 웬만한 기사들보다도 강했다. 하인 몇 명 속이는 건 일도 아니었다.

'됐다.'

트리는 약병 코르크를 따고서 대기하다가, 조리실에서 나온 주방장이 하인들을 잠시 부르는 순간. 얼른 클라인에게 보내질 그릇 중

수프 그릇에 약을 부었다. 다시 제자리로 돌아와 나무 뒤에 몸을 숨긴 그는 이윽고 약병 뚜껑을 닫고서 약간의 죄책감을 꾹 눌렀다.

'괜찮아. 그놈은 우리 도련님한테 더 심한 짓도 많이 했잖아.'

어차피 길어봐야 1년밖에 효과가 안 가고 평생 불임이 되는 것도 아니다. 그냥 1년 정도 세울 수 없을 뿐이지. 이 정도라면 통쾌한 복수 아닌가? 황제를 모실 수 없게 되면 저 미친개도 1년 동안 좀 얌전해질지도 모르지.

트리는 고개를 끄덕이고서 얼른 그 자리를 벗어났다.

그리고 트리가 사라진 후. 클라인의 처소에 음식이 담긴 웨건을 끌고 갈 하인은 이 안에 뭐가 있는지도 모른 채 휘파람을 불며 회랑을 걸어갔다.

그때.

"잠시만!"

누군가 그를 부르더니 달려왔다. 하인이 멈춰 서서 보니, 라나문의 방에 웨건을 가져가야 할 동료 하인이었다.

"왜 그러나?"

하인이 묻자, 동료 하인은 정말로 미안해하며 부탁했다.

"저기, 음식 한 종류만 바꿔주면 안 될까? 거기 수프랑 이 수프랑."

"아니 왜?"

클라인에게 갈 하인이 황당해하며 묻자 라나문에게 갈 하인은 푹 한숨을 내쉬었다.

"라나문 님은 편식이 엄청 심하셔서. 완두콩을 싫어해. 근데 이

거 완두콩수프야. 덱스 자식, 내가 라나문 님은 완두콩 안 드신다고 했는데 또 완두콩수프로 끓였어. 분명 그놈 다른 후궁들 중 누구한테 돈 받고서 저러는 게 분명해."

클라인에게 갈 하인은 쯧쯧 혀를 차고서 자신의 웨건에 놓인 송이버섯수프를 라나문 그릇에 놓아주었다.

"알았어. 윗사람들이 성질부려봐야 우리만 고생이니, 우리끼린 도와야지."

"고마워. 진짜 고맙네!"

"……."

라나문이 수프를 마시지 않고 가만히 바라보기만 하자, 그의 유형제 겸 시종인 카르둔이 고개를 기울였다.

"왜 그러세요, 도련님? 음식이 마음에 안 드세요?"

"좀 이상해서."

"냄새가요?"

카르둔은 가까이 오더니, 맛보기용 숟가락으로 수프를 한 숟가락 떠서 냄새를 맡아보았다.

"괜찮은데요?"

이어서 카르둔은 한입 수프를 먹어보고는, 천장을 쳐다보면서 입을 우물거렸다. 라나문이 빤히 보자, 카르둔은 수프를 꿀꺽 다 넘긴 다음 웃으면서 숟가락을 내려놓았다.

"맛있어요, 도련님. 도련님은 버섯수프 좋아하시잖아요."

"어제도 나왔는데."

같은 메뉴로 연달아 드시기 싫으신가? 카르둔은 맛있어 보이기만 하는 버섯수프를 내려다보다가 물었다.

"다른 걸로 바꿔달라 할까요?"

"먹기 싫은 게 아니다."

"그럼요?"

"원래 같은 음식은 연달아 안 냈잖아."

"아…… 그건 그렇죠. 그러네요. 듣고 보니 보통은 안 그러네요."

"……."

"하지만 완전히 처음 있는 일은 아니에요, 도련님. 전에 주방장을 만났을 때, 도련님이 뭘 잘 드신다고 말했더니 3일 내내 그 음식만 올렸던 적도 있잖아요."

좋게 말을 해도 라나문의 표정이 변하지 않자, 카르둔은 조심스럽게 물었다.

"그래도 꺼림칙하시면 바꿔달라 할까요?"

라나문은 입을 꾹 다문 채 수프를 보다가 자신의 숟가락을 들어 올렸다.

"되었다. 싫어하는 음식도 아니니."

먹기 싫다고 말을 해놓고서는, 막상 먹으니 맛이 있는지 라나문은 수프 한 그릇을 싹싹 비웠다.

문제는 하루해가 지나서야 터졌다.

'……뭔가 이상한데.'

다음 날 아침. 평소와 같은 시각에 눈을 뜬 라나문은 침대에 누운 채 생각했다. 평소와 느낌이 다르다고. 평소에는 일어나자마자 바로 일어서서 씻었을 라나문이 침대에 멍하니 앉아 있기만 하자, 카르둔은 오늘 라나문이 입을 의상을 빳빳하게 다려서 가지고 오다가 질문했다.

"왜 그러세요, 도련님?"

"내……."

"네?"

라나문은 카르둔에게 어제 아침과 오늘 아침의 차이에 대해 말하려다가, 마음을 바꾸어서 고개를 저었다.

"아니. 아니다."

말로 하자니 좀 민망한 느낌이기도 했고, 하루 좀 힘없는 느낌인데 무슨 소용이냐 싶어서였다. 결국 라나문은 말없이 몸을 일으키고서 늘 하던 대로 곧장 욕실로 들어갔고, 목욕을 마친 후에는 카르둔의 치장을 받으면서 하렘 내에서 있었던 여러 가지 일들에 대해 들었다.

"요즘 폐하께서는 타시르 님이랑 대신관이 가장 마음에 드시나 봐요. 두 번이나 타시르 님을 데리고 놀러 나가시고, 대신관 님을 보려고 막 갑자기 뛰어오기도 하시고. 그렇대요."

"……."

"이상해요. 도련님을 두고 어떻게 그런 사람들과. 도련님은 너무 잘생겨서 인간미가 안 느껴지는 걸까요?"

"모르지."

"몰라도 알아내야죠! 공부하신다더니! 공부한다고 책도 많이 보시더니! 뭘 보신 거예요!"

"카르둔."

"……죄송해요. 너무 속상해서 흥분했어요."

"책에 나온 건, 잠자리에 든 후의 일이다."

"그, 그럼 잠자리까지 가는 건……?"

"나와 있지 않아."

"그럴 수가! 그런 게 어디 있어요!"

라나문이 덤덤하게 머리카락을 매만지자, 카르둔은 실망해서 어깨를 떨구다가 "아!" 소리를 내더니 다시 제안했다.

"대신관이나 타시르 님과 가깝게 지내는 건 어떨까요? 그 사람들이랑 있으면 폐하를 덩달아 볼 수 있잖아요. 게다가 옆에 대조군이 있으면 도련님 얼굴이 더 잘나 보이지 않을까요?"

카르둔은 진지하게 제안한 것이었지만, 라나문은 그 제안을 심사숙고할 여유가 없었다. 다음 날에도 아침에 일어났을 때의 느낌이 좋지 않았기 때문이다. 라나문은 침대에 누운 채 명화가 그려진 화려한 천장을 뚫어져라 쳐다보다가, 눈을 질끈 감았다. 무언가…… 어마어마한 일이 벌어진 것 같았다.

"와. 어떻게 이럴 수가 있지?"

게스타에게 배운 고대어를 이용해 고지도를 해석한 라틸은 결과물이 나오자 자기도 모르게 욕을 뱉을 뻔했다.

"왜요?"

타시르가 옆에서 물었지만 대답할 수도 없었다. 라틸은 말없이 손으로 이마를 짚었다.

그럴 수밖에. 고지도는 한 물건의 위치를 가리키고 있는데, 하필 그 물건 위치가 카리센 내에 있었던 것이다. 카리센. 전 남자친구가 황제로 있는 곳에. 심지어 수도 근처다. 미쳤다. 이건 진짜 미쳤다 고밖에 볼 수가 없었다.

"지도 제작자 새끼들 미친 거 아냐?"

"네?"

"카리센을 가리키는 지도를 왜 아도마르에 파묻냐고."

"뭐…… 이 지도가 만들어졌을 때쯤이면, 국경이라든가 나라 간 관계라든가, 하여튼 여러모로 지금과는 다르지 않았을까요?"

"나도 알아."

"그렇군요. 모르시는 것처럼 화를 내시기에."

라틸이 가자미눈을 하고 쳐다보자, 타시르는 과장되게 반한 시늉을 하면서 두 손을 모으고 몸을 꼬았다.

"연인 간엔 애칭이 있어야지요, 앞으로 폐하의 별명을 가자미로 할까요? 폐하께서 저의 사랑스러운 가자미가 되어주신다면, 저는 폐하의…….”

“망둥어.”

“……전 망둥어랑 닮은 구석이 없습니다, 폐하.”

“약장수 망둥어.”

“……너무해요.”

타시르가 시무룩한 척 한숨을 내쉬자, 라틸은 코웃음을 치고서 다시 지도를 내려다보았다. 타시르는 라틸의 시선이 자신에게서 떠나자 그 모습을 빙그레 웃으면서 바라보았다. 라틸은 모르고 있겠지만, 이미 그는 라틸과 카리센 황제의 사이를 알기에, 라틸이 왜 저렇게 심란해하는지 알기 때문이다. 하지만 이건 아는 척할 수도 없는 문제이기에, 타시르는 라틸이 무어라 결정을 내릴 때까지 가만히 지켜보았다.

얼마나 그러고 있었을까. 마침내 라틸은 앞으로 자신이 어떻게 해야 할지 결심했다.

“어쩔 수 없지. 가보는 수밖에.”

“카리센에요? 직접 가시려고요? 위험합니다. 그자들이 또 몰려올 수도 있는데요.”

“지도를 내가 가지고 있는데 그놈들이 어떻게 와?”

“그건 그렇군요. 하지만 내부에 적이 있다면 폐하를 쫓을 수도 있습니다.”

“그러니까. 이 일은 은밀하게 처리해야 해. 직접 해버리는 게 보안에는 제일 좋지.”

라틸은 곰곰이 생각하다가 덧붙였다.

"이참에 아이니 황후를 보는 것도 괜찮겠고."

아이니 황후는 헤움 황자가 살아 돌아왔다 주장한다 했지. 그녀와 대화를 나누어본다면 무언가 새로운 정보를 얻을 수도 있었다.

"그러면 외교 문제를 핑계 삼아 공식적으로 가시겠군요?"

"그래야겠지. 그리고……."

그런데 라틸이 무어라 더 말하려는 찰나. 누군가 집무실 문을 두드렸다.

"무슨 일이냐."

라틸이 방 안에 들어오란 표시로 종을 흔들자, 곧 복도에서 비서 한 명이 손을 모으고 들어와 알렸다.

"폐하. 라나문 님께서 폐하를 꼭 뵙고 싶어 하십니다."

"라나문? 지금은 좀 바쁜데."

"꼭 모셔 오라 당부하셔서요……."

바쁘다고 돌려보낼 수도 있겠지만, 라틸은 라나문이 별일 아닌 문제로 자신을 부를 사람이 아니란 걸 알기에 일거리를 잠시 옆으로 치워두고 복도로 나갔다. 긴 회랑을 지나 하렘 안으로 들어선 라틸은 라나문의 방으로 걸어가면서 속으로 아차 싶었다.

'그간 일 있는 후궁들 위주로 챙기느라 라나문을 많이 못 챙겼네.'

그래도 공신의 아들인 데다, 라나문은 아트락시 공작이 억지로 밀어 넣은 건데. 새삼 생각하니 너무 라나문을 방치한 건가, 하는 생각이 들었다.

'별로 그럴 성격 같진 않지만…… 혹시 이걸 따지려고 와달라 한 건가? 하지만 이게 급한 일 같진 않은데.'

라나문의 방 앞에 도착하자, 라틸은 미리 나와 있는 카르둔을 발견하고 그에게 물었다.

"무슨 일로 부른 거냐?"

방 안에 들어가기 전에 미리 마음의 준비를 하기 위해서였다. 그런데 카르둔의 표정이 심상치 않았다.

"폐하."

눈썹이며 눈꼬리가 다 아래로 처진 모양새가, 울음을 꾹 참는 듯해서 라틸은 깜짝 놀랐다.

"왜 그래? 라나문한테 무슨 일이라도 있어?"

"그게……."

"왜? 왜 그러는데?"

그러나 카르둔은 감히 황제가 질문하는데도 바로 대답하지 못하고 우물거렸다. 결국, 기다리다 못한 라틸은 답답해서 방 안으로 쾅 문을 열고 들어가버렸다. 그러자, 라나문이 방 중앙에 우두커니 서 있는 게 보였다.

"라나문!"

라틸이 이름을 부르자 천천히 이쪽으로 고개를 돌리는데…… 라틸은 깜짝 놀랐다. 그의 얼굴이 너무 창백해서. 지금 얼굴은 거의 칼라인에 비견할 정도로 창백했다.

"왜 그래? 너 어디 아파?"

라틸이 황급히 다가가 어깨에 손을 올리자, 라나문의 표정이 처연하게 변해서 라틸은 선뜩해졌다.

아픈 게…… 머리?

반사적으로 그의 이마에 손을 올리지만, 다행히 열이 나진 않았다.

"라나문."

"폐하."

"그래, 여기 있어. 말해봐. 무슨 일인데?"

라틸은 라나문의 손을 잡고 침대로 데려간 뒤, 그를 앉힌 다음 맞은편에 서서 허리를 조금 굽혔다. 눈을 마주 보면서 빤히 살피자, 늘 날이 서 있던 라나문의 입가에 차가운 한숨이 어렸다.

"괜찮아. 난 네 편이니까 말해봐, 라나문. 어디가 안 좋아? 아니면 고민이라도 있어? 아트락시 공작가 일이야?"

라나문은 라틸을 가만히 바라보며 몇 번이나 입술을 달싹였다. 평소 시원하다 못해 날선 얼음 같은 인간이, 오늘따라 미적대는 모습은 갑갑할 정도였다. 그래도 라틸은 그를 다그치는 대신 차분하게 스스로 입을 열 동안 기다려주었다.

얼마나 그러고 있었을까. 마침내 라나문이 평소와 그리 다를 바 없는 목소리로 입을 열었다.

"병이 생긴 것 같습니다."

"뭐?"

진짜 아픈 거야? 얘 이러는 거 보니 죽을병 아냐? 라틸은 기겁해서 조심스럽게 물었다.

"죽을……병이야?"

그런 게 아니라면 이렇게 꾸물꾸물 말하지 않을 텐데. 반응이 심상치 않은 걸 보니, 분명 어마어마한 중병에 걸린 게 분명했다.

라나문이 중병에 걸렸다면 어떻게 해야 하지? 궁의들을 모아서 간호를 해야 하나? 아니면 아트락시 공작가로 보내 거기서 요양을 하게 해야 하나? 어느 쪽이 회복에 좋지? 라나문에게 물어보고 정해야 하나? 아니, 근데 대신관이 병도 치료할 수 있나?

"제가 죽는 병은 아닙니다."

그러나 라나문의 대답은 좀 묘했다.

"네가 죽는 병이 아니라니?"

설마 아트락시 공작? 공작 부인? 어느 쪽이든 라나문에겐 몹시 슬플 이야기여서, 라틸은 바짝 긴장했다.

"그럼 누가 죽는데?"

"……제 미래의 아기들이."

그러나 돌아온 대답은 슬프다기보다는 황당했다.

"뭐?"

누가 죽어?

아기가 죽는 건 무척 슬프고 괴롭고 힘든 일이다. 하지만 그게 태어나지도 않은 미래의 아기라는 데는 좀 당혹스러울 수밖에 없었다. 타시르가 이 말을 했다면 라틸은 또 농담하냐고 타박했겠지만, 말을 꺼낸 게 라나문이다 보니, 이게 농담 같지가 않았다. 근데 말은 너무 어이가 없고…….

"혹시…… 미래에 다녀왔어? 지금이 몇 년도인지 알려줄까?"

라틸이 결연에 차 묻자, 라나문은 '무슨 소리신지' 하는 듯 눈살을 구기더니 한숨을 내쉬고서 털어놓았다.

"물건이 제대로 기능하지 않습니다."

"물건? 무슨 물건?"

'물건이랑 아기가 무슨 상관인데?'

라나문이 눈으로 자신의 다리 사이를 가리키자, 라틸은 덩달아 시선을 내렸다가 황급히 고개를 들면서 눈을 커다랗게 떴다.

"어, 어쩌다가?"

"저도 모르겠습니다. 갑자기."

"확실해? 확실한 거 맞아? 확인해봤어?"

라틸이 다급하게 묻자, 라나문은 입술을 달싹이더니 라틸을 원망스럽게 바라보았다.

"왜, 왜 날 그렇게 쳐다봐? 내가 한 거 아냐!"

그 표정에 깃든 원한이 당혹스러워서 라틸이 손을 내젓자, 라나문은 얼음을 하나하나 얇게 긁어내는 목소리로 되물었다.

"제가 무슨 수로 확인을 했겠습니까."

"그럼 아닐 수도 있는 거잖아?"

"아닙니다. 분명하게 느낌이 옵니다. 오늘 하루 그런 것도 아니고요."

이를 어쩌지. 아니, 세상에 얘는 하필 아파도 저기가 아파서 사람을 곤란하게. 라틸은 머뭇거리면서 라나문을 쳐다보았다. 두 사람은 서로 말없이 눈만 마주하고 있었다. 뭔가 대처 방안이 필요한

데, 뭘 어떻게 해야 할지 둘 다 머리가 굴러가지 않았다.

한참을 그러다가, 라틸은 기어들어가는 목소리로 조심스럽게 물었다.

"일단 내가…… 좀 확인해볼까?"

민망하지만 누군가는 분명 확인을 해야 하는 일이었다. 그렇다면 아내나 마찬가지인 자신이 확인하는 게 그나마 조금이라도 덜 민망하지 않을까?

라틸의 제안에 라나문의 귓가가 붉어졌으나, 대답은 쉽게 나오지 않았다. 둘 다 서로 손만 잡고 자봤지, 진짜 부부로서 뭐 해본 게 하나도 없는데. 이런 상황에 처하자 곤혹스러운 듯했다.

"싫으면 다른 사람 불러줄게. 네 시종은 어때?"

"제일 싫습니다."

"아. 하긴. 매일 얼굴 봐야 하니까 좀 그렇겠다."

자신이 생각해도 별수가 없는지, 라나문은 결국 시선을 아래로 떨구면서 중얼거렸다.

"폐하께서 확인해주십시오."

라틸은 괜히 목이 막혀 와서 큼큼 헛기침을 했다.

"근데 날이 좀 덥다?"

"곧 여름이니까요."

"그러게."

만약 아트락시 공작이 지금 이 광경을 보았더라면 아들의 등짝을 찰싹찰싹 때리고서, 밤공부는 헛으로 했냐고 호통을 쳤을 것이다. 하지만 평범하게 신혼 첫날밤을 앞둔 상황이라면 그나마 낫지, 이런 애매한 입장은 라나문으로서도 정말 곤혹스러웠다.

"아 더워."

라틸이 괜히 손부채질을 파닥파닥 하면서 주위를 두리번거리자, 라나문은 달팽이가 기어가는 속도로 느리게 다리를 조금 벌렸다.

안에서는 미묘하고 간지러운 분위기가 흘러갔지만, 문 앞에 선 카르둔은 그저 걱정되고 걱정될 뿐이었다. 라나문은 라틸과 두텁게 정을 쌓지도 않았다. 거기에 문제가 생기더라도 그동안 쌓인 정이 있다면 어떻게든 되겠지만, 라나문은 황제에게 별로 예쁨받지 못한 후궁이 아닌가. 황후나 국서의 역할은 황제에게 총애받는 게 아니지만, 후궁의 역할은 누가 뭐라 하든 황후나 국서와는 전혀 다르니까.

"도련님…… 괜찮으셔야 할 텐데."

대체 왜 갑자기 이런 일이 생긴 건지. 늘 건강하고 잔병치레도 없던 분이신데. 카르둔은 문가에서 괜히 혼자 훌쩍거리다가, 궁인 하나가 이상하단 듯이 쳐다보자 괜히 두 손을 마구 털며 저리 가라 신호했다.

'느, 느낌이 좀 이상해.'

라틸은 창가에 친 커튼을, 라나문은 라틸의 어깨 너머 문을 쳐다본 채 조심스러운 확인 절차를 얼마나 거쳤을까. 이리저리 건드려보아도 정말 아무 반응이 없자, 라틸은 천천히 손을 떼고서 괜히 바닥으로 시선을 떨구었다.

"진짜 반응이 없네."

"그렇다고 했잖습니까."

"……."

"……."

"저기."

"네."

"나한테 감정이 없어서 반응이 없는 건 아니지?"

"절대 아닙니다."

라나문이 즉시 대답하자, 라틸은 괜히 머쓱해져서 "그래?" 하고 웅얼거렸다. 라틸은 어색하게 두 손을 모으고서 괜히 손가락을 쥐었다 펴길 반복했다.

아까 라나문이 한 말. 감정이 있는데 반응이 없단 건가, 아니면 감정과 별개로 반응은 있을 수밖에 없단 건가. 무슨 소리지? 괜히 쓸데없는 것만 궁금해졌다.

그때. 라나문이 망설이다가 라틸의 손을 잡고 자신의 가슴 위로 가져갔다.

"라나문?"

놀라서 확 고개를 들자, 손바닥에 닿은 탄탄한 근육에서 쿵 쿵 무겁게 심장 울리는 소리가 들려왔다.

"심장은 제대로 반응하고 있습니다."

"으응. 그러네."

라틸은 반사적으로 손을 오므리려다가 라나문이 아찔한 표정을 짓자 다시 손가락을 쫙 폈다. 라나문은 조심조심 라틸의 손을 다시 놓아주고는 아까 라틸이 했던 것처럼 괜히 자기도 손부채질을 했다. 라틸은 라나문의 그 그림 같은 옆모습을 지켜보다가 다시 조심스럽게 물어보았다.

"저기, 라나문. 평소엔 안 이랬던 거 확실해?"

"물론입니다. 그러니까 변화도 바로 알아차린 거지요."

"그렇구나."

근데 그게 어떤 원리로? 라틸은 이해가 가지 않았지만, 거기까지는 굳이 캐묻지 않기로 했다. 어쨌든 중요한 건 '라나문이 어떻게 변화를 바로 알아차렸나'가 아니라, '어떻게 해야 라나문의 몸 상태를 원래대로 되돌리나'니까.

"일단. 내가 방법을 알아볼게."

"폐하."

"너무 염려하지 마. 잠깐 피곤해서 그런 걸지도 모르잖아. 응?"

라나문을 진정시킨 뒤, 라틸은 곧장 대신관을 찾아갔다. 궁의를 불러도 될 테지만, 그래도 치료 솜씨가 가장 좋은 건 대신관 아니던가. 대신관이 이런 쪽 치료도 할 수 있는지는 모르겠지만.

"폐하!"

라틸이 왜 찾아온 건지도 모르고, 대신관은 라틸이 자신의 방에 오자 그저 기뻐하면서 해맑게 웃었다.

'어이쿠.'

라틸은 방 안에 들어갔다가, 백화랑술의 성기사들이 방 전체에 옹기종기 모여 앉아 카드놀이 중인 걸 보고 순간 주춤 뒤로 물러났다. 성기사들은 라틸을 보자 자기들끼리 서로 눈치를 보다가 얼굴이 벌게지더니, 이동하는 오리처럼 줄지어 방 안을 빠져나갔다.

'성기사들은 다들 상상력이 풍부한가 보네.'

"절 품으려 오셨습니까, 폐하?"

'얘 포함해서.'

라틸은 천진하게도 묻는 대신관에게 아니라 말하고는, 방문을 단단히 닫았다.

"음? 비밀스럽게 해야 할 말씀이 있나 보군요."

대신관은 의외로 이럴 때는 눈치가 좋은지, 자신도 바로 일어나 창문을 닫아 잠그고 커튼을 쳤다. 준비가 다 끝나자 라틸은 소파에 앉으며 말문을 열었다.

"저기, 사실은 좀 봐주었으면 하는 게 있어서 왔어."

"무엇을요? 무엇이든 봐드리겠습니다."

"음…… 그럼 라나문의 소중한…… 거기를 좀 봐줄래?"

하지만 무엇이든 봐주겠다던 대신관은, 이야기를 듣자마자 뒤로 황급히 상체를 뺐다.

"제가 거길 왜요!"

"알아보고 싶은 게 있어서."

"전 알아보고 싶은 게 없는데요!"

"아니, 그런 뜻이 아니라. 성능에 문제가 생겨서 그래."

대신관이 치를 떨자 라틸은 쩔쩔매면서 손을 저었다. 그러나 대신관은 더욱 펄쩍 뛰었다.

"고자인가 보죠!"

"!"

"저더러 어쩌라고요."

"아니야, 라나문 고자 아니야. 고자 아니라 그랬어."

"원래 초기엔 다 부정하게 되어 있습니다."

"진짜 아니래. 어쨌든 일단 확인이라도 좀 해줘."

하지만 라틸이 아무리 좋게 말해도 대신관은 질색팔색할 뿐이었다.

"싫습니다! 보고 싶지 않아요!"

"좋아. 그럼 안 보고. 눈 감고 확인하면 되잖아?"

"더 싫습니다!"

"그럼 뜨든가!"

"그런 문제가 아니라고요!"

평소라면 인자하게 웃으면서 나섰을 대신관이 유난히 기겁하자, 결국 라틸은 인상을 구기면서 물었다.

"뭐가 문제야. 너 대신관 아니야? 병자를 봐주는 건데 그렇게 싫어? 라나문은 말이야, 지금 시든 콩나물이 됐다고!"

"……."

"아, 혹시나 싫어 말하는 건데. 이건 전체적인 분위기를 비유한 거야. 거기가 아니라. 부위가 좀 그렇긴 하지만 어쨌든, 병이잖아."

라틸이 드러내놓고 '실망이야' 하는 내색을 보이자, 대신관은 억울해서 입을 뻐끔거리다가 결국 참지 못하고 솔직하게 외쳤다.

"치료하려면 상처 부근에 손을 대야 한다고요!"

"아."

그랬어? 라틸이 한 손으로 자기 입가를 가리며 눈을 동그랗게 뜨자, 대신관은 시무룩하게 어깨를 떨구었다.

몹시 꺼려하긴 했으나, 결국 대신관은 라틸과 함께 라나문을 보러 찾아갔다. 라나문은 라틸이 다시 찾아오자 얼른 문을 열어주었다가, 라틸이 질질 끌듯이 데려온 대신관을 보고는 다리에 힘이 빠져 넘어질 뻔했다.

라나문이 배신자를 보듯 라틸을 쳐다보자, 라틸은 억울해졌다. 아니, 나는 병 고쳐주려고 대신관을 열심히 설득해서 데려왔는데 왜 저렇게 쳐다보는 거야? 내가 병을 준 건가? 병 확인하고 약 찾으러 다니는 건데.

결국 라틸은 일부러 차갑게 정색하고서 손가락으로 침대를 가리켰다.

“저쪽으로 가. 둘 다.”

라나문과 대신관이 바닥에 발이 붙은 사람처럼 비척비척 걸어오자, 라틸은 둘을 나란히 앉게 한 다음 또 지시했다.

“고쳐봐.”

명령이 떨어지자마자, 라나문과 대신관의 안색이 2주일간 잠도 못 잔 사람처럼 퀭해졌다.

“…….”

“…….”

라나문과 대신관이 둘 다 가만히 있기만 하자, 결국 라틸은 한숨을 내쉬고서 그들을 재차 설득했다.

“라나문. 넌 병이 생겨서 그걸 고치려는 거야. 대신관. 너도 대신관으로서 환자를 봐주는 것뿐이야. 지금은 둘 다 내 후궁이 아니라, 환자와 대신관이란 것만 생각해.”

라틸이 그렇게까지 말하자, 결국 대신관은 마지못해 한 손에서 소맷자락을 잡아 올리며 중얼거렸다.

“폐하의 말씀처럼 라나문 님은 환자이니, 어색해도 치료하겠습니다.”

라나문이 기어들어가는 목소리로 “잘 부탁합니다”라고 말하자, 라틸은 자기도 모르게 풋 하고 웃음이 터질 뻔했다. 하지만 여기서 웃어버리면 둘 다 도망갈 게 뻔하기에, 라틸은 가까스로 혓바닥을 깨물어 웃음을 참아내고 어느 때보다 무섭게 정색했다.

"하지만 폐하, 라나문 님. 이 증상이 고의적인 공격으로 인한 게 아니라 자연스럽게 생긴 몸의 변화라면 저도 어떻게 할 수 없습니다."

"자연스럽게 생긴 몸의 변화라니?"

"예를 들어서, 누가 독약을 먹여서 몸이 약해진 거라면 치료할 수 있지만, 그런 게 없이 선천적으로 몸이 약한 거라면 치료할 수 없다고요."

"그런 거라면 어쩔 수 없지."

라틸이 고개를 끄덕이자, 대신관은 크게 심호흡을 하고 손을 천천히 아래로 내렸다.

잠시 뒤. 라틸은 라나문에게 생긴 변화가 자연스러운 변화가 아니란 걸 알게 되었다. 대신관이 치료를 하자 바로 증상이 나아진 것이다.

"즉, 그럼 이건 그거네. 누군가 라나문을 공격해서 이렇게 된 거야. 독이나 그런 걸 먹인 건가?"

라틸이 차갑게 중얼거리자, 라나문 역시 평소보다 더욱 차가워져서 말했다.

"반드시 범인을 잡아야 합니다."

대신관도 평소의 인자함은 어디로 갔는지 씩씩거리며 동의했다.

"잡아서 똑같이 벌을 줘야 합니다. 물론 그자는 치료해주지 않을 겁니다."

치료를 하기는 했으나 아직도 좀 억울한 듯했다. 라틸은 고개를 끄덕이고서 라나문에게 물었다.

"그래야지. 라나문. 정확히 증상은 언제부터 시작됐어?"

"이틀 전부터입니다."

"그 전엔 수상하거나 이상한 점은 없었어?"

"그다지 수상한 건……."

없었다고 말하려다가, 라나문은 두 번 연달아 나온 버섯수프를 떠올리고는 "아." 하고 탄식했다.

"왜? 생각나는 게 있어?"

"네. 아침 식사로 버섯수프가 연달아 나온 적이 있습니다."

대신관은 '그게 뭐?' 하는 표정이었으나, 라틸은 라나문의 말을 듣고는 깜짝 놀랐다.

"같은 메뉴가 연달아 두 번 나왔다고?"

"네."

"그거 놀라운데? 수상해."

대신관은 여전히 '그게 왜?' 하는 표정으로 라틸과 라나문을 번갈아 쳐다보았다. 그는 신전에 있을 때 일주일 내내 같은 메뉴를 먹은 적도 있기에 라틸과 라나문이 왜 이러는지 잘 이해가 가지 않았다. 어쨌든 두 사람끼리는 말이 통하는 것 같으니 가만히 있을 뿐.

"그러면 궁인들을 모아놓고서 너한테 약 섞인 수프를 준 사람이 누구인지 자백하라 해볼까, 라나문?"

하지만 라틸이 라나문의 자존심을 배려하지 않은 의견을 꺼내자, 대신관은 이건 아니다 싶어서 황급히 끼어들어 안 된다고 만류했다.

“그래도 라나문 님 체면이 있는데, 어떻게 그러겠습니까, 폐하.”

“체면은 약을 탄 놈이 상하는 거지. 라나문은 왜.”

“궁인들에게 뭐라 하시려고요?”

“누구야! 누가 감히 라나문에게 고자약을 먹였어!”

라틸이 예시로 들려준 말에, 이번에는 라나문이 낯빛이 해쓱해져서 얼른 대신관을 편들었다.

“전 대신관 의견에 동의합니다. 몰래 잡았으면 합니다.”

라틸은 사람들을 단체로 불러놓고서 훈계하면 누군가 속마음을 털어놓으리란 걸 알기에, 공개적으로 라나문에게 고자약을 먹인 범인을 찾고 싶었다. 그러나 당사자인 라나문이 낯빛이 창백해져서 싫다고 하자 어쩔 수 없이 고개를 끄덕였다.

“알았어. 그러면 조용히 찾아보자. 일단…… 그래. 주방장을 찾아가봐야겠네.”

조리실로 가 주방장을 만난 라틸은 놀라운 이야기를 듣게 되었다.

“완두콩수프를 준비했다고?”

“네, 폐하.”

주방장은 아예 라나문에게 버섯수프를 준비한 적이 없었던 것이다.

'그러면 뭐야. 범인이 중간에 아예 수프를 바꾸어버린 건가? 그러면서 약을 탔고?'

라틸은 활짝 웃었다. 그러면 오히려 일이 더 쉬워지지.

"수프를 운반한 사람들을 추궁해봐야겠네."

그 후에도 일은 일사천리로 풀려서, 라틸은 원래 완두콩수프가 라나문의 방에, 버섯수프가 클라인의 방에 갔어야 했단 걸 알아차렸다.

그들은 라나문이 완두콩을 싫어하기 때문에 수프를 바꾸었다고 했다. 하인들은 편식 심한 주인을 위해 재량껏 수프를 바꾸는 게 가능하니까.

'그러면 범인이 노린 게 사실은 클라인이었던 건가?'

수프를 바꾸어달라고 한 건 라나문의 하인이고, 수프를 바꾸지 않았다면 그 수프는 클라인이 먹었을 터. 라나문의 하인이 수프를 바꾸어달라고 할지 말지 클라인이 미리 알 리 없으니, 이 일은 클라인의 자작극일 수도 없었다.

'그럼 누군가 클라인을 노리고 약을 먹인 건데. 누가 그랬을까? 클라인과 가장 많이 다툰 사람이라면…… 게스타이긴 한데.'

라틸은 게스타를 믿었다. 그는 누군가에게 약을 먹일 사람은 아

니었다. 하지만 라틸은 사람의 본성은 믿지 않는다. 아무리 착한 사람이어도 분노를 모르진 않고, 아무리 착한 사람이어도 이해관계가 있는 법. 게스타는 클라인에게 몇 번이나 모욕을 당했으니, 순간 욱하는 마음가짐으로, 아니면 자신을 방어하기 위해 이런 선택을 한 건지도 몰랐다.

'어쩌면 게스타를 추종하는 누군가가 한 짓일지도 모르고, 어부지리를 얻고 싶은 다른 후궁이 저지른 짓일지도 모르지.'

생각하기에 따라 범인이 될 수 있는 사람은 많았다.

'어쩐다.'

고민 끝에 라틸은 자신의 주방장을 불러 은밀하게 지시했다.

"버섯수프를 끓인 다음 식혀줘. 방금 막 만든 게 아니라, 며칠 전에 만든 것처럼."

"그럼 맛도 약간 쉬게 할까요?"

"그러면 좋지. 진짜로 상하게 만들진 말고."

"상하지 않고도 쉰 맛이 나도록 할 수 있습니다, 폐하."

이윽고 주방장이 '만든 지 며칠 지난 듯한 버섯수프'를 만들어 대령하자, 라틸은 한 입 맛을 보고서 고개를 끄덕였다.

"좋아. 쓰레기통 맛이 나네. 이러면 됐어."

칭찬……해주신 거겠지? 주방장은 조금 떨떠름했지만, 감사하다 꾸벅 인사를 하고서 나갔다.

"그걸 어디에 쓰시려는 겁니까?"

서넛은 라틸이 뭘 하는지 이해가 가지 않아 물었지만, 라틸은 구구절절 설명하는 대신 씩 웃고서 숟가락만 흔들었다.

"뭐 좀 확인할 게 있어서 그럽니다."

"그거 들었어?"

"혹시 수프 얘기?"

"어. 클라인 님한테 갈 수프를 라나문 님이 먹었는데, 그 안에 뭐가 들어 있었나 봐."

"독이었다며?"

"설사약 아니고?"

"몰라. 하여튼 라나문 님이 그걸 먹고 몸에 이상이 생겼는데, 음식에 탄 약이 많이 독했나 봐. 다행히 한두 모금 정도만 먹어서 수프는 거의 다 남아 있는데, 폐하께서 이 사실을 알고 화가 나서 그 수프를 도로 가져가셨대."

하렘에서 일하는 궁인들은 조금이라도 쉴 틈이 생기면 자기들끼리 모여 서서 속닥거렸다. 그런 사람이 하나둘이 아니다 보니, 나중에는 사람들과 잘 어울리지 않는 궁인들도 오가다 수프 이야기를 알게 될 정도로 소문이 퍼져 나갔다.

"근데 폐하는 수프를 왜 가져가셨대?"

"뭘 탔는지 조사하려고 그런 게 아닐까? 그걸 알아야 라나문 님을 치료할 거 아냐."

"수프를 조사하면 알 수 있나?"

게스타의 시종인 트리 역시 자연스럽게 이 이야기를 듣게 되었다. 하지만 그 일에 호기심만 가지는 다른 이들과 달리 트리는 두려움에 휩싸였다.

'라나문 님이 약을 먹었다고? 게다가 그걸 폐하께서 가져갔어?'

라나문은 공신인 아트락시 공작가의 장남이었고, 라트라실 황제는 후궁들에게 퍽 무른 듯 대하지만 모두가 아는 무서운 전적이 있었다. 그녀는 즉위하자마자 아버지가 가장 아끼던 후궁을 유폐시켜버리고, 황위를 두고 다툰 이복형제는 즉시 처형시키지 않았던가. 라트라실 황제는 온화하게 굴 때가 많지만, 조금이라도 삐끗하면 상대를 휙 잘라버리는 그런 성품이었다. 그런 사람이 화가 나서 약을 탄 수프 그릇을 챙겨 갔다 하니, 트리로서는 겁이 날 수밖에 없었다.

'괜찮아. 증거가 있는 것도 아니잖아. 무슨 약을 탄 건지 알게 되더라도, 그냥 그뿐이야.'

"소문은? 다 냈어?"

"예. 하렘 전체가 떠들썩할 정도입니다."

그러나 라틸과 라나문, 버섯수프 이야기를 떠드는 사람들은 아마 모를 것이다. 다들 목소리를 죽여 소곤거리는 그 소문의 출처가 바로 라틸 장본인이라는 것을.

"그냥 하나씩 불러다 심문하는 게 낫지 않았을까요?"

시종장은 라틸의 명령대로 소문을 퍼트리긴 했으나, 이게 좋은 방법 같진 않아서 조심스럽게 라틸에게 물어보았다. 어쩔 수 없었다. 라나문이 먹었던 그 '약'이라는 게 정확히 어떤 약인지는 시종장도 몰랐기 때문이다. 시종장도 진실을 알았더라면 왜 라틸이 조용히 일을 처리하려 드는지 이해했겠지만, 라틸은 라나문을 위해 시종장에게도 그 이야기는 하지 않았다.

"본인이 원하지 않는데 일을 키울 수는 없으니까요."

"그래도 이렇게 조용히 처리했다 또 같은 일이 반복될까 걱정됩니다."

"그건 그때 생각하죠."

라틸은 걱정하는 시종장의 어깨를 가볍게 두드리고서 부탁했다.

"라나문을 제외한 후궁들을 축제의 방으로 불러줘요, 사블레 후작."

"예, 폐하."

"아. 그리고 하나 더."

"?"

그로부터 30여 분 정도 후. 라틸은 자신이 카리센에 직접 찾아갈 명목이 뭐가 있을까 고민하다가, 이젠 후궁들이 다들 모였겠다 싶어서 슬슬 자리에서 일어나 하렘으로 걸어갔다.

예상대로 방 안에는 후궁들과 그들의 시종들이 모두 모여 있었다. 칼라인은 평소처럼 무표정한 얼굴이었고, 클라인은 하품을 하고 있었다. 게스타는 사람이 많은 게 불편한 듯했고, 대신관은 해맑게 웃는 얼굴로 타시르와 농담을 주고받고 있었다. 대신관이 타시르를 치료해준 일로 두 사람은 빠르게 가까워진 모양이었다.

그리고 방의 한쪽에 놓인 길쭉한 테이블 위에는 동그란 은색 뚜껑으로 덮어둔 '무언가'가 있었다. 라틸은 시종들의 표정까지 샅샅이 살핀 다음, 일부러 발소리를 내어 방 상석으로 걸어갔다.

"오셨습니까, 폐하."

라틸을 발견하자, 후궁과 시종들이 동시에 라틸에게 인사했다. 라틸은 손을 가볍게 젓고서 인사를 생략시킨 뒤 좌중이 조용해지자 엄한 표정을 짓고 목소리를 딱딱하게 냈다.

"이미 들은 사람도 있겠지만, 누군가 라나문이 먹을 수프에 뭘 탔다."

전에 게스타가 날아오는 돌멩이에 맞았을 때도 라틸은 후궁과 궁인들을 불러놓고서 잔소리를 한 적이 있었다. 이 때문에 이미 후궁과 궁인들은 이곳으로 오면서, 라틸이 그 수프 사건 이야기를 할지도 모른다고 짐작을 했다.

하지만 막상 대놓고 라틸이 그 이야기를 꺼내자 다들 표정이 어두워졌다. 돌을 던지는 일도 아주 위험한 일이지만, 먹을거리에 독인지 뭔지 모를 약을 타는 건 정말로 끔찍한 일이니, 화가 날 때는 이복형제까지도 처형해버리는 라틸이 어떻게 나올지 짐작이 가지 않았다.

"타시르."

라틸이 돌연 타시르를 부르자, 타시르가 의아한 듯 고개를 조금 기울였다.

“예, 폐하.”

“나와서 저 뚜껑을 열어보아라.”

타시르가 테이블 앞으로 걸어가 뚜껑을 열자 지켜보던 사람들이 동시에 탄식했다. 거기엔 수프가 담긴 그릇이 있었다. 이미 한차례 하렘 안을 수프에 대한 소문이 휩쓸고 갔기에, 이를 본 사람들은 저 수프가 분명 라나문이 먹다 남겼다던 그 수프일 거라 생각했다. 이건 라틸이 의도한 것이기도 했다.

타시르는 한 손에 뚜껑을 든 채 라틸을 쳐다보았다. 이건 뭡니까, 하는 얼굴로. 왜 자기에게 뚜껑을 열라 한 건지 짐작이 가지 않는 눈치였다. 라틸이 알려주는 대신, 문밖에서 대기 중인 시종에게 눈짓했다. 그러자 신호를 받은 시종이 은색 숟가락들을 가져와 테이블에 주르륵 펼쳐놓았다.

숟가락은 다섯 개. 그걸 본 타시르가 ‘설마?’ 하는 눈으로 라틸을 보았다.

“차례로 두 숟가락씩 먹어라.”

라틸의 말에 사람들이 더욱 웅성댔다.

“폐하, 저 안에는……!”

지켜보던 궁인들 중 하나가 용기를 내어 말을 꺼냈지만 라틸이 무표정하게 쳐다보자 바로 입을 다물었다.

“저 안에는?”

“그게…….”

“넌 저 안에 뭐가 있는지 아나 보지? 난 모르겠던데.”

여기서 반박이라도 했다가는 저 수프 안에 뭘 넣은 범인이 될 분위기여서, 궁인은 결국 쭈그러져서 뒤로 물러났다. 라틸은 다시 타시르에게 명령했다.

"두 입만 먹어."

그러고서 라틸은 경고하듯 방 안에 모인 이들을 주르륵 훑어보며 중얼거렸다.

"괜찮다. 라나문도 두 숟가락 먹었는데 죽진 않았거든."

괜찮다고 하는 말인데 괜찮지 않은 말에, 사람들의 표정이 두려움으로 새파래졌다. 현재 라나문의 상태를 모르기에, '죽진 않은 상태'가 무엇인지 쉽게 짐작 가지 않았던 것이다. 그러면서도 다들 '라나문에게 독을 먹인 범인이 누군지 모르니, 황제가 화풀이 삼아 다른 이들에게도 다 같이 벌을 내리려나 보다' 하고 생각했다.

"……."

하지만 타시르는 잠시 뭔가를 생각하는 듯하더니, 희미하게 웃고서 바로 두 숟가락을 먹었다. 그가 숟가락을 내려놓자 라틸은 바로 칼라인 쪽으로 눈길을 돌렸다.

"다음. 칼라인."

칼라인도 망설임 없이 다가와 그릇에서 수프 두 숟가락을 떠먹고 물러났다.

"클라인."

클라인은 '소문이 사실이라면 나도 피해자가 될 뻔했는데 왜?' 하고 억울해하는 얼굴이었으나, 일단 시키는 대로 먹긴 먹었다. 먹는 내내 라틸을 항의하듯 보긴 했지만.

클라인이 물러나자 다음으로는 대신관이 수프를 먹었고, 대신관이 물러나자 마지막으로 게스타 순서가 되었다. 게스타 역시 다른 후궁들처럼 별 반응 없이 다가와 숟가락을 들었다. 라틸은 게스타가 수프를 뜨는 동안 게스타의 시종과 다른 하인들 쪽을 날카롭게 쳐다보았다.

그리고 라틸의 그 차가운 시선을 트리는 누구보다도 강렬하게 느끼고 있었다. 진짜로 황제가 자신을 쳐다보아서 그런 건지 아니면 도둑이 제 발 저려서인지는 모르겠지만, 트리는 옆에 선 사람이 자신의 심장 소리를 들을까 봐 제대로 숨도 쉬기 어려울 지경이었다.

정말일까. 정말로 저기 있는 수프가 자신이 약을 섞은 그 수프일까. 하지만 소문으로 도는 정황을 들으면 범인은 자신이었다. 클라인에게 가려 했으나, 중간에 하인들끼리 메뉴를 바꾸는 바람에 라나문에게 가게 된 수프 접시.

트리는 주먹을 꽉 쥐고서 일이 이렇게 꼬여버린 걸 자책했다. 만약 원래 계획대로 클라인이 약을 먹었더라면 일이 이렇게 흘러가진 않았을 텐데. 라나문에게 바뀐 접시가 가는 바람에, 수프에 약을 탔다는 게 바로 들통이 나 버렸다. 꼬여도 이렇게 꼬일 수가 있을까.

'젠장. 어쩌지…….'

손톱이 자꾸만 입가로 올라가려는 걸 억지로 의식해 막으며, 트리는 게스타가 숟가락 가득 뜬 수프를 천천히 입으로 가져가는 걸 바라보았다. 아니, 실제로는 평범한 속도였지만, 트리의 눈에는 그 속도가 너무나도 느리게 보였다. 자신의 시각을 제외한 모든 게 천천히 흘러서 공기 중을 떠다니는 먼지와 바람조차 보일 정도로.

'아, 안 되는데. 어쩌지. 도련님이 저걸 드시면 안 되는데.'

그러다 게스타가 수프를 입안에 넣고 턱을 닫는 순간. 트리는 더 견디지 못하고 입을 열었다.

며칠 전. 성기사단 백화랑술의 단장 백화는 교통편이 좋지 않은 어느 작은 마을에 흑마법사로 추정되는 이가 붙잡혔단 보고를 들었다. 하지만 그 보고를 들었을 당시 라트라실 황제가 자리를 비운 터라, 그는 이 일을 황제에게 보고하진 못하고 궁을 떠나야 했다. 필요하다면 황제에게는 나중에 보고해도 되기에, 우선은 붙잡았단 흑마법사 쪽부터 확인하기 위해서였다.

옛날에는 흑마법사가 희귀하진 않았으나, 지금 흑마법사들은 대부분 사라지거나 숨어 지내서 발견하기가 쉽지 않았다. 대부분의 사람들은 평생 그들을 한 번도 못 보고 죽으며, 흑마법사가 나타났다고 소동이 벌어져도 대부분은 그냥 누군가가 고약한 장난질을 친 것이거나 억울하게 누명을 써서 흑마법사로 몰린 일이 대다수였다. 그렇기에 백화는 작은 마을까지 직접 내려왔으면서도 그곳에 나타났단 흑마법사가 진짜일 거란 기대는 하지 않았다.

"무슨 일이지?"

그러나 마을 입구에서부터 백화는 이 일이 생각보다 쉽지 않으리란 걸 깨달았다. 그곳에서부터 느껴지는 기묘할 정도로 무거운 정적 때문에. 백화가 데려온 성기사 두 명 역시 눈살을 찌푸리고서 주위를 둘러보았다.

"너무 조용한데요."

"작은 마을이라지만…… 이건 좀."

아무리 조용한 마을이라고 해도 일상적인 소음은 있기 마련이다. 사람이 만들어내는 소리가 아니더라도 나무 사이를 날아다니는 새소리, 풀숲 사이에서 나야 할 풀벌레 소리 등도 있어야 했다. 그런데 이곳에선 그 어떤 소리도 나지 않았다. 게다가 돌아다니는 사람조차 없었다. 시골이라고 해서 사람들이 한낮에도 집 안에만 틀어박혀 있진 않을 텐데도.

"들어가도 되는지 모르겠습니다."

성기사 하나가 작게 중얼거리자, 백화 역시 신중하게 고개를 끄덕였다.

"그래. 좀 꺼림칙하군."

"일단 흑마법사를 붙잡았단 대원들을 찾아야겠습니다. 위험한 일이 생겼다면 표식을 그려놓았을 겁니다."

"우선 마을 근처를 둘러보자."

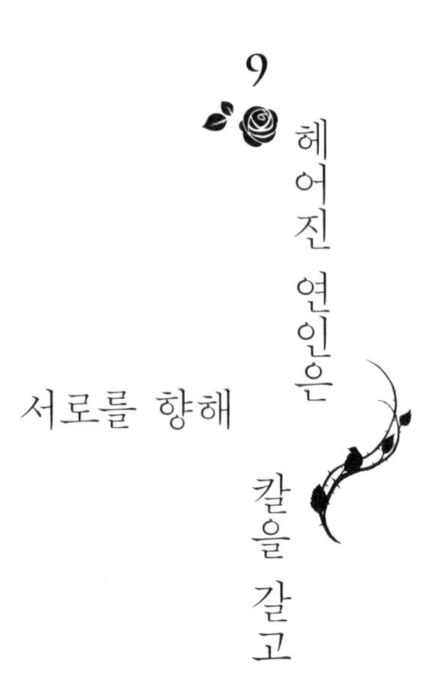

9 헤어진 연인은 서로를 향해 칼을 갈고

‘아니야. 지금 내가 잘못 나섰다간 오히려 더 큰일이 벌어진다.’

게스타가 수프를 먹으려 하자, 트리는 이를 말리기 위해 입을 열려다가 곧 생각을 바꾸어 목구멍 밖으로 튀어 나가려던 말을 꽉 삼켰다.

‘지금 내가 자백하면, 나 혼자 벌을 받고 끝나는 게 아니라 도련님한테까지 불똥이 튈지도 몰라.’

이 일을 트리 선에서 끝내고 접을지, 아니면 게스타까지 끌어들일지는 어디까지나 라트라실 황제의 마음이었다.

게다가 라트라실 황제가 이 일을 트리의 독단적인 잘못으로 처리하더라도 문제였다. 라나문은 아트락시 공작의 장남이었고, 게스타는 로르드 재상의 아들이었다. 안 그래도 사이가 나쁜 두 가문인데, 로르드 재상가의 사람이 아트락시 공작의 자식에게 약 섞인 수프를 먹였다? 이 일이 불거지는 순간, 두 가문이 어떤 식으로 충돌할지는 상상만 해도 무서웠다.

게다가 로르드 재상가의 하인 중 누구도, 트리 자신만큼 게스타를 소중히 여기고 위하진 않았다. 다른 하인들의 충성심이 모자라서가 아니라, 그가 어린 시절부터 게스타만을 위해 키워진 호위 겸 소꿉친구였기 때문이다. 또 오랜 시간을 들여 그런 사람을 만들어 내지 않는 한, 절대로 트리는 자신 같은 호위는 나올 수 없다고 확신했다.

그런데 자신이 이 일에 얽혀 게스타의 곁에서 억지로 떠나게 된다면? 안 그래도 심약하고 조용한 게스타가 과연 하렘 안에서 버틸 수 있을까? 미친개 같은 클라인 황자가 이를 부득부득 갈며 여기를 지켜보고 있고, 라나문 역시 이 일로 게스타를 미워하게 될 텐데? 그러니 안 된다.

'난 절대 도련님 곁을 떠나선 안 돼.'

어차피 저 수프를 먹어 불능이 되더라도 기한은 1년. 목숨이 위태롭거나 영구히 불능이 되는 건 아니다. 트리는 자신이 범인임을 자백했을 때 벌어지는 일보단, 게스타가 1년간 불능인 쪽이 그나마 더 나을 거라고 계산을 하고서, 고개를 숙여 신발 끝만 내려다보았다.

'죄송합니다, 도련님.'

후궁들이 차례로 수프를 두 모금씩 먹은 후. 그래도 양이 남자, 라틸은 시종과 다른 궁인들까지 싹 불러서 수프를 먹으라 지시했다. 다들 먹기 싫었지만 어쩔 수 없이 수프를 먹고, 차마 삼키진 못하고서 눈물만 글썽였다.

이거 먹고 내가 죽으면 어쩌지? 아냐, 라나문 님도 죽진 않았잖아. 안 죽을 거야.

젠장, 어느 썩을 놈이 그런 짓을 해서 왜 우리까지……. 내 손에 걸리기만 해봐라.

아. 맛없어. 쉰 맛 나. 썩은 거 아냐? 뭐 탄 게 아니라 썩은 거 같은데.

개중 유달리 억울해하는 정신력 약한 몇 명에게서는 아예 속마음이 들리기도 했다. 라틸은 그런 이들은 범인에서 자연스럽게 제외시켰다.

'진범이 누구인지 독하네.'

하지만 결국 모든 이들이 수프를 먹었기에 진범이 누구인지는 잡히지 않았다.

'그래도 이건 확실해. 수프에 탄 약이 영구적인 효과를 발휘하는 건 아냐. 그러니 자기도 직접 먹었겠지.'

어쨌든 진범이 자신이 고자가 되어서라도 이 일을 묻고자 하고, 라나문 역시 적극적으로 진범을 잡고 싶어 하지 않기에, 라틸도 이 이상 일을 들춰내긴 힘들었다. 어쩔 수 없이 라틸은 뒤를 기약하고서 후궁과 궁인들에게 그만 물러가라 손을 휘저었다. 사람들이 모두 물러가자 방 안은 순식간에 조용해졌다.

"폐하."

서넛이 조용하게 라틸을 불렀으나, 라틸은 혼자 있고 싶어서 고개를 저었다.

"나중에 얘기합시다, 서넛 경."

서넛은 입술을 몇 번 달싹이다가, 고개를 작게 끄덕였다.

"예."

서넛이 자리를 비켜주자, 라틸은 방 안에 홀로 남아서 휑하니 남은 테이블 위 빈 그릇을 내려다보았다. 그걸 보자 문득 휑한 기분이 들었다.

예전. 그러니까 아버지가 살아 계시고 하이신스가 배신하기 전. 오빠가 탄탄한 후계자 자리에 있고, 자신은 하이신스만 바라보면 되던 그때.

라틸은 이런 기분을 느낀 적이 한 번도 없었다. 라틸은 언제나 미래를 기대했다. 공기는 늘 보송한 솜털처럼 포근했고, 인생은 부드러운 노란색과 분홍색이 섞여 있었다. 쭉 깔린 레드카펫 위를 하이신스와 걸어가는 것. 그게 라틸의 인생이었다.

그래서 라틸은 헷갈렸다. 지금 자신이 그 시절을 그리워하는 게, 그 마음고생 없는 시절에 대한 그리움인지, 하이신스에 대한 그리움인지.

"후."

무슨 상관일까.

라틸은 눈가를 비비고서 방 밖을 나가 하렘을 빠져나갔다. 자신이 한바탕 난리를 쳐놓았으니, 진범이 누구든 당분간은 움츠려 있겠지.

그런데 막 하렘을 빠져나와 본궁으로 돌아가려는데, 조금 떨어진 곳에 낯익은 형체가 어른거렸다. 눈에 힘을 주고서 자세히 보니, 정원 수풀 사이에 타시르가 서 있었다. 그리고 타시르의 곁에 선 이는…….

'하이신스?'

카리센의 사절단처럼 차려입었지만, 망토에 달린 모자를 푹 눌러쓴 꼴이 보나 마나 하이신스였다. 라틸은 눈살을 찌푸리고서 그쪽을 빤히 쳐다보았다.

타시르가 하이신스랑 만나서 뭘 하고 있지?

"어휴, 너무 무거워서 어쩌나 했는데. 도와주셔서 감사합니다."

타시르는 하이신스에게 감사 인사를 하는 중이었다.

"카리센 사절단 분들은 정말 친절하시네요."

엉덩이 뒤로 커다란 여우 꼬리를 붙이고서.

상대가 하이신스 황제인 걸 알면서도 타시르가 모른 척 인사하자, 얼굴 가린 하이신스는 대답 대신 고개만 끄덕였다.

라틸이 생각에 잠긴 채 하렘 내부에 있는 축제의 방에 혼자 머무르는 사이. 이번 수프 사건에 아무런 타격을 받지 않은 타시르는, 하이신스가 카리센으로 돌아가기 전에 그의 성품을 조사해보기로 하고서 얼른 외국 사절단이 머무는 구역으로 찾아갔다. 그러고서 일부러 얼굴 가린 카리센 사절을 딱 집어 지목한 다음, 무거운 물건이 있는데 함께 들어달라고 요청한 것이었다. 물론 일부러 그를 지목했단 티를 내지 않기 위해 교묘하게 타이밍도 맞추었고. 하이신스는 의외로 순순히 그러겠다 대답했고, 실제로 하렘 근처에까지 물건을 들어다 주었다.

라틸이 두 사람을 목격한 건, 타시르가 이에 대해 하이신스에게 감사 인사를 하고 있을 때였다.

'카리센 황제는 거만한 것 같더니. 의외로 인내심이 강한데?'

타시르는 연적의 후궁이 물건을 들어달라는데도 기분 나쁜 내색 없이 도움을 준 하이신스를 훔쳐보면서, 카리센의 황제가 생각보다 침착한 걸 알았다. 실제 속마음이야 어쨌든, 하이신스는 사절단이 할 법한 예의를 보여주었다. 황태자로 태어나 황제로 군림하는 이가.

1. 폐하의 첫사랑은 연기를 잘함. 과묵한 척해서 대사를 잘 읊는지는 모르겠음.

2. 의외로 침착. 인내심이 강함.

나중에 방에 돌아가자마자 적어둬야지. 타시르는 속으로 하이신스의 특징을 체크하면서도, 하이신스를 좀 더 붙잡아둘 빌미가 없나 고민했다.

곧 좋은 생각이 떠올랐다.

"이왕 여기까지 도움을 주셨으니, 잠시 제 방에 들러서 커피라도 마시고 가는 건 어떨까요? 커피가 싫다면 차도 좋고. 차가 싫다면

술도 가능한데."

물건을 들려 여기까지 왔으니, 이젠 고맙단 핑계로 잡아두면 될 일이지.

"죄송하지만 제가 말없이 사라져서 일행이 걱정할 것 같군요."

그러나 짐 옮기는 걸 도와준 하이신스는, 같이 커피를 마시자는 부탁은 불쾌하지 않게 거절했다. 평소라면 타시르는, 상대가 싫다 하면 알겠다고 흔쾌히 작별 인사를 건넸을 것이다. 하지만 오늘은 하이신스의 성품을 캐내기 위해 부른 것이기에, 타시르는 알겠다고 작별 인사를 하는 대신 일부러 하이신스의 팔을 잡고서 졸랐다.

"에이, 커피 한잔 마시는데 시간 얼마나 걸린다고요. 잠깐 쉬다 가시죠."

"주기적으로 인원 점검을 합니다. 상황이 급하니 나중을 기약하지요."

그래도 하이신스가 넘어가지 않자, 타시르는 일부러 집요하다 싶을 정도로 그에게 매달렸다.

"아니, 왜에에요. 같이 한잔만 하고 갑시다. 내가 너무 고마워서 그래. 응?"

하이신스가 어쩔 수 없이 제안을 받아들이든 거절하든, 나름대로 분석할 거리가 생길 걸 알기에 하는 짓이었다. 게다가 지금 같은 때가 아니면 과연 언제 타국 황제를 이렇게 졸라보겠는가.

그런 타시르를, 하이신스는 잠시 말없이 바라보았다. 하지만 그것도 잠깐이었다. 말없이 타시르를 내려다보던 하이신스가 갑자기 영 뜬금없는 말을 하기 시작했다.

"좋아하는 건 검정과 적색이지만, 상대는 흰색이나 연한 노란색, 은색 등으로 입히는 걸 좋아합니다."

뜬금없이 왜 자기가 좋아하는 색깔 이야기? 밑도 끝도 없이 나온 이야기에는 아무런 맥락이 없었다. 순간 타시르는 '내가 너무 매달렸나? 혹시 내가 자기가 좋아서 매달린다 생각하나?' 싶어서 얼른 하이신스의 팔에서 손을 뗐다. 그러나 하이신스는 여전히 덤덤한 목소리로 말을 이어갔다.

"좋아하는 보석은 블루 토파즈. 추운 날씨보단 더운 날씨를 좋아합니다."

"?"

"검술이 뛰어나지만, 가끔 화가 나면 두 손으로 검을 쥐고 마구잡이로 휘두르기도 합니다. 그게 더 무서우니, 두 손으로 뭔가를 쥐면 달아나는 게 좋겠지요."

"……."

"필요하다면 남들 앞에서 약한 모습도 보이지만, 그러고 나면 혼자 있을 때 더 씩씩거립니다."

하이신스가 말을 멈추자, 타시르는 표정을 굳혔다. 이제야 하이신스가 갑자기 저런 말을 왜 했는지 이해가 간 것이다. 지금 하이신스가 읊는 내용은 자신에 대한 이야기가 아니었다. 라틸에 대해서였다. 라틸이 좋아하는 색, 라틸이 상대에게 바라는 색, 좋아하는 보석, 날씨, 성격, 언제 약해지는지까지. 즉, 하이신스는 타시르가 자신에게 일부러 달라붙고 있단 것도, 자신의 정체를 눈치채고 있단 것도 알고 있었다. 언제부터였는진 알 수 없지만.

천천히 손을 들어 올린 하이신스가 쓰고 있던 모자를 뒤로 밀어 내자, 자줏빛 천으로 가려두었던 수려한 외모가 드러났다. 타시르와 눈이 마주치자 하이신스의 입가에 희미한 미소가 떠올랐다.

"입을 맞출 땐 이마, 입술, 뺨 순서로."

"!"

조롱하는 건지 진실인지 거짓인지조차 알 수 없는 말을 뱉은 하이신스는, 무례함을 꾸짖는 대신 다시 모자를 쥐면서 몸을 돌렸다.

그리고 이쪽을 보고 있던 라틸과 눈이 마주쳤다. 잠시 서로를 쳐다보기를 수 초. 라틸이 턱으로 어딘가를 가리키자, 하이신스는 모자를 마저 써 얼굴을 가리고서 그쪽으로 걸어갔다.

순식간에 아예 없는 사람이 되어버렸던 타시르는, 홀로 남겨진 채 멀뚱히 눈을 깜빡이다가 "아아." 소리를 내면서 눈썹을 들어 올렸다.

"별로 재밌지 않네."

라틸은 저벅저벅 무작정 앞으로만 걸어갔고, 하이신스는 다섯 걸음 뒤에서 조용히 따라갔다. 둘 다 입을 열지 않았다. 며칠 전 하이신스가 라틸에게 '내 동생과도 키스했냐'고 물은 뒤. 두 사람이 이렇게 또 둘이서만 걷는 건 처음이었다. 라틸은 당시의 일을 떠올리면서, 하이신스도 그날의 일을 생각하고 있을까 궁금했다. 하지만 굳이 그 말을 꺼내는 대신, 앞으로 쭉 뻗어 있던 산책로가 끊기자마자 확 돌아서면서 물었다.

"제일 중요한 건 왜 안 알려줬어?"

"제일 중요한 거라니."

"내가 배신자를 싫어한다는 거."

라틸은 하이신스를 공격하기 위해 한 말이었으나, 그는 며칠 전처럼 상처받은 표정을 하진 않았다. 대신 가볍게 웃으면서 되물었다.

"배신자 좋아하는 사람도 있나?"

라틸은 주먹을 꽉 쥐고 이를 악물었다.

"없지. 근데 왜 알짱거려."

"알짱거린 건 네 후궁이야, 라틸."

"라틸이라 부르지 마."

"네가 부정해도 날 부른 건 네 후궁이야, 라틸."

"부르지 말라고."

"가엾게도. 네 사랑을 받아보려 머리를 팽팽 굴리는 게 눈에 훤히 보이더군. 상단의 후계자라 했나? 사랑도 잘 계산하고 주판을 두드리면 나올 거라 믿는가 봐."

"야."

"하긴. 사랑받고 싶은 짐승을 탓할 필요는 없지. 거두어들이고서 애정을 주지 않는 주인이 나쁜 거지, 안 그래?"

"야."

"잘난 하렘이 생각보단 잘 돌아가지 않는가 봐, 라틸? 남자들을 모아놓으면 뭐 해. 애정 한 조각 주지 못하는데. 왜 그러지? 날 닮은 회색 눈동자에 갈색 머리가 없어서 그런가?"

"!"

하이신스에게 사절단을 통해 전했던 말을 그가 다시 돌려주자, 라틸은 인상을 험악하게 구겼다. 하지만 그것도 잠시. 라틸은 곧 빙그레 웃고서 하이신스가 싫어할 말을 같이 골라 해주었다.

"타시르를 함부로 말하지 마. 갠 날 위해 죽을 수도 있는 애야. 사랑을 얻으려 노력이라도 하는 애라고. 사랑이 당연히 네 뒤를 졸래졸래 쫓아오는 줄 알고 이용해먹으려던 너랑은 수준부터 다르지."

"!"

사랑에 물건처럼 감촉이 있다면, 아마 몹시도 끈적거리고 불쾌할 것이다. 손 여기저기에 달라붙어서 아무리 씻어도 잘 떨어지지 않을 것이다.

다음 날 아침. 밤새 거의 자지 못한 라틸은 침대에 앉아 어제 하이신스와 주고받은 날 선 대화를 떠올렸다. 말이 좋아 대화지, 사실상 혀로 하는 싸움이었다. 둘 다 상처만 받는 싸움. 그 상처는 결국 라틸의 기억에 움푹 패었고, 하루가 지난 지금까지도 피가 멈추지 않았다.

"폐하, 씻으시겠습니까?"

그렇게 앉아 얼마나 오래도록 있었을까.

평소라면 딱딱 시간에 맞추어 행동하는 라틸이 하염없이 시간을 낭비하자, 결국 보다 못한 시녀가 조심스럽게 물었다.

"그래."

라틸은 대답하고서 침대에서 일어나 욕실로 들어갔다. 차가운 물로 얼굴과 머리카락을 흠뻑 적시자 훨씬 정신이 맑아졌다. 맑은 정신으로 분노가 새삼 솟아나는 부작용도 있었지만.

그래도 온종일 일에 매달리고, 대신들과 회의를 주고받고, 아트락시 공작에게 '틀라와 손을 잡은 외세'에 대한 건은 아직도 조사 중인지 몇 번 쪼고 나니 시간이 훌쩍 지나갔다. 중간중간 하이신스 생각을 안 한 건 아니었으나 아침보다는 나았다.

라틸은 보는 사람의 입맛조차 떨어질 정도로 텁텁하게 저녁 식사를 하면서 생각했다. 며칠 동안 이렇게 지내고 나면 다시 하이신스가 갑자기 나타나기 전의 생활로 돌아갈 수 있을 거라고.

'체했나.'

하지만 내내 무거운 생각을 하면서 식사를 한 탓인가. 포크를 내려놓자마자 라틸은 가슴이 답답하고 속이 울렁거려서 인상을 구겼다.

"괜찮으십니까?"

걱정스럽게 묻는 서넛에게 괜찮다고 손을 젓고서 라틸은 의자에서 일어났다.

"괜찮긴 한데. 그래도 소화시킬 겸 좀 걸어야겠습니다."

"함께 가겠습니다."

라틸은 그러라 대답하고서 궁전 밖으로 나가 정처 없이 그저 산책로를 쭉쭉 걸어갔다. 산책로에 깔아둔 하얀 돌이 구두와 부딪칠

때마다 나는 소리는 라틸의 마음처럼 다급했다.

얼마나 그렇게 걸었을까. 라틸은 저녁놀을 받아 불그스름하게 변한 풀을 발견하고서 우뚝 멈춰 섰다.

'이 풀…….'

라틸은 멍하니 그 풀을 바라보다가 허리를 숙였다. 손으로 풀잎을 쓸자, 바람을 타고 향이 올라왔다. 라틸은 저도 모르게 풀잎을 뜯어버릴 뻔했다.

"폐하?"

라틸이 허공에 대고 갑자기 주먹을 쥐었다 펴자, 뒤에서 지켜보던 서넛은 어리둥절해서 라틸을 불렀다.

"왜 그러십니까?"

"이 풀이요."

"네."

"하이신스가 내게 풀반지로 만들어줬던 그 풀입니다."

"!"

하이신스의 이름이 나오자 서넛의 표정이 바로 굳었다. 하지만 서넛은 라틸보다 뒤에 서 있었기에 라틸은 그 변화를 보지 못했다. 라틸은 손을 뻗어 풀 옆에 자신의 손을 대보았다. 손가락을 쫙 펼치자, 풀잎이 엉성한 반지처럼 라틸의 손가락 위로 드리워졌다. 라틸은 그 모양새를 내려다보다가 불안해졌다.

'혹시 난 정말 하이신스를 못 잊고 있나? 그래서 후궁들을 멀리하는 건가?'

후궁 한쪽에게 권력을 몰아주지 않기 위해서, 대신들의 시선을 후궁들 쪽으로 돌리고 황권을 안정시키기 위해서 일부러 후궁들과 합방하지 않고 지내는데. 혹시 그 이면에는, 나 자신조차 모르던 하이신스를 향한 마음이 있는 건 아닐까?

이런 생각은 실체는 없으나 지독하게 두려운 법이라, 라틸은 고개를 젓고서 얼른 손을 풀잎에서 치웠다. 자존심이 상했다. 자신이 절대로 하이신스를 못 잊어서 후궁들과 합방하지 않는 게 아니란 걸 아는데. 알면서도 일단 불안한 마음을 품고 나자 쉽게 진정되지 않았다.

화가 난 라틸은 벌떡 일어나 곧장 하렘 쪽으로 걸어갔다. 하이신스가 없으면 누구든 상관없으니, 아무 후궁이나 하나 품어버릴 셈이었다. 어차피 하렘 안의 후궁은 모두 자신의 남자들이고, 언젠가는 그들을 품기는 해야 하지 않던가. 한 번뿐이라면 그 시기를 앞당겨도 되겠지. 하이신스가 자신의 합방 소식을 듣고서 자존심이 상할 수 있다면…….

"폐하, 오셨습니까."

라틸이 발길을 멈춘 곳은 라나문의 방 앞이었다. 라나문의 호위는 라틸을 보자 놀라서 목소리를 높였다.

"라나문한테 내가 왔다고 전해라."

라틸이 명령하자, 호위는 얼른 문을 열고 안으로 들어가서, 중간방에 머무는 라나문의 시종에게 알렸다.

"이봐. 폐하께서 오셨다. 빨리 일어나."

카르둔은 옆으로 누워 자다가 깜짝 놀라 상체를 일으켰다.

"누가 와?"

"폐하께서."

호위가 바깥문 쪽을 살피며 다급하게 알리자, 카르둔은 황급히 일어서려다 침대에 무릎까지 찧었다.

"세상에!"

"오늘은 또 왜 이렇게 빨리 자고 있는 거야?"

카르둔은 '우리 도련님은 원래 빨리 잔다'고 반박하는 대신 얼른 라나문의 방문을 노크하고 대답도 듣기 전에 안으로 들어갔다.

"도련님!"

잠시 뒤. 드디어 방문이 활짝 열렸고, 라틸은 라나문의 방으로 들어갈 수 있었다. 방 안에는 라나문이 평소보다 좀 더 헐벗은 차림으로 방 중앙에 서 있었다.

"미리 사람을 보내주셨으면 좋았을 텐데요."

라틸이 걸어오자 라나문이 평소처럼 차갑게 중얼거렸다. 미리 황제가 방문할 거란 이야기를 들었더라면 좀 더 공들여서 씻고 잠옷도 불편하지만 더욱 아름다운 걸로 입고 머리카락도 잘 꾸며두었을 텐데. 갑자기 오는 바람에 이 모든 걸 하지 못한 게 싫은 모양이었다.

"네가 보고 싶어서."

라틸은 평소처럼 라나문을 놀리거나 농담하는 대신 곧장 다가가 라나문의 목 뒤를 잡고 끌어당겼다.

"!"

라나문은 잠시 놀랐으나 순순히 눈을 감고 라틸이 이끄는 대로 따라갔다. 그 바람에 아직 닫히지 않은 방문 사이로 이 광경을 본 카르둔은, 민망해서 시선을 돌리고 얼른 문을 닫았다. 하지만 속으로는 쾌재를 불렀다. 드디어 우리 도련님이 폐하와 진짜 합방을 하시는구나!

이건 경사 중의 경사였다. 라나문이 다른 건 몰라도 밤공부는 열심히 하지 않았던가. 그게 전부 다 이론뿐이라 불안하긴 하지만…… 그래도 공부 안 한 것보단 낫겠지. 일단 도련님을 취하고 나면 폐하께서도 바로 마음을 주실 거라고, 카르둔은 희망에 차 고개를 주억거렸다. 대부분의 사람들은 라나문이 얼굴만 잘난 줄 아는데, 카르둔은 그게 아니란 걸 알았기에 더욱 자신만만했다.

'우리 도련님은 다른 데도 다 잘생겼으니까!'

하지만 카드룬의 기대와 달리 라나문은 지금 정신을 차리기가 어려웠다. 태어나서 한 번도 누군가와 입을 맞추어본 적이 없는 탓이었다. 이론으로는 열심히 익혔으나 그러면 뭘 하나. 눈 깜짝할 사이 혀가 저기 가 있고, 눈 깜짝할 사이 입술이 목에 가 있고, 눈 깜짝할 사이 눈앞이 번쩍거리다 보니 이론을 떠올릴 겨를조차 없었다.

"폐하."

가끔 숨 가쁘게 라틸을 부르는 게 다였다. 긴 입맞춤이 끝나고 잠시 숨을 쉴 틈을 찾자, 라나문은 가슴을 헐떡이며 라틸을 바라보았다. 색색 들려오는 숨소리가 어느 때보다도 간지럽게 들려왔다.

잘게 떨리는 속눈썹 아래로 보일 듯 말 듯 감추어진 눈동자조차도 사랑스러워서, 라나문은 자기도 모르게 라틸의 목덜미와 귀를 한 손으로 만지작거리며 조금 부풀어 오른 입술에 가볍게 입을 맞추었다.

한 손에 잡힌 말랑거리는 귀와 연한 살 안의 뼈까지 신기했다. 그러나 이번엔 라나문 쪽에서 입을 맞추려는 순간. 반쯤 내리깔았던 라틸의 눈동자에서 무언가 떨어졌다. 그것은 볼을 타고 빠르게 내려가 아래로 뚝 떨어졌다.

라나문은 라틸의 뺨을 쓸다가 시선을 내렸다. 카펫 위로 작은 물자국이 보였다.

"!"

라나문은 천천히 시선을 들었다. 우는 라틸이 보였다. 입술은 발갛게 부어 있었으나 얼굴엔 흥분한 기색도 없었고, 뺨은 오히려 창백했다. 그걸 본 라나문의 심장에서도 핏기가 함께 사라졌다. 자신도 모르게 라나문은 팔을 떨구었다. 생각할 틈도 없이 입이 열렸다.

"저와는…… 입도 맞추기 싫으십니까."

라틸은 아무 생각도 없이 서 있다가 "어?" 하고 되물었다. 눈이 마주치자 가시로 온몸을 덮은 라나문이 보였다. 차가운 눈동자도. 라틸은 순간 황당해졌다. 저런 표정을 하고서 누가 누굴 싫어한단 거야?

"내가 뭘 어쨌단 거야. 지금 뒤로 간 게 누군데 그래?"

"제 잘못이란 얘기십니까?"

"아니, 네 잘못이란 얘기가 아니라. 입 맞추다 왜 갑자기 신경질을 내는지 이해가 안 가서 그러잖아."

라틸이 한숨을 섞어 이야기하자, 라나문의 표정에 잘게 금이 갔다.

"그렇군요. 제 잘못이군요."

"라나문."

"하긴. 폐하께선 앞으로 온 적도 없으니 뒤로 갈 일도 없겠지요. 생각해보니 제 잘못이 맞는 것 같습니다."

"라나문."

라틸이 인상을 구기며 이름을 재차 부르자 라나문은 입술을 꽉 닫더니 다시 뒤로 물러났다. 이대로 저 멀리까지 도망가버릴 사람처럼. 그걸 본 라틸의 마음도 썰물처럼 밀려났다.

그렇지. 생각해보니 라나문은 아트락시 공작이 강제로 후궁으로 보낸 사람이다. 자신은 나름대로 그가 공신의 아들인 걸 염두해 찾아왔지만, 어쩌면 라나문은 라틸이 그렇게 찾아오는 것조차 싫어하고 있을지도 몰랐다. 사람들 앞에서 춤을 추는 것 정도가, 라나문이 자기 자존심을 챙기면서 황제의 총애를 얻는 최대 선이 아닐까?

"그래."

판단을 마친 라틸은 자신도 뒤로 반보 물러났다. 그걸 본 라나문의 표정이 흔들렸으나 라틸은 몸을 바로 돌렸기에 보지 못했다.

"싫다면 됐어. 갈게."

"!"

라틸은 라나문이 붙잡을 틈도 없이 성큼성큼 걸어가 문을 닫고 나갔다.

"폐, 폐하? 벌써 가시나요?"

중간 복도에 있던 카르둔은 깜짝 놀라 저도 모르게 황제를 불렀다. 라틸은 잠시 주춤했으나 결국 밖으로 나가는 문을 열며 당부했다.

"네 주인이나 달래주어라."

싫어하는 사람과 입을 맞춘 게 끔찍이도 싫은 듯하니 시종인 그가 잘 달래주란 충고였다. 탁 소리가 나며 바깥문까지 닫히자, 카르둔은 얼른 침실 안으로 들어갔다. 라나문은 침대 가에 앉아 기둥에 머리를 대고 있었다.

"도련님, 이게 무슨 일입니까?"

분명 문을 닫기 전에 두 분이 키스하는 걸 봤는데! 대체 뭘 어떻게 했기에 이 짧은 사이에……?

라나문은 이마를 여전히 기둥에 기대고서 눈동자만 돌려 카르둔을 보았다.

"폐하는?"

"도련님을 잘 달래주라 당부하시고 나가셨어요."

카르둔은 조심스럽게 손을 뻗어 라나문이 똑바로 앉도록 도와주었다.

"대체 무슨 일이세요? 아깐 분위기가 좋았잖아요."

"분위기가 좋았다?"

라나문이 희한한 소리를 들은 것처럼 카르둔의 표현을 따라 하자, 이 충실한 유형제는 라나문의 기분이 많이 상했단 걸 알아차리고 얼른 그를 위로할 만한 말을 마구 퍼부었다.

"무슨 일인지는 모르겠지만 폐하께서는 도련님을 무척 걱정하면서 나가셨어요. 그러니 뭔가 어…… 하여튼 오해할 일이 있더라도 다 오해일 거예요. 기운 내세요, 도련님."

그러나 아무 소용이 없었다. 오히려 라나문은 입술을 꽉 깨물며 무릎 위에 주먹만 쥐었다. 부들부들 떨리는 손이 그의 분노를 보여주었다.

"나와 입 맞추는 게 싫어서 눈물까지 보인 분이 날 걱정한다? 말이 되는 소리를 해라, 카르둔."

눈물까지 보이셨다고? 우리 도련님이 싫어서? 카르둔은 눈을 동그랗게 떴다.

"하, 하지만 분명 도련님을 달래주라고 말씀을……."

"도중에 날 팽개치고 가셨으니 당연히 달래주라 하셨겠지."

자기가 키스하기 싫어서 뒤로 싹 가놓고서는. 그렇게 '내 몸에 손가락 하나 대지 마' 하는 시선으로 봐놓고서는.

"웃겨 진짜."

라나문의 서늘한 눈빛을 떠올린 라틸은 생각하면 할수록 열이 올라 씩씩거렸다. 그럴 거면 처음부터 키스하기 싫다고 하든가! 왜 키스를 한 다음 그렇게 나오냐고!

'하기 전엔 할 수 있을 거라 생각이 들었나? 근데 막상 입술을 부딪쳐보니까 못 하겠다 싶었나?'

자신을 사랑해서 모인 이들이 아니란 건 알지만…… 그래도 가끔 질투하는 모습도 보이고 애정을 갈구하는 것처럼 굴었잖아. 어떤 목적으로 왔던 자신의 남자가 될 거라고 자원해서 온 이들이니,

지금이야 서로 어색한 부분이 있더라도 결국 내 남자란 생각을 했는데. 역시 애정 한 조각 없이 불러들인 게 문제일까, 아니면 라나문은 아트락시 공작이 반쯤 억지로 들여보내서 그런 걸까?

'칼라인을 보면 후자 같기도 하고. 칼라인은 끈끈한 첫사랑이 있는데도 자기가 원해서 여기에 와서 그런가, 잘 달라붙잖아.'

저절로 한숨이 나왔다. 그나마 다행이라면, 라나문에 대한 분노로 하이신스에 대한 분노를 좀 눌렀단 거? 문제는 그래봐야 분노에서 분노로 흘러갔을 뿐이란 거지만.

그런데 한참 씩씩거리면서 걸어가는 도중이었다. 회랑을 지나가고 있는데, 찌르는 듯한 시선이 느껴졌다. 라틸은 확 고개를 돌렸다. 하이신스다. 얼굴을 가렸지만 분명 하이신스였다. 그가 이쪽을 쳐다보고 있었다. 기껏 그에 대한 생각을 떨쳐버리고 왔는데.

아니, 여기서 네가 나타나면 안 되지. 그러면 라나문을 찾아갔다가 혐오한단 눈빛만 잔뜩 받고 온 내가 뭐가 되냐고.

라틸은 화가 머리끝까지 치솟았다. 하지만 여기서 하이신스에게 또 휩쓸릴 수는 없었다. 그가 개소리를 뱉으면 침대에 누워 잠을 자는 내내 머릿속에서 왈왈 개 짖는 소리가 들려올 텐데. 그러면 이쪽 손해 아닌가.

'무시하자.'

단호하게 마음먹고서 라틸은 확 돌아서서 회랑을 마저 걸어갔다. 침실 안으로 들어갈 때까지 단 한 번도 뒤를 돌아보지 않았다.

다행이라고 해야 할까. 하이신스 역시 라틸을 붙잡지 않았다.

"폐하, 벌써 돌아오셨어요?"

응접실에 모여 놀던 시녀들 역시 라틸을 보자 라나문의 시종처럼 놀라 벌떡 일어났다. 라틸이 하렘으로 갔단 이야기를 전해 들었기에, 다들 오늘 밤엔 라틸이 그곳에서 자고 올 거라 여겨 당황한 눈치들이었다.

"목욕물이 아직 준비되지 않았는데…… 어쩌지요?"

시녀인 애런델이 쩔쩔매며 묻자, 라틸은 괜찮다 웅얼거리고서 침실로 들어가 문을 닫았다.

"내가 알아서 할게. 다들 쉬어."

라틸은 평소보다 괜히 더욱 무겁게 느껴지는 옷을 다 벗어버리고 욕실로 들어갔다. 수도꼭지를 틀자 차가운 물이 콸콸 쏟아졌다. 평소라면 하녀들이 미리 물을 따뜻하게 데워서 욕조 안에 채워 넣었겠지만, 오늘은 목욕물이 미처 준비되지 못한 상태라 따뜻한 물도 욕조에 띄울 꽃잎도 부드러운 거품도 없었다.

라틸은 최대한 느릿하게 차가운 물로 얼굴만 찰박찰박 적시면서 세수를 했다. 다 씻은 후 밖으로 나와서도 라틸은 침대에 눕는 대신 며칠 전에 읽다 덮어둔 책을 들고서 안락의자에 앉았다. 눈에 들어오지도 않는 글자를 그렇게 꾸역꾸역 얼마나 읽어댔을까. 마침내 라틸은 더 참지 못하고서 책을 덮어 의자에 내려놓고 창가로 달려갔다. 커튼을 슬쩍 옆으로 들추고서 그 사이로 얼굴만 내민 라틸은 아까 하이신스가 서 있던 장소를 황급히 찾았다.

"……."

하지만 하이신스는 보이지 않았다. 라틸은 어이가 없어서 헛웃음을 터트렸다. 당연히 보이지 않겠지. 그럼 뭐야. 그놈이 저기에 몇 시간씩 서서 기다리기라도 해야 했나?

라틸은 커튼을 놓고 침대로 걸어가다가, 다시 몸을 돌려 창가로 돌아가 아예 커튼을 한 겹 더 내려버렸다. 그걸로도 모자라 커튼 줄까지 열리지 않도록 꽁꽁 묶은 라틸은 침대로 돌아오자마자 이불 안으로 파고들어갔다.

그냥 끝까지 참을걸. 결국 견디지 못하고서 커튼을 들춰본 자신이 미련하고 멍청하게 여겨졌다. 앞에서 같이 잘 싸워대면 뭐 해. 뒤에서 이러는데.

이불 안에 파묻혀 있자 나중에는 숨이 갑갑해졌다. 라틸은 이불을 반쯤 내리고서 고개를 돌려 옆자리를 보았다. 아무도 누워 있지 않는 옆자리. 손을 뻗어 더듬더듬 만져보자 차갑고 부드러운 감촉만 손바닥에 달라붙었다.

'하이신스 그놈은 날 잠깐 보고 바로 가버렸는데. 왜 흔적은 계속 내 옆에 따라붙어 있을까.'

한참 멍하니 옆자리를 더듬다가 라틸은 자신도 모르게 소리 내어 물었다.

"언제 떠날래?"

당연히 돌아오는 대답은 없었다. 라틸은 힘없이 눈을 감았다. 어머니든 아버지든 오빠든 이럴 때 한 사람이라도 가족이 곁에 있다면. 그러면 좀 나았을까.

커튼 사이로 들어오던 불빛이 완전히 사라진다. 새까만 밤 아래 새까매진 창문. 이젠 거기에 창문이 있는지조차 잘 보이지 않았다. 구름 사이로 달이 모습을 드러낼 때마다 그 희미한 빛에 창틀이 조금씩 빛날 뿐.

'잘 자, 라틸.'

하이신스는 몸을 돌려 손님용 궁전으로 돌아갔다. 걷는 내내 자신이 한심하게 여겨져서, 발걸음은 점점 더 속도가 올라갔다. 그녀는 자신의 얼굴조차 보기 싫어하는데. 뭐 하러 여기 온 건지. 오히려 그녀의 화만 돋운 듯하지 않는가.

"폐하."

그런데 하이신스가 자신이 머무는 방 앞으로 가보니, 근위대장이 그 앞에 초조하게 서 있었다. 이 밤중에 혼자 돌아다니면 안 된단 잔소리를 하려는 것치곤 표정이 다급했다.

"들어와."

무슨 일이 있구나. 하이신스는 대번에 판단을 내리고 먼저 방 안으로 들어갔다. 근위대장은 얼른 따라 들어와 문을 소리 나지 않게 닫고는 조용한 목소리로 보고했다.

"황후 폐하께서 지금 상태가 안 좋으시답니다."

"황후? 아이니?"

"예."

하이신스는 얼굴을 갑갑하게 가려두었던 모자 달린 망토를 벗으며 눈살을 찌푸렸다.

"갑자기 왜? 건강했잖나?"

아이니는 그의 정적이었기에, 오히려 하이신스는 평범한 정략결혼 상대 이상으로 그녀의 신상에 대해 잘 파악하고 있었다. 그리고 하이신스가 알기로 아이니는 몹시 건강한 체질이었다. 그런데 갑자기 상태가 안 좋아지다니?

근위대장의 목소리가 더욱 낮아졌다.

"몸이 아픈 건 아니랍니다."

"?"

"헤움 황자가 돌아왔다면서 횡설수설한다 합니다."

하이신스는 헤움의 이름을 듣자 어이가 없어서 바람 빠진 웃음소리를 냈다.

"그런 짓을 하라고 자리를 비워준 게 아닌데."

"일부러 미친 척하는 걸까요? 일단 다가 공작은 머리에 열이 심하게 올라와 잠시 헛소리를 하는 거라 주장하고 있답니다."

다가 공작으로서는 그럴 수밖에 없을 거다. 반역을 일으킨 황자가 돌아왔단 이야기를, 그 황자와 한때 연인이었던 황후가 말하는 건 구설수에 오르기 딱 좋은 일이니. 미치지 않았더라도 미쳤다 주장해야겠지.

그러나 하이신스는 별 반응 없이 겉옷만 마저 벗었다. 하지만 망토를 고정해둔 끈을 푸는 손길은 점점 느려졌다. 생각에 잠긴 탓이었다. 근위대장이 참을성 있게 기다리자, 끈이 풀리는 것과 거의 동시에 하이신스가 다시 입을 열었다.

"아이니가 미친 척해서 얻을 이득도 없고, 헤움 이야기를 직접 꺼내 얻을 효과도 없지."

"그렇지요. 안 그래도 지금 아이니 황후가 황자 이야기를 꺼내는 바람에, 그 일을 잊었던 사람들까지 다 옛날 일에 대해 떠든다니까요. 황후가 옛 연인이 그리워 미쳤단 사람도 있습니다."

다가 공작은 야심이 크지만 지금 당장 하이신스에게 반기를 들 정도로 멍청한 인물은 아니었다. 그가 하이신스를 내치려 할 때가 있다면, 아마 그때는 아이니 황후가 황족을 임신했을 때일 터. 그렇다면…….

"뭔가 이상하군."

"꿍꿍이가 있겠지요?"

"아니, 아이니가 횡설수설한단 내용."

"믿으십니까?"

"적이 하는 말이라 더 그럴듯한 말도 있지."

하이신스는 벗은 망토를 근위대장에게 건네며 창밖을 쳐다보았다. 별빛도 달빛도 유달리 약한 밤은 평소보다 훨씬 어둡게 여겨졌다.

"난 먼저 돌아가봐야겠다."

'하이신스를 욕하다 잠들어서 악몽을 꾸나.'

라틸은 어두컴컴한 성 안을 두리번거리며 혀를 찼다. 지금까지 본 모든 성을 통틀어서 이렇게 음산한 성은 처음이었다. 아낙차 후궁을 유폐해둔 곳 이상으로 어두침침한 데다 공기도 습하다.

'지하인가?'

복도만 보아도 이곳이 제법 커다란 성이란 걸 알 수 있겠는데, 희한하게도 창문은 하나도 없었다.

'지하 같아.'

찬공기가 코끝을 스치자 괜히 소름이 돋아서, 라틸은 제 두 팔로 몸을 감싸고서 천천히 앞으로 걸어갔다.

'꿈 한번 실감 넘치네.'

그래도 꿈은 꿈인지 아무리 걸어도 복도 외엔 나오는 곳이 없다. 어쩌면 성이 아니라 미로일지도 모른단 생각이 들 즈음. 누군가 라틸을 덥석 붙잡았다.

"!"

소스라치게 놀라 돌아보자 그곳에는 여우 가면을 쓴 남자가 서 있었다. 그 남자가 라틸의 팔을 잡은 것이다. 라틸이 쳐다보자 남자는 손을 떼더니 입술을 열었다.

그러나 여우 가면이 무어라 말하기 전. 복도 저편 아래쪽에서 구두 굽이 돌에 부딪히는 소리와 두런두런한 말소리들이 들려오기 시작했다. 아무래도 저쪽에 계단이 있고, 그 아래에서 누군가 이쪽으로 올라오는 듯했다. 라틸은 황급히 주위를 둘러보았으나 이곳은 복도뿐으로 몸을 숨길 공간이 없었다.

'아니, 여우 가면한테 이미 들켰잖아. 숨고 뭐고 할 것도 없어.'

그때 여우 가면이 자신의 윗옷을 벗더니 그걸 라틸의 머리 위로 덮어주었다. 뭐야? 라틸이 놀라 쳐다보자, 여우 가면이 손가락을 자신의 입술 부근에 가져다댔다. 쉿. 조용히 하란 뜻이었다. 정황상 지금 다가오는 발소리들로부터 라틸을 지켜주려는 듯한데…….

라틸은 황당해졌다. 아니, 이거 윗옷 뒤집어쓰고 입 좀 다문다고 사람 모습이 안 보일 리가 없잖아? 저놈 혹시 동물 가면을 쓴 게 아니라 진짜 동물인가? 동물들은 제 눈을 가린 다음 자기가 몸을 숨겼다고 생각하기도 하니까. 그런데…….

'진짜 안 보이나?'

계단을 다 올라온 이들은 정말로 라틸 쪽을 쳐다도 보지 않았다. 라틸뿐만이 아니라 여우 가면 쪽으로도.

'흑마법? 같은 건가?'

그러나 나타난 이들을 보는 순간. 라틸은 더욱 놀라 입을 쩍 벌렸다. 무리 중 가장 앞에 선 사람. 자신이 직접 처형하라 명령한 틀라였던 것이다. 그리고 틀라의 뒤를 따르는 건 각기 다른 동물 가면을 뒤집어쓴 수상쩍은 이들……. 가면을 쓰지 않고 얼굴을 드러낸 건 틀라뿐이다.

'진짜 살아 있어?'

놀란 라틸이 뒷걸음질을 치자 발밑에서 바스락 소리가 났다. 바닥에 잔잔한 돌무더기가 있었는데 라틸이 걷어찬 듯했다. 그 순간. 걸어가던 틀라가 갑자기 멈추어 서더니 주위를 두리번거렸다.

"방금 무슨 소리 난 것 같지 않아?"

라틸은 자신의 입을 막고서 틀라를 쳐다보았다. 왼쪽을 살피는가 싶던 틀라가 다시 오른쪽으로 고개를 돌리는데…… 그 눈길이 자신을 훑고 지나가자 오소소 소름이 돋아났다. 다행히 틀라는 고개를 갸웃하더니 다시 걸어가기 시작했다. 확실히 라틸이 보이지 않는 듯했다.

"그러고 보니 여우는? 또 어딜 가서 보이지 않는 거지?"

"그놈은 늘 바쁘지 않습니까."

하지만 안심하자마자 라틸은 다시 어깨를 바짝 세웠다. 틀라가 투덜거리는 소리에 대답해준 토끼 가면이 힐긋 이쪽을 쳐다보아서. 그러나 토끼 가면은 굳이 아는 척하는 대신 도로 정면을 보며 틀라에게 계속 말을 이었다.

"덕분에 일이 수월하게 풀리고 있으니 잘된 일이지요."

"어머니가 탑에 갇혀 있다. 내 동생은 성격이 더러우니 분명 내 어머니를 학대하고 있을 거야. 구출해야 해."

쭉 걸어간 틀라와 일행이 완전히 사라졌다. 말소리로 가득했던 공간에 다시 어두운 침묵이 내려앉자, 여우 가면이 라틸의 머리에서 자신의 윗옷을 치우며 말했다.

"아직 오실 때가 아닙니다."

'아직?'

라틸은 그의 묘한 말에 인상을 찌푸렸으나, 여우 가면은 더 설명하는 대신 제안했다.

"궁전에 바래다드리지요. 저를 잘 잡고……."

그러나 여우 가면이 말을 마치기 전. 라틸은 그의 가면을 잡고 확 벗겨버렸다. 그리고 드러난 얼굴은…….

"너!"

놀란 라틸은 벌떡 상체를 일으키면서 게스타의 턱을 쥐다가, 당황한 눈동자와 마주치자 황급히 손을 내렸다.

"아. 미안."

게스타는 몹시 놀란 표정으로 라틸을 멍하니 보다가 더듬더듬 물었다.

"폐하? 괜……찮으세요?"

라틸은 주위를 둘러보았다.

이곳은 어두컴컴하고 음산한 그 복도도 아니었다. 잘 정돈된 정원과 그 주위로 별처럼 내려앉은 조명들……. 하렘 내에 있는 아름다운 정원 안이었다.

"내가 왜 여기 있어?"

라틸이 묻자 게스타는 고개를 설레설레 저었다.

"모르겠습니다. 산책하고 있었는데, 폐하께서 여기에 누워 계셔서……."

라틸은 문득 게스타가 그 여우 가면이고, 자신과 그 성에 있던 건 아닌가 생각했다. 물론 게스타는 여우 가면과 옷차림이 아예 달랐지만, 딱 가면을 벗기자마자 이 상황이다 보니 좀 의심스러웠다.

"저기, 게스타."

"네, 폐하."

그러나 라틸이 그에 관련한 질문을 하려는 순간.

"폐하께선?"

멀지 않은 곳에서 칼라인의 목소리와 풀을 밟는 소리가 가까워졌다.

"폐하께선 아직 못 깨어나셨나?"

잠시 뒤 나타난 건 칼라인이었다. 궁의를 데려온 칼라인.

"폐하."

라틸을 본 칼라인이 안심한 얼굴로 다가오더니 조심스럽게 손을 뻗어 라틸의 얼굴을 살폈다.

"괜찮으십니까?"

"내가 여기에 왜 있어?"

라틸이 묻자, 칼라인은 게스타와 시선을 주고받더니 조심스럽게 물었다.

"생각나지 않으십니까?"

라틸이 고개를 젓자, 칼라인은 굳은 목소리로 말했다.

"저희가 발견했을 땐 폐하는 이미 여기에 누워 계셨습니다."

"저희? 너랑 게스타가 날 같이 발견한 거야?"

"예."

궁의는 이게 뭔 일인가 싶어 입을 다물고 라틸과 칼라인, 게스타를 번갈아 쳐다보았다. 라틸은 인상을 구기고 흘러 내려오는 머리카락을 쓸어 뒤로 다 넘겼다.

그럼 정말로 내가 그 검은 성에 있다가 여기 온 게 아니라, 처음부터 여기 누워 있던 건가? 몽유병 뭐 그런 거?

허망한 기분이 들었다.

'그럼 틀라라든가 여우 가면. 그 둘을 만난 것도 꿈이었나?'

칼라인과 라틸, 게스타가 침묵하는 사이. 궁의는 슬그머니 라틸 쪽으로 다가가 몸 상태를 살폈다.

"……."

한참을 그렇게 신중하게 살핀 궁의는 마침내 손을 내리며 안도해 말했다.

"몸은 괜찮으신 것 같습니다."

라틸은 자신의 맨발을 내려다보며 물었다.

"혹시 내가 몽유병이라거나. 그런 건 아니고?"

분명 침실에서 잠들었는데. 여기에 어떻게 온 건지도 모른 채 이동했다. 신발조차 신지 않고서. 그런데 몸이 괜찮다니. 아픈 곳은 없으나 이해는 가지 않았다. 아니, 사실 이상한 건 그것 하나뿐만이 아니었다.

'내가 맨발로 여기까지 오는데 잡은 사람이 아무도 없어?'

황제가 정신없이 맨발로 좀비처럼 걸어가면 걱정이 되어서라도 잡지 않을까? 잡지 못하더라도 근처에서 따라오긴 할 텐데. 그런 사람이 없었단 점도 영 이상했다.

"이런 증세가 이전에도 나타난 적이 있으신지요?"

"아니. 처음인데."

"그러면 아직 몽유병이라고 진단하긴 힘듭니다."

"그런가."

다친 데가 없다는데 더 치료하라 할 수도 없고, 무엇보다 자신이 궁 바깥에서 맨발로 계속 우물거리는 것도 이상하다.

"상태를 보고 나중에 다시 부르지."

라틸은 어쩔 수 없이 우선 궁의를 돌려보내고 천천히 땅을 딛고 일어섰다. 그러자 게스타와 칼라인이 동시에 라틸의 오른팔과 왼팔을 잡았다. 됐어, 하고 말하려다가, 라틸은 자신의 맨발을 내려다보고서 입을 다물었다. 아니네. 이 상태로 침실에 돌아가면 난리가 나긴 하겠지. 소란은 질색이었다. 황제가 이상하단 소문이 도는 것도 사절이고.

"게스타. 칼라인. 여기서 둘 중 누구 방이 더 가깝지?"

먼저 나타난 게스타일 거라 여겼는데, 의외로 칼라인이 손을 들었다. 라틸은 그에게 두 팔을 내밀었다.

"나 좀 업어줘."

"미안해."

칼라인에게 업혀서 그의 방으로 가는 길. 라틸이 갑자기 사과하자, 묵묵히 걸어가던 칼라인이 고개를 아주 조금 옆으로 돌렸다.

"뭐가 미안하시단 겁니까?"

넌 사랑하는 여자가 따로 있는데 업어달라고 부탁한 거? 라틸은 속으로만 대답했다. 이 과거의 여자 이야기는 칼라인이 직접 말해준 게 아니라, 자신이 그의 악몽을 통해 엿본 것이기에 아는 척할 수가 없어서. 그 기억을 칼라인이 잊으려 하는지는 모르겠지만, 어쨌든 굳이 상처를 들쑤실 필요도 없었고.

라틸이 대답하지 않자, 칼라인도 더 묻지 않고서 다시 앞으로 천천히 걸어갔다. 그동안 라틸은 놀랍도록 안정적인 그의 등, 딱 달라붙어 기대기 좋은 넓은 그 등을 보다가 자기도 모르게 반쯤 눈을 감고 거기에 머리를 기댔다. 이상하게 그의 등을 보자 눈꺼풀이 감기고 잠이 왔다.

'등짝이 넓어서 그런가. 그보다 여우 가면. 그놈은 왜 날 두 번이나 구해준 거지? 처음엔 날 혼란스럽게 만들려고 구한 거라 생각했는데. 자기들 본거지에서까지 날 구해줄 필요가 있나? 그게 다 꿈이었다면, 난 왜 하필 그 여우 가면이 날 돕는 꿈을 꾼 거고?'

그렇게 곰곰이 아까 일을 생각하기를 잠시. 완전히 정신이 가물가물해지더니, 라틸은 저도 모르게 완전히 잠들고 말았다.

"주인?"

뒤에서 색색 숨소리가 들려오자, 칼라인은 라틸을 조심스럽게 불러보았다. 그래도 대답이 없자, 그는 조용히 입꼬리를 올리고서 들릴 듯 말 듯한 목소리로 작게 물었다.

"기억나십니까? 계단 양옆으로 온갖 꽃이 화사하게 피어 있고, 계단 아래는 호수와 이어진 우리 집이요."

"……."

"주인은 거기에 발을 담그고서 물장난을 치고……."

혼자 중얼거리던 칼라인은 곧 말을 멈추고서 쓸쓸하게 웃었다.

'하긴. 당신이 기억할 리 없지요.'

냉기가 감도는 검고 어두운 성안을 전혀 어울리지 않는 존재가 돌아다니고 있었다. 보송보송하고 뽀얀 토끼 가면을 뒤집어쓴 남자였다. 남자는 키가 몹시 크고 어깨가 넓은 데다 얼핏 드러난 가슴 근육은 커다랬으나, 얼굴 전체를 가린 커다란 토끼 가면 덕분에 귀엽고 사랑스러워 보였다.

"여기 있었구나."

한참을 돌아다니던 남자는 마침내 자신이 원하던 걸 발견하고서 멈춰 섰다. 그건 작은 굴 안에 쌓인 이불 더미였다.

"너지?"

토끼 가면이 가장 위의 이불 두 겹을 들추자, 그 안에서 또 다른 사람이 드러났다. 윗옷을 머리에 덮고 있는 인물이었다.

"네가 드디어 미쳤나 보구나."

황당해진 토끼 가면이 이번에는 두 손가락으로 윗옷을 들추자, 마침내 그 안에서 귀엽게 생긴 여우 가면이 드러났다. 여우 가면은 습한 공기가 들어오자 히죽 웃으면서 중얼거렸다.

"여기서 그분의 향이 나."

목소리에서부터 여우 가면이 웃고 있단 티가 났다. 가면이 워낙 귀엽게 생긴 터라 그 모습은 진짜 여우처럼 사랑스러웠지만, 그 꼴을 본 토끼 가면은 오히려 팔에 소름이 돋아 혀를 찼다.

"그거 알아? 너 좀 변태 같아."

"로드는 변태를 좋아하실까?"

그러나 토끼 가면이 뭐라고 타박하든 여우 가면은 꿈쩍도 하지 않았다.

"부정도 않는구나. 미친놈."

토끼 가면은 결국 고개를 설레설레 젓고서, 들췄던 윗옷을 도로 얼굴에 내려주고 일어섰다.

"혼자 놀지 말고 와. 틀라 님이 널 찾아."

"잔다고 해……."

"탑에 갇힌 아낙차 님을 찾고 싶으신가 봐."

"잔다고 하라니까."

"난 말 전했으니까 간다."

여우 가면이 손을 뻗어 발목을 잡으려 하자, 토끼 가면은 한쪽 발을 싹 치워 피하고는 뒤도 돌아보지 않고 냉정하게 그곳을 떠나버렸다.

"너무해. 네가 그러고도 토끼냐. 토끼는 안 그래. 토끼는 순하다고."

여우 가면이 뒤에서 무어라 해도 토끼 가면은 꿈적도 하지 않았다.

결국 홀로 남겨진 여우 가면은 혼자 윗옷에 얼굴을 파묻고 왕뱀처럼 꿈틀거리다 마지못해 꾸역꾸역 일어섰다.

"사블레 후작. 아낙차 후궁 감시 병력을 좀 더 늘렸으면 하는데."

다음 날. 라틸은 시종장을 불러서 아낙차가 유폐된 탑 주위에 더 많은 병사를 보내고 싶다고 이야기했다.

"지금도 물샐틈없이 빼곡히 지키고 있는데, 여기서 더…… 말입니까?"

사블레 후작은 라틸이 뜬금없이 아낙차 이야기를 꺼내자 어리둥절해서 되물었다. 무슨 일이 있는 것도 아니고, 영 생뚱맞게 여겨지는 듯했다.

라틸은 차마 '찝찝한 꿈을 꿨다. 틀라가 자기 엄마를 구할 거라 다짐하는 꿈이었다'고는 말하지 못하고 적당히 둘러댔다.

"느낌이 좀 안 좋아서요. 내부에서 계속 일이 터지기도 하고."

시종장은 단순히 감이 좋지 않단 이유로 병력을 더 늘리란 말이 영 납득이 가지 않는 눈치였으나, 황제의 명령이기에 우선 알겠다고 순순히 대답했다.

"예. 더 늘리도록 할 테니 염려 마시지요."

"그리고 시노르 왕국에서 내분 문제로 우리한테 도움을 요청했는데."

"예."

"오늘 국무회의에서 그 일을 얘기할 거니 다들 자료를 준비하라 하고……."

그런데 라틸이 아낙차 외 다른 업무에 대해서도 시종장에게 지시하는 도중이었다. 비서가 총총걸음으로 다가오더니 목소리를 낮추어 라틸에게 알렸다.

"폐하. 레안 황자님께서 도착하셨습니다."

적들에게서 지도를 빼앗은 후, 라틸은 그 지도를 탐색하러 가기 위해 오빠에게 잠시 궁전에 와달라 편지를 보냈는데, 이제야 레안이 도착한 것이다.

"어디 있어?"

"지금은 응접실에 계십니다."

라틸은 고개를 끄덕이고서 의자에서 일어섰다.

"며칠만 나 대신 국무를 봐줄 수 있어?"

레안이 머무는 응접실 안에 들어서자마자 라틸은 질문부터 했다.

"인사는 생략하는 거야?

레안은 웃으면서 그래도 봐줄 수는 있다고 대답하다가, 라틸이 "난 카리센에 다녀올 거야"라고 하자마자 정색했다.

"어딜 간다고?"

"카리센에."

레안의 표정이 심상치 않게 변했다. 그가 무슨 생각을 하는지 뻔했다.

"혹시 하이신스……."

"아니야."

라틸이 재빨리 대답했으나 레안의 표정은 돌아오지 않았다.

"갑자기 카리센에는 왜? 거기에 가야 할 이유가 있어? 나는 별일 없다고 알고 있는데."

"별일이야 없지."

"그런데 왜 네가 굳이 카리센에 가야 한단 거지?"

레안이 질문을 마구 퍼부어대자, 라틸은 내부의 적과 고지도 이야기를 할까 잠시 고민했다. 하지만 결국 혹시나 싶어 그 이야기는 하지 않았다. 라틸은 하나뿐인 동복오빠를 믿었지만, 그래도 만약을 위해 비밀로 두는 게 나을 것 같아서.

"사정이 있어. 설명하긴 어려운 사정."

"그게 무슨 사정인진 말하기 싫은가 보구나."

라틸이 고개를 끄덕이자 레안은 한숨을 내쉬면서 소파에 앉았다.

"카리센에는 어떻게 갈 생각인데?"

"사절단을 따라갈 생각이야. 뭐, 국가 간 친선을 위해서라거나, 그런 걸 이유로 들면 되겠지. 아니면 다른 이유라도."

이유야 만들기 나름이니까, 라틸은 중얼거리면서 레안의 맞은편에 앉아 종을 흔들었다. 그러자 눈치 좋게 미리 여러 종류의 차를 만들어두고 대기하던 시종이 응접실 안으로 웨건을 끌고 들어왔다.

레안이 마음에 드는 찻잔 하나를 고르자, 라틸은 아무거나 가까운 찻잔을 고르고서 시종에게 나가라고 눈짓했다. 시종이 나간 뒤에도 레안은 말없이 차를 마시며 라틸을 걱정스럽게 바라보기만 했다.

"그렇게 마음에 안 들어?"

기다리다 못한 라틸이 결국 히죽 웃으면서 먼저 묻자, 레안은 눈살을 찌푸렸다.

"다른 곳도 아니고 카리센이라는데 걱정이 안 될 수가 없잖아."

"걱정할 건 또 뭐야."

라틸은 입을 삐죽이고서 괜히 발치를 내려다보았다.

"걔가 날 배신하긴 했지만, 나한테 물리적으로 타격을 준 건 아니잖아."

처음 하이신스에게 배신당했을 때. 라틸은 너무 화가 나서 하이신스가 하는 모든 말을 변명으로만 여겼다. 물론 지금이라고 해서 화가 풀린 건 아니었다. 그래도 어느 정도는 이성적으로 생각할 수 있게 되었다.

예를 들어, 하이신스가 라틸에게 연락할 방법을 찾았지만 누군가 중간에서 훼방을 놓았단 걸 인정했고, 하이신스 나름대로는 치열하게 살아남기 위해 한 선택이었단 것도 인정했다. 이 때문인지, 여전히 하이신스가 자신과 다시 맺어질 수는 없다 여겼으나, 라틸은 하이신스가 자신에게 해를 끼칠 거란 생각은 들지 않았다. 나중에 나라 사이에 충돌이 일어나면 몰라도, 그는 지금 당장 라틸에게 해를 입힐 사람은 아니었다.

"글쎄. 한 번 배신한 사람은 언제든 어떤 면으로든 배신할 수 있다고 보는데."

그러나 레안은 하이신스가 라틸을 버리고 다른 여자와 결혼한 게 아직도 분한지 평소답지 않게 차갑게 중얼거렸다. 인자하고 다정한 오빠답지 않은 말에, 라틸은 웃으면서 괜히 맞은편에 앉은 레안의 발끝을 톡 자기 발로 두드렸다.

"오빠는 맨날 좋은 말만 하는 줄 알았는데. 웬일이래?"

"널 다치게 한 사람을 어떻게 좋게 보겠어."

"날 죽이려 한 틀라는 용서하라 했잖아."

"……용서하라 한 게 아니야, 라틸. 굳이 죽일 필요는 없다 한 거지."

라틸은 소리 없이 웃었다. 오빠의 말에 동의할 수는 없었지만, 그래도 누군가 자신을 진심으로 염려해주는 느낌이 좋았다. 시종장이나 유모, 서넛 등도 자신을 소중하게 대해주지만 그래도 레안은 가족이니까. 친오빠인 레안은 다른 사람들이 다 이런저런 이유로 배신을 하더라도 절대로 자신을 저버리지 않을 사람이기도 했다.

"이럴 땐 엄마랑 오빠랑 같이 살고 싶어."

오랜만에 느낀 가족의 애정이 좋아서 라틸이 중얼거리자, 레안은 잠시 놀란 표정을 짓더니 손을 뻗어 동생의 손을 꽉 잡았다.

"나중에. 어머니 마음이 괜찮아지시면 이곳에서 같이 살자고 말씀드려보자."

라틸이 고개를 끄덕이자, 레안은 몇 번 라틸의 손등을 토닥이다가 놓아주었다. 그러더니 한참 동안 곰곰이 생각해보다 물었다.

"카리센에 가야 하는 게, 하이신스 때문이라거나 외교 문제와 관련이 있진 않은 거지?"

"어."

"오래 걸리는 일이야?"

라틸은 해석한 고지도를 떠올리고서 고개를 저었다.

"아니."

고지도를 찾고 해석하는 과정에서 좀 시간이 오래 걸렸을 뿐. 거기에 표시된 물건을 찾는 건 그리 어렵지 않을 것 같았다. 적어도 고지도에 적힌 바에 따르면.

라틸은 고개를 기웃했다.

"근데 그건 왜? 오빠도 빨리 돌아가야 해서 그래?"

만약 그런 거라면 오빠한테 사블레 후작을 도와서 며칠간 국무를 보아달라 맡기는 게 너무 이기적인 부탁이 아닐까, 라틸은 조금 후회가 되어서 조심스럽게 물었다.

"바쁜 거면 도와주지 않아도 돼. 그냥 집권 초라 내가 없는 사이에 혹시 무슨 일이라도 벌어질까 봐 그러는 거지, 꼭 오빠가 여기 있어야 하는 건 아니어서."

라틸이 말한 '무슨 일'은 잊을 만하면 여기저기서 슬금슬금 터지는 흑마법 관련한 내부 문제였다. 레안에게 한 말처럼 오랫동안 자리를 비울 건 아니지만, 그래도 사블레 후작이 시종장의 위치에서 처리하기 어려운 일도 있을 수 있기에 황태자로서 오랜 교육을 받았던 오빠를 부른 거지, 정말로 레안이 꼭 여기에 있어야 할 필요까지는 없었다.

"시간을 내기 어려워서 그런 건 아니야."

"진짜야?"

"어. 사실 음. 오래 걸리는 일이 아니라면, 네가 비밀리에 다녀오는 게 어떨까 싶어서 물어본 거였어."

그러나 레안이 한 말은 전혀 예상외였다. 라틸은 놀라 눈을 휘둥 그렇게 떴다.

"비밀리에?"

지금 하이신스가 여기에 온 것처럼?

'아니, 완전히 같진 않겠구나. 하이신스는 사절단인 척 위장해 온 거니까.'

그래도 그 생각은 해보지 않았는데…….

"좀 그렇지 않아?"

라틸이 떨떠름해서 묻자, 레안이 심각한 얼굴로 중얼거렸다.

"내 생각엔 즉위한 지 얼마 안 된 황제가 직접 사절단에 섞여 외국까지 가는 건 좀 무게감이 없어 보여서. 특별한 일이 있는 것도 아니니까."

"아……."

"게다가 틀라의 잔당 세력이라거나, 그런 사람들한테 네가 자리를 비운단 걸 공개적으로 알릴 필요가 있을까?"

"그래서 오빠를 부른 건데."

"물론 나도 널 돕겠지만, 그래도 네가 자리를 비운다는 걸 비밀로 하는 게 나을 것 같아. 며칠 만에 다녀올 수 있다면 잠시 몸이 안 좋다 하고 다녀와."

카리센으로 떠나기로 한 날 밤. 라틸은 주위 사람들에게 몸이 좋지 않다고 슬쩍 언질을 건넨 다음 평소보다 이른 시간에 자신의 침

실로 돌아와 책상 앞에 앉았다.

'게스타 생일이 2주 좀 안 되게 남았으니까…… 별일 없으면 다녀와서 챙겨줄 수 있겠네.'

달력에 게스타의 생일을 체크해둔 라틸은 잠시 고민하다가 그쪽에 '책' 하고 적어 넣었다. 게스타가 선물로 둘이서만 함께하는 시간을 원했지만, 그래도 역시 선물은 있어야 할 것 같아서.

'좋아.'

이후 라틸은 황제 제복을 벗은 다음 편안한 검은 무복을 입고 그 위에 귀족들이 걸칠 법한 망토를 걸쳤다. 그러고서 미리 정해둔 시간에 슬그머니 방을 빠져나왔을 때, 응접실 안에는 시녀들이 아무도 없었다. 라틸이 머리가 너무 아파서 어떤 소음도 듣고 싶지 않으니 오늘은 다들 다른 곳에 가 있으라 한 덕이었다.

기사들을 물리는 건 조금 더 어려웠으나, 레안이 잠시 그들을 불러 시간을 끌어준 덕에 라틸은 호위들이 눈치채지 못하게 복도도 벗어날 수 있었다. 어릴 때부터 궁전 안을 헤집고 돌아다닌 덕에 사람 없는 곳만 골라서 이동하는 건 쉬운 일이었다.

이후 높은 담벼락을 훌쩍 넘어 나가자, 대기 중인 검은 마차가 보였다. 마차 마부석에는 검은 모자를 푹 눌러써 얼굴을 가린 근위기사 한 명이 타고 있었다. 처음에는 서넛을 데려오려 했으나, 근위대의 얼굴이나 다름없는 서넛을 데리고 나가면 다들 황제가 자리를 비웠단 걸 알게 된단 생각에 일부러 다른 기사를 데려온 것이었다.

"가자."

라틸이 마차 안으로 들어가며 지시하자, 근위기사는 얼른 고삐를 철썩 위에서 아래로 내리쳤다.

"이랏!"

마차가 궁전에서 멀어지는 동안, 라틸은 작은 등불을 마차 천장 모서리에 매달아놓고서, 품 안에 넣어온 고지도를 꺼내 꼼꼼히 한 번 더 살폈다. 만약의 사태를 대비해서 아예 이 지도를 머릿속에 통째로 외워버릴 셈이었다. 그러다가 문득 라틸은 지도 모퉁이에 쓰인 '3'이란 숫자에서 눈길을 멈췄다.

'이건 무슨 의미일까?'

지도 안에 있는 다른 글자는 전부 다 뜻을 알아냈는데. 모퉁이의 숫자 3은 왜 넣은 건지, 아직 그건 알아내지 못했다.

'일단 물건부터 찾아낸 다음 알아보자.'

물건을 완전히 찾아내면 적들이 지도를 중간에 낚아챈 게 자신이란 걸 알아도 상관없으니, 학자들에게 지도를 맡겨 연구하게 할 수 있다. 아니면 대현자나 오빠에게 맡겨도 되고. 라틸은 지도를 잘 접어서 품 안에 넣고서 마차 등받이에 머리를 기대고 눈을 감았다.

깜빡 잠이 든 라틸은 마차가 심하게 덜컹거리는 바람에 정신이 돌아왔다.

'뭐지?'

몸이 몇 번이나 앞으로 튕겨나갈 정도로 마차를 너무 험하게 모는 듯하자, 라틸은 팔짱을 풀고 자리를 이동해 마부석 칸막이를 톡 톡 두드렸다.

"무슨 일이냐?"

"죄송합니다. 이쪽 길이 너무 험해서 그렇습니다."

이 정도로 험하면 바퀴가 나갈 것 같은데……. 라틸은 다시 원래 자리로 돌아왔으나, 조금 걱정이 되었다. 역시. 예상했던 대로 얼마 지나지 않아 마차가 기우뚱하더니, 작은 비명이 들려왔다.

"이봐?"

라틸이 재차 묻자 아예 마차가 멈추었다. 그러더니 곧 기사가 마차 문을 똑똑 두드린 다음 밖에서 열었다.

"죄송합니다. 지름길로 이동했는데, 길이…… 예전엔 이렇지 않았는데."

"바퀴가 고장 났어?"

"예."

라틸은 한숨을 내쉬고서 마차 밖으로 내렸다.

"어디가?"

바퀴는 마차의 구조나 원리에 대해 잘 아는 편이 아닌 라틸이 보기에도 심각할 정도로 일그러져 있었다. 라틸은 인상을 찌푸렸다.

"이거 고칠 수는 있어?"

"예비 바퀴가 있으니 바꾸면 됩니다."

근위기사가 바퀴를 교체할 동안 라틸은 바위에 걸터앉아 하늘을 살폈다. 그렇게 얼마나 시간을 보냈을까. 생각처럼 잘 되지 않는지 근위기사가 계속 끙끙거리는데, 저 멀리서부터 빠른 말발굽 소리가 들려오기 시작했다.

"부딪칠지도 모르니 물러나 있어."

라틸은 길 가운데를 막고 선 근위기사에게 명령하고서 자신도 좀 더 안쪽으로 들어가 섰다.

"예."

말발굽 소리는 빠르게 가까워졌는데, 소리가 가까워질수록 다가오는 이가 두 명이란 걸 알 수 있었다.

'적은 아니겠지?'

라틸은 말을 탄 이들이 지나가길 기다리면서도, 만약을 대비해 검 손잡이 위에 슬쩍 손을 올려두었다. 근위기사 역시 같은 생각인지 라틸의 앞쪽에 서서 무기를 반쯤 뺐다.

"만약 적이 아니라면 도움을 청해볼까요?"

"되었다. 이런 밤중에 저렇게 급하게 말을 몰잖아. 저쪽도 급한 사정이 있을걸. 우리를 습격하려고 온 게 아니라면, 아마 말을 멈추지도 않고서 가버릴 거야."

그러나 예상과 달리 말을 타고 온 두 사람은 근처에서 예의 바르게 속도를 늦추는가 싶더니, 부서진 마차 부근에 오자 완전히 멈추어 섰다.

'적?'

그걸 본 근위기사와 라틸은 진짜 습격자인가 싶어 경계했으나, 그중 한 명이 먼저 허공에 대고 손을 저어 무기를 들고 있지 않다는 걸 보여주었다. 그러고서 나온 질문은 제법 친절하기까지 했다.

"곤란한 상황인 모양인데. 혹시 우리가 도와줄 건 없나?"

이에 근위기사는 안도해서 "감사합니다." 하고 인사했으나, 라틸은 완전히 굳어버렸다.

"하이신스……?"

저 목소리의 주인. 하이신스여서.

"!"

아주 작게 중얼거린 소리인데, 남자 쪽도 라틸의 목소리를 들었는지 흠칫해서 모든 움직임을 멈추었다.

라틸은 검에 닿았던 손을 내려놓고서 설마설마하는 눈으로 망토를 눌러쓴 남자를 쳐다보았다. 남자는 말 위에서 라틸을 내려다보다가 한 손으로 망토 모자 끝을 잡더니 천천히 뒤로 넘겼다. 드러난 얼굴은 역시 하이신스가 맞았다. 경악한 얼굴을 한 하이신스가.

"라틸?"

예상치 못한 상황에, 근위기사는 어리둥절해서 라틸과 하이신스를 번갈아 쳐다보았다. 하이신스는 입을 벌리고 라틸을 쳐다보다가, 곧 화난 얼굴로 말에서 뛰어내렸다. 그러고는 가까이 다가오더니 한 걸음 정도 떨어진 곳에 서서 화를 냈다.

"네가 왜 여기 있는 거지? 위험하게 기사 하나 데리고?"

"마찬가지거든. 너도 기사 한 명 데리고 여기 있잖아."

그 모순적인 걱정에 라틸이 황당해서 되묻자, 하이신스는 할 말이 없는지 바로 입을 닫았다. 그 모습을 보다가, 하이신스가 데려온 기사도 어색하게 말에서 내려와 라틸에게 인사했다.

"라트라실 황제 폐하께 인사드립니다."

"……그래."

그러자 라틸이 데려온 근위기사도 얼른 하이신스에게 인사했다.

“하이신스 황제 폐하께 인사드립니다.”

근위기사 둘의 표정은 상당히 흡사했다.

라틸은 난감해서 고개를 옆으로 돌리고 작게 툴툴댔다. 하필 만나도 이런 와중에 재랑…….

그런 라틸의 옆모습을 쳐다보다가 하이신스는 최대한 감정을 꾹 누르고서 자신의 근위대장을 불렀다.

“로즈타 경.”

“예, 폐하.”

“저 기사가 마차 수리하는 걸 도와주지.”

“예.”

하이신스의 근위기사가 라틸의 근위기사에게 눈짓하자, 라틸의 근위기사는 얼른 고개를 끄덕이고서 부서진 마차 쪽으로 걸어갔다. 기사 두 사람이 모두 그쪽으로 가자, 하이신스와 라틸은 자연스럽게 그들과 조금 떨어져 섰다. 작게 말하면 대화하는 소리가 들리지 않을 만큼 떨어지자, 하이신스는 평소보다 훨씬 낮은 목소리로 물었다.

“여긴 왜 있는 거야? 혼자 돌아다니면 위험한 거 몰라? 황녀일 때도 제멋대로 돌아다니더니, 황제가 돼도 제멋대로 돌아다녀?”

“그 주둥이는 여전히 모순적이구나. 누가 누구한테 할 말이야? 여긴 적어도 우리나라 영토거든? 넌 다른 나라까지 제멋대로 기사 하나 챙겨 들어왔잖아?”

“어디 가는 길인데?”

“너희 나라.”

대답을 한 라틸이 민망해서 입을 다물자, 하이신스는 눈을 질끈 감고서 자신의 관자놀이를 눌렀다.

“그래. 네 말대로 내가 너한테 할 말은 아니네. 나랑 똑같은 짓을 하는 중이니.”

라틸은 짜증이 나서 인상을 구기고 괜히 신발 앞코로 바닥을 툭툭 차서 흙을 튀기다 눈을 번뜩이며 물었다.

“넌 왜 지금 가? 아직 너희 나라 사절단 우리나라에 있는데?”

“급한 일이 생겨서.”

“사절단은 어쩌고?”

“사절단 역할을 하고 오겠지.”

“…….”

“넌? 우리나라엔 왜 이렇게 몰래 가는데?”

하이신스의 눈이 점점 가늘어지더니, 나중에는 거의 눈동자가 반만 보일 정도로 얇아졌다.

“내가 여기 있으니 날 보러 가는 건 아닐 테고.”

“무슨 상관이래.”

“남의 나라 황제가 우리나라에 몰래 들어온다는데 상관이 없을까, 과연?”

“옛날 여자친구 행동에는 신경 끄는 거라고 안 배웠어?”

“그런 말 하는 사람치고 옛날 연인 확실하게 잊은 사람 없을걸. 자기들이 못하니 말로만 잊자 잊자 하는 거 아닌가? 꼭 누구처럼.”

“그 누구가 혹시 네 얘기야?”

“돼지 눈엔 돼지만 보인다지. 네 얘기라 다 그렇게 보이는 게 아날까, 라틸?"

"그래서, 네가 돼지라고?"

라틸과 하이신스가 이를 악물고 말다툼을 하는 사이. 두 제국의 근위기사는 서로를 동병상련하는 눈길로 바라보았다. 어디로 튈지 모르는 상사를 두는 건 어느 나라 사람에게나 같은 고초이지 않던가.

어쨌든 한참을 더 유치하게 말다툼을 주고받은 두 황제는 마차 수리가 끝날 즈음에야 이러다간 끝도 없겠단 결론을 내렸다. 여기서 둘이 이런 걸로 싸워보아야 뭘 어떻게 하겠는가. 하이신스는 라틸을 돌려보낼 수 없었고, 라틸도 하이신스를 돌려보낼 수 없었다. 심지어 둘 다 카리센으로 급히 가야 하기에 같은 지름길을 달려야 한다.

"……."

"……."

서로 눈치를 보다가 결국 라틸과 하이신스는 마지못해 한 마차에 올라탔다.

한동안 마차는 계속해서 덜컹거렸으나, 라틸은 마음이 더 덜컹거려서 마차가 흔들리는 건지 자신의 머리가 흔들리는 건지 구분조차 할 수 없었다. 하이신스 역시 그렇게 잘 시비를 걸어대더니, 막상 마차에 마주 보고 앉자 입을 꾹 다물고 침묵했다. 그렇게 한참을 달린 후 마차가 덜 흔들리게 되고 동이 조금씩 터오자, 하이신스는 그제야 입을 먼저 열었다.

"카리센에 왜 가는지는 정말 말 안 해줄 건가?"

"넌 타리움에 왜 온 거였는데? 먼저 말하든가."

"널 보려고."

"!"

이게 어디서 약을 팔아? 라틸이 눈을 동그랗게 뜨고 쳐다보자, 하이신스는 눈동자가 휘어지도록 웃었다.

"그렇군. 너도 같은 이유구나?"

"아니거든?"

그 노골적인 놀림에 라틸은 발끈했으나, 하이신스는 쉽게 물러나지 않았다.

"먼저 말하면 대답한다면서. 안 하는 건 같은 이유라 그런 거 아닌가?"

"헛소리."

"설마 황제씩이나 돼서 남의 나라를 염탐하러 오는 건 아닐 거잖아."

"염탐은 네가 우리나라에 와서 한 거지."

"내가 관심 있던 건 너희 나라가 아니라 너야, 라틸."

"!"

"너도 그래?"

"아, 아니라고!"

라틸이 인상을 찡그리고서 그의 발끝을 툭 아프지 않게 치자, 하이신스는 한 손으로 턱을 짚고서 웃었다. 라틸의 예전 버릇이 그대로 나오자 이런 상황이지만 괜히 반가워서. 라틸도 하이신스의 그 미소를 보자 심장이 욱신거렸으나, 일부러 더욱 정색하고서 창밖으로 시선을 돌렸다. 이후 국경선 부근에 갈 때까지 두 사람은 거의 말을 하지 않았다. 그러다 국경선을 지나 어느 마을을 지나갈 즈음. 이번에는 라틸이 먼저 말을 꺼냈다.

"난 여기서 내릴 거야."

하이신스는 팔짱을 낀 채 눈을 감고 있다가 그 말에 놀라서 번쩍 눈을 떴다.

"여기?"

그의 시선이 창밖으로 향했다. 이곳은 국경선 근처의 작은 마을로, 여행객들조차 자주 들르는 곳이 아니었다.

"네가 여기서 볼일이 있나? 난 네가 수도, 최소한 부수도에는 갈 줄 알았는데."

"여기야."

라틸은 단호하게 대답하고서 몸을 앞으로 빼 마부석 칸막이를 똑똑 두드렸다. 그러자 천천히 마차가 속도를 늦추더니 곧 마을 한 편에 완전히 멈추어 섰다. 라틸은 문을 열고 나가려다가 하이신스에게 물었다.

"마차 빌려줘? 타고 갈래?"

어차피 이 마차는 황궁 마차가 아니었고, 기사가 최대한 평범해 보이는 마차로 사 온 것이었다. 그리고 이제부터 라틸이 올라가야 할 곳은 산이었기에 마차를 타고 갈 수 없다. 하지만 산에 올라가는 사이 마차를 팔거나 어디 맡겨두기도 여의치 않으니, 거기에 조금 더 배려심을 보태 하이신스에게 제안한 것이었다. 돌아갈 때 탈 말은 다시 사면 되니까.

"산에 올라가는군."

하이신스는 라틸의 제안을 듣자마자 바로 목적지를 유추해내고는 고개를 끄덕였다.

"그러면 내가 타고 가지. 고마워, 라틸."

"바퀴 고치는 거 도와줘서. 빚지기 싫을 뿐이야."

"여기까지 몰래 오도록 눈감아준 빚은?"

"내가 먼저 감아줬잖아."

툭 쏘아붙인 라틸이 마차 밖으로 내리자, 하이신스는 자연스럽게 따라 내리려다가 곧 마음을 바꾸고 창문만 활짝 열었다. 무슨 목적인진 모르겠지만 자신이 따라 내리면 라틸이 불안해할까 봐 일부러 내리지 않은 것이었다. 라틸 역시 하이신스가 왜 저러는지 알기에 입술을 꽉 다물고서 돌아섰다.

'우리가 또 이렇게 한 마차를 타고서 여행할 일이 있을까? 방금 그건 우리가 마주 보고 여행할 수 있던, 우리 인생에 남은 단 하나의 순간이 아니었을까?'

문득 이런 생각이 들어 마음이 괴로워졌으나, 라틸은 약해지려는 마음을 얼른 쫓아냈다. 대신, 마차를 타고 이동하는 길에 미리 준비해두었던 쪽지를 창문 너머로 하이신스에게 건넸다.

"뭐지?"

"가는 길에 읽어봐."

편지에는 아이니가 하는 혜움 이야기에 대해 자신도 짐작 가는 바가 있으니, 사태가 심상치 않다면 힘을 합치자는 내용이 적혀 있었다. 이건 하이신스에 대한 사감을 버리고 황제로서 적은 쪽지이기도 했다.

"그래."

하이신스는 라틸이 꼼꼼히 접어 건넨 쪽지를 착잡하게 바라보다가, 품 안에 넣고서 고개를 끄덕였다. 잘 가라고 인사할까 말까. 잠시 머뭇거리다 라틸은 말없이 돌아섰다.

라틸이 지도를 보면서 산을 훌훌 올라가자, 기사가 뒤를 따라오며 감탄했다.

"폐하께선 지도도 잘 보시고 산도 잘 타시는군요."

넌 시류도 잘 읽고 아부도 잘하는구나. 라틸은 속으로 중얼거리면서 손수건을 꺼내 축축해진 이마를 닦았다. 고개를 들자 구름이 한결 가까워져 있었다. 아래쪽을 보니 마을 사람들도 두 발로 걸어 다니는 개미로 보일 만큼 작았다. 라틸은 지도를 한 번 더 살피고 방향을 점검한 다음, 다시 발걸음을 옮겼다.

"가자. 최대한 빨리 도착해야 하니까."

"예, 폐하."

산을 오르기 시작했을 때는 하늘이 연한 푸른빛이었으나, 고지도가 가리키는 곳에 도착했을 땐 이미 연보라색으로 바뀌어 있었다. 산 자체가 가파르고 높기도 했지만, 그보다 동굴 입구가 아주 교묘하게 가려져 있던 탓에, 거의 다 도착하고서 시간을 잡아먹힌 탓이었다. 라틸은 자신들이 동굴 입구를 앞에 두고 그냥 지나간 횟수만도 대여섯 번은 될 거라고 확신했다.

"야영해야 할지도 모르겠네."

라틸은 위를 올려다보며 중얼거렸다. 하늘이 빠른 속도로 한 점의 빛마저 남기지 않고 다 빨아들이듯 어두워져 갔다. 곧 밤이 찾아올 텐데. 어두워진 숲은 위험하다. 어디서 야생동물과 몬스터들이 나올지 몰랐다.

"안은 더 안 보일 테니 불을 가지고 들어가는 게 낫겠습니다."

기사가 등불을 켜서 라틸에게 내밀고, 자신은 횃불을 만들어 들었다. 혹시 안쪽에 야생동물이 있을지도 모르니 위급할 경우 무기로 사용하기 위해서인 듯했다. 라틸은 지도를 꼼꼼히 접어 잘 챙겨 넣고서, 한 손에는 등불을 받아 들고 동굴 안으로 한 걸음을 내디뎠다.

밟을 때마다 화살이 나오는 함정, 점점 좁아지는 벽, 잘못 밟으면 훅 꺼지는 바닥, 보석 하나 잘못 건드리면 작동하는 살인 골렘들, 움직이는 미로……. 라틸은 동굴 안으로 들어가며 영웅 이야기에 나오는 온갖 위험한 던전을 다 떠올렸다.

'내가 가진 건 경매장에 나오고, 멸망한 나라에서 만들었고, 악당들이 가지려 애를 쓰던 고지도니까 그런 던전만큼 위험할지도 몰라.'

"습기가 많긴 한데. 그 외엔 괜찮네요."

"그러게."

하지만 험준했던 입구 찾기와 달리, 동굴 내부는 라틸이 예상한 위험이라고는 단 하나도 없었다. 내부도 외부만큼 길이 험해서 잘못하면 미끄러져 넘어지기 쉽단 정도? 그 외에는 골렘도 함정도 몬스터도 없다. 마침내 동굴 끄트머리에 도착했을 때는, 라틸도 기사도 약간의 상처조차 입지 않은 상태였다.

다행이지 뭐. 라틸은 속으로 생각하면서 동굴 끝자락에 놓인 상자를 쳐다보았다.

동굴 끝에는 바닥이 위로 훅 솟아 있었는데, 폭은 40센티미터 정도였고 높이는 라틸의 배 부근까지 올라왔다. 그 튀어나온 부분 위로 검은 칠을 한 아름다운 상자가 놓여 있었다. 세공 방식이 섬세하고 여기저기에 금박을 달아 치장한 값비싸 보이는 상자였다. 시간의 흔적 때문인지 낡은 건 어쩔 수 없었으나, 라틸은 오히려 이 상자가 낡은 걸 보고 안심했다. 이게 흠 하나 없는 새 상자였더라면 누군가 먼저 들어와서 상자를 바꿔치기한 건 아닐까 의심됐을 테니.

"그걸 찾으러 오신 겁니까?"

라틸이 상자를 뚫어져라 쳐다보자, 기사가 고개를 옆으로 빼며 물었다. 레안 황자를 불러 국무까지 맡겨놓고 몰래 빠져나오시기에 뭘 하려는 건가 싶었더니. 그냥 작은 상자 하나 가지러 오신 거였나, 어리둥절해하는 기색이었다.

"글쎄. 모르겠다. 그랬으면 좋겠는데."

라틸은 중얼거리면서 상자 앞부분에 달린 버튼을 꾹 눌렀다. 그러자 '틱' 못이 떨어지는 소리가 나면서, 상자 뚜껑이 조금 위로 올라갔다. 라틸이 상자 뚜껑을 완전히 올리자 이번에는 '끼이이익' 하는 소리가 났다.

'뭐지?'

라틸은 상자 안에 든 물건을 뚫어져라 쳐다보았다. 음산한 소리와 함께 나타난 건 가면이었다. 얼굴 반쪽을 가리는 가면. 특이한 건 상자는 화려한 반면 이 가면은 아무 무늬가 없었고, 상자는 세월의 흐름이 보였던 반면 가면은 방금 막 만든 새것처럼 보인단 것이었다.

"귀한 물건인가요?"

기사가 다시 물었다. 하나도 안 귀해 보이는데요, 하는 투로.

"그러길 바라곤 있는데……."

라틸은 가면을 내려다보며 눈살을 찌푸렸다. 내 눈에도 하나도 안 귀해 보이네. 혹시 적들이 다른 지도로 먼저 와서 상자 안에 있던 '진짜 내용물'을 가져가고 이걸 가져다 둔 건 아니겠지?

기사가 가면을 보면서 '폐하는 이걸 왜 찾으러 오신 거지?' 의아해하는 게 이해가 갈 정도로, 라틸 역시 가면이 영 밍밍해 보였다. 기사는 라틸 본인도 가면에 대해 확신이 없는 듯하자 횃불을 내려놓고서 물었다.

"괜찮으시다면 제가 한번 살펴볼까요?"

"그럴래?"

라틸이 가면을 내밀자 기사가 그걸 받아 들었다. 어차피 밤 동안 동굴에 있어야 하기에 라틸은 기사가 가면을 살피는 사이, 야영을 할 만한 장소를 찾아 동굴 안을 이리저리 돌아보았다.

'뭐 거기서 다 거기네. 아니면 입구 부근까지 가서 자는 게 나으려나? 그런데 입구 부근에 있다가 괜히 야생동물이라도 들어오면 그것도 좀.'

그런데 한참 주위를 둘러보다가 기사 쪽을 쳐다보니, 놀라운 광경이 보였다. 기사가 없었다. 아니, 있긴 한데 그 기사는 라틸이 아는 기사의 얼굴이 아니었다. 옷차림이나 짐은 데려온 그대로인데, 얼굴이 생전 처음 보는 사람이다.

그걸 본 라틸이 당황해서 쳐다보자, 그 처음 보는 사람이 라틸 쪽으로 고개를 돌리더니 '하하' 어색하게 웃으면서 손을 얼굴에 가져다 댔다. 그러고서 무언가를 얼굴에서 벗겨내는 시늉을 했는데, 놀랍게도 그런 동작을 하자, 아무것도 없던 손에서 아까의 그 하얀 가면이 생겨났다.

"죄송합니다, 폐하. 아무리 봐도 그냥 가면 같기에 한번 써보았습니다."

기사는 라틸이 함부로 가면을 쓴 걸 질책한다 생각했는지 멋쩍어하며 사과했다.

"하지만 가면을 써봐도 별로 달라지는 건 없네요. 가면 안쪽에도 별 내용이 없고요."

라틸은 눈치 빠르게 알아차렸다. 저 기사, 방금 가면을 썼을 때 자기 얼굴이 바뀌었단 걸 모르는구나! 그럼 사람 얼굴을 바꿔주는 게 저 가면의 능력인가? 고대에 남겨진 마법 물품 중 하나인가?

라틸은 마른침을 삼켰다. 얼굴을 바꾸어주는 가면. 그렇다면 고지도에 위치까지 표시해 숨겨둘 만한 가치가 있다. 저런 건 정말…… 어떻게 사용하느냐에 따라 굉장히 위험할 수도 유용할 수도 있는 거니까.

'적들 손에 넘어갔다면 큰일 났겠어. 얼굴을 외워둬도 누가 적인지 알 수 없단 거잖아.'

"폐하?"

라틸이 우두커니 서 있기만 하자, 기사가 조심스럽게 불렀다.

"왜 그러십니까?"

라틸은 얼른 아무렇지 않게 웃으면서 고개를 저었다.

"아니, 열심히 온 것치고는 별로 그럴듯한 수확물이 없어서."

"그렇지요……."

라틸은 성큼성큼 다가가 기사에게서 가면을 다시 받고서 일부러 상자 안에 도로 넣어두었다.

"그래도 혹시 모르니 궁전에 돌아가면 학자들한테 살펴보라 해야겠어."

"예. 그게 낫겠습니다."

새벽이 되고 시야가 구분될 정도로 사위가 밝아지자마자, 라틸과 기사는 말린 육포를 씹으면서 산에서 내려왔다. 아프단 핑계를 대고서 몰래 빠져나온 것이기에 얼른 궁전으로 돌아가기 위해서였다. 오빠가 어련히 알아서 잘 사람들을 막고 있으리란 생각은 하지만, 그래도 황제가 얼굴을 보이지 않고 너무 오래 지내면 다들 이상하게 생각할 테니까.

"제가 마차를 구해 오겠습니다."

산에서 내려온 뒤, 라틸이 여관을 잡고 몸을 씻는 사이에도 기사는 마차를 구하기 위해 밖을 계속 돌아다녔다. 라틸은 대충 몸에 물 칠을 하고 머리를 감고서, 상자에서 가면을 꺼내 옷 안쪽에 숨겨두었다. 기사에게는 '학자들에게 이걸 연구해보라 해야겠다'고 말했지만, 당장은 그렇게 할 마음이 없었다. 이렇게 재미난 물건을 굳이 왜? 라틸은 이걸 연구하기보다는 유용하게 사용하고 싶었다. 특히 내부에 어떤 적이 있을지 모르는 상황이 아니던가.

'이걸로 적들을 가려낼 수 있을지도.'

잠시 뒤 기사가 마차와 말을 사서 돌아오자, 라틸은 그에게도 씻으라 한 다음 먹을거리를 사서 먼저 마차 안에 들어가 기사가 돌아오길 기다렸다.

"출발하겠습니다. 폐하."

카리센을 벗어나 타리움으로 돌아가는 내내 라틸은 가면을 만지작거리면서 어떤 식으로 가면이 효과를 발동하는지 시험했다. 작은 손거울을 통해 보니 확실히. 일단 가면을 쓰면 얼굴이 바뀌는 게 맞았다. 그리고 이건 정확한 건 아니지만, 가면이 만들어주는 얼굴은 놀랍도록 존재감이 없는 얼굴이었다. 그냥 얼핏 스쳐 지나가면 아예 기억에 남지 않을 정도로. 단순히 이목구비의 문제가 아니라, 분위기가 그랬다.

'이것도 가면의 효과인가?'

쉬지 않고 이동한 덕에 라틸과 기사는 빠른 시일 안에 수도에 다시 도착했다.

"말과 마차는 다시 팔겠습니다, 폐하."

"그러도록 해라."

라틸은 근처에 여관을 잡고 쉬면서 혹시 '황제가 사라졌다'는 이야기가 돌지는 않나 귀를 기울였으나, 다행히 그런 말은 없었다. 라틸은 안심하고서 깨끗하게 씻고 옷을 갈아입은 다음, 기사와 함께 정문을 통과해 궁전 안으로 들어갔다.

"고생 많았다. 수고했어."

"아닙니다. 폐하와 함께 갈 수 있어 영광이었습니다."

"오늘은 들어가서 쉬어라. 며칠간 힘들었을 텐데."

"예. 폐하께서도 편히 쉬십시오."

라틸은 며칠 동안 잠도 제대로 자지 못한 기사의 어깨를 두드려주고서, 자신의 침실이 있는 궁전 회랑으로 걸어갔다. 그렇게 침실로 돌아가고 있자니 가장 먼저 서넛 생각이 났다.

'서넛 경이 뭐라고 할까.'

나올 때는 말하지 않고 나왔는데, 돌아온 다음 말을 안 할 수는 없겠지. 서넛은 라틸이 레안과 짜고서 몰래 카리센에 다녀온 걸 알면 완전히 정색해서 입만 벌리고 있을 것이다. 어쩌면 화를 좀 낼지도 몰랐다.

'그러고 보니 서넛 경이 화내는 건 본 적이 없네. 매일 능글맞기

만 하니.'

라틸은 히죽히죽 웃으면서 얼굴을 가렸던 망토를 뒤로 넘겨 벗었다. 계단 몇 개를 올라가자 마침내 복도 끝에 있는 침실 문이 보였다. 그런데 복도를 걸어가고 있자니, 얼굴에 와닿는 시선이 따가웠다.

'뭐지?'

아프다 했던 황제가 침실이 아니라 멀쩡히 복도를 걸어 다녀서 그런가? 지나가는 궁정인들이 다들 인사를 올리는데, 인사를 하면서도 좀 경악한 얼굴이었다. 그러다가 라틸이 고개를 기웃하며 돌아보면 황급히 고개를 숙이고 도망치듯 멀어졌다.

'왜 저래?'

절대로 황제를 대하는 태도가 아니어서 라틸은 뭔가 찝찝한 느낌을 받았다.

'무슨 일이 있었나? 있었는데 궁전 밖으로는 말이 안 새어 나갔던 건가?'

초조한 기분에 심장이 간지러워지고 괜히 배가 아파왔다. 라틸은 발걸음을 빠르게 해서 침실로 달려갔다. 그러나 침실 앞에 도착한 순간. 한 시녀가 문을 열고 나오다가 라틸을 보더니, 들고 있던 찻잔을 떨어트리면서 두 손으로 귀를 막고 비명을 질렀다.

"아악! 나타났어요! 나타났어!"

라틸은 당황했다. 나타나다니? 뭐가? 뭐가 나타났는데?

"무슨 말이야?"

라틸이 질문을 던지면서 앞으로 가자, 시녀는 '악! 악! 악!' 비명을 더욱 크게 지르면서 문을 열고 도로 방 안으로 들어갔다. 마치 도망치듯이. 쾅 소리를 내며 문이 닫히자 라틸은 황당해졌다.

'왜 저래?'

그러나 황당할 사이도 없이, 이번에는 문 양옆에 서 있던 근위기사들이 검을 빼 들고 라틸을 경계해 쳐다보기 시작했다.

"뭣들 하는 거냐?"

그걸 본 라틸이 화가 나서 짜증스럽게 묻자, 기사들이 흠칫해서 자기들끼리 시선을 주고받았다. 라틸은 더욱 어이가 없어서 손으로 벽을 '통통통' 두드렸다.

"뭐 하는 짓들이냐고. 며칠 사이에 눈이 썩기라도 한 거야? 감히 누구에게 검을 내미는 거지?"

말을 하다 보니 저절로 목소리가 낮고 차갑게 변해갔다. 처음엔 어이가 없었는데, 생각하니 화가 나서. 그 모습을 본 기사들은 혼란스러운 듯 자기들끼리 시선을 계속 주고받았다.

"속지 마라."

그때, 문 안쪽에서 낯익으면서도 낯선, 이상한 목소리가 단호하게 명령을 내렸다. 그건 굉장히 기묘한 목소리였다. 목소리 자체가 특이하다기보다는, 그냥 그 목소리를 들었을 때 라틸의 느낌이 그랬다. 그럴 수밖에. 라틸은 그 이유를, 목소리를 낸 사람을 보자 알 수 있었다.

"!"

문을 열고 나온 사람의 얼굴. 기사들에게 '속지 마라'라고 명령을 내리면서 나온 그 얼굴. 허리를 꼿꼿하게 펴고 머리를 하나로

높게 올려 묶은 그 얼굴은 바로 라틸 자신의 얼굴이었던 것이다. 심지어 목소리까지 라틸 자신과 같은.

'이게 무슨……?'

여기에 내가 있는데 맞은편에도 내가 있다. 목소리, 얼굴, 자세, 말투까지 흡사한 사람. 심지어 그 사람은 방금 막 침실에서 나왔고, 호위와 시녀들은 모두 저자의 곁에 있다. 게다가 저쪽은 황제의 제복을 반듯하게 입고 있는 반면, 이쪽은 밖에 다녀오느라 그냥 귀족들이 걸치는 망토를 위에 두르고 있을 뿐이다.

라틸은 도무지 이게 무슨 일인지 알기 어려웠다. 하지만 확실한 건…… 누군가 라틸을 흉내 내고 있었다. 얼굴까지 똑같이 하고서.

"넌 뭐냐. 뭔데 거기서 나와."

라틸이 낮은 목소리로 서늘하게 중얼거리자, 맞은편에 선 이가 아주 조금 주춤했다. 하지만 그걸 알아차린 건 마주 보고 선 라틸뿐. 주위에 선 시녀와 호위들은 오히려 더욱 경계해서 가짜 라틸을 보호하듯 둘러쌌다.

"크에리스. 에렌델. 루이다. 클라우, 줠리."

라틸은 더욱 불쾌해져서 시녀와 기사들의 지위를 무시한 채 이름만을 건조하게 나열했다. 그 화난 목소리에 몇몇의 눈동자가 흔들렸으나, 그들은 곧 더욱 다부진 표정을 하고서 라틸을 노려보았다.

"너희가 진짜 미쳤구나."

라틸은 냉기가 뚝뚝 떨어질 정도로 차갑게 물었다.

"서닛 어디 갔어? 레안은? 둘 다 불러와라."

시녀와 호위들의 뒤에 숨은 가짜 라틸은 라틸의 명령에 명령으로 대응했다.

"뭣들 하는 거야? 빨리 저자를 잡아서 감옥에 넣어!"

명령이 내려오자, 기사 두 명이 검을 허리춤에서 뽑았다. 검집에서 검이 나오며 '스릉' 소리를 내자 시녀들이 가짜 라틸을 뒤로 밀며 말렸다.

"기사들이 잡을 동안 안에 들어가 계세요, 폐하."

"혹시 저주라도 걸까 염려됩니다. 얼른 피하세요."

라틸은 기가 차다 못해 머리가 돌아버릴 지경이었다. 가면을 가지러 동굴에 간 사이에 세상이 돌아버리기라도 한 거야? 그게 아니라면 이게 말이나 되는가? 차라리 레안이 그사이에 반란을 일으키거나, 살아 돌아온 틀라가 짧은 시간 안에 궁을 전복시켰다면 그게 더 믿을 만하겠다.

아니, 아낙차 후궁이 탑을 탈출해 틀라의 세력을 모아서 며칠 만에 반기를 일으킨 쪽이 더 말이 됐다. 그런데 자신과 똑같이 생긴 사람이 자신처럼 행세하고 자신의 부하들에게 자신을 잡으라 명령하다니. 이건 대체…….

'아니, 이럴 때가 아니야.'

아무리 어이없는 상황이라도 그저 우두커니 서 있을 수만은 없었다. 확실한 건 지금이 위급한 상황이란 것. 저 기사들은 가짜와 자신을 사이에 두고서 혼란스러워하는 게 아니라, 가짜를 진짜로,

진짜를 가짜로 믿고 있었다. 저들이 습격하기 전에 이쪽도 대응해야 했다. 라틸은 마음을 먹자마자 검집에서 검을 꺼냈다.

"잡아!"

가짜 라틸이 외치는 것과 동시에 기사 둘이 동시에 라틸에게 달려들었고, 라틸은 재빨리 몸을 옆으로 꺾으면서 둘의 발목을 동시에 베어냈다. 지금은 몹시 화가 나지만 근위기사들은 라틸을 호위하는 이들이었고, 자주 얼굴을 보는 이들이었다. 가짜를 진짜로 알고 저러는 꼴은 열이 받지만 고의로 저러는 게 아니니 우선 한 발 정도 봐주는 것이었다.

그걸 모르는 기사들은 발목이 베인 채로도 라틸을 습격하려 했으나, 라틸은 대번에 상대의 몸 안쪽으로 파고들어가면서 턱을 머리로 박아버렸다. 뒤이어 옆에 있는 놈까지 걷어차 기절시키고 보니, 이미 가짜는 시녀들을 데리고 방 안에 들어가 숨어 있었다.

"나와!"

라틸이 버럭 외치며 방문을 걷어차자 안에서 공포에 질린 비명이 왁자지껄 들려왔다. 혀를 찬 라틸이 다시 방문을 차는 순간. 문이 열리며 정말로 가짜가 나왔다.

"안 됩니다, 폐하!"

"위험해요!"

"서넛 경이 올 때까지 기다려야 해요!"

시녀들이 외쳤으나 가짜 라틸은 라틸의 보검을 손에 든 채 빠르게 돌격해 들어왔다.

"!"

미치겠군. 라틸은 속으로 욕을 뱉으며 닥쳐드는 상대의 턱을 무릎으로 찍었다. 퍽 소리가 나며 상대가 휘청이자 시녀들의 비명이 거세졌다. 그러나 가짜는 개의치 않고서 벽을 한 발로 밟고 몸을 붕 띄우며 라틸을 향해 검을 휘둘렀다.

도대체 이 가짜가 어디서 나타난 건진 모르겠으나, 라틸만큼 검을 다루는 데 능숙해 보였다. 그러나 얼마 지나지 않아 사람들이 더욱 몰려들기 시작했다.

'안 되겠다. 이대로 가다간 진짜 침입자로 몰리겠어.'

라틸은 가짜의 목을 향해 위협적으로 검을 휘둘러 거리를 벌린 다음, 뒤돌아 계단으로 내려갔다. 계단을 올라오던 이들이 잠시 혼란에 찬 틈을 타, 라틸은 난간을 밟고 주욱 빠르게 미끄러져 내려가며 부하들에게 경고했다.

"무슨 일인지 알아내면 전부 다 이대로 안 넘어갈 테니, 각오들 해둬라."

빠르게 몸을 숨긴 라틸은 품 안에 넣어두었던 가면을 쓴 다음, 망토를 벗어 돌 밑에 감춰두었다. 그 후 궁전 밖을 빠져나온 라틸은 수도로 돌아온 뒤 근위기사와 둘이서 들렀던 여관에 방을 잡았다.

함께 이동했던 근위기사는 자신과 내내 붙어 다녔으니, 무언가 지금 상황이 이상하게 돌아가고 있단 걸 알아차릴 터. 분명 라틸을 찾기 위해 마지막에 함께 들른 이곳으로 올 거란 계산이었다.

기사가 오기를 기다리면서 라틸은 가면을 벗고 창틀에 앉아 생각했다. 대체 이게 어떻게 된 일이지?

'보통 똑같은 사람이 둘이 나타난다면 다들 혼란스러워하지, 이

렇게 확신에 차서 한쪽을 가짜라 몰진 못할 텐데.'

그런데도 라틸을 본 궁정인들은 모두 다 당연하단 듯이 가짜를 편드는 건 물론, 이런 상황을 대비라도 한 것처럼 굴었다. 필시 이유가 있을 것이었다.

두어 시간이 지나자, 예상한 대로 함께 카리센에 다녀온 근위기사가 나타났다.

"폐하!"

근위기사는 라틸을 보자마자 울먹이며 부르더니, 제풀에 놀라 목소리를 낮추고는 얼른 문을 닫고 물었다.

"이게 대체 무슨 일입니까?"

라틸은 고개를 저었다.

"모르겠어. 내 방에 갔는데 나랑 똑같이 생긴 애가 내 흉내를 내고 있었다. 다들 그자를 보면서 황제 대하듯 하고. 너는?"

"휴가를 마치고 복귀했단 보고를 하러 갔는데, 서닛 경이 없지 뭡니까. 지금 영지에 내려갔다고 합니다."

"여기 없대?"

"예. 그래서 부단장에게 알리려 기다리는데, 다른 동료가 오더니 제가 없는 사이에 난리가 났다면서……."

기사는 말을 더 잇지 못하고 빼끔거렸다.

"괜찮아."

방금 몸소 다 체험하고 왔는걸. 라틸이 한숨을 섞어 중얼거리자 기사는 울 것 같은 얼굴로 말을 이었다.

"레안 황태자님이 미리 경고했던 대로 정말 흑마법사가 나타났다면서, 행동하는 거나 말하는 거나 얼굴이 폐하와 완전히 똑같으니 조심해야 한다고……."

라틸은 기사의 어깨를 두드리면서 달래주다가 '레안' 이름에 우뚝 멈췄다.

"누구? 레안?"

라틸이 조용히 되묻자, 기사는 하염없이 전해 들은 이야기를 하다가 입을 다물고 라틸의 눈치를 살폈다. '아차' 하는 얼굴이었다.

"다시 말해봐. 누가 경고를 했다고?"

그러나 라틸은 아까처럼 기사를 달래줄 여력이 없었다. 자신과 똑같이 생긴 사람이 나타나고 부하들에게 가짜 취급을 받으며 쫓겼을 때도 어이가 없었으나, 방금 들은 이야기에는 그야말로 숨이 턱 막히는 기분이었다.

여기서 오빠 이름이 왜 나와?

"그게……."

"말해봐. 이 일에 오빠가 관련이 있단 거야?"

"저도 정확히는 모릅니다, 폐하. 그냥 그렇게 전해 들은……."

"그러니까. 어떻게 전해 들었는지 묻는 거다."

라틸이 더욱 낮아진 목소리로 재차 묻자, 기사는 마른침을 꿀꺽 삼켰다. 그러고는 자신이 들은 이야기를 곰곰이 되짚어가며 설명했다.

"폐하께서 궁전을 떠나신 후 그날 하루는 다들 폐하가 편찮으시다고 알고 있었다 합니다. 그런데 꼭 폐하를 뵈어야 할 급한 일이 생겨서, 다음 날에 레안 황자님께서 폐하와 따로 얘기를 하러 방에 들어가셨답니다. 이후 나오시더니, 지금 폐하께서 몸이 좋지 않은 게 흑마법사 때문인 것 같다고…… 흑마법사가 폐하의 외양을 훔치느라 이렇게 아프신 거라 하셨답니다."

라틸은 침대 위에 앉아 주먹을 꽉 쥐고 기사의 말을 한 자 한 자 거듭 씹었다. 저절로 욕이 나왔다. 오빠가 여기 관련되어 있단 것도 지금 입이 안 다물어지는데. 심지어 가짜가 나타나 '내가 진짜다' 한 게 아니라, 오빠가 먼저 가짜 얘기를 꺼냈다……?

"사람들이 그 말을 믿었어? 난데없이 흑마법사 어쩌고 하는데?"

"이전에 저주에 걸린 시체가 나타나기도 했고, 또……."

라틸은 입술을 깨물었다. 힛라 노신관이라거나 가짜 자백범, 흑마법사들을 붙들어 오라던 자신의 명령, 후궁이 된 대신관, 그의 호위를 자처해 모여든 성기사단. 즉위 후부터 내내 흑마법과 관련해 여러 가지로 일이 터졌다.

물론 이것들은 측근들 외에는 거의 모르는 이야기였다. 문제는 그 측근들이, 레안에게 가짜 흑마법사 이야기를 듣게 되었을 때 그 말을 받아들일지 말지를 결정하는 이들이란 것이었다.

"아니, 아무리 그래도 그렇지 바로 그쪽을 진짜로 여긴다고?"

너무하다 싶어서 라틸이 헛웃음을 터트리자 기사가 조심스럽게 덧붙였다

"실은 백화랑술의 백화가 성기사 몇을 데리고 어느 마을로 내려

갔는데, 그 마을이 기묘하게 변해 있었답니다."

"변하다니?"

"살아 있는 사람이 아무도 없고, 시체들은 모두 다 뜯어 먹힌 흔적이 있었다고……."

"!"

"제가 아까, 레안 황자님이 폐하를 꼭 뵈어야 한다고 침실에 들어가셨다 하지 않았습니까. 그 일이 이 일이랍니다. 백화가 그 일을 보고하러 온 시점이 레안 황자님이 가짜 폐하 이야기를 한 시기다 보니 사람들이 황자님의 말을 바로 믿은 듯했습니다."

"……."

"이틀 뒤에는 폐하가, 아니, 폐하를 흉내 낸 가짜가 모습을 드러낸 다음, 폐하를 닮은 가짜가 나타날지도 모르니 다들 주의하라 했답니다. 그게 흑마법사의 재주라고요."

라틸을 두 손으로 얼굴을 감쌌다.

"어떻게 오빠가……."

가짜가 자신을 흉내 낸단 것 이상으로 오빠가 자신의 뒤통수를 쳤다는 게 믿기지 않았다.

"폐하……."

"외교 사절단을 꾸려서 카리센에 가겠다는 걸 말린 게 오빠다."

"그럼 처음부터……?"

"그래. 그런 모양이야."

라틸은 이를 아득 물고서 주먹을 꽉 쥐었다. 기사는 그 모습을 안타까워 보다가 황급히 제안했다.

"폐하, 제가 사람들에게 증인을 설까요? 제가 폐하와 계속 함께 있었단 걸 알리면……."

"증인은 무슨. 너도 위험해."

"예?"

"오빠, 아니, 그건 오빠도 아니야. 레안 그 자식이 이 일을 꾸미려고 아무래도 단단히 준비한 모양인데. 오빠가 널 가만히 둘 거 같아? 네가 나랑 같이 카리센에 다녀온 걸 알고 있을 텐데?"

"그, 그렇군요."

거기까진 생각하지 못했는지 기사가 눈동자를 떨었다.

"네가 사정을 듣고 갔단 보고를 받았으니, 아마 오빠는 나는 물론 너까지 잡으려 들 거다. 네가 유일한 증인이라 생각하고 있을 테니까."

"!"

라틸은 두 손을 꽉 모아 쥐고서 분노에 차 창밖 궁전을 노려보았다.

"하지만 오빠도 몰랐겠지. 하이신스가 몰래 궁전에 왔다가 나랑 같이 카리센으로 돌아갔던 사실은."

"아! 그럼 하이신스 폐하께 도움을 청하면 되겠군요!"

"그래. 하지만 신중히 해야 돼. 잘못하면 '가짜 흑마법사'가 카리센 황제와 손을 잡고서 타리움을 먹으려 드는 것처럼 보일 수도 있으니."

라틸은 벌떡 일어나 방 안을 뱅글뱅글 맴돌았다. 분노가 머리끝까지 치솟아 터져 나올 것 같았고 눈알이 욱신거렸다. 예상하지 못한 오빠의 배반에 너무 화가 나서 견디기 어려웠다. 어떻게 그렇게 쏙 닮은 가짜를 구했는지는 둘째치고라도, 어디서부터가 오빠의 계략인지, 오빠가 왜 이런 짓을 한 건지 짐작되는 바가 없어 더욱 힘들었다.

'오빠가 틀라와 손을 잡았을 리는 없어. 오빠도 틀라를 싫어했잖아. 아니. 아니야. 그런 식으로 치면 오빠가 날 배반한 것부터가 말이 안 되지. 지금은 그 어떤 것도 확신해선 안 돼.'

라틸은 잠시 생각하다가 기사에게 지시했다.

"넌 멜로시 영지로 가서 서넛 경을 만나보아라."

"저 혼자 말입니까?"

"내가 돌아온 걸 알았으니 오빠는 널 죽이든 잡든 입을 막으려 할 거다. 흑마법사와 한패라고 사람을 풀지도 모르니, 얼른 떠나. 지금 당장."

"폐하, 그러면 폐하께서는……."

"서넛을 다른 데 보내두고 일을 꾸민 걸 보면, 이 일에 서넛은 관련이 없는 것 같긴 한데. 그래도 혹시 모르니 먼저 가서 선수를 쳐야 돼. 내가 카리센에서 돌아온 걸 알았으니, 오빠도 서넛을 만나려 할 거야. 가짜나 오빠가 서넛을 찾기 전에, 내가 서넛과 먼저 만나야 한다. 반드시."

"폐하께서는요? 같이 가는 게 낫지 않을까요?"

"난 따로 할 일이 있어."

품 안에 넣어둔 가면. 지금은 이 가면을 사용할 때였다. 이 가면이 있으면 레안이나 가짜가 사람들을 풀어 라틸을 찾더라도 들키지 않을 수 있었다.

"출발해라. 빨리. 서둘러!"

'나는 빌어먹을 오빠를 만나 이게 어떻게 된 일인지 알아봐야겠으니까.'

가면이 만들어줄 수 있는 가짜 얼굴은 하나뿐인가? 라틸은 가면을 썼다 벗길 반복하면서 가면의 정확한 사용법을 찾으려 애썼다.

"안 되네."

하지만 쉽지 않았다. 다른 기능이 있는 건지 없는 건지는 모르겠지만, 당장 다른 용도가 생각나진 않았다.

'괜찮아. 일단은 이 정도만으로도 쓸모는 충분해.'

아주 잠시 실망했지만, 라틸은 고개를 젓고서 그런 마음을 얼른 뿌리쳤다. 이 가면의 용도는 대단했다. 적들이 그 난리를 부려가면서까지 얻으려 할 만했다. 당장 그 이상의 가치가 없다고 실망하는 건 욕심이다.

그때였다. 창밖에서 시끄럽고 요란스러운 소란이 들려왔다. 사람들이 마구잡이로 외쳐대고, 발소리와 말소리가 마구 뒤섞인 소리. 라틸은 혹시 몰라 가면을 착용한 다음 창가로 다가갔다. 커튼을 들추자 한 무리의 병사들이 우르르 몰려다니면서, 오가는 사람들의 얼굴을 확인하는 게 보였다. 그들은 순순히 응하는 사람은 그냥 얼굴만 확인하고 보내주었으나, 거절하는 사람은 다소 거칠게 붙잡기도 했다.

나와 소스란 경을 찾는 거구나. 라틸은 대번에 그 병사들이 왜 저러는지 이해했다. 라틸이 다녀갔단 사실을 들은 레안이 지시를 내린 게 분명했다. 가짜 황제가 지시를 내렸을 거란 생각은 하지도 않았다. 그 가짜야 보나 마나 레안의 사람일 테니까.

'소스란 경은 무사히 나갔겠지?'

병사 하나가 눈길을 느꼈는지 고개를 들어 라틸을 쳐다보았다. 시선이 마주쳤으나, 라틸은 일부러 피하는 대신 빤히 내려다보기만 했다. 병사는 그냥 구경 중인 사람이라 생각했는지, 곧 고개를 내리고 아까처럼 지나가던 사람들을 붙들어댔다. 라틸은 커튼을 치고서 방 안으로 돌아와 침대에 앉았다.

'레안을 쉽게 만날 수 있진 않겠네. 그럼 어떤 식으로 궁전에 잠입해야 할까.'

몰래 궁전 안에 숨어 들어가서 레안을 만난다?

'기각. 분명 들켜.'

숨어 들어갔다가 숨어 나오는 자체는 어렵지 않았다. 라틸은 궁안 지리며 호위병들의 교대 시간까지 파악하고 있었으니까. 하지만 그렇게 들어갈 경우에는 레안을 만나기가 힘들었다. 단순한 황자여도 만나기 어려울 텐데. 지금 레안은 아주 나라가 뒤집어질 비밀스러운 반역을 저질렀다.

유일한 동복오빠답게, 그는 라틸이 절대로 착한 성품이 아니란 것도 알았다. 그러니 아마 자기 주위에 호위들을 쫙 깔아두지 않았을까?

'상인 같은 거로 위장해서 들어가면 어떨까.'

궁전에는 매일같이 상인들이 드나든다. 궁전에서는 늘 많은 양의 음식이며 생필품이 필요하니, 상인으로 위장한다면…….

'오빠가 알겠지.'

라틸은 다시 고개를 젓고서 그 방안도 버렸다. 상인으로 변장해 들어가는 건 너무 무난했다. 최대한 무난하게. 아무도 신경을 쓰지 않게. 그냥 이 가짜 얼굴을 한 채 돌아다녀도 아무도 관심을 주지 않을…….

'아!'

마침내 라틸의 머릿속에 한 가지 묘안이 떠올랐다.

'하녀로 들어가야겠다.'

라틸은 궁전에서 언제 하녀를 고용하는지, 무슨 일로 고용하는지, 하녀를 고용할 때 어떤 어떤 점을 중점적으로 보는지 훤히 꿰뚫고 있었다. 보수가 좋은 데다 근무 환경이 좋으므로 궁전에서 일하고 싶어 하는 사람들은 많았다. 하지만 막상 그토록 바라던 궁전에 고용되어도 여러 가지 사유로 스스로 그만두는 사람도 많았다.

이유야 다양했다. 권력자에게 밉보여서, 생각보다 업무가 쉽지 않아서, 사방이 귀족과 황족이니 그들에게 거슬릴까 조심하는 게 힘들어서, 보아서는 안 될 걸 보아버려서, 줄을 잘못 서서……. 그런 이유로 궁전에서는 석 달에 한 번씩 계속 사람을 뽑는데, 라틸이 알기로는 그날이 거의 다가오고 있었다.

마음을 먹자마자 라틸은 단기간에 하녀로 들어갔다 나올 만반의 준비를 시작했다. 우선 하녀를 뽑는 담당 관리자가 딱 좋아할 만한 내용으로 이력서를 만들었고, 사람들이 많이 다니는 곳을 돌아다니면서 '지인'이라고 할 만한 이들을 만들었다. 신분증은 위조할 필요가 없었다. 이미 잠행 용도로 만든 여러 종류의 신분증이 있었으니까. 개중 하나를 고르기만 하면 됐다. 당연히 라틸은 서류 심사에 통과했고, 이틀 후에 면접을 보러 오란 합격장도 받았다.

마침내 모든 준비가 끝난 뒤. 라틸은 옷차림 역시 최대한 깔끔하고 무난하게 사 입고서, 면접을 보기 위해 궁전 외곽에 붙은 면접장으로 걸어갔다.

"흑마법사는?"

황제의 질문에 기사가 딱딱한 목소리로 대답했다.

"아직 찾지 못했습니다."

황제는 눈썹을 치켜올리고서 중얼거렸다.

"그래? 생각보다 잘 도망 다니는군."

기사는 그 말에 당연하다는 듯 대꾸했다.

"흑마법사들은 내내 숨어 살았으니까요."

황제는 대답 대신 희미하게 웃었다. 그렇지. 흑마법사들은 내내 숨어 살았으니 잘 도망 다닐 수 있지.

하지만 지금 그들이 찾고자 하는 건 흑마법사가 아니라 '진짜' 황제였다. 황후의 딸로 태어나 궁전 안에서 곱게 곱게 큰 그 온실 속 화초 황제 말이다.

'그렇지만 오래 도망 다니진 못하겠지.'

사방이 병사였고, 타리움은 강력한 나라였다. 수많은 이들이 찾아다니면 결국 찾아낼 수밖에 없다.

"서넛 경은?"

"사람을 보냈으니 곧 올라오지 않을까 싶습니다."

"그래. 가짜와 만나기 전에 먼저 찾아야 할 텐데."

'가짜 황제' 셰이트는 거울 속 자신의 모습을 보며 진심을 담아 중얼거렸다.

"음?"

그러다가 셰이트는 고개를 돌렸다. 밖에서 떠들썩한 소리가 들려왔다. 시끌시끌하고 밝고 경쾌한 목소리. 그 한 무리의 목소리들은 잠깐 확 피어났다가 뭉쳐서 다시 멀어졌다.

"무슨 소리지?"

셰이트가 창가로 다가가 내려다보자, 하녀들이 몇몇씩 모여서 웃으며 이동하고 있었다.

"오늘 하녀를 새로 뽑는 날이라 그럴 겁니다. 하녀를 뽑는 날부터 그 후로 일주일 정도는 내내 이렇게 시끄러우니까요."

셰이트는 고개를 기웃했다.

"하녀?"

"예."

셰이트는 다시 창가로 시선을 돌리며 나지막하게 "하녀……." 하고 중얼거렸다. 곧 그녀의 입가에 미소가 떠올랐다.

"그렇군. 그쪽으로 올 수도."

"예?"

셰이트는 긴 설명을 하는 대신 집무실을 나가 면접장으로 거침없이 걸어갔다.

그 시각. 라틸의 명령을 받고서 쉬지 않고 이동한 끝에 빠르게 멜로시 영지에 도착한 근위기사는 곧장 영주의 성을 찾아갔다.

"영주님. 서넛 경이 어디에 있습니까? 폐하께서 급한 명령을 내리셨습니다."

다행히 아직 '가짜 황제'가 보낸 사람이나 소문은 여기까지 내려오지 않은 상태였다. 근위기사는 그나마 다행이라 여기며 영주를 만나 인사를 올리자마자 서넛을 찾았다. 하지만 돌아온 대답은 불운했다.

"서넛이라면 이미 여기서 나갔는데. 무슨 일인가? 많이 급한 일인가?"

근위기사는 깜짝 놀라 눈을 커다랗게 떴다. 서넛이 이미 영지를 떠났다고? 길이 엇갈린 건가? 그런 모양이었다.

"언, 언제 떠난 겁니까?"

"어제 출발했지."

대답을 한 멜로시 영주는 걱정스러운 얼굴로 물었다.

"많이 급한 거라면 내가 사람을 풀어줄까? 여기서 궁전까지 가는 길이 많으니, 그 애가 어디로 갔을지 난 짐작이 가지 않는다네."

어제. 말을 타고 하루 동안 바쁘게 달렸다면 이미 거리가 꽤 벌어졌을지도 모른다. 안 되는데. 근위기사는 초조하게 발을 구르다가 얼른 꾸벅 인사했다.

"알려주셔서 감사합니다, 영주님. 하지만 괜찮습니다. 전 서넛 경을 찾아야 하니 이만 가보겠습니다. 안녕히 계십시오."

이대로라면 가짜 황제 쪽 사람들이 서넛을 먼저 만날 확률이 높아진다. 절대, 절대로 안 될 일이었다.

면접장 안으로 들어가자 대략 스무 명 가까이 되는 사람들이 저희끼리 소곤거리고 있었다. 다들 옷차림이 단정하고 머리카락은 한 올도 내려오지 않게 틀어서 묶은 깔끔한 모양새였다. 라틸이 들어오자 하녀 지원자들은 동시에 고개를 돌렸으나, 곧 별말 없이 다시 자기들끼리 대화를 나누었다.

여기까지 올라온 이들은 모두 다 서류 심사에서 통과한 사람들이었다. 이중 몇 명이 궁정에 고용될지 모르니, 다들 서로를 라이벌이라고 여길 터. 그래서 아는 사람들끼리만 대화를 나누는 듯했다.

라틸은 말을 섞지 않고 벽 구석에 있는 의자에 앉아 허벅지 위에 손을 올려두고 조용히 면접관이 오길 기다렸다. 오래 지나지 않아

담당 관리가 조수 두 명을 데리고서 대기실 안으로 들어왔다. 그들이 들어오자 지원자들은 동시에 조용해졌다.

라틸은 관리가 자신을 알아보지 못하리란 걸 알면서도 괜히 초조해져서 발가락을 꿈지럭거렸다. 다행이라 해야 할지, 담당 관리는 지원자들을 한번 주룩 훑어보았지만, 라틸 쪽으론 시선도 주지 않고서 입을 열었다.

"궁전에서 일한다는 건 굉장한 영예이지요. 하지만 영광스러운 자리에서 일하기 위해선 그만한 각오와 재능도 필요합니다."

"……."

"한 명씩 안쪽 방으로 들어오면 면접을 보지요. 전원 다 고용할 수도 있고, 전원 다 떨어트릴 수도 있으니 옆에 있는 상대가 라이벌이라 생각하지 말고 자기의 기량만 펼치면 될 겁니다."

담당 관리가 대기실 안쪽에 난 문 안으로 들어가고, 조수도 그 안으로 따라 들어갔다. 하지만 조수 한 명은 따라 들어가지 않고 문 앞에 멈추어 서서 안쪽 상황을 계속 살피다가, 담당 관리가 신호를 하자 수첩을 꺼내 누군가의 이름을 불렀다.

"에머 양."

그러자 화려한 금발을 돌돌 말아 올린, 겉으로 보아서는 잘사는 집 영애 같은 여자가 일어나 위풍당당하게 문 안으로 들어갔다. 그러나 그 여자는 3분도 지나지 않아 사색이 되어 나왔다.

"무슨 일이야? 뭐라고 질문해?"

그 여자와 내내 붙어서 대화를 나누던 친구가 물었지만, 에머는 입만 뻐끔거리다가 파랗게 질린 얼굴로 대답했다.

"말해주면 안 된대. 미안. 직접 들어가서 보는 게 낫겠어."

혼자서만 면접에 붙기 위해 그러는 건 아닌 듯했다. 저 안에서 무슨 질문을 하기에? 근처에 있는 다른 지원자들은 덩달아 표정이 굳어서 갑작스럽게 긴장해 덜덜 떨기 시작했다.

반면 라틸은 담당 관리에게 어떤 식으로 지원자들을 추리는지 들었기에, 긴장하지 않고 멍하니 앉아 있기만 했다. 라틸의 이름은 아홉 번째로 불렸다.

"바네사 양."

라틸은 너무 자신만만해 보이지도 않고 너무 기죽어 보이지도 않을 태도로 일어나 적당한 속도로 문으로 다가갔다. 조수는 의심 없이 문을 열어주었고, 라틸은 약간 긴장한 모습을 보이기 위해 일부러 두 손을 꼭 모아 쥐고 그 안으로 들어갔다.

그런데…… 이상했다.

라틸은 면접실 안에 들어가자마자 상황이 자신의 예상에서 완전히 빗나갔단 걸 알아차렸다. 면접관이 앉아 있어야 하는 자리에 앉아 있는 건 관리가 아닌 가짜 황제였다. 귀족 영애처럼 차려입은 가짜 황제. 면접관은 그 옆자리에 불편한 얼굴로 앉아 있었고, 조수는 아예 벽 구석에 박혀 서 있었다.

라틸은 놀란 표정을 짓지 않기 위해 온 힘을 다해 얼굴 근육을 통제했다. 가짜 라틸은 상석에 있긴 했으나 일부러 평이한 귀족 옷차림을 하고 왔다. 관리는 상대가 황제란 것도 알려주지 않았고, 옆에 가만히 있을 뿐이다. 즉, 가짜 라틸은 자신이 황제란 걸 숨긴 채 이 자리에 앉아 있는 것.

'내가 하녀로 잠입해 들어올 거라 예상했구나.'

라틸은 가짜가 검술 실력뿐만이 아니라, 머리를 쓰는 방식도 자신과 꽤 흡사하단 걸 깨달았다. 이 정도쯤 되자, 대체 어디서 저런 여자를 데려온 건지 오빠의 멱살을 잡고서 진지하게 물어보고 싶을 정도였다.

'얼굴은…… 닮은 정도가 아니야. 혹시 저쪽도 나처럼 얼굴을 바꾸는 그런 가면이 있는 걸까? 고지도에 3번이란 숫자가 쓰여 있었지. 그래. 어쩌면 그런 가면이 여러 개가 있을지도 몰라.'

어쨌든 여기서 자신이 저 가짜 황제를 보고 반응을 보인다면, 가짜 황제는 라틸이 가짜 지원자란 걸 알아차릴 터. 조심해야 했다. 귀족들은 황제의 얼굴을 알 확률이 높지만, 보통의 평민이라면 황제를 본 적 없을 확률이 높으니까.

"여기로 앉으시지요, 바네사 양."

그러고 있자니, 담당 관리가 테이블을 사이에 두고 건너편에 있는 작은 의자를 눈으로 가리키며 지시했다. 라틸은 딱 면접하는 사람들만큼만 긴장한 표시를 내면서 얼른 그 자리에 앉았다. 그곳에 앉자 바로 맞은편에 가짜 황제의 얼굴이 보였다. 내내 말없이 있던 가짜 라틸의 시선이 라틸에게 똑바로 고정되었다.

10 저것들이 지금 불륜을?

꼭 거울을 보는 기분이다. 자신과 똑같이 생긴 사람이 자신을 빤히 보다니. 이런 이상한 일이 있을까. 흔히들 '두 눈으로 절대로 볼 수 없는 것'이 자신의 얼굴이라고 한다. 거울을 통해 보는 얼굴이 아니라, 실제로 마주 보는 얼굴 기준으로. 그런 경험을 지금 라틸은 하고 있다.

"안녕하세요."

하지만 신기하다고 해서 마냥 얼굴만 구경하고 있을 수는 없었다. 라틸은 쑥스러운 척 배시시 웃고서 일부러 가짜 황제에게 가장 먼저, 그리고 담당 관리와 조수 순서대로 인사를 올렸다. 그러자 가짜 황제가 턱을 괴더니 이상하단 듯 물었다.

"왜 나한테 가장 먼저 인사하지? 내가 누군지 알아?"

시험하는 듯한 질문. 아니, 실제로 시험하려고 일부러 저런 질문을 던졌을 거다. 하지만 라틸은 그 질문을 듣자, 가짜가 아직 자신이 진짜 황제란 걸 모르고 있단 걸 알아차렸다. 일부러 저렇게 도발하듯 묻는다는 건 알아내고 싶은 게 있단 거니까.

'안다고 대답할까, 모른다고 대답할까. 일단 평민 대다수는 황제 얼굴을 모르기는 한데…….'

라틸은 잠시 고민하다가 빠르게 결정을 내리고 대답했다.

"황제 폐하가 아니십니까."

라틸의 대답에 가짜가 입술 끝을 한쪽으로 당겼다.

"내 얼굴을 어떻게 알지?"

라틸은 이번에도 태연자약하게 대답했다.

"면접관님께서 가장 상석을 비켜주셨고, 다른 한 분은 아예 자리에 앉지 못하고 있으니까요. 보통의 관리나 귀족이 온 거라면 굳이 이렇게까지 할 필요가 없을 거라 생각했습니다."

가짜는 라틸의 얼굴을 물끄러미 쳐다보았다. 반면 라틸은 그 시선이 부담스러운 척 일부러 고개를 숙이고 가짜의 발치만 쳐다보았다. 다행히 가짜는 라틸에게서 더 이상한 점을 찾지 못했는지 이후로는 아무 말도 하지 않았고, 면접관이 평범한 질문만 몇 가지 던졌다.

"결과는 하루 뒤에 나오니 내일 오후 2시에 관청으로 와 확인하면 됩니다."

면접이 끝난 뒤. 라틸은 꾸벅 인사를 하고서 조심조심 면접실을 나왔다. 그러나 문을 닫자 긴장이 싹 사라지면서 이번에는 심장이 차갑게 얼어버리는 느낌이 났다. 그 모습을 본 지원자들이 '대체 방안에서 무슨 일이 일어나는 거야?' 하는 표정으로 초조하게 라틸을 보았다. 하지만 라틸과 말을 섞지 않았기에, 아무도 면접이 어땠냐고 질문하지 못했다. 라틸도 굳이 그들과 말을 섞지 않고서 곧장 면접 장소를 빠져나갔다. 안 그러면 입 밖으로 욕과 분노가 섞여서 튀어나올 것 같아서.

'가짜 자식. 아주 뻔뻔하게……!'

당연하게도 라틸은 면접에 합격했다. 애초에 하녀 시험의 진짜 관문은 1차 서류였고, 2차 면접에서 거르는 건 너무 긴장해서 실수를 저지르진 않을지, 높은 귀족들 앞에서 말실수를 저지를 사람이 아닐지 정도를 볼 뿐이었으니 떨어질 리가 없었다. 거기에 가짜 황제가 나타났다 한들 마찬가지. 가짜 황제는 라틸을 찾기 위해 들어왔을 뿐일 테니, 심사에는 큰 영향을 발휘하지 않았을 것이다.

'레안을 만나야 해. 하녀 복장을 하고 있으면 웬만한 곳은 다 돌아다닐 수 있다. 담당 구역을 벗어나도 신참이라 길을 잃었다 하면 되고.'

첫 출근을 앞둔 라틸은 옷매무새를 가다듬으며 레안을 만날 방도를 수십 가지 떠올려보았다.

'신입을 처음부터 중요한 곳에 배치하진 않을 거야. 처음엔 다른 선배들이 데리고 다니면서 허드렛일이나 시킬 거고.'

그러나 막상 출근해보니 예상 밖의 일이 벌어졌다.

"폐하의 방에서 일하라고요?"

궁인들을 담당하는 관리가 라틸이 배치된 곳이 황제의 방이라고 알려준 탓이었다. 황당해서 되묻는 라틸에게 관리가 무서운 얼굴로 되물었다.

"폐하의 방에서 일하면 좋은 거지, 뭘 그리 똥 씹은 얼굴이야? 폐하 앞에선 절대로 그런 내색 하지 말아라."

똥 씹은 얼굴을 본 적은 있나. 라틸은 속으로 혀를 찼으나, 겉으로는 두려워하는 척 둘러댔다.

"전 궁전에서 일하는 법을 아무것도 배우지 못했는데, 갑자기 폐하 곁에 배치되었다가 실수할까 봐 그러지요. 갑자기 그런 중요한 자리에 배치되는 건 마냥 좋은 일이 아니잖아요."

라틸의 말에 관리는 그건 그렇다고 인정을 하면서도 말을 바꾸지 않았다.

"하지만 폐하께서 지시하신 거라 바꿀 수 없어. 네가 눈치껏 싹싹하게 하는 수밖에."

'들키지 않은 줄 알았는데. 들킨 거였나? 일부러 날 조롱하기 위해 자기 곁에 부른 건가?'

물론 가짜의 곁으로 가면, 상대를 죽일 기회는 늘어날 것이다. 그러나 가짜를 베는 건 아주 신중하게 처리해야 했다. 레안이 이미 선수를 쳐서 라틸의 측근들에게 가짜가 진짜라고 속여둔 상황 아닌가. 그래도 하나하나 말을 맞춰보면 가짜와 진짜가 구분이 될 수도 있지만, 레안은 절대로 그럴 기회를 주지 않을 터. 이에 맞서기 위해서는 라틸도 자신이 진짜란 걸 당장 확인해줄 수 있는 최측근들이 필요했다. 그런 준비 없이 무작정 가짜의 목을 잘랐다가 오히려 황제 시해범으로 몰려 항변할 틈도 없이 레안에게 당할 수도 있으니, 행동을 조심해야 했다.

하지만 황제의 방에 배치를 받긴 했어도 막상 가짜를 볼 시간은 거의 없었다. 라틸은 처음으로 자신이 없는 사이 방 정리가 어떤 식으로 진행되는지 깨달았다.

"폐하께서 오시기 전에 방 안을 깨끗하게 하고, 한 시간 단위로 계속 환기를 시켜야 해. 물은 계속 끓여서 식지 않도록 준비해두면, 나중에 시녀분들이 방 안으로 가져갈 거야."

"네."

"보초를 서는 근위기사분들에게 두 시간에 한 번씩 간식이랑 마실 걸 가져다드려야 하고, 시녀분들이 응접실 물건을 사용하면 얼른 들어가서 도로 원래 장소에 가져다 둬야 해."

"네."

"일단은 선배들을 따라다니기만 하면 돼. 아. 중요한 거 하나 더."

"뭔가요?"

"며칠 전에 흑마법사가 폐하의 모습을 흉내 내서 들어오려 한 적이 있으니 조심해야 해."

"세상에. 알겠어요."

라틸은 신신당부하는 하녀장에게 능청스럽게 대답했고, 하녀장은 갑자기 자신의 밑으로 온 신입을 영 못 미덥게 바라보면서도 더 잔소리하지 않았다.

이후 라틸은 하녀들을 따라다니면서 방 안에 혹시 달라진 물건은 없는지, 가짜가 놓고 간 물건은 없는지 세심하게 살폈다. 하지만 그런 물건은 하나도 없었다. 가짜는 철두철미하게 모든 물건은 방 안에 있는 것들만 사용했던 것이다. 라틸은 혹시 레안이라도 만날 수 있지 않을까 기대했으나, 그 역시 생각처럼 되지 않았다.

이야기를 들어보니 레안과 가짜가 어디서 만나긴 하는 듯한데. 레안은 굳이 여기까진 오지 않았다. 반면, 어디든 멋대로 돌아다닐 수 있을 거라 여겼던 라틸은 하필 배정받은 곳이 황제의 침실이라, 다른 데 가지도 못하고 다른 하녀들 틈에 늘 붙어 있어야 했다.

라틸이 가짜를 제대로 본 건 황제의 방에 배치되고서도 이틀이 지나서였다. 예상처럼 일이 턱턱 풀리진 않지만 그래도 꾸준히 인내심을 가지고 지내고 있자니, 가짜가 머리가 아프다면서 국무를 보러 가지 않고 방 안에 틀어박힌 덕이었다. 시녀들은 그런 황제를 곁에서 돌보았고 하녀들은 시녀들이 사용할 수 있도록 따뜻한 물과 보송한 수건을 계속 준비해야 했는데, 라틸은 아직 신입이라 잔심부름만 하면서 다른 이들을 보조할 뿐이었으나, 마침내 오후 6시쯤이 되자 가짜와 한 방에 있을 기회가 생겼다.

때마침 시녀들은 모두 다 응접실에 나가 있을 때였고, 가짜는 침대에 누워 눈을 감고 있었다. 라틸은 창문과 욕실 등을 오갈 때마다 가짜를 가자미눈을 하고서 쳐다보았다. 혹시 가짜도 자신처럼 마법 가면을 쓴 건 아닐지 확인해보고 싶어서.

곁으로 가서 얼굴을 들춰보면 답이 나오지 않을까? 사실 가짜에게서 저 겉모습만 벗길 수 있다면, 레안이 무슨 꿍꿍이를 꾸몄건 당장 상황을 역전시킬 수 있을 터인데.

'들춰보자.'

그러다가 가짜가 완전히 잠이 든 듯하자, 라틸은 발소리를 죽여서 살금살금 잠이 든 가짜 곁으로 다가갔다.

"……."

가까이 다가가서도 라틸은 바로 움직이지 않고 가짜의 반응을 살피다가, 잠이 들었단 확신이 들자 조심스럽게, 아주 천천히 소리 없이 가짜의 얼굴을 향해 손을 뻗었다.

그 손길이 가짜의 얼굴에 닿으려는 순간.

땡땡땡땡.

침대에 매달아둔 종이 울렸다. 황제가 눈을 번쩍 뜨는 것과 거의 동시에, 라틸은 얼른 손을 회수하고서 옆에 놓인 물수건에 손을 담그고 괜히 수건의 물을 쥐어짜는 시늉을 했다.

"무슨 일이냐."

"칼라인 님께서 찾아오셨습니다, 폐하."

라틸은 계속 수건을 쥐어짜는 시늉을 하다가 물기가 더 나오지 않자, 물수건을 들어 올리고서 뜨거운 기운을 털려는 듯 수건을 손바닥에 대고 탁탁 털었다. 가짜가 자신을 쳐다보았지만, 그쪽으론 시선도 돌리지 않았다.

그러는 동안, 마침내 문이 열리고 칼라인이 들어왔다. 그러고 보니 내 후궁들은 지금 뭘 하고 있을까. 가짜가 나타났단 소식을 듣고 놀랐겠지. 클라인은 뒤집어졌을 것 같은데.

'저 가짜가 내 후궁들도 건드렸을까?'

레안이 머리가 있다면 그건 말렸을 거 같은데……. 라틸을 위해서가 아니라, 후궁들 곁에 가면 가짜가 가짜란 게 들킬지도 모르니까.

그사이. 방 안으로 들어온 칼라인은 침대 곁으로 다가왔다. 칼라인이 가까이 오자 가짜는 상체를 일으켜 앉으면서 칼라인에게 힘없는 목소리로 말을 걸었다.

"무슨 일로 온 거지, 칼라인?"

그 말투를 들으며 라틸은 확신했다. 레안이 혼자서 이 일을 꾸민 건 아닐 거라고. 가짜가 칼라인에게 사용하는 말투가, 라틸이 후궁들을 대할 때와 제법 흡사했던 것이다. 누군가 알려주지 않았다면 가짜가 말투까지 따라 할 수 있을 리가 없었다. 라틸은 계속 수건을 쥐어짜면서 칼라인을 살폈다. 저기에 속아 넘어가진 않을 거지, 칼라인?

하지만 이성적으로 생각해보면 칼라인이 속아 넘어갈 것 같았다. 라틸은 후궁들이 자기들끼리 싸우게 만들려고 일부러 그들을 잘 찾지 않았다. 깊은 대화를 나눈 횟수도 적었다. 같이 불법 경매장에도 다녀오고 죽을 뻔하기도 하고 쫓기기도 해본 타시르 정도라면 모를까, 고작 몇 번 대화를 나누었을 칼라인은 여기에 속아 넘어가는 게 당연해 보였다. 칼라인이 이쪽에 눈길조차 주지 않기에 그런 확신은 더욱 강해졌다. 라틸은 시무룩해져서 수건을 계속 꾹꾹 쥐어짰다.

"폐하께서 몸이 좋지 않단 이야기를 듣고 왔습니다. 괜찮으십니까?"

"괜찮지 않아. 머리가 계속 아프구나."

"며칠 전에 나타났단 그 흑마법사 때문이십니까?"

"그럴지도. 이 일을 대체 어떻게 처리해야 할지 모르겠다. 기록조차 남아 있지 않으니……. 그래도 대신관을 곁에 두어서 다행이야. 그렇지?"

"예. 폐하의 선견지명이 이럴 때 빛을 발하는 것 같습니다."

칼라인은 낮지만 부드러운 목소리로 가짜를 위로하고는, 침대가로 다가가 반쯤 흘러내린 이불을 위로 올려 가짜의 무릎을 덮어주기까지 했다.

"힘들 때마다 이 칼라인에게 기대십시오, 폐하. 전 늘 폐하의 편입니다."

가짜는 칼라인의 배려가 마음에 드는지 웃으면서 고개를 끄덕였다. 라틸은 수건을 쥐어뜯을 뻔한 걸 가까스로 참았다. 수건에 물을 쫙쫙 먹여서 이걸로 칼라인의 등짝을 찰싹찰싹 때리고 싶었다.

'네 마누라 옆에 있다 자식아!'

칼라인이 끝까지 자신에겐 눈길도 주지 않으면서 꿀 떨어지듯 가짜를 챙기다 나가자, 라틸은 더욱 속이 상해서 물수건 담긴 대야를 들고 침실 밖으로 나갔다.

사실 칼라인과 되게 오사바사한 사이였던 것도 아닌데. 그래도 자신의 후궁이라 그런가, 다른 사람을 저렇게 똑 부러지게 챙기는 걸 보고 있자니 괜히 서운했다. 라틸은 남은 물을 침궁 근처 정원에 촬싹 부으면서 칼라인은 멍청이라고 외쳤다. 가짜한테 '폐하 폐하' 야살스럽게 구는 꼴이라니. 진짜 멍청해!

실제로 칼라인이 낸 목소리는 묵직한 저음이었으나 라틸의 머릿속엔 그런 건 남아 있지 않았다.

'잠시만. 폐하라고?'

그러다가 라틸은 이상한 점을 발견하고 놀라서 허리를 폈다.

폐하?

칼라인은 라틸에게 '주인'이라고 부른다. 부르지 말라고 해도 철석같이 주인이라고만 부른다. 그런데 오늘은 가짜에게 '폐하'라고 불렀다. 게다가 그 목덜미 귀신이 오늘은 가짜의 목덜미에도 집착하지 않았지.

'알아차린 건가?'

놀란 라틸이 확 고개를 돌린 순간. 수풀 사이에 선 칼라인이 보였다. 그가 정확하게 라틸을 쳐다보고 있었다.

'가짜를 알아챈 것뿐만 아니라…… 나도 알아차렸나?'

재 뭐야. 개야? 목덜미에 집착하더니 진짜로 후각이 늑대라도 되나?

라틸은 그에게 다가가 묻고 싶었으나, 자신의 방 창문에서 여기 위치가 보인단 걸 떠올리고서 억지로 칼라인을 외면했다. 그러고서는 하던 작업을 마저 마무리 짓고 아무 일도 없었던 것처럼 다시 침실로 올라갔다.

그런데 물수건을 빨랫줄에 걸고서 탁탁 털고 있자니, 하녀장이 다가와 '너 무슨 사고 쳤니?' 하는 뉘앙스로 말했다.

"바네사. 빨리 폐하께 가봐라. 널 찾으신다."

나를 왜? 혹시 칼라인이랑 눈빛을 주고받던 모습을 봤나? 라틸은 심장이 두근거렸지만, 이 상황에서 싫다고 할 수는 없기에 마지못해 방으로 들어갔다. 놀랍게도 방 안에는 가짜뿐만 아니라 어느새 온 건지 레안 역시 함께 있었다.

멱살을 잡고 싶은 인간이 둘이나 붙어 있네. 동시에 둘의 머리를 박치기를 하란 신의 뜻인가. 라틸은 속으로 욕지거리를 뱉었으나 태연히 가짜의 곁으로 다가가 차분하게 물었다.

"부르셨다 들었습니다. 무슨 일이신지요?"

그러나 돌아온 대답에는 차분한 표정을 유지하기 힘들었다.

"벗어봐."

벗으라고? 어떤 걸? 라틸은 당황해서 가짜를 보다가 슬그머니 몸을 뒤로 뺐다. 옷 아니면 가면? 어느 쪽이든 좋지 않았다. 그러나 두 쪽 다 아니었다.

"확인할 게 있어서 그래. 그 신발, 벗어서 잠깐 보여줘."

신발? 가면이 아니라 신발? 확실해? 이건 또 예상 못 한 부위인지라, 라틸은 의아해서 가짜를 쳐다보았다. 하지만 가짜는 확실하게 신발을 가리키고 있었다.

뭐 신발 정도야. 라틸은 신발 한 짝을 벗어서 옆에 내려두었다.

"다른 한쪽도."

다른 한쪽도 벗어서 내려두고 맨발로 서서 쳐다보자, 가짜가 레안에게 눈짓했다. 신호를 받은 레안은 다가와서 신발을 가져갔다. 레안이 신발을 가져가기 위해 곁에 다가왔을 때, 라틸은 순간 오빠의 뒤통수를 후릴 뻔했지만, 꾹 참았다.

"여기."

신발을 가져간 레안이 가짜에게 신발을 건네자, 가짜는 신발을 이상할 정도로 유심히 살폈다. 그걸 보며 라틸은 고개를 기웃했다. 가짜와 레안이 한패란 거야 이미 짐작했다. 하지만 이상할 정도로 레안이 가짜의 말을 순순히 잘 듣잖아?

'물론 지금은 가짜가 황제이니 말을 안 들으면 그게 더 이상하지만…….'

그사이. 레안도 가짜의 옆에 서서 신중한 표정으로 신발을 함께 살폈다. 그건 참으로 괴상한 광경이었다. 길거리에서 단돈 3,000바르트를 주고 산 싸구려 신발을, 가짜긴 하지만 어쨌든 지금은 황제인 사람이 황자와 둘이서 코를 박고 저렇게 쳐다보다니.

'냄새 안 나냐.'

마침내 만족할 만큼 발 냄새를 흡입했는지 가짜가 신발을 내려놓고서 라틸을 불렀다.

"좋아, 바네사. 신발을 가져가거라."

가져갈 때는 직접 가져가더니 왜. 돌려줄 때도 직접 돌려주시지? 라틸은 속으로만 구시렁거리면서 순순히 다가가 신발을 가져와 얼른 신었다. 그러고서 두 손을 모으고 공손한 척 쳐다보자 가짜가 위엄 있는 척 명령했다.

"신발이 낡았더군. 하녀라지만 내 방에서 일하는데, 되도록 좋은 걸 신고 일했으면 좋겠다."

"월급을 받으면 바로 신발부터 사겠습니다, 폐하."

"따로 말해둘 테니 하녀장에게 말해 하나 배급받아 가거라."

"배려에 감사드립니다, 폐하."

배려는 무슨. 웃기시네. 라틸은 침실을 빠져나오면서 비웃었다. 가짜는 라틸의 신발이 낡아서 배려한 게 아니었다. 이건 며칠 전에 산 신발이었다. 싸구려 신발이라지만 산 지 며칠 만에 낡을 리가 없다. 싼 신발은 뭐 비싼 신발보다 유달리 빨리 닳기라도 한단 말인가.

황제가 한 말은 다 핑계였다. 황제는 라틸이 신은 신발을 확인하려던 게 아니었다. 라틸의 신발을 벗기기 위한 거지. 즉, 황제는…….

'저 가짜의 변신 물품은 신발일지도 몰라. 자기 변신 물품이 신발이니까 나도 신발을 벗겨보려 한 게 틀림없다.'

그렇다면 가짜의 신발을 벗기면, 가짜가 가짜란 걸 모두에게 알릴 수 있지 않을까?

계단을 내려가기 전. 라틸은 우뚝 멈추어 서서 고개를 돌렸다.

복도 끝. 마침 방문이 열리면서 레안이 나왔다. 너무나 사랑했던, 아직도 사랑하는, 그래서 더욱 용서할 수 없는 오빠가. 라틸은 확 몸을 돌려 얼른 계단을 내려갔다. 차가운 난간이 손바닥에 쓸리자 소름이 돋으며 가까스로 마음이 차분해졌다.

'저 가짜의 신발을 벗겨야 한다. 하지만 무슨 수로? 가짜는 권력을 가지고 있으니 명령을 내리면 됐지만, 지금의 나는 가짜에게 명령을 내릴 수가 없는데?'

그 시각. 소스란은 말에서 내리지도 못하고 허벅지가 바스러지도록 말을 달린 끝에 드디어 서넛을 찾아내는 데 성공했다. 하지만 소스란은 그를 부르지 못하고 먼발치에서 말을 멈춰 세운 채 초조하게 고삐만 쥐었다 펴길 반복했다.

'이를 어째.'

한발 늦었다. 저 멀리 서넛이 보이긴 하는데. 주위로 다른 사람들도 함께 보인 탓이었다. 그들은 황실 깃발을 맨단 이들. 이 와중에 라트라실 황제가 자기 깃발을 단 다른 부하를 보낼 리가 없으니, 저들은 분명 가짜 황제나 레안 황자가 보낸 부하들일 터. 즉, 적들이었다. 하지만 서넛은 상대가 적들이란 걸 알 길이 없기에 차분하게 그들과 대화를 나누고 있었다.

'폐하. 어쩌지요?'

소스란은 나무둥치 뒤에서 초조하게 아랫입술을 물어뜯었다. 그렇게 한참을 고민하다가 결국 그는 다시 고삐를 잡아챘다.

'미안하다 말아. 조금만 더 힘내자.'

전혀 어색하지 않게 황제의 신발을 벗길 수 있는 사람은 두 부류다. 하나는 목욕 시중을 들어주는 이들. 다른 하나는…… 후궁들. 목욕 시중을 드는 건 시녀들인데, 라틸은 현실적으로 이들에겐 부탁할 수가 없었다. 신참 하녀가 시녀들에게 뭐라 부탁한단 말인가. 황제 폐하 발을 보고 싶어요? 퍽이나 들어주겠다. 아니, 그걸 떠나서 가짜가 시녀들에게 목욕 시중을 받을 리가 없었다. 신발을 벗으면 가짜란 게 들통날 테니.

"하녀장님. 하녀장님. 질문 하나 해도 돼요?"

"일에 관련된 거라면."

"폐하는 목욕할 때 혼자서 해요?"

"그게 네 일과 관련 있니?"

"언젠간 제가 도와드려야 할 수도 있잖아요."

"그건 시녀분들이 할 일이니 꿈 깨거라."

"꿈은 이루어진단 말 모르세요?"

"폐하께선 그 고약한 흑마법사 사건 이후로 목욕할 때 시녀들이 가까이 오는 것도 꺼리게 되셨어. 그런데 신참 하녀인 널 부르시겠니?"

혹시나 해서 하녀장을 떠본 라틸은 자신의 가설에 더욱 확신을 가졌다. 역시 신발을 벗지 않기 위해 목욕 시중을 안 받는 거야. 그렇다면 황제의 신발을 자연스럽게 벗길 수 있는 사람은 이젠 후궁뿐이었다.

'물론 가짜는 후궁들도 멀리하려 들겠지만, 뭐. 키스 같은 거 할 땐 신발 안 벗고도 할 수 있으니까, 미남들을 앞에 두면 경계심이 약해지지 않을까?'

칼라인. 칼라인은 가짜가 가짜인 걸 대번에 알아차린 건 물론, 정원에서 이쪽을 향해 의미심장한 눈길을 보내기까지 했지. 어쩌면 도움을 받을 수 있을지도 몰랐다. 타시르는 라틸과 개인적인 시간을 많이 보냈으니 잘 얘기하면 이쪽이 진짜 황제란 걸 알 수 있을지도 모르고.

'우선 칼라인 도움을 받자.'

라틸은 결심하자마자 내내 칼라인을 만날 기회를 엿보았다. 하지만 신참인 라틸이 다른 곳에 이동할 기회는 아무리 기다려도 오지 않았다.

그러다가 퇴근하는 길. 안 되겠다 싶어서, 라틸은 퇴근하는 척 걸어 나가다가 다른 사람들이 안 보는 틈을 타서 다시 슬며시 안으로 들어와 옆길로 빠졌다. 나중에 일이 잘못될 경우, 퇴근하던 도중에 길을 잃었다 변명하면 사람들이 믿지 않겠지만, 그렇다고 3개월 내내 하녀로 지내면서 저 가짜를 두고 볼 수만은 없었다. 저 가짜가 신발을 이용했다는 걸 알게 되었으니 신발을 벗기기 위해 무슨 짓이든 다 해봐야지.

'젠장, 하필 신발이냐. 나처럼 가면이든가, 차라리…… 차라

리…… 신발이 낫네.'

그렇게 슬쩍슬쩍 이동하는 사이, 라틸은 마침내 하렘 안으로 들어서는 데 성공했다. 흑마법사에 대한 소문으로 분위기가 흉흉하면 어쩌나 했는데, 안쪽은 비교적 이전과 비슷했다. 궁인들은 평소처럼 일했고 경계도 여전했다. 그리고 저 먼발치에서 저녁놀을 받으며 산책하고 있는 사람은…….

'칼라인.'

딱 잘됐다. 안 그래도 칼라인을 찾고 있었는데 칼라인이 산책 중이라니.

'칼라인이 날 알아볼까? 아까는 날 알아보고서 쳐다본 걸까, 아니면 처음 보는 하녀라 쳐다본 거였을까.'

어느 쪽이든 일단 접근해보자. 라틸은 결정을 내리고서 칼라인이 산책 중인 방향으로 슬며시 다가갔다. 하지만 다가가다 보니 걱정이 되었다. 다짜고짜 접근해서 "나 누군지 알겠어?"라고 했는데, 혹시 누군가 그 상황을 본다면? 그걸 보고 라틸을 의심한다면? 기껏 생긴 가면이 소용없게 되지 않을까?

고민 끝에 라틸은 바로 말을 거는 대신 물건을 떨어트린 다음 그걸 주워달란 식으로 말을 걸기로 했다.

'없어!'

그러나 주머니를 뒤져도 떨어트린 척할 적당한 물건이 없었다. 그렇다고 옷을 벗어서 던지면 그냥 변태라고 생각할 거고, 신발을 벗어서 던지면 그것도 이상하고.

'아 씨.'

라틸은 주위를 황급히 둘러보다가 결국 앞에 있는 커다란 꽃봉오리를 뜯어서 그걸 칼라인의 발치로 툭 던졌다. 조용히 산책하던 칼라인은 커다란 왕꽃 하나가 자신의 발아래로 떨어지자 멈추어 서서 고개를 돌렸다. 그걸로 시선은 붙잡았으나 라틸은 속으로 욕을 뱉었다.

'젠장!'

칼라인에게 가려져서 보이지 않았는데. 그 옆에 클라인이 함께 있었던 것이다. 이 도움 안 되는 후궁 같으니라고. 언제 친했다고 둘이 같이 산책하는 거야?

게다가 클라인은 무슨 오해를 한 건지 꽃과 칼라인, 라틸을 번갈아 보더니 눈이 다이아몬드 모양으로 변했다. 머릿속에 매운맛 연극 한 편을 뚝딱 만들어낸 듯. 칼라인이 허리를 굽혀 꽃을 들어 올리자, 어쩔 수 없이 라틸은 얼굴 낯짝을 두껍게 하고서 다가가 공손하게 인사했다.

"죄송합니다, 칼라인 님. 실수로 제 물건을 떨어뜨렸네요."

대답은 클라인이 옆에서 했다.

"물건을 떨어뜨린 게 아니라 뜯어 던진 것 같은데. 날아오는 속도랑 각도가 떨어뜨린 게 절대 아니던데."

이 눈치 없는 새끼야……. 클라인의 입에다가 꽃을 물려버리고 싶은 마음이 굴뚝같이 솟는 걸 꾹 참고서, 라틸은 그를 무시하고 칼라인의 눈동자를 지그시 바라보았다. 아까 착각한 게 아니라면 분명 칼라인은 자신을 알아보는 듯했다. 그러니 이렇게 눈으로 물어보는 것이다. '나 알겠어?' 하고. 라틸이 아는 칼라인은 정원에서 물 뿌리는 하녀를 멀뚱히 구경할 사람이 아니니까.

"……."

예상대로 칼라인은 라틸에게 꽃을 바로 돌려주지 않았다. 말없이 손바닥 위에 꽃을 올려놓고 같이 라틸을 바라보았다. 의도한 건 아니지만 클라인도 도끼눈을 뜨고 칼라인과 라틸을 번갈아 보았다.

"칼라인. 자네 설마 저 하녀가 진짜로 꽃을 떨어트렸단 말을 믿는 게 아니겠지? 아니야. 저 하녀, 분명히 이거 뜯어서 던졌어. 엄청 세게 날아왔다고. 저 밑에 흙 파인 거 봐. 넘어가지 마. 넘어가면 내가 폐하한테 다 이를 거니까."

그 폐하가 나다 이놈아! 라틸은 자기도 모르게 한숨을 내쉬었다.

그걸 본 클라인은 고개를 기웃하며 눈살을 찌푸렸다. 지금 저 하녀가 날 보면서 한숨을 내쉰 건가? 지금 저 하녀가 감히 나한테 한숨을 내쉰 건가? 대충 이렇게 생각하는 눈치였다.

라틸은 클라인은 무시하고 칼라인에게만 집중했다. 칼라인. 재 말은 신경 쓰지 말고 날 알아봐. 빨리. 빨리.

"그렇군요."

마침내 칼라인이 중얼거렸다.

"이걸 떨어뜨리셨군요."

게다가 존댓말. 라틸은 확신을 가졌다. 날 알아봤어!

클라인도 칼라인의 존대가 이상하게 여겨지는지 눈살을 찌푸렸다.

"자네 멍청이야? 저 여자가 꽃을 잡아 뜯어서 던진 거라니까?"

아니, 아니다. 존대는 신경도 안 쓰는 눈치다.

클라인이 멍청해서 다행이야. 라틸은 클라인은 무시하고서 칼라인을 들뜬 눈으로 바라보았다. 오늘따라 칼라인이 저렇게 든든해 보일 수가 없었다. 칼라인의 입가에 희미하게 미소가 올라오더니 그가 한 걸음 앞으로 나서며 라틸에게 물었다.

"또 떨어트릴지도 모르니 제가 들어다 드리겠습니다. 어디까지 가실 겁니까?"

"창고요."

거긴 사람이 적겠지.

라틸이 대답하자, 클라인이 이 하녀 이거 아주 대범하다고 입을 쩍 벌렸다. 그러거나 말거나, 칼라인은 클라인에게 먼저 돌아가라 말하고는 창고 쪽으로 앞서 걸어갔다.

칼라인 저거, 지금 불륜을 하려는 거야?

얼마나 정신이 혼미해진 건지, 간만에 클라인이 속으로 외치는 소리가 들려왔다.

저 쉬운 놈 같으니라고! 용병왕이란 놈이 저렇게 가벼워서야!

그래도 클라인이 저렇게밖에 생각을 못 해서 다행이었다. 이쪽이 흑마법사일 거란 생각은 전혀 못 하는 눈치니까. 라틸은 한숨을 내쉬고서 칼라인을 뒤따라갔다.

아니, 이 사람들아! 나는? 난 어쩌고 둘이 가?

마침내 인적 드문 창고에 도착하자 칼라인이 우뚝 멈추어 서서 주위를 둘러보았다. 아무도 없는 걸 확인하는 듯했다. 그러다 라틸이 바로 앞으로 다가오자, 그가 들고 온 꽃을 내밀었다. 라틸이 그걸 받아 들자 칼라인이 묘한 눈길로 물었다.

"주인. 어떻게 된 일입니까?"

"나인 줄 어떻게 알았어?"

칼라인은 라틸의 목덜미에 코를 파묻고 숨을 들이마시더니 얼굴을 비비적거리면서 중얼거렸다.

"냄새가 다르니까요."

"혹시나 싶어서 하는 말인데."

"네……."

"개는 아니지?"

칼라인이 목덜미에 코를 댄 채 어깨를 떨었다.

"아닙니다."

"일단 고개는 드는 게 좋겠어. 누가 보면 정말 불륜인 줄 알 거야. 그리고 부탁이 있어서 왔어."

"주인의 명령이시라면 어떤 것이든 따르겠습니다."

"그럼 신발을 벗겨줄 수 있어?"

"예?"

칼라인이 반사적으로 시선을 아래로 내렸다.

"신발…… 말입니까? 안 벗겨지십니까?"

"내 신발 아니고."

"그럼 누구의……?"

"가짜 황제. 내가 지금 얼굴을 바꾼 것처럼 그쪽도 얼굴을 바꿨잖아. 모습을 바꿔주는 효능이 있는 마법 신발을 신은 거 같아. 확실한 건 아니지만."

"하필 신발이라니. 곤란하군요. 반지 같은 거라면 쉬울 텐데요."

"반지가 쉬워?"

칼라인이 손을 내밀더니 자연스럽게 라틸의 손을 깍지 껴 잡았다. 곧 맞잡은 손가락 사이로 아프진 않지만 단단한 압박감이 느껴졌다.

"뭐 하는 거야?"

라틸이 묻자 칼라인은 장난스럽게 웃으면서 손을 위로 빼는 시늉을 했다.

"이렇게 빼면 되니까요."

"그러면서 은근히 내 손 잡은 거야?"

"이런 기회에 잡아야지요."

"네 손은 항상 차가워. ……마음이 따뜻한 사람은 손이 차갑대. 그래서일까?"

"아닙니다. 전 수족냉증입니다."

"너 무드가 없구나. 차가운 건 네 손이 아니라 낭만 없는 네 성질인가 보다."

라틸이 손을 쏙 빼면서 투덜거리자, 칼라인은 웃으면서 라틸의 두 뺨에 자신의 손을 살포시 댔다.

"이러면 따뜻합니다."

"시끄러워. 내려. 낭만적인 분위기는 이미 물 건너갔다."

"한 번 더 기회를 주시면……."

"내려."

"……."

정색하고서 손을 내리는데, 그가 좀 시무룩해 보인다고 하면 착각일까? 라틸은 칼라인이 좀 귀여워 보인다고 생각하다가 지금 이럴 때가 아니란 걸 깨달았다.

'그래, 지금 내가 나란 걸 알아주는 건 얘밖에 없는데 이렇게 구박할 때가 아니잖아. 아주 소중하게, 불면 날아갈세라 잘 대해줘야지.'

"소중한 나의 칼라인아. 수족냉증 걸린 그 연약한 손으로 신발을 잘 벗길 수 있겠어?"

"……."

"뭐야 그 표정은."

"그냥 하던 대로 하시지요, 주인. 소름이 돋습니다."

"야."

라틸이 정색하고서 째려보자 칼라인이 팔짱을 끼고서 진지하게 고민하는 시늉을 했다.

"어떻게 해야 신발을 벗길 수 있을까요."

속 보이는 행동이었으나, 급한 건 자신이었기에 라틸은 순순히 넘어가주었다.

"발 마사지 같은 걸 해주겠다고 하면…… 안 넘어가겠지?"

"정말로 신발이 마법 물품이라면 그 정도론 안 될 겁니다."

"그치."

"이 경우엔…… 그렇군요. 신발을 직접 벗도록 하기보단, 재운 다음에 벗겨야겠습니다."

"할 수 있겠어?"

"해봐야지요."

"다른 건 하지 마. 신발만 벗겨야 해."

라틸은 말을 해놓고서 후회했다. 다른 건 하지 말라니. 이 말은 하지 말걸. 낮에 칼라인이 가짜 황제의 이불을 덮어주면서 세심히 챙겨주던 게 괜히 마음에 남아서 지금 툭 튀어나온 탓이다. 하지만 이미 말은 뱉어버린 후이고 칼라인은 라틸을 뚫어져라 보고 있었다.

"'다른 건 하지 마'에서 '다른 건'이 무엇을 말씀하시는 겁니까?"

라틸은 칼라인의 질문을 무시하고서 횡설수설했다.

"난 이만 퇴근했다가 다시 돌아올 테니까 나중에 결과를 알려줘. 신발은 감춰놓고. 아니, 그러면 안 되나. 퇴근하지 말까? 나 여기 있을까? 신발은 없애버릴래? 어쩌지?"

칼라인은 손을 들어 올리더니, 차가운 손가락으로 라틸의 눈썹 부근을 당겼다. 라틸이 쳐다보자 그가 입꼬리를 당겨 웃었다.

"재워드릴까요?"

"어?"

칼라인의 방이 1층인 덕택에 안쪽에서 망을 잘 봐주자, 창문을 통해 그의 방 안에 들어가는 건 쉬웠다.

'좀 어색한데.'

라틸은 방 안에 들어와서 괜히 머리카락을 만지작거렸다. 칼라인의 시종은 라틸을 보고 잠시 놀랐지만, 칼라인이 "주인이시다." 이 말을 하자 바로 "네." 하고 수긍했다. 그걸로 끝이야? 오히려 라틸이 황당할 정도로 깔끔한 수긍이었다.

"네 부하는 네 말을 철석같이 믿네."

"언제 죽고 죽일지 모르는 상황에선 서로를 신뢰하는 게 중요하니까요."

"너희 용병단은 모두 그런 사이야?"

"네."

"좋네……. 부럽다."

"부러워하실 필요 없습니다. 모두 폐하의 사람들입니다."

"네 사람들이지 뭘."

"폐하의 사람들입니다."

말이라도 고맙구만. 라틸은 웃으면서 칼라인의 어깨를 두드리고서 몸을 숨기고 있을 만한 곳을 찾아보았다.

두 사람이 세운 계획은 이랬다. 일단, 라틸이 방 안에 몸을 숨기고 있으면, 칼라인이 가짜 황제를 방에 데려와 재운 다음 신발을 벗긴다. 다음, 라틸은 그걸 지켜보다가 가짜 황제가 원래 모습을 되찾으면 당장 신발을 처리하거나 감춘다. 간단하지만 가짜 황제를 한 번에 무력하게 만드는 방법이었다. 문제는…….

"근데 가짜가 여기에 오란다고 올까?"

바로 이 점. 가짜 스스로도 행동을 조심하고 조심할 텐데. 과연 여기에서 잠들려 할지, 그게 좀 회의적이었다. 하렘 안에서 잠들게 할 수도 있긴 하겠지. 경계를 풀게 할 수도 있긴 하겠지. 언젠가는. 하지만 그러려면 시간을 좀 길게 들여야 하지 않을까? 지금은 가짜가 아직 궁전에 잠입한 지 오래되지 않았으니, 경계심이 최고조로 올라왔을 때가 아닐까?

"시험해보아서 나쁠 건 없지요."

그러나 칼라인은 쉽게 대답했고 라틸도 고개를 끄덕였다. 맞다. 칼라인의 말처럼 시도해볼 가치는 있었다. 이번에 안 된다면 다시 다음 기회를 노리면 될 뿐이니.

"그리고 단호하게 거절하진 않을 겁니다. 그쪽도 폐하를 흉내 내야 하니까요. 후궁들을 갑자기 멀리하면 오히려 상대가 의심을 사게 될 테고요."

그날 밤. 저녁 식사를 마치자 칼라인은 가짜 황제를 데려오겠다면서 방을 나섰다. 무슨 수로 데려올지는 모르겠지만.

라틸은 일단 두꺼운 커튼 뒤에 몸을 숨겼다.

'데려올 수 있을까?'

하지만 칼라인을 기다리는 내내 라틸은 걱정을 멈출 수가 없었다. 칼라인은 첫날밤 보았듯 아주 짐승적인 섹시함을 갖추고 있었다. 정말 매력적이다. 하지만 그거야 밤에 모든 게 세팅이 되었을 때 얘기지, 낮의 칼라인은 좀 무뚝뚝한 편 아닌가. 그렇다 보니 그 말주변에 과연 가짜를 설득해서 여기까지 데려올 수 있을지 마음이 놓이지 않았다.

'소리!'

그때. 문밖에서 소리가 났다. 라틸은 숨을 죽이고서 그림자조차 드러나지 않도록 몸을 잘 숨겼다. 잠시 뒤. 문이 열리고 누군가 방 안으로 들어왔다. 아주 조금 틈을 벌리고서 엿보니 칼라인과…… 가짜 황제였다. 정말로 칼라인이 가짜 황제를 데려온 것이다. 무슨 수로 데려온 건지는 모르겠지만.

'어떻게 데려온 거야?'

신기해하고 있자니, 가짜 황제가 까르르 웃으면서 곧장 침대로 다가가 털썩 앉았다. 그 모습이 칼라인을 몹시 마음에 들어 하는 듯해서 라틸은 순간 울컥했다.

칼라인 저 자식, 진짜로 뭘 어떻게 해서 데려왔길래 가짜가 저렇게 함박웃음이야? 꼬리를 몇 개를 달고 가서 홀려 온 건데?

"얼른 보여줘 봐. 그래, 안에 뭐가 있단 거지?"

게다가 저게 무슨 말이야? 라틸은 도끼눈을 떴다. 뭘 보여달라고? 저 가짜 자식이 지금 내 후궁한테 뭘 보여달라 하는 거야? 라틸은 커튼을 뜯어낼 뻔했다.

"시간은 많습니다, 폐하. 밤도 길고…… 천천히 하시지요."

"난 빠른 게 좋은데."

"조급하시군요."

대답 대신 무언가 툭 떨어지는 소리가 나서 라틸은 마른침을 삼켰다. 욕이 나올 뻔했다. 칼라인 이 자식, 너는 또 뭘 보여주고 있는 거야?

하지만 각도상 그것까진 보이지 않았다. 가짜가 "워후." 하는 소리만 날 뿐.

의미 불명의 대화가 오고 간 후. 라틸은 혹시라도 칼라인이 가짜와 몸이라도 겹칠까 봐 씩씩거렸으나, 다행히 그런 일은 벌어지지 않았다. 물론 화가 날 법한 대화는 많이 오고 갔지만.

어쨌든 칼라인은 '며칠 전의 약속대로 재워달라' 가짜에게 청했고, 가짜는 그런 약속이 있는지 없는지 알 리 없기에 칼라인과 한 침대에 누웠다.

이후 시간이 지나자 칼라인이 조심스럽게 침대에서 내려오는 소리가 났다. 칼라인이 약속한 신호를 보내자 라틸은 조금 더 커튼을 벌렸다. 그러자 가짜 황제가 곤히 잠들어 있는 게 보였다. 칼라인은 침대 아래. 가짜 황제의 발치에 서서 신발을 벗기려 하고 있었고.

그의 커다란 손이 신발에 닿자 라틸은 심장이 졸리는 느낌에 숨을 멈추었다. 아까 가짜가 '워후' 할 때의 분노는 이미 사라져 있었다. 마침내 신발이 천천히 가짜의 발에서 벗겨지자 라틸은 숨을 느리게 뱉어냈다. 이제 네 정체를 볼 수 있겠구나!

커튼 사이에 모습을 감춘 채 라틸은 희열에 들떴다. 주먹을 꽉 쥐고 이를 내밀며 히죽 입꼬리를 올렸다. 빌어먹을 가짜 새끼. 어떤 낯짝인지 얼굴 한번 보자. 어떤 새끼든 처형대에 그 목을 걸어놓고 말 거다.

그러다가 다 벗겨진 신발이 완전히 툭 발에서 떨어지는 순간.

됐다!

칼라인이 한쪽 신발을 완전히 들고 서자 라틸은 속으로 환호했다. 벌떡 일어나 만세를 할 뻔했다.

"!"

그러나 변화가 없었다. 여전히 상대는 라틸의 얼굴이었다.

'신발이 아니었어?'

라틸은 심장이 철렁했다. 그러면 그땐 왜 신발을 벗어보라 했던 거지? 함정? 함정이었나?

칼라인 역시 예상하지 못했는지 눈살을 찌푸렸다. 그가 목을 주춤주춤했다. 라틸이 있는 방향을 쳐다보고서 '어쩌지요?' 묻고 싶은 눈치였다. 그러다가 혹시 두 쪽 다 벗겨야 하는 건가 싶은지, 칼라인은 결국 남은 한쪽 신발도 마저 벗겼다.

제발…… 제발! 라틸은 커튼을 꽉 쥐고서 그 광경을 간절히 바라보았다. 그러나 남은 한쪽을 다 벗겼는데도 여전히 가짜 라틸은 라틸의 모습이었다. 대체 이게 무슨 영문인지 알 수가 없었다. 그저 참담하기만 할 뿐.

그때.

"왜 이렇게 과도하게 아양을 부리나 했더니."

가짜 황제가 누운 채 웃음을 터트렸다. 라틸은 눈을 커다랗게 떴다. 잠든 줄 알았던 가짜가 눈을 뜨고 있었다. 그러다 가짜가 천천히 상체를 일으키더니 한쪽 팔에 몸을 기댄 채 칼라인을 보며 물었다.

"라틸을 만나기라도 한 모양이지, 칼라인?"

가짜의 질문은 정곡을 찔렀다. 칼라인은 대답하지 않았으나, 가짜는 이미 자기가 한 질문에 확신이 있는 듯했다.

"라틸은 어디 있지?"

가짜가 방 안을 두리번거렸다.

"아마 여기 있을 거야. 그렇지?"

"……."

"신발 벗기란 말을 누가 해줬겠어. 안 그래?"

그제야 칼라인이 덤덤하게, 정말로 아무 일도 없는 것처럼 대답했다.

"갑갑하실 듯해 벗겨드렸을 뿐입니다."

"암살이라도 하듯 그렇게 조용히?"

"깨실까 염려되어."

"난 바보가 아니야, 칼라인. 넌 라틸에게 들었던 거야. 내 신발을 벗기면, 무언가 '일'이 벌어질 거라고."

칼라인은 여전히 대답하지 않았으나, 가짜 황제는 빙그레 웃더니 이윽고 정확히 라틸이 숨은 장소를 손가락으로 가리켰다. 칼라인은 몸을 움직여 그 손끝을 막아섰다.

"됐다."

그러나 라틸은 상황이 이렇게 된 이상 어쩔 수 없다 여기고서 그냥 커튼을 확 들추고 앞으로 나서버렸다.

이쪽이 가진 마법 물품이 가면이란 걸 저 가짜가 아는지 모르는지는 알 수 없다. 하지만 확실한 건 저 가짜는 처음부터 신발로 함정을 판 거였다. 그 증거가 저 표정이었다. 그러니 나설 수밖에.

가짜 황제는 침대에 나른하게 앉은 채 다리를 꼬고 앉아 있다가, 라틸이 모습을 드러내자 위에서 내려다보듯 턱을 들어 올리고 웃었다. 그 표정이 승리감에 차 있는 듯해서 라틸은 자존심이 상했다.

라틸은 가짜 황제를 제압해 묶은 다음 마법 물품을 찾아 온몸을 뒤지는 것, 가짜 황제가 비명을 질러 사람들을 부르는 것. 어느 게 더 빠를지를 비교했다. 역시 비명이 빠르겠지? 바로 문 앞에만 해도 가짜 황제가 데려온 호위가 가득할 테고. 그러나 가짜는 웬일로 비명을 지르지 않았다. 대신 라틸의 표정을 보더니, 가엾다는 듯 질문했다.

"내가 누군지 궁금해?"

"네가 가짜란 건 누구보다 본인이 잘 알 테니까."

라틸이 이를 갈면서 대답하자 가짜 황제가 나지막하게 웃었다. 잔웃음은 피아노 낮은 건반 소리 같았다.

불현듯 라틸은 가짜가 승리감에 찬 표정이 아니란 걸 알아차렸다. 가짜가 득의양양한 표정이라는 건 라틸 자신의 생각일 뿐이었다. 가짜의 표정은 무척이나 애매했다. 그렇기에 더욱 이상했다. 저 기묘한 표정이라니.

라틸이 인상을 구기고 보고 있자, 마침내 빠르게 어깨를 떨던 가짜가 갑자기 손을 올렸다. 무기를 꺼내는 건가 싶어서 라틸은 허리춤에 손을 댔다. 그러나 공격은 아니었다. 가짜 황제가 손을 올린 건 자신의 목 뒤였다. 그 상태로 가짜 황제는 손을 뒤적거렸다.

목걸이? 목걸이를 푸는 건가?

'왜 여기서 뜬금없이 목걸이를?'

그 상태로 손을 움직이던 가짜 황제가 마침내 일을 다 끝냈는지 천천히 손을 내렸다. 그 한 손에는 반짝이는 줄이 들려 있었다. 그리고…….

라틸은 순간 아무 말도 할 수가 없었다. 머리도 입도 생각도 막혀서 아무것도 할 수가 없었다. 목구멍을 커다란 돌덩이가 틀어막은 기분이었다.

한참 만에야 가까스로 라틸은 부식된 쇠 같은 목소리를 쥐어짰다.

"엄, 엄마."

라틸은 입술을 떨었다. 너무 큰 충격에 뒤통수가 다 얼얼했다. 돌아가신 아버지가 저기서 나와도 이 정도로 놀랍진 않았을 것이다.

'아니, 그건 아니구나. 그건 놀라운 일에 호러까지 겹쳐진 거잖아. 더 놀랐을 거야.'

하지만 이 역시도 감당이 어려워, 라틸은 뒤로 주춤 물러났다.

"딸. 쓰러지겠다. 좀 앉을래?"

엄마가 걱정스럽게 물었다. 언제나처럼 상냥한 목소리. 그 목소리마저도 지금 라틸에게는 달갑지 않았다. 가식적으로 들렸다. 친절을 위장한 비수나 독을 넣은 달콤한 과일주처럼 들렸다.

"목걸이 두 개 아니죠?"

목걸이 하나 더 벗으면 또 다른 얼굴이 나온다거나……. 차라리 그게 낫겠지만, 그럴 리는 없겠지.

"하나야."

엄마가 웃는다. 이 와중에.

라틸은 눈썹 끝을 아래로 내렸다. 오빠에 이어서 엄마까지 배신이라니. 오른쪽 왼쪽 뺨을 연달아 맞고서 뒤통수까지 후려 맞아도 이 정도로 얼얼하진 않을 텐데.

"어떻게 이럴 수가 있어요?"

"다리 떨린다. 일단 앉는 게 낫겠는데?"

"왜 이런 거예요?"

"안 앉을 거야?"

"앉으면 바닥 뒤집어지면서 함정 나올 거 같아요. 지금 내 기분이 그래요. 내가 여기서 엄마 뭘 믿고 편히 앉겠어요."

"……."

엄마는 착잡한 표정이었다. 함께 살 때 라틸은 엄마가 저런 표정을 하면 늘 허둥댔다. 엄마의 기분을 풀어주기 위해서 헛소리를 해댔다. 그러면 엄마는 라틸을 끌어안고서 이마에 입을 맞추었다. 이쁜 딸, 내 이쁜 딸, 노래를 부르면서. 그 생각이 나자 라틸은 눈물이 날 것 같았다.

"엄마는 나한테 하늘이자 땅인데. 엄마가 이러면 어떡해요. 내 세상이 무너지고 뒤집히잖아요."

"네 세상에선 네가 하늘이고 네가 땅이야. 다른 사람한테 상처받았다고 해서 뒤집히진 마."

"그게 생각처럼 쉬워요? 그 다른 사람이 엄만데?"

"안 쉬워도 그래야지. 네가 이렇게 쉽게 뒤집히면 너 하나 믿고 의지하는 국민들은 어떻게 하겠어."

"그 국민들도 엄마가 다 뺏어 갔잖아요!"

"빌린 거야, 라틸. 뺏어 간 게 아니라."

라틸은 주먹을 움켜쥐고서 엄마를 노려보았다.

"무슨 소리예요?"

칼라인은 라틸과 선대 황후를 번갈아 쳐다보았다. 감정을 확 드러내진 않지만 만만치 않게 곤란한 눈동자였다. 사소한 일로 아내와 장모님이 싸워도 나서기 난감할 텐데, 이런 어마어마한 일로 싸우고 있으니 입도 뻥긋하기 힘들 것이다.

엄마가 한숨을 내쉬었다.

"너도 네 오빠도 둘 다 내 아이니까. 둘 다 살리기 위해선 어쩔 수 없었다, 라틸."

"여기서 오빠는 왜 나와요? 오빠는 대현자 따라가서 잘 지내고 있었는데."

물론 잠깐 국무를 봐달라고 부르긴 했다. 하지만 며칠만 봐달라 한 거고, 그건 전혀 위험한 일이 아니었다.

"설마 오빠가 며칠 국무 보면 과로사라도 할 거라 생각했어요?"

"심호흡해라, 라틸."

"네?"

"넌 뱀파이어 로드의 환생일 수도 있어."

사이좋은 엄마랑 오빠가 왜 자신을 배신한 건지, 왜 엄마가 이런 잔인한 짓을 자신에게 했는지, 슬프지만 현실적인 말다툼을 하고 있었는데. 갑작스럽게 튀어나온 비현실적인 이야기에 라틸은 잠시 멍해졌다.

"네?"

라틸은 다시 똑같은 질문을 반복했다.

"뭐요?"

"로드."

엄마가 재차 알려주었다. 라틸은 눈을 부릅뜨고 입술은 올렸다. 이 와중에 웃으면 안 되는데. 너무 어이가 없어서 웃음이 나온다. 사람이 너무 황당하면 이런 와중에도 웃음이 나오나 보다.

"무슨 소리예요?"

엄마는 손가락으로 칼라인이 아까 벗겨낸 자신의 신발을 가리켰다. 칼라인이 그 신발을 가져다주자, 엄마는 신발을 신으면서 라틸에게 말했다.

"너도 조사 중이었다면서. 흑마법사, 뱀파이어, 식시귀, 500년 주기로 부활하는 로드 등."

라틸은 얼굴을 구겼다.

"그 로드가 지금 나란 얘기예요?"

"확실한 건 아니란다. 가능성이 있는 거지. 정확히 말하자면, 너는 로드 후보 중 하나야."

라틸은 기가 막혀서 빈정거렸다.

"무슨 소리예요. 난 엄마가 낳았잖아요. 혹시 내 아빠가 로드 후손이에요?"

"핏줄로 이어지는 게 아니라 환생을 하는 거래."

"아니에요!"

라틸은 버럭 소리 질렀다. 난데없이 자신의 모든 게 부정당한 기분이었다. 너무 화가 나서 숨이 가빠졌다. 소리를 지르고서야, 지금 자신이 언성을 높일 때가 아니란 걸 깨달았다. 방 앞에 엄마가 데려온 자신의 근위기사들이 있을 터. 조심해야 했다.

"난 엄마 딸이에요!"

하지만 이 와중에 아무 말도 안 할 수는 없었다. 라틸은 목소리를 낮춰서 항의했다.

"알아, 라틸. 네가 누구의 환생이건, 너는 내가 배 아파 낳은 내 딸이지. 그 부분은 나도 신경 쓰지 않아."

"그런데 왜요!"

"뱀파이어 로드는 그 존재만으로도 세상의 모든 악을 깨우게 돼. 너도 조사했다며."

어느새 라틸은 엄마의 근처까지 이동해 있었다. 칼라인은 창틀에 앉아서 이 당혹스러운 대치를 지켜보았다.

"그러면 왜 내가 황태녀가 되게 두셨어요!"

"난 그때 신전에 있었어."

"아, 하긴. 그러네요. 엄만 애초에 내 옆에 있지도 않았죠."

라틸은 머리카락을 마구 쥐어뜯다가 물었다.

"도대체 내가 로드란 헛소리는 누가 한 거예요? 오빠예요? 그럼 오빠는 왜 내가 황태녀가 되게 뒀대요? 아니, 애초에 내가 황태녀가 되도록 밀어준 것도 오빠잖아요! 그때부터 이런 짓을 꾸몄어요?"

“그건 아니야, 라틸.”

“못 믿겠어요. 엄마랑 오빠 얘긴 하나도 못 믿겠어요.”

“네가 황태녀 자리에 오르기 전엔 후보라고 확신하지 못했대.”

“지금도 로드라 확신하지 못한다면서, 후보라 확신하지 못하는 건 또 뭔데요!”

“레안도 대현자의 제자가 되어서 신전에 간 다음에야 로드의 전조가 무엇인지 확실하게 듣고, 네가 로드일 가능성이 높다 생각하게 된 거래.”

라틸은 씩씩거리면서 엄마를 하염없이 바라보았다. 엄마가 이 상황을 계속 설명해주었으면 싶었다. 하지만 엄마가 더 이상 이런 이야기는 그만두고, 다 거짓말이라고 해주었으면 싶기도 했다. 그냥 이 방 안에 있는 모든 물건을 다 부수고 싶은 충동도 들었다.

“내가 황태녀일 때 그럴 가능성을 알았다면서, 왜 그땐 안 말렸는데요?”

“그래도 딸이고 동생인데, 로드의 환생일 수도 있단 걸 알게 되자마자 어떻게 내치겠니. 네가 얼마나 맑은 아이인지 아니까. 환생이어도 넌 다를 거라고 믿었지.”

“근데 아니었다?”

라틸은 모아두었던 숨을 뱉어냈다. 엄마가 아무리 좋게 말을 해주어도 그게 곧이곧대로 들리지 않았다.

“예언대로 네가 피를 부르며 황좌에 올랐으니까.”

라틸은 자신의 즉위식 날을 떠올렸다. 자신만큼 틀라를 싫어했던 레안이, 그래도 이복형제를 죽이는 건 너무했다고 비난했단 것도. 혹시 그것도 이것과 관련되어서일까?

"넌 제대로 통치를 하고 국무도 잘 보는데, 네가 아무리 좋은 황제가 되려 해도 어두운 기운은 점점 몰려오고 있어, 라틸. 변방의 마을 사람들이 다 사라지는 등 이미 기이한 일들이 벌어지기 시작했고."

"내 탓이 아니에요! 난 로드가 아니니까요!"

"이대로 그냥 둘 수는 없었다. 그래서 나선 거야."

라틸은 발끈해서 외쳤다.

"그럼 나한테 얘길 해줬으면 되잖아요!"

"뭐라고. 너 때문에 세상이 망해간다고? 그러니 황좌에서 내려오는 게 낫겠다고? 네가 이렇게 말하면 믿으려 할까? 아니, 오히려 나와 레안이 미쳤다 믿고서 아예 접근도 못 하게 막았겠지."

"!"

"엄마, 나중에 내가 아닌 거 알고 후회하면 어쩌려고 이래요? 내가 조사한 바로 로드는 틀라였거든요. 거의 확실하게."

"말했잖아. 후보라고. 틀라가 맞을 수도 있지."

라틸은 차갑게 코웃음 쳤다.

"맞을 수도 있는 게 아니라 확실하게 틀라예요. 황좌에 오를 때 피를 본 거? 틀라도 해당하는 거 아니에요? 나는 흑마법이고 뭐고 그런 거 아무것도 몰라요. 반면에 틀라는 죽었는데 부활했고 온갖 이상한 짓들을 하고 있어요."

그러나 라틸이 구구절절 설명해도 엄마는 오히려 눈을 가늘게 뜨며 물었다.

“확실해? 틀라가 부활한 거?”

“네!”

“어떻게 그렇게 확신하니?”

“내가 봤으니까요!”

라틸은 단호하게 외쳤다. 그러나 엄마는 여전히 이전과 같은 어조였다.

“라틸. 죽은 사람이 부활한 거야, 네가 죽은 사람을 본 거야? 어느 쪽인지…… 정말로 확신할 수 있어?”

그 말에 오히려 라틸이 주춤했다. 정곡이었다. 라틸이 틀라를 본 건 애매한 상황이었고, 라틸은 그게 꿈인지 현실인지 구분을 못 했다. 그때의 일은 감각을 떠올리면 현실 같았지만, 상황을 떠올리면 꿈일 가능성이 높았다. 틀라가 부활한 거라면 그쪽이 로드일 가능성이 높지만, 라틸이 죽은 사람을 어둠의 힘으로 본 거라면 라틸이 로드일 가능성이 높았다. 엄마는 그것을 지적한 것이다.

“그래서 뭘 원하는 거예요. 내가 로드일 수 있으니, 날 죽여야겠다? 날 죽이고 엄마가 평생 내 시늉을 하면서 황제로 살겠다?”

“네가 로드가 아니란 게 확실해질 때까지 신전에 들어가 있거라.”

“신전이요?”

“신관들을 준비시켜두었어. 그들의 기운을 받으면서 네 기운을 누르고 지내.”

“준비까지 해두셨어요? 신전에 마음을 다스리러 가신다더니, 날 다스리러 가신 거였네요?”

"네 말처럼 네가 로드가 아니란 게 확실해지면 그땐 다시 네가 돌아오면 돼. 그러라고 일부러 내가 네 흉내를 내는 거니까."

라틸은 손을 빠르게 쥐었다 펴길 반복했다. 묻고 싶은 말이 있는데, 이 말을 물었다가 어떤 대답일 돌아올지 몰라 무서웠다. 하지만 이 와중에 무슨 대답이 돌아오든 뭐가 더 나쁘겠어. 결국 라틸은 멈추어 서서 물었다.

"아니지만, 만약 내가 로드면요? 그럼…… 날 죽이기라도 할 거예요?"

내내 앉아 있던 엄마가 처음으로 침대에서 벌떡 일어났다.

"그럴 일은 없어, 라틸."

"못 믿겠어요."

"네가 세상에 해를 입히지 못하게는 막아야 하니까."

라틸은 한쪽 입꼬리를 올렸다.

"차라리 솔직하게 말하지 그래요? 오빠가 위험해질까 봐 날 누르려는 거라고?"

"……솔직하게 말하자면 라틸. 네 오빠가 없었다면, 네가 로드건 세상이 위험하건 무슨 상관이겠니. 난 너만 지키면 되는데."

"!"

"하지만 내 자식은 둘이니, 나는 너도 네 오빠도 지켜야 해."

라틸은 아랫입술을 깨물었다. 억울하고 슬프고 괴롭고…… 그냥 하염없이 무언가가 눈에서 쏟아지려 했다. 거기에는 어떤 부정적인 감정의 이름을 붙여도 옳았다. 다 들어맞는 이름일 테니까.

"좀 더 솔직하게 말해볼까, 라틸? 다른 사람이 로드 후보였다면,

난 그냥 후보들을 다 죽이게 했을 거다. 그편이 가장 확실하게 안전하니까."

"!"

"네가 후보니까. 내 딸이 로드 후보니까 일을 이렇게 복잡하게 꼰 거야. 널 지키고 싶어서."

가까이 다가온 엄마가 두 손으로 라틸의 뺨을 감쌌다. 하지만 라틸은 엄마의 손이 닿기 전에 뒤로 물러났다. 자신이 가면을 쓰고 있단 걸 떠올렸기 때문에. 자신의 얼굴을 바꿔준 마법 물품이 가면이란 걸 엄마가 아는지 모르는지 아직 확실하지 않은 상황이다. 궁지에 몰린 지금, 라틸은 자신에게 남은 몇 안 되는 패를 모두 공개하고 싶진 않았다.

그러나 엄마는 라틸에게 거부당했단 생각에 눈동자가 흔들렸다. 그걸 보자 라틸은 이 와중에도 마음이 아파졌다. 엄마가 원망스러우면서도 엄마가 아픈 게 싫단 이중적인 마음이 들었다.

"라틸. 제발 순순히 신전으로 가자. 네가 그 과정에서 다치는 걸 보고 싶진 않아. 일이 진정되면 다시 원래대로 돌아올 수 있어. 어떤 식으로 국무가 진행되는지도 일주일에 한 번씩 늘 전해줄 거고, 매일매일 어떤 일이 일어나는지도 네게 전해줄 거야. 잠깐 휴식하는 거라 생각하면 돼. 응?"

라틸은 가만히 생각하다가 고개를 끄덕였다.

"그럴게요."

그러고서 라틸은 두 팔을 벌렸다.

"아직 엄마가 이렇게까지 한 걸 용서할 수 없어요. 하지만 엄마가 날 위해 이런 행동을 한 건 아니까…… 일단 엄마 말을 받아들일게요. 나도 오빠가 안전하길 원하니까요."

라틸의 말에 엄마가 슬픈 표정을 지었다. 그러고는 어릴 때처럼 라틸을 끌어안았다.

"널 위한 거지만 미안해, 라틸."

라틸은 엄마를 안은 손에 힘을 주면서 귓가에 대고 속삭였다.

"거짓말한 거지만 난 안 미안해요."

"!"

이게 무슨 소리인가 생각할 사이도 없이 라틸은 곧장 엄마를 기절시켰다. 안고 있던 몸에서 힘이 빠지자, 라틸은 엄마를 침대에 눕혀놓았다. 굳이 마법 물품을 이용하지 않아도 자신과 닮은 얼굴을 잠시 가슴 아프게 바라보다가, 라틸은 엄마가 벗어둔 목걸이를 챙기려 손을 뻗었다. 그러고서 엄마 쪽을 쳐다보는데…….

"!"

엄마는 어느새 다시 라틸의 얼굴로 돌아와 있었다.

'목걸이가 아니었다!'

라틸은 이를 악물었다. 마지막 패를 감춘 건 라틸만이 아니었다. 엄마 역시 똑같았다. 엄마는 목걸이가 마법 물품인 척 진짜 마법 물품을 잠시 뺐던 게 틀림없었다.

그때. 누군가 문을 노크했다.

"폐하, 들어가겠습니다."

들어가도 되냐고 묻는 게 아니라 '들어가겠다'고 말한다. 어느 시간이 지나면 허락을 구하지 않고 들어오라고 미리 명령을 해두었단 뜻. 라틸은 헛웃음을 뱉었다.

'역시 엄마네.'

하긴. 가짜가 엄마란 걸 알기 전부터, 어떻게 이 정도로 자신과 생각하는 흐름이 비슷한지 의아하긴 했다.

라틸은 이를 갈았다. 엄마가 자신의 얼굴을 흉내 내는 데 사용한 마법 물품. 그게 어떤 건지 여기서 찾아내야 하는데. 그럴 시간이 없었다. 미적대다간 황제를 습격한 범인으로 몰리거나, 엄마에게 붙들려 꼼짝없이 신전에 가게 생겼으니.

결국, 라틸은 망설임 없이 창문을 열고 밖으로 뛰어내렸다. 그리고 라틸이 사라지자마자, 칼라인은 침대에 누운 가짜 황제와 창밖으로 멀어지는 가짜 하녀를 번갈아 쳐다보았다. 이 상황을 어떻게 수습해야 라틸에게 도움이 될지 빠르게 머리를 굴리면서.

"폐하?"

그사이, 근위기사가 방 안까지 들어왔다. 들어올 때부터 조금 긴장해 있던 근위기사는, 황제의 후궁은 창가에 서 있고 황제는 침대에 이불도 들추지 않고 누워 있는 걸 발견하자 미간이 굳었다.

"폐하?"

의심스럽게 중얼거린 근위기사가 누워 있는 가짜 황제 쪽으로 더 가까이 오려는 바로 그때.

"피곤하군. 쉬다 나갈 테니 나가 있으라."

기절해 있는 줄 알았던 가짜 황제가 명령했다.

"예."

근위기사가 안심해 나가자, 손을 뒤로 감춘 채 공격 준비를 하던 칼라인은 미묘한 눈길로 가짜 황제를 보았다.

"깨어 계셨습니까?"

가짜 황제는 침대를 짚고 상체를 일으켰다. 칼라인은 가짜 황제가 화를 내거나, 딸이 자신의 마음을 몰라준다며 씁쓸해할 거라 생각했다. 그러나 가짜 황제는 오히려 칼라인을 보자마자 창문을 가리키며 물었다.

"아직도 뭘 하고 선 거지? 얼른 저 애를 쫓아가."

그걸 추격해 잡아 오란 뜻으로 알아들은 칼라인이 미간을 찌푸렸다. 그러나 뒷말은 예상과 달랐다.

"넌 용병왕이라지. 네 세력으로 저 애를 지켜라. 지금은 저 애가 동원할 수 있는 세력이 없으니까."

칼라인은 눈썹을 치켜올렸다. 이건 또 의외였다.

"잡아 오라 하실 거라 여겼습니다만."

가짜 황제는 쓸쓸하게 명령했다.

"그건 다른 이들이 할 일이니, 넌 그 애가 다치게 하지 마라. 몸도, 마음도."

"……."

칼라인은 대답하는 대신 바로 돌아섰다. 커튼을 걷고 창밖으로 나가기 직전. 뒤에서 가짜 황제가 덧붙였다.

"네가 저 애를 완벽하게 지켜낸다면, 일이 정리된 후에. 국서를 뽑을 때, 내가 널 지지해주마."

칼라인은 평민 출신이기 때문에 아무리 용병왕이란 명성을 떨쳐도 국서 자리에 오르긴 어려웠다. 하지만 황제의 친모이자 선대 황후가 적극적으로 밀어준다면 이야기는 달라진다. 가짜 황제는 지금 그걸 미끼로 들먹이는 거였다. 예상치 못한 제안에 칼라인은 고개만 돌린 채 입꼬리를 올렸다.

"그런 조건을 안 거셔도 당연히 제가 지킵니다."

"그럼 조건은 도로 무를까?"

"무를 필요는 없지요."

중얼거린 칼라인이 바로 창문 밖으로 뛰어내리자 대기하던 칼라인의 용병 시종이 망설임 없이 그 뒤를 따라갔다. 어느새 가짜 황제는 넓은 방 안에 홀로 남겨졌다. 적막한 방 안에는 시계 초침 소리만 들렸다. 가짜 황제는 침대에서 일어나 창가로 걸어갔다. 창틀을 손에 쥐고서 그녀는 어두운 구름에 잠긴 넓은 황궁을 가슴 아프게 바라보았다.

사이좋은 모자가 마주 앉아서 하는 식사 자리지만 분위기는 좋지 않았다. 싸운 건 아니지만, 두 사람 다 웃으면서 말을 나눌 마음의 여유가 없어서였다. 방 안에는 달그락거리며 접시와 포크 부딪치는 소리만 났다. 그러다 레안이 물었다.

"만약 라틸이 로드가 맞는데 신전에 갇혀 지내길 거부하면 어떻게 할 거예요?"

가짜 황제, 라틸의 엄마 셰이트는 덩어리진 고기를 칼로 짓이기듯 자르다가 눈길을 들어 올렸다. 그 눈동자에는 온갖 감정이 깃들어 있었다. 레안은 포도주를 마시면서 생각했다. 자신도 상황이 이렇게 되어서 슬프지만, 역시 어머니가 가장 슬플 거라고. 레안도 하나뿐인 동복동생을 아주 사랑했지만, 형제자매 간의 사랑과 부모 자식 간의 사랑은 아무래도 다를 수밖에 없지 않던가.

"어머니는 해야 할 일을 하신 겁니다. 너무 속상해하지 마세요. 반대로 제가 라틸과 같은 입장이어도 이렇게 하셨을 거잖아요."

셰이트는 자르다 만 고깃덩어리 옆에 나이프를 내려놓았다. 탐스러워 보이는 짙은 갈색 덩어리 안쪽에서 주륵 붉은 액체가 흘러내렸다. 셰이트는 이끼 무늬가 그려진 냅킨으로 입가를 닦으면서 누눅해진 목소리로 중얼거렸다.

"같이 가야지. 혼자 보낼 순 없으니까."

"왜 도망 나오신 겁니까?"

검은 구름에 달조차 보이지 않는 어두운 밤. 칼라인과 라틸은 동굴 가장자리에 모닥불을 피워놓고 곁에 쪼그리고 앉아 불을 쬐고 있었다. 최대한 궁전에서 먼 곳으로 오다 보니, 수도를 나와 길에서 벗어난 산에까지 올라오게 된 것이다. 이 산을 통해 도주의 흔적을 완전히 감추고 앞으로 어떻게 할지 궁리할 예정이었다.

칼라인은 불을 나뭇가지로 쑤시며 말을 이었다.

"주인께선 로드가 아니시니까, 신전에서 기다리면 다시 제자리로 돌아갈 수도 있을 텐데요."

라틸은 무릎을 끌어안으며 대답했다.

"알아. 엄마를 끌어안을 때 나도 그 생각을 안 해본 건 아니야."

"바로 기절시키시기에 그 생각은 전혀 안 하신 줄 알았습니다."

"빨리했지."

라틸은 입술을 부루퉁하게 내밀고서 칼라인의 발끝을 자신의 발끝으로 툭 쳤다. 하지만 커다랗고 단단한 발은 꿈쩍도 하지 않았다.

"근데 생각해봐. 로드가 누구인지 알아내는 시간이 오래 걸리면? 그 긴 시간이 지난 후에, 신전에서 놀고먹으면서 지낸 내게 황제 자리를 돌려주려 할까?"

"……."

"또 생각해봐. 로드가 누구인지 알아내기 전에 틀라가 먼저 힘을 길러서 나라를 차지하면? 틀라는 내가 신전에 잡혀 있던 걸 알아내겠지. 그 새낀 잘됐다 싶어서 내가 뱀파이어 로드라고 공표한 다음 죽여버리고 일을 마무리 지으려 할걸? 증거도 아주 뚜렷하게 나와 있겠다, 뭐 걸릴 게 있겠어. 안 그래? 엄마랑 오빠랑 나 자신이 로드란 걸 인정하고 신전에 처박혀 지냈는데, 그게 제일 뚜렷한 증거지."

"그렇군요."

"그리고…… 물론 이건 진짜로 제일 가능성이 적긴 하지만, 만에 하나라도 내가 로드라면 어떻게 될 거 같아?"

"선황후께선 그런 경우엔 주인이 계속 신전에서 지내라 하시지 않으셨습니까."

"아냐. 엄만 날 죽이려 할 거야."

타닥타닥 소리가 나며 불똥이 하늘로 튀었다. 칼라인은 불을 들쑤시길 멈추고 라틸을 쳐다보았다. 라틸도 그를 쳐다보고 있었다. 라틸은 칼라인의 창백한 피부가 불의 불그스름한 빛에 물들어 반짝이는 걸 보았다. 초록색 눈동자 가운데에서 넘실거리는 불의 형상은 사람을 홀리는 악마가 그에게 깃들어 뛰어노는 것 같았다. 어둠 속에서 칼라인은 평소 이상으로 배로 아름다웠다.

"너 진짜 잘생겼구나."

라틸이 중얼거린 말에 칼라인이 멈칫하더니 눈꼬리가 휘어지게 웃었다.

"이 와중에 제 칭찬입니까."

라틸은 큼큼 목을 가다듬고서 다시 무릎을 끌어안고 불을 쳐다보았다.

"처음엔 신전에 두고 누르려 하시겠지. 하지만 아마 안 될 거거든."

칼라인이 의아한 목소리로 물었다.

"안 될지 될지, 주인이 어떻게 알고 그렇게 말씀하십니까?"

"그야 신관들이 기운을 누르느니 어쩌니 하는 게 말도 안 되는 헛소리니까."

"!"

"그게 가능한 거라면 왜 이전 로드들은 안 그랬대? 뱀파이어 로드가 날 때부터 악마 같은 존재가 아니라 정말로 환생을 통해서 사람으로 부활하는 거라면, 그 사람들도 다 자기 가족이 있고 사랑하는 사람, 소중한 사람이 있었을 거 아냐. 누를 방법이 있으면 누르고 살았겠지. 모조리 몰살당한 게 아니라."

"……."

칼라인이 갑자기 조용해졌다. 왜 저러나 싶어 쳐다보자, 그는 불길을 잠시 바라보다가 자리에서 조용히 일어났다. 그러더니 윗옷을 벗어 라틸에게 덮어주었다. 라틸은 칼라인의 커다란 옷에 완전히 폭 덮이고 말았다.

"이걸 날 주면 넌 어떡해."

"전 춥지 않습니다."

"넌 수족냉증이잖아."

"마음은 따뜻해서요."

전에 라틸이 한 말을 칼라인이 기억해내고 그대로 따라 하자, 라틸도 그 말을 떠올리고서 웃었다. 칼라인은 라틸의 옆으로 다가와 나란히 꼭 붙어 앉았다. 그러더니 팔을 뻗어서 라틸의 어깨를 감싸 자신의 어깨에 머리를 대게 했다. 라틸이 고개를 올려 쳐다보자, 칼라인은 입꼬리를 희미하게 올리고 있었다.

"이러면 저도 따뜻할 것 같습니다."

"사심이 가득한데."

"선황후께서 주인을 무사히 지켜준다면 절 국서로 밀어주겠다 하시더군요."

"엄마가?"

라틸이 헛웃음을 짓자, 칼라인은 자랑스러운 척 턱을 조금 들어 올렸다.

"일이 무사히 마무리되면, 함께 국서용 방에 앉아 이 일을 떠올리면서 놀 수도 있습니다."

"너…… 안 그런 거 같은데 야망이 있구나."

칼라인이 웃음을 터트리자 그의 몸이 흔들렸다. 그의 어깨에 머리를 대고 있던 라틸도 덩달아 몸이 흔들렸다. 그가 덮어준 옷이 흘러내리려 해서, 라틸은 한 손으로 옷을 도로 올리면서 칼라인의 턱선을 바라보았다.

새삼 그에게 고마운 마음이 들었다. 야망이 있니 어쩌니 놀리긴 했지만, 이 와중에 모든 걸 다 버리고 자신을 따라와준 칼라인이 정말 고마워서. 게다가 칼라인은 사랑하는 여자가 따로 있는데, 그 여자가 죽자 너무 괴로워서 하렘에 숨듯이 들어온 남자 아니던가. 그러면 황제가 누구든 상관없으니 그저 모른 척 조용히 지내고 싶어 할 수도 있는데…….

그 생각을 하는 순간. 라틸은 문득 충동이 올라왔다. '있지, 도미스가 누구야?' 하고 묻고 싶었다. 칼라인의 악몽 속에서 그가 함께 죽겠다고 흐느끼던 그 여자. 도대체 어떤 여자일까? 당시 상황으로 추측건대 이미 죽은 여자 같지만 그래도 궁금해졌다. 칼라인이, 이 남자가 온 마음과 진심을 다해 사랑한 그 여자는 어떤 사람이었을까.

"왜 그러십니까?"

시선을 느낀 건지 칼라인이 라틸을 보며 물었다.

"으응."

라틸은 목구멍 끝까지 올라온 질문을 삼키고서 고개를 저었다.

"아니야. 그냥 미래를 다짐했어."

"그 미래에 당연히 저는 함께하겠지요?"

"그럼. 널 버리면 내가 사람이냐. 짐승이지."

"……전에도 그러셨습니다. 하지만 짐승이셨지요."

"뭐? 내가 언제?"

라틸이 발끈해서 반박하자 칼라인은 픽 웃고서 고개를 저었다.

"제 꿈에서요. 최근에 꾼 꿈 내용입니다."

"내가 그랬어? 나빴네."

"네. 그러니 이젠 그러지 마십시오."

항상 그 여자 꿈만 꾸는 건 아닌가 보네. 내 꿈도 꾸긴 꾸나 보구나. 근데 그 여자랑은 왜 아련한 꿈이고 나랑은 왜 배반하는 꿈을 꾸냐. 배반이란 말에 트라우마 걸리기 직전인데. 라틸은 속으로 구시렁거리면서 칼라인의 손을 깍지 껴 잡았다. 그의 커다란 손이 무척 신기했다.

칼라인은 라틸이 자신의 손을 잡자 덩달아 그 손을 잡고서 꾹꾹 눌러댔다. 그 손짓이 마치 커다란 대왕 호랑이가 해주는 꾹꾹이 같아서 라틸은 순간 빵 터졌다.

"왜 그러십니까?"

"아니. 아니야. 근데 어깨 좀 펼 수 있겠어?"

"어깨를 펴라고요?"

칼라인이 어리둥절해서 허리를 세우고 어깨를 펴자, 라틸은 그의 가슴 안으로 파고 들어갔다. 그의 다리 사이에 앉아 가슴에 머리를 대자, 얇은 옷 사이로 그의 근육이 꽉 긴장해 굳는 게 느껴졌다.

"주인……?"

"옆에서 기대고 있으려니 목이 아파서."

"이건……."

"이러고 있으니까 너 꼭 의자 같아."

"!"

"품이 커서 그런가."

바로 코앞에 보이는 목울대가 꿈틀했지만, 라틸은 모른 척 눈을 감고서 편하게 칼라인에게 몸을 완전히 기대고 물었다.

"자세 불편해?"

"자세는 괜찮지만……."

"옥좌에 있는 게 내가 아닌 가짜란 걸 밝혀낼 거야. 상대가 엄마랑 오빠라고 해서 가만히 있다 죽어줄 수는 없어."

내내 굳어 있던 칼라인이 두 팔로 라틸을 꽉 끌어안았다. 라틸은 눈을 감고서 몇 시간이나 가까스로 참고 참았던 눈물을 결국 터뜨렸다. 그 상태로 한참이나 어깨를 떤 후에야 라틸은 서서히 가라앉았다. 나중에는 완전히 잠이 든 건지 숨소리가 고르게 변했고, 오르락내리락하는 몸도 진정되었다. 내내 제대로 자지 못했던 몸이 이제야 조금씩 안정을 찾은 것이다.

칼라인도 몇 시간 동안 말없이 라틸의 등을 토닥이던 걸 그제야 멈추고서, 라틸의 머리카락 사이로 손을 넣었다. 그 위로 가볍게 입을 가져다 대고서, 그는 자기 자신에게조차 거의 들리지 않는 아주 작은 목소리로 속삭였다.

"도미스. 나의 주인. 이번에는 반드시 당신을 지킬 겁니다. 무슨 짓을 해서라도."

"폐하. 게스타 님께서 폐하를 뵙고 싶어 하십니다."

밖에서 부르는 소리가 들려왔을 때, 셰이트는 레안과 나란히 앉아 업무를 보고 있었다. 레안은 "게스타?" 하고 중얼거리더니 곧 누군지 눈치채고서 셰이트에게 물었다.

"어떻게, 자리를 비켜드릴까요?"

셰이트는 됐다고 말하려다가 '라틸 성격에 과연 친오빠를 옆에 두고 후궁과 희희낙락할까?' 이 점을 생각하고서 마음을 바꾸었다.

"그래라."

레안이 자리를 비키는 사이, 셰이트는 각 후궁의 성격과 라틸과의 인연 등에 관해 정리한 보고서를 서랍에서 꺼내 빠르게 훑었다.

"폐하."

게스타가 방 안에 들어온 뒤에도 셰이트는 대범하게 보고서에 계속 눈길을 두고 물었다.

"그래, 무슨 일로 왔지?"

그러면서도 눈매가 시원하게 휘어져서, 상대를 무시한다기보다는 바빠서 이러는 듯한 느낌을 주었다.

"바쁘실 텐데 이렇게 불쑥 찾아와 죄송합니다."

"괜찮다."

셰이트는 보고서 한구석에서 '폐하께서는 게스타 님에게 상냥하셨습니다'라는 구절을 발견한 뒤에야 눈길을 게스타 쪽으로 돌렸다. 주로 편안한 스웨터 차림이고 도서관에서 살다시피 한다는 게스타는 오늘도 딱 보고서에 설명된 그대로의 차림새였다. 곁에서 책 냄새와 말린 햇볕 냄새가 날 것 같은 편안하고 소박한 분위기가 풍겨왔다. 그 로르드 재상의 아들이라고는 믿기지 않을 정도로. 명문 귀족가 영식들이 빠지기 쉬운 허례허식이 없는 청년.

'괜찮은 남자 같긴 하네.'

하지만 국서 자리는 그저 소박하기만 해서 되는 자리가 아니다. 때에 따라서는 누구보다도 화려한 옷을 입어야 하고 그 옷을 감당해야 한다. 국서는 황제와 함께 나라를 대표하는 인물이기도 하니까. 저 청순해 보이는 남자가 그런 역할을 감당할 수 있을까?

"폐하?"

말없이 쳐다보기만 하는 게 이상했는지 게스타가 고개를 갸웃했다.

"오늘따라 혈색이 좋아 보이기에 보았다."

"예?"

적당히 둘러댄 셰이트는 뒤늦게 보고서를 내려놓으면서 물었다.

"그래, 무슨 일로 왔지?"

"요즘 여러 가지 일로 바쁘시다 들어서요……."

"그래. 신경 쓸 곳이 많아졌어. 자주 찾아가지 못해 미안하구나."

"저, 실은 다음 제 생일이요……."

셰이트는 미리 게스타의 생일과 라틸의 달력을 보아두었기에 얼떨떨해하지 않고 바로 대답했다.

"그래, 얼마 안 남았지? 잊지 않았으니 염려 마라."

"아니, 그게 아니라. 일이 이렇게 복잡하게 돌아가는데 약속을 지킬 수 있으실지……."

게스타가 우물거리면서 시선을 내리깔자, 셰이트는 라틸이 달력에 '책'이라고 써둔 걸 떠올리고서 자연스럽게 말을 받았다.

"당연하지. 잘 기억하고 있으니 염려 말라."

게스타의 생일이 되었지만, 셰이트는 따로 축하 연회를 열진 않았다. 대신 생일 전날, 게스타에게 사람을 보내 원한다면 가족과 친구들을 하렘 안으로 초대해 마음대로 놀아도 좋단 허락만 전했다. 하지만 게스타가 '궁전 안이 혼란스러운데 떠들썩하게 놀고 싶진 않다'고 거절했으므로, 셰이트는 생일날 저녁 6시 무렵 게스타를 직접 식당으로 불렀다. 그곳에서 함께 식사를 하다가 셰이트는 자신이 준비해둔 귀한 책 몇 권을 선물했다. 그 책들은 모두 고서적이나 희귀본들로, 책을 좋아하는 게스타라면 기뻐하며 받을 만했다.

"자, 약속했던 책이다."

셰이트가 책을 내밀자, 게스타는 잠깐 눈을 동그랗게 뜨고 그걸 내려다보았다. 꽤 놀란 표정이었다.

권수가 너무 적은가? 이 책은 안 좋아하나? 셰이트가 잠시 생각하고 있자니, 게스타는 곧 눈가가 휘어지도록 웃었다. 활짝 웃는 얼굴은 별처럼 환하게 빛나고 있었다.

"감사합니다, 폐하."

게스타가 얇고 투명한 종이로 곱게 싼 책을 꼭 끌어안으면서 인사하자, 셰이트는 '이 정도면 됐겠지' 생각하고서 고개를 끄덕였다.

"내년 생일엔 화려하게 연회를 열어주마. 이번엔 소박하게 넘어가지만, 너무 마음에 담아두지 말도록 해라."

"충분히 기쁩니다."

꾸벅 인사를 올린 게스타가 물러나자, 셰이트는 그가 오기 전까지 내내 살피던 서류를 다시 꺼내 책상에 펼쳤다. 게스타는 기쁨을 감추지 못하는 얼굴로 얼른 하렘으로 돌아갔고, 게스타가 몹시 감동해서 돌아갔단 보고까지 확실하게 받은 셰이트는 이제 그 일은 완전히 잊고서 틀라에 대한 사안을 고민하기 시작했다.

셰이트도, 셰이트에게 게스타의 반응을 전한 사람도 몰랐다. 게스타가 하렘 안 자기 방 안에 들어오자마자 내내 얼굴에 짓고 있던 그 천진난만하고 맑은 미소를 뚝 멈추었다는 걸.

"도련님, 잘 다녀오셨어요?"

게스타의 시종 트리는, 공작 부인이 아들에게 생일 선물로 보낸 사람의 허리만큼 올라오는 커다란 화병을 여기 놓았다 저기 놓길 반복하다가, 인기척이 느껴지자 활짝 웃으면서 고개를 돌렸다.

"있죠, 진짜인진 모르겠는데요. 칼라인 님이 어떤 하녀랑 눈이 맞아서 도망갔단 말이 있나 봐요. 출처가 클라인 님이라 다들 쉬쉬하고는 있는…… 도련님?"

하지만 게스타의 정색한 표정을 발견한 트리는 깜짝 놀라서 화병을 쓰러뜨릴 뻔했다.

“도련님, 무슨 일 있었습니까?”

트리는 화병을 그 자리에 잘 세워놓고서 황급히 게스타에게 다가갔다. 게스타가 들고 있던 책들을 옮겨 받은 그는 책을 선반에 내려놓으면서도 연신 도련님의 눈치를 살폈다.

“폐하께서 도련님께 무어라 쓴소리를 하시던가요?”

“아니. 아무 소리도.”

“그런데 표정이 왜 이렇게…… 안 좋으세요. 무슨 일이 있긴 있으신 거죠?”

책을 다 내려놓은 트리는 게스타의 곁으로 다가와 조심스럽게 옆모습을 살폈다. 게스타는 대답 대신 윗옷을 벗어 트리에게 건네고 화장대 앞 의자에 앉았다. 그 표정이 자못 심각해서 트리는 게스타의 옷을 끌어안은 채 다른 데 가질 못하고 쩔쩔맸다.

“응.”

게스타는 의외로 순순히 대답했다.

“정말로 무슨 일이 있었다고요?”

트리는 눈을 커다랗게 뜨고, 그 일들이 무엇일지 떠올려보았다.

게스타는 겁먹은 눈동자로 트리를 쳐다보았다. 아무 말도 하진 않았으나, 트리는 게스타의 표정 속에서 그가 얼마나 겁을 먹었는지 눈치채고 그의 심약한 도련님이 가엾어졌다. 그러나 게스타의 입에서 나온 말은 트리가 예상해본 적 없는 내용이었다.

“얼마 전에 가짜 황제가 나타났다가 쫓겨났다 했지?”

"예……. 그렇죠. 깜짝 놀랐잖아요. 설마 폐하를 흉내 낼 줄은 몰랐으니까요."

"그분이 진짜야."

"예?"

그즈음 라틸은 타리움을 벗어나 카리센으로 향하고 있었다.

"하이신스는 내가 진짜란 걸 알아. 내가 궁전에서 몰래 빠져나왔을 때 우연히 만나서 동행도 했거든. 도움이 될 거야."

자신의 결백을 증명해줄 다른 사람 없이 하이신스만 데려가는 건 절대로 안 된다. 이러니저러니 해도 하이신스는 다른 나라의 황제이니까. 라틸이 하이신스 한 명만 증인으로 데려온다면 사람들은 '하이신스 황제가 흑마법사와 한패인가 보다'고 수군대면 수군댔지, 라틸을 진짜 황제라 믿어줄 리가 없다. 하지만 결백을 함께 주장해줄 다른 증인들과 함께라면 하이신스는 누구보다 큰 도움이 될 수 있었다.

"그리고 타시르도 불러야겠어."

카리센의 국경을 통과하기 직전 마을에 도착했을 때. 하룻밤을 묵고 갈 여관을 고른 뒤 1층 식당에 자리를 잡고 앉으면서 라틸은 칼라인에게 작게 속삭였다. 칼라인은 냅킨을 접어 라틸의 앞에 놓아주다가 "타시르요?" 하고 되물었다. 여기서 갑자기 타시르 이름은 왜 나오냐는 투로.

"어."

총총걸음으로 다가온 점원에게 라틸은 사람들이 많이 먹는 걸로 적당히 가져다 달라 부탁하고는, 점원이 물러나자 허리를 숙여 칼라인에게 얼굴을 바짝 들이밀고 목소리는 최대한 낮추었다.

"타시르를 부를 수 있는 비밀 사인이 있거든."

"비밀…… 사인 말입니까."

두 사람 사이에 주고받은 비밀스러운 신호가 있단 이야기에 칼라인의 눈동자가 잠시 흔들렸다. 하지만 곧 그는 시선을 내리깔아 이를 감추면서 묻는다.

"그게 무엇이지요?"

"여기서 보여주긴 좀 그래."

"……제겐 알려주고 싶지 않으신 모양이군요."

"사실 굳이 알려줄 방법도 아니긴 해."

라틸이 고개를 끄덕여 수긍하자 칼라인은 쓸쓸하게 포크와 숟가락을 정돈했다. 말이 정돈하는 거지, 이미 올라와 있는 포크를 혼자 만지작거리는 거나 다름없었다.

이후 음식이 나왔지만, 라틸은 혼자 무언가를 곰곰이 생각하면서 허공에 손가락으로 자꾸 이상한 기호를 그려댔다. 타시르와의 비밀 사인을 연습이라도 하는 모양이어서, 칼라인은 말을 걸지 못하고 수프만 숟가락으로 휘저었다.

그러기를 한 15분쯤. 라틸은 혼자 하던 행동을 멈추고 고개를 들다가 칼라인의 앞에 놓인 접시를 발견하고는 눈살을 구겼다.

"배 아파?"

그 앞에 놓인 접시에 여전히 수프가 흥건해서.

이 여관은 질보다 양으로 승부하는 건지 안 그래도 한 그릇에 담겨 있는 수프 양이 무척 많은데, 칼라인은 거기서 단 한 숟가락도 건드리지 않은 것 같았다. 게다가 둘이서 덜어 담은 샐러드도 마찬가지. 라틸이 가져간 샐러드는 이미 양배추 이파리 쪼가리 몇 개 남은 게 전부인데, 칼라인 앞의 샐러드는 안에 담긴 말라비틀어진 과일까지 그대로였다.

"맛없어서 그래?"

물론 맛이 없긴 해. 하지만 평생 황녀로 살아온 자신도 급한 와중엔 음식 맛을 따질 때가 아니란 걸 안다. 온갖 험한 지대를 돌아다니면서 위험을 헤쳐 나왔을 칼라인이 수프는 싱겁고 샐러드 과일은 썩은 거 같다고 음식 투정을 하진 않을 것 같았다.

"배 아파? 정 못 먹겠다 싶으면 다른 거로 시켜줄까?"

평소라면 그냥 먹지 말라 하고 말겠지만 여기까지 오면서 야영할 일이 많았고, 그때마다 둘은 쫄쫄 굶거나 버섯이나 과일을 따서 구워 먹어야 했다. 칼라인은 버섯을 딸 때마다 신중히 살핀 다음 독이 없다 말하고서 구워주었으나, 라틸은 매번 음식을 먹으면서 '이거 먹고 죽으면 난 가장 황당하게 죽은 황제로 기록될 거야. 아니 기록도 못 되려나.' 하고 각오를 다져야 했다. 가장 마지막에 먹은 오색 버섯은 특히.

하여간 이런 상황이니, 저 탄탄한 근육을 지키려면 배를 채울 수 있을 때 가득 채워두어야 하지 않을까?

"아닙니다. 잠깐 생각할 게 있어서. 괜찮습니다."

무슨 생각을 15분이나 했는데……? 라틸은 시계를 힐긋 보고 생각했으나, 칼라인은 이미 숟가락을 집어 수프에 밀어 넣고 있었다. 그가 꾸역꾸역, 아무리 봐도 '꾸역꾸역'으로 보일 만큼 맛없게 수프를 먹는 걸 보다가 라틸은 결국 그의 손목을 쥐었다.

"배부르면 그냥 먹지 마."

진짜로 먹고 싶지 않았던 듯 칼라인은 숟가락을 내려놓았다. 그러고는 거의 비우다시피 한 라틸 앞의 접시를 물끄러미 보다가, 분위기를 돌리려는지 희미하게 웃으면서 중얼거렸다.

"카리센 안으로 들어가면 오리꼬치구이를 먹을까요? 아가씨는 오리고기를 늘 좋아하셨지 않습니까."

라틸은 자신이라도 배를 마저 채우기 위해 숟가락을 마저 들다가 "엉?" 하고 미간을 찡그렸다.

"내가? 난 오리 안 먹는데?"

어느 아가씨랑 날 착각한 거냐. 오리 좋아하는 아가씨가 어느 집 아가씨야. 라틸은 입 밖으로 꾹 올라온 소리를 묻고서 노란 수프를 담은 숟가락을 입안으로 넣었다.

"……안 좋아하십니까?"

하지만 칼라인은 정말로 라틸이 오리고기를 좋아한다고 믿었던지 조금 당황해서 물었다.

"내가 왜 그걸 좋아할 거라 생각한 거야?"

그 표정에 라틸 역시 황당해서 되물었다.

"굳이 좋다 싫다로 따지자면 싫어하는 쪽에 가까워."

"!"

대체 누구랑 착각했기에…….

다음 날. 카리센의 국경 마을을 통과하면서도 칼라인의 표정이 굳어 있는 바람에 라틸은 덩달아 찝찝해졌다.

혹시 저 녀석, 자기 첫사랑이 좋아하는 거랑 내가 좋아하는 걸 헷갈리기라도 했나?

하지만 대놓고 물을 수는 없어서, 라틸은 타시르에게 보낼 비밀 사인을 그리기 적당한 장소를 찾아다니면서도 계속 칼라인을 곁눈질했다. 그러기를 두어 시간 정도. 칼라인이 표정을 푸는 것보다 타시르를 불러내기 적당한 땅을 찾는 게 더 빨랐다.

"이쯤이면 되겠네."

그곳은 사람들이 잘 다니지 않지만, 그래도 가끔은 누군가 지나다닐 것 같은 길목의 땅이었다. 주위에는 무덤 몇 개가 반은 멀쩡한 채로 반은 반쯤 패인 채로 있었다.

"비밀 사인을 여기에 해두시려고요?"

혼자 뭔 충격에 잠긴 건지 라틸을 말없이 따라오던 칼라인은 그 장소를 보자 조금 당황한 기색으로 물었다.

"응."

라틸은 대답한 뒤 갑자기 땅을 파기 시작했다.

"제가 하겠습니다."

영문 모른 채 칼라인은 땅 파는 걸 도왔다.

"어, 그 정도면 돼."

모든 작업이 끝나자, 라틸이 웃으면서 다시 지시했다.

"이제 그거 다시 메꾸면 돼."

"여기를…… 그대로 말입니까?"

왜 굳이? 칼라인이 황당해서 물었으나, 라틸은 그렇다 대답하고서 땅을 정말로 도로 메꾸기 시작했다. 이게 타시르를 부르는 비밀 사인과 대체 무슨 상관이 있는 건가. 칼라인은 영 이해가 가지 않았지만, 일단 라틸에게 자신이 하겠다 나서서 판 땅에 흙도 메꾸었다. 모든 작업이 끝나자 땅은 방금 막 안에 무언가를 묻고는 급히 덮은 모양새가 되었다.

"완벽해."

라틸은 그 모습을 흐뭇하게 보더니, 이번에는 옆에 있는 커다란 바위에 미리 챙겨 온 까만 분필로 뭔가를 그리기 시작했다. 그걸 본 칼라인은 눈을 커다랗게 떴다.

"그거…… 폐하. 그건……?"

라틸이 그린 건 자신의 후궁과 주고받는 로맨틱한 비밀 암호가 아니었다. 흑림이 암살을 한 뒤 그려 넣는 그 암살자 집단의 사인이었다. 즉, 라틸은 지금 흑림을 사칭한 것이다.

"이거야. 우리의 비밀 사인."

칼라인이 '그럴 리가 없는데' 하는 표정으로 라틸을 쳐다보자, 라틸은 흐뭇하게 웃으면서 당당하게 어깨를 폈다.

"이거 보면 바로 오겠지."

"사칭범을 죽이겠다고 칼 들고서요."

"괜찮아. 잡아서 타시르한테 다시 심부름 보내면 될 거 아냐. 안 그래?"

"……."

게스타가 한 말은 굉장히 위험하게 들렸다. 지금 있는 황제가 가짜라니. 쫓겨난 황제가 진짜라니. 자칫 이 말이 잘못 퍼져 나가면 큰 소동에 휩쓸릴 수도 있었다.

"도, 도련님. 말을 조심해야 해요."

트리는 사색이 되어 웅얼거리고서는 창문이며 문, 벽 구석구석, 심지어 아까 자신이 운반하다 만 커다란 화병 내부까지 확인했다.

"잘못하다간 오해를 살 수도 있어요."

"진짜야. 확실해."

"왜 그렇게 확신하시는 거예요?"

"저거."

게스타는 턱으로 선반 위에 놓인 책을 가리켰다. 황제가 선물로 준 책들을.

"약속한 책이 아니었나요?"

"아닌 정도가 아니야……. 내가 폐하랑 약속한 건 같이 시간을 내어 놀러 가는 거였어. 그런데 폐하는 '약속을 잊지 않았다'고 하면서도 전혀 그 일은 모르는 눈치였고."

"잊어버리신 걸 수도 있잖아요."

"잊어버리실 수도 있지. 하지만 깜빡하신 거라면 그렇게 확신에 차서 책을 주시진 않았을 거라고 생각해. 하지만 가짜 황제는 자기가 나와 약속한 걸 똑똑히 기억하는 것처럼 굴면서 저걸 내밀었어……."

트리는 두 손으로 입가를 막고서 덜덜 떨었다.

"그, 그러면 어떡하죠? 가짜 폐하가 있단 얘길 꺼낸 건 레안 황자님이시잖아요. 그럼 레안 황자님이 가짜 폐하랑 한패일 가능성이 큰 거 아니에요?"

"그렇지."

게스타가 시무룩해서 대답하자 트리는 낯빛이 하얘지더니 "도련님!" 하고 큰 결심을 한 것처럼 힘을 주어 그를 불렀다.

"왜?"

게스타가 쳐다보자, 트리는 울먹이는 얼굴로 부탁했다.

"이 일은 우리끼리만 알고 있어요. 아무한테도 말하지 말고요."

"무슨 소리야?"

게스타는 미간을 찡그렸으나, 트리는 그가 기분 나빠하는 걸 알면서도 주장을 굽히지 못했다.

"황자님이 얽힌 일이잖아요. 진짜 폐하께서 돌아오시면 좋겠지만, 못 돌아오시면요? 가짜 폐하는 외양이며 행동이 진짜 폐하랑 구분이 가지 않을 정도로 똑같은 모양인데, 황자님이 가짜 폐하를 지지하면 게임은 끝난 거잖아요."

"그렇게 생각해?"

"진실을 알리다가 자칫 잘못하면 진짜 폐하랑 같이 쫓겨날지도 몰라요. 진짜 폐하가 흑마법사 누명을 쓰고 쫓겨난 걸 생각해

보세요."

트리는 거의 울 것 같은 얼굴로 속삭였다.

"일이 꼬이면 도련님은 물론 주인어른 분들까지 다 끔찍한 벌을 받게 될지도 모르잖아요. 하지만 가만히 모른 척 있으면……!"

게스타가 입을 막는 바람에 트리는 뒷말을 잇지 못했다. 트리는 의외로 커다란 게스타의 손바닥에 얼굴이 덮인 채 눈만 끔뻑거렸다. 게스타는 여전히 우울한 눈매였으나 평소보다 좀 더 무거운 표정이었다.

"난 국서가 되고 싶어서 여기 온 게 아니야. 그분의 남편이 되고 싶어서 여기 온 거지."

게스타는 트리의 입에서 손을 치우고서 슬픈 눈빛으로 자신의 충직한 시종을 바라보며 물었다.

"넌 이 일을 비밀로 하고 싶어? 내가 원하지 않는데도?"

그 표정은 나무에 하나 남은 말라비틀어진 낙엽처럼 쓸쓸하고 우울해 보였으나, 가련한 표정 아래에는 차가운 생각이 샘솟고 있었다. 게스타는 트리가 이 일을 무조건 비밀로 해야 한다고 주장하며 자기의 말을 따르지 않으면, 아쉽지만 이 쓸모 있는 부하를 버릴 생각도 있었다. 그에게 필요한 건 자신의 말을 그대로 수행할 시종이지, 이런 시종이 아니니까.

"도련니임."

본인에겐 다행스럽게도, 트리는 게스타의 냉정한 속마음은 몰랐으나 게스타를 그 누구보다 아끼는 마음은 강했다. 게스타가 이렇게까지 나오자 트리는 차마 자기 의견을 고집할 수가 없었다.

"알았어요. 도련님 뜻대로 하겠습니다."

트리가 시무룩하지만 순순히 대답하자, 게스타는 얼른 편지 한 통을 써서 그에게 내밀었다.

"아버지에게 이걸 전해. 내 말을 바로 믿어주실 테니까."

"예."

그러고서도 트리가 여전히 불안한지 미적거리자, 게스타는 그에게 다가가 확 끌어안고서 친절하고 상냥한 목소리를 냈다.

"트리. 넌 어릴 때부터 나랑 같이 자랐잖아. 형제나 마찬가지야. 형제이자 친구 같은 사람. 알지?"

"그, 그럼요!"

그를 놓아준 게스타가 눈을 똑바로 마주하며 믿음이 가득한 눈길을 보내자, 충직한 시종은 자신이 무슨 수를 써서라도 진짜 황제를 제자리로 돌려놔야겠단 충동이 솟았다. 그래야 도련님이 안심할 수 있다면 반드시.

"염려 마세요. 제가 꼭 도련님을 위해 발바닥이 찢어지도록 움직일게요."

한편, 타시르의 부하를 불러들이기 위해 당당하게 흑림을 사칭한 라틸은 다시 카리센으로 이동하기 시작했다.

'소스란 경은 서넛 경이랑 만났으려나.'

중간중간 소스란이 서넛을 만나 제대로 이야기를 전했는지 궁금해졌지만, 당장 여기에서 그 일을 알아볼 방법이 없었다.

그렇게 며칠을 지내는 사이. 마침내 라틸은 카리센의 수도에 도착했다.

"흑림이 행동을 빨리빨리 하진 않나 봐."

하지만 이미 대여섯 번은 오갔을 시간이 지났는데도, 예상과 달리 흑립의 암살자들은 아직도 도착하지 않아 라틸을 초조하게 만들었다. 자존심이 세다더니. 옆에 용병왕 있으니까 무서워서 못 오고 있나. 그나마 다행이라면 오리고기 사건 이후 우울해했던 칼라인이 다시 원래대로 무표정하게 돌아왔단 점이었다.

"궁전 안에는 어떻게 들어갈 생각이십니까?"

"글세……. 그게 문제네."

라틸은 팔짱을 끼고서 타리움과는 다른 양식으로 화려하게 지어진 궁전을 먼발치서 바라보았다.

"일단 만나야지 도움을 청하든가 할 텐데."

이번에도 하녀로 위장해 들어가면 어떨까 생각했으나, 타리움과 달리 이곳의 서류 심사를 통과할 만큼 완벽한 위장 신분이 없으니 문제였다. 마침 황궁에 무슨 물건을 납품한다며 상단이 들어와 있기에 그들 사이에 숨어 들어가면 어떨까 싶어서 여기저기 기웃거려보았지만, 역시 안 되었다. 그들은 외지인을 잘못 들였다가 문제가 터지면 자기들이 책임을 져야 하기에 절대로 안 된다고 딱 잘라 거절했다. 그렇다고 용병왕 신분을 빌릴 수도 없었다. 용병왕이 타리움 황제의 후궁이 된 이야기는 이미 워낙 유명하니까.

그렇게 이틀을 머물면서 어떻게든 궁전 안에 들어갈 방도를 알아낸 끝에, 마침내 라틸은 좋은 아이디어를 떠올렸다.

"네 도움이 필요해, 칼라인!"

칼라인은 라틸의 아이디어를 다 들은 후. 안 그래도 창백한 얼굴이 더욱 창백해졌다.

"정말…… 정말 이렇게 하실 겁니까?"

"어. 다른 방법은 생각이 안 나."

"폐하, 지금 상인들이 인부들을 데려와 장식을 설치 중이라 합니다."

"그래?"

"예. 잠시 가서 보시겠습니까?"

카리센 궁전에서는 계절이 바뀔 때마다 홀 전체 장식을 교체했다. 그리고 이전의 장식 중 쓸 만한 건 창고에 넣어두었다 다음에 재사용하고, 더 쓸 수 없는 건 치우는 식이었다. 이제 슬슬 그 시기이기에 또다시 홀이 분주해진 모양이었다.

"그래. 가보지."

예술에 관심이 많은 하이신스는 이번 장식도 직접 확인하기 위해 바쁜 와중이지만 틈을 내어 그곳으로 걸어갔다. 마침 홀의 기둥 주위로 단을 세우고 그 위에 조각들을 세우는 작업 중이었다. 그 주변에는 수레 몇 대가 있고, 인부들이 조심해서 조각들을 내리고 있었다. 각 조각은 모두 천을 씌워두어서 안의 내용물이 보이지 않았지만, 다들 하나같이 값비싼 것들인지라 인부들은 전문적인 손길로 무척이나 조심조심 행동했다.

하이신스가 홀 안으로 들어오자 안에 있던 사람들이 수군거리며 그를 힐긋거렸다. 개중에는 유난히 날카로운 눈동자도 하나 있었으나, 사람들 숫자가 너무 많은 터라 하이신스는 이를 눈치채지 못했다.

"아이고! 세상에! 폐하! 오셨습니까!"

그때. 조각들을 가져온 상인이 하이신스를 보더니, 얼른 다가와서 꾸벅꾸벅 인사를 하면서 하하 웃었다. 하이신스가 뒷짐을 지고서 고개를 끄덕이자, 상인은 넉살 좋게 웃더니 천으로 덮어 보이지도 않는 조각상 중 가장 가까운 곳에 있는 조각상을 두 손으로 가리켰다.

"저희 상단에서 물건을 구입해주셔서 감사합니다. 절대로! 절대로 후회하지 않으실 겁니다. 저희 상단이 비록 카리센에서 가장 뛰어난 상단은 아니지만, 예술품 분야에서는 세계 그 어느 상단보다 높은 안목을 자랑하고 있다고 제가 감히 당당하게 말씀드릴 수 있거든요."

"그런가."

"예. 뛰어난 예술가들을 발굴하고 후원하면서 늘 고품격의 예술품들을 준비해두려 노력하지요. 폐하께서 이번에 주문하신 조각들은 그중에서도 손꼽히는 작품들입니다."

말을 마친 상인은 그의 옆에 있는, 모자를 푹 눌러쓴 조수에게 조각상에 씌워둔 천을 얼른 벗기라고 눈짓했다. 하지만 조수가 하이신스의 눈치를 보며 바로 행동하지 못하자 상인이 눈을 부릅떴다. 마지못해 조수가 주춤주춤 천을 벗기자, 곧 작은 날개가 달린 새하얀 조각이 드러났다. 상인은 흐뭇하게 웃으면서 시키지도 않은 설명을 시작했다.

"저 섬세한 발가락 보이십니까? 저 손톱이며 손가락의 움직임을 표현한 형태가 보이십니까? 참으로 대단하지 않으십니까? 이 옷자락 표현은 또 어떻고요."

"그렇군."

하이신스는 고개를 끄덕이고 물었다.

"제목이 뭐지?"

"〈활을 쏠까 말까 고민하는 천사〉입니다."

인부들이 그 조각상을 단상에 세우자, 상인은 이번에는 그 옆에 세워진 조각상의 천을 휙 벗기고서 또 설명했다.

"이건 〈커피를 마시고 싶지만 주인이 주지 않아서 화가 난 개의 의인화〉라는 조각입니다."

"그런가?"

"예. 표정이 참으로 잘 표현되지 않았습니까? 이 눈매를 보시지요."

"그렇군."

상인은 그 옆의 조각상에 씌운 천을 벗기면서 또 설명을 하고는, 하이신스가 그럭저럭 흥미를 가지고 들어주는 듯하자 신이 나서 연거푸 설명을 이어갔다. 그러다가 어느 한 조각상 앞에서 상인이 갑자기 행동을 멈추더니 뿌듯하게 웃으면서 아까보다 한층 높아진 목소리로 빼겼다.

"이 조각상은 특히 대단합니다, 폐하. 이걸 보시면 정말 놀라실 겁니다. 이건 100년에 한 번 나올까 말까 한단 그 천재 중의 천재 조각사 메네랑이 자그마치 5년을 들여 완성한 역작 중의 역작이니까요."

"호오. 그런가. 주제가 뭐지?"

"미의 신 블라이트의 미소입니다!"

"기대되는군. 보여라."

"예!"

활짝 웃은 상인은 이번의 성공적인 납품으로 자신의 상단이 얻게 될 이득을 계산하면서 호기롭게 천을 확 벗겼다가, 헉 소리를 내며 눈을 땅콩처럼 떴다.

'이게 뭐지?'

상인은 왕밤처럼 커진 눈으로 조각상을 쳐다보며 입을 빼끔거렸다. 미의 신은 어디 가고 웬 못 보던 조각상이 있었던 것이다. 심지어 이 조각상은 '미의 신'이 아니라 '지나가는 사람'이라고 이름 붙여야 할 것 같은 조각이었다. 당황한 상인은 천을 도로 덮어야 할지 말아야 할지 눈치를 보느라 하이신스를 곁눈질했다.

"호오."

하이신스 역시 제목과 조각이 좀 어울리지 않는다 여기는 듯 눈썹을 치켜올리며 중얼거렸다.

"굉장히 생동감 있군. 미의 신인지는 모르겠지만, 메네랑이 천재긴 한가 보군. 살아 있는 사람 같지 않은가."

"그, 그렇지요."

상인은 더듬더듬 대꾸하면서 떨리는 눈으로 조수에게 눈짓했다. 이거 뭐야? 블라이트 조각상 어디 가고 웬 이상한 조각상이 있어? 조수는 덜덜 떨면서 모르는 일이라고 고개를 바리바리 저었다. 그 모습이 지극히 수상해 보였으나, 이 자리에서는 추궁할 수가 없었다.

"그런데 상인."

"예, 예, 폐하!"

"제목에 '미의 신'이 붙은 거야 그렇다 쳐도, '미소'는 왜 붙은 거지? 이 조각상은 웃는 얼굴이 아닌데."

"예?"

하이신스 황제의 질문에 상인은 애써 침착을 가장하고서 조각상 표정을 살폈다. 황제의 말 그대로 조각은 표정이 애매했다. 굳이 따지자면 웃는 얼굴이긴 한데, '너무 웃어서 턱이 떨어질 것 같아'를 외치는 괴로운 표정에 더 가까웠다.

"그, 그것이……."

상인이 쩔쩔매는 사이, 하이신스는 이 와중에 홀로 깨달음을 얻고서 고개를 끄덕였다.

"그렇군. 미의 신이란 것도 미의 신이 짓는 미소란 것도 결국 사람들의 환상이 만들어낸 것이라 이 뜻일까? 그 미소를 짓기 위해 저 내면에 있는 사람은 저렇게 근육이 아플 정도로 고생하고 있다, 이런 뜻? 심오하군."

말도 안 되는 소리지만 상인은 일단 무조건 수긍하며 물개 박수를 쳤다.

"그, 그럼요! 아무렴요!"

무슨 일인지 모르겠지만 황제가 알아서 잘 해석해주는 듯하니 그저 고마울 따름이었다.

그 순간.

"음?"

하이신스가 갑자기 눈살을 찌푸리며 고개를 기웃했다. 그 방향을 따라 상인의 심장도 같이 철렁했다.

"상인."

"예, 예, 폐하!"

상인은 엉엉 울고 싶은 심정을 애써 감추며 황급히 대답했다. 하이신스는 손가락으로 조각상을 가리켰다.

"저 조각상."

"예."

"방금 좀 움직이지 않았나?"

"예?"

조각상이 바뀐 것만으로도 미칠 것 같은데. 설마 조각상에 금이라도 간 건가. 부서지려고 움직이는 건가. 상인은 더욱 패닉에 잠겨서 그럴 리 없다고 허둥거렸다.

"아니, 방금 분명 움직인 것 같았는데."

하지만 하이신스는 자신이 본 것을 믿고 조각상 가까이로 다가갔고, 상인은 뒤에서 발을 동동 구르면서 상단의 조수와 조각상을 운반한 인부들에게 무언의 항의를 계속했다.

그사이. 조각상의 바로 앞으로 다가온 하이신스는 코앞에서 완전히 백색인데도 사람처럼 보이는 조각상의 팔을 보자 신기해서 손가락으로 그 부분을 꾹 누르며 중얼거렸다.

"참 현실적으로 만들었군."

그러자 딱 그 부분만 살이 쏙 들어갔다.

"!"

놀란 하이신스는 자기가 누르고 자기가 놀라 고개를 번쩍 들었다. 왜 조각에 살이……?

그 순간.

"나야, 라틸."

조각상이 입술을 거의 움직이지 않고서 말했다. 이번엔 하이신스가 뜨악한 얼굴로 조각상을 올려다보았다.

'라틸?'

물론 조각상으로 위장 중인 라틸은 대답하지 못했다.

"폐하?"

상인이 뒤에서 주춤주춤 말을 걸었다. 하이신스는 황급히 돌아섰다. 그러나 조각상이 '나야 라틸'이라고 말을 건 일로 놀라서, 이전과 달리 굳은 얼굴이었다. 상인을 질책하기 위한 표정이 아니었으나, 안 그래도 좌불안석이던 상인에게는 하이신스의 표정이 자신을 질책하는 것처럼 보였다.

안 되겠다. 그냥 솔직하게 털어놓는 게 낫겠어. 결국 상인은 양심에 가책도 오고 앞일도 두려워지자, 이건 아니다 싶어서 이실직고했다.

"사실 폐하. 제가 준비한 조각상은 저게 아닙니다. 아무래도 그…… 중간에 착오가 생긴 모양입니다."

"착오?"

"네. 다시 원래대로 가져올 테니 부디 노여움은……."

그러나 말을 다 끝내기도 전. 하이신스가 정색하고서 상인의 말을 끊었다.

"됐다. 난 저게 마음에 드는군."

"예?"

정말? 저게? 상인은 놀라서 조각상을 쳐다보았다. 확실히 생동감 있는 조각상이긴 하지만……. 아니, 그보다 저 조각상 표정이 좀 바뀌지 않았나? 아까 황제가 '저 조각상 움직인 거 같은데'라고 말해서인가. 상인이 보기에도 조각상 표정이 약간 달라진 것 같았다.

"폐하, 저 조각……."

하이신스는 그 상인의 턱을 황급히 잡아 자신 쪽으로 돌렸다.

"폐하……."

황제가 박력 있게 그의 턱을 잡고 자신과 눈을 맞추게 하자, 상인은 심장이 쿵 떨어지듯 놀랐다. 황제는 어두운 숲의 엘프처럼 아름다운 얼굴이었고 눈매는 깊었다. 시선을 마주한 사람이 아무 생각도 하지 못하게 만드는 얼굴.

"저걸로 하겠다."

그런 얼굴로 지그시 명령하자 상인은 얼결에 고개를 끄덕였다. 비단 상인만이 아니더라도, 지금의 하이신스를 앞에 두고 감히 그 말을 거부할 사람은 없을 터였다. 상인이 반쯤 홀려서 수락하자, 하이신스는 그의 턱을 놓아주면서 이번에는 자신의 시종에게 지시했다.

"저 조각상은 내 방에 세워두면 집중이 잘될 것 같군. 방으로 옮기도록 하지."

시종이 '저걸요?'란 표정으로 놀라 쳐다보았으나, 하이신스는 대답 대신 얼른 조각상에 천을 도로 덮어주며 중얼거렸다.

"먼지가 붙으면 안 되니까."

'고마워 하이신스. 안 그래도 턱이 빠지는 줄 알았어.'

라틸은 천 아래에서 한숨을 내쉬었다.

'그래도 어찌어찌 통과는 한 모양이니 다행이네.'

하인들이 조각상을, 정확히 말하자면 라틸이 서 있는 단을 들고 하이신스의 집무실로 가는 동안 라틸은 고꾸라지지 않기 위해 발가락에 힘을 꽉 주어야 했다. 떨어진다 해서 크게 다칠 높이는 아니었으나, 몸은 다치지 않아도 자존심은 아주 잘게 부서질 게 분명하니 온 힘을 다해 균형을 잡는 것이다. 다행히 집무실 안에 운반될 때까지 라틸은 넘어지지 않았다. 평생 열심히 수련한 결과가 아주 제대로 빛을 발한 거다.

"조각상이 원래 이렇게 무거운가?"

"조각상치곤 가벼운 거 아냐?"

"몰라. 난 처음 들어봤어. 근데 너무 무겁다. 손이 후들후들 떨리네."

"돌로 만들었으니 그렇지."

하인들이 투덜거리면서 집무실 문을 닫고 나가자, 라틸은 슬그머니 하이신스가 덮어준 천을 들추고 밖을 빼꼼 보았다.

사람? 없고.

문? 제대로 닫혔고.

'좋아. 나가도 되겠어.'

최대한 편한 자세를 잡는다고 잡았는데도 조각상 시늉을 하는 건 연무장을 50바퀴 도는 일 이상으로 힘들었다. 라틸은 갑갑한 천을 얼른 옆으로 치우고 한숨을 내쉬면서 쪼그리고 앉아 집무실 내부를 둘러보았다.

'집무실도 꼭 자기처럼 꾸며놨네. ……근데 하이신스는 대체 언제 와?'

그렇게 10분 정도 기다렸으려나. 마침내 문 열리는 소리가 나서 라틸은 반사적으로 고개를 들었다가…….

'누구야?'

깜짝 놀라서 그 상태로 조각상 흉내를 다시 냈다. 들어온 사람은 누군지 모르는 인물이었다.

'뭘 잔뜩 들고 있는 걸 보니 하이신스 비서인가?'

비서는 처음에는 조각상에 신경을 기울이지 않고 자기 일에 집중했으나, 나중에는 호기심을 이기지 못하고 라틸 앞으로 다가와 서는 혀를 찼다.

"세상에. 폐하는 이런 조각상을 집무실에 두라 하신 거야?"

"……."

"왜 굳이 쪼그려 앉은 조각상을 책상 뒤에 두신 거지? 이러면 조각상 머리통밖에 안 보이지 않나?"

비서가 고개를 가로저으면서 나가자, 라틸은 한숨을 내쉬고서 일어섰다. 하지만 3분도 지나지 않아 또 누군가 달칵 문을 열고 들어왔다. 이번엔 손에 정리 도구를 든 하녀였다.

'젠장, 하이신스!'

자기들끼리 조각상에 관해 무슨 얘기가 돌기라도 한 건가. 하녀도 책상 위를 정리하면서 라틸을 연신 쳐다보았다.

"폐하가 첫눈에 반한 조각상이 이건가 보네."

심지어 하녀는 호기심이 대단한지 조각상을 빤히 보기 위해 얼굴까지 들이밀었으므로, 라틸은 이번에는 숨까지 참아야 했다.

"별로 특별한 것도 모르겠는데. 내 심미안이 모자란 거야, 폐하 심미안이 남다른 거야? 지난 계절에 놔뒀던 그 춤추는 상이 훨씬 낫지 않나? 얜 뭐 우두커니 서 있기만 하고."

어쨌든 이번에도 하녀가 나가고 상황을 무사히 넘기자, 라틸은 작게 하이신스를 욕하면서 이를 꽉 깨물었다. 다행히 이다음에 들어온 사람은 하이신스였다. 이쪽은 연달아 두 번이나 위기를 넘겨서 심장이 말린 자두처럼 쪼글쪼글해져 있는데. 하이신스는 뭐가 그리 재미있는지 들어올 때부터 입꼬리가 올라가 있었다.

"방 안에 아무도 들어오지 말라 하면 안 됐을까?"

그걸 본 라틸이 아니꼬워서 팔짱을 끼고 투덜거리자, 하이신스는 낮게 웃음을 터트렸다.

"그러고 있으니 사람들이 유령 조각상이라 떠들어대지."

"내가 뭘."

"우리 궁정인들이 여기 둔 조각상 얘기하다가 기겁하더라. 한 명은 쪼그린 조각상이 좀 이상하지 않냐 하고, 한 명은 우두커니 선 조각상이 이상하다 하고. 운반한 사람은 "그거 웃는 조각상인데요?" 옆에서 말하고. 이러다 밤중에 뛰어다니는 조각상 괴담까지 생기면 어떡할래?"

"네가 늦게 와서 그래."

"넌 항상 내 탓이지?"

"주기적으로 네 탓이니까."

"예 예. 지나가는 사람 100명 붙잡고 물어봐. 전 애인이 조각상으로 위장해서 들어오는 경우 있나."

말을 마친 하이신스는 의자를 들고 방 중앙으로 가 앉더니, 다리를 꼬고 앉아 라틸을 거만하게 보며 또 놀렸다.

"내가 사절단으로 위장한 건 정말 무난한 거였네."

"자꾸 빈정거리지 좀 마."

"사랑해, 보고 싶었어. 네가 와서 기뻐."

"빈정거리는 게 낫겠다."

"원래 조각상은 어디로 갔어? 위치 알려주고 가. 돈은 상인한테 이미 냈어."

"너 진짜 중간이 없구나?"

라틸이 툴툴거리자 하이신스는 웃더니 "손수건?" 하고 물었다.

'손수건으로 되겠냐…….'

하지만 이제는 더 말다툼할 겨를도 없어서 라틸은 힘없이 대답했다.

"아주 커다란 손수건으로."

여기까지 오는 내내 온몸이 긴장된 터라 아주 괴로웠다. 어깨가 뻐근하고 다리엔 쥐가 난 것 같고 팔은 진짜 조각상이라도 된 느낌. 게다가 심장은 몇 번이나 철렁댔는지. 그러나 하이신스는 손수건을 주는 대신, 자기 망토를 벗어서 라틸에게 덮어주고 모자를 씌웠다.

"이건 왜?"

라틸이 쳐다보자, 하이신스는 턱도 없단 듯이 웃고서 문을 가리켰다.

"네게 필요한 건 욕조 같아서. 수건은 욕조 다음에."

가장 가까운 욕실로 간 라틸은 하이신스가 늦게 온 게 목욕할 준비를 하느라 그랬단 걸 알아차렸다. 게다가 욕실 안에는 머릿수건과 목욕 가운까지 완벽하게 준비되어 있었다. 라틸은 따뜻한 물 안에 들어가 뭉친 근육을 꾹꾹 눌러 풀고, 피부에 달라붙은 하얀 칠을 벗겨내기 위해 거칠거칠한 천으로 몸과 얼굴을 박박 문질렀다.

'아야…….'

거의 40분을 그러고 나서 거울을 보니, 머리카락은 흰색에 가까운 회색이 되어 있었지만 그래도 더 이상 조각상처럼 보이진 않았다. 하지만 완전히 하얀 칠이 벗겨진 건 아니어서, 잘 보면 여기저기에 하얀 얼룩이 보였다. 그렇지만 이 이상 시간을 끄는 건 하이신스에게 미안한 일이어서, 라틸은 얼른 목욕 가운을 입고 밖으로 나갔다. 머리카락을 머릿수건으로 싸면서 나가보니, 하이신스는 아예 책까지 가져와 읽는 중이었다. 그러다 문소리를 듣고는 고개를 옆으로 돌리더니 표정이 기묘해졌다.

"조각상으로 분장해서 얼굴이 다르게 보이는 줄 알았는데. 분장을 지워도 다른 사람처럼 보여."

"마법으로 바꾼 거라 그래."

"마법? 네가 마법까지 쓰던가?"

"난 아니지만 누군가는 쓰잖아."

라틸은 머릿수건으로 감싼 머리카락의 물기를 꽉꽉 짜면서 하이신스의 맞은편 의자에 몸을 푹 기대고 앉았다. 머리를 의자 등받이에 완전히 내려놓고서 보니, 저 너머로 하이신스가 미리 준비해둔 연한 보라색의 편안한 의상까지 보였다.

"그보다 무슨 일로 이렇게 나타난 거지? 이건 꽤 위험한 방법이었어, 라틸. 알지? 네 체면이 완전히 구겨질 뻔했다고."

라틸은 다시 무거운 머리를 들어 올렸다. 어느새 하이신스는 책을 덮어 옆 탁상에 내려놓고 이쪽을 빤히 보고 있었다. 주로 변한 얼굴 위주로.

"알아. 하지만 지금 위급한 상황이어서…… 이렇게 할 수밖에 없었어."

"위급하다니?"

라틸은 볼을 깊게 빨아들인 채 붕어처럼 입술을 뻐끔거리면서 손가락으로 수건을 초조하게 계속 눌러댔다. 어디부터 어디까지 얘기해야 하나 감이 잡히지 않아서.

'엄마랑 오빠 얘기를 해야 하나? 내가 뱀파이어 로드로 의심받았단 걸 얘기해야 하나? 혹시 그런 말 했다가 하이신스까지 날 신전에 가두려 하면 어쩌지? 이 얘기를 뺄까? 그럼 어디부터 어디까지 말해야 해?'

"라틸?"

"내가 너랑 같이 카리센 국경 마을에 같이 갔던 거 생각 나?"

"또렷하게."

"그때 볼일을 보고 돌아가보니 나랑 똑같이 생긴 가짜가 내 자리를 차지하고 있었어."

하이신스는 두 손을 깍지끼고서 라틸의 대화를 차분하게 듣다가, 가짜 이야기에 눈을 커다랗게 뜨고 이마를 찌푸리더니 상체를 세웠다.

"가짜라니?"

"말 그대로. 전에 내가 아이니 황후한테 전해달라고 준 쪽지 기억나지?"

"헤움 관련해서 짐작 가는 바가 있단 그 쪽지?"

"맞아. 실은 우리 쪽에도 비슷한 일이 벌어졌어. 죽은 줄 알았던 틀라가 살아 있단 정황이 몇 가지 발견됐거든."

"그런!"

"흑마법에 걸린 시체가 나타나기도 했어."

라틸은 500년 주기로 나타난다는 '로드'란 존재, 로드가 깨어날 때 흑마법사들이 같이 부흥한단 이야기 등을 추가로 설명하고서 무겁고 둔탁한 한숨을 내쉬었다.

"그래서 우리 쪽에선 흑마법사 관련해서 이미 바짝 경계하고 있었거든. 근데 오히려 거기에 내가 당해버렸어. 가짜가 내 모습과 내 자리를 훔쳤고, 나는 졸지에 사악한 힘으로 황제 흉내를 내려 한 흑마법사가 돼버렸지"

"가짜는 네 모습을 어떻게 훔친 건데?"

"내가 얼굴을 바꾸는 데 사용한 마법 물품이 있거든. 비슷한 물건을 가지고 있는 것 같더라. 근데 그게 어떤 물건인지 모르겠어."

하이신스는 잠시 생각에 잠겨 있다가 눈썹을 치켜올리고 상체를 다시 의자 깊숙이 묻으면서 물었다.

"아무리 가짜라도 성격이라거나 그런 건 다를 텐데. 사람들이 그걸 다 믿는다고?"

"……오빠가 가짜를 돕고 있어서."

하이신스의 표정이 한순간에 공격 직전의 사자처럼 험악하게 변했다.

"레안이?"

타리움에서 유학 생활을 했기에 하이신스도 레안과 가끔 어울린 적이 있었다. 당연히 그는 라틸이 자기 오빠를 얼마나 소중하게 여기는지도 알았다. 그런데 그 레안이 라틸을 배신했다고?

"비겁한 자식. 어떻게 널 배신할 수가. 그 욕심 없는 얼굴을 해가지고서는!"

"……오빠랑 둘이서 네 욕한 게 바로 어제 일 같은데. 반대가 됐네."

하이신스는 주먹을 쥐었다 펴길 반복하더니 의자에서 일어나 라틸에게 다가왔다. 그는 라틸 곁에서 두 팔을 벌리고 어색하게 손을 꿈틀거렸다. 하지만 결국 라틸을 포옹해주지 못한 그는 힘없이 팔을 떨구고 돌아서서 다시 제자리로 걸어가 애꿎은 소파 가죽만 쥐어뜯었다.

"가짜가 가짜란 걸 밝히더라도 타이밍이 중요해. 아니면 오빠가 '저 흑마법사가 진짜를 가짜로 가짜를 진짜로 만들었다' 이런 식으로 몰아갈 수도 있으니까. 내 지지 세력 상당수는 오빠 지지자들을 그대로 데려온 거라, 완벽한 증거가 없으면 오빠 말을 믿을 거거든."

하이신스는 라틸의 앞에 쪼그리고 앉아 눈을 맞추었다.

"내가 어떻게 도와줄까, 라틸."

"도와줄 거야?"

하이신스의 표정이 미묘하게 변하면서 그의 한쪽 입술 끝이 삐딱하게 올라갔다.

"왜 이래. 너도 다 알고 온 거잖아, 라틸. 내가 아직도 너한테 매여 있단 거."

"황후 폐하, 황후 폐하! 큰일, 큰일 났어요!"

응접실에서부터 들려온 요란스러운 소리에 아이니는 이마부터 눈까지 덮은 물수건을 치우고 옆을 보았다. 시녀가 파랗게 질린 얼굴로 숨을 가쁘게 고르고 있었다.

"무슨 일이지?"

"폐하께서 웬 이상한 여자를 몰래 데려오셨답니다!"

3권에서 계속

하렘의 남자들 2

초판 1쇄 인쇄 2021년 8월 20일
초판 1쇄 발행 2021년 8월 30일

지은이 알파타르트
펴낸이 김문식 최민석
총괄 임승규
기획편집 이수민 박예나 김소정 윤예솔 박소호
디자인 배현정
제작 제이오

펴낸곳 (주)해피북스투유
출판등록 2016년 12월 12일 제2016-000343호
주소 서울시 성북구 종암로 63, 5층(종암동)
전화 02)336-1203
팩스 02)336-1209

ISBN 979-11-6479-387-7 (04810)
979-11-6479-257-3 (세트)

- 해피북스투유는 (주)해피북스투유의 문학 브랜드입니다.